民國文化與文學_{研究}

（民國文化與文學研究文叢）

十四編

李　怡　主編

第 **4** 冊

自然主義與 20 世紀中國文學
——基於自然主義文獻的考證（下）

智　曉　靜　著

國家圖書館出版品預行編目資料

自然主義與 20 世紀中國文學——基於自然主義文獻的考證
（下）／智曉靜 著 -- 初版 -- 新北市：花木蘭文化事業有限公
司，2021〔民 110〕
目 4+248 面；19×26 公分
（民國文化與文學研究文叢 十四編；第 4 冊）
ISBN 978-986-518-515-2（精裝）
1. 中國當代文學 2. 自然主義 3. 文學評論
820.9   110011207

ISBN-978-986-518-515-2

9 789865 185152

民國文化與文學研究文叢
十四編　第四冊　　　　　　　　ISBN：978-986-518-515-2

自然主義與 20 世紀中國文學
——基於自然主義文獻的考證（下）

作　　者　智曉靜
主　　編　李怡
企　　劃　四川大學中國詩歌研究院
總 編 輯　杜潔祥
副總編輯　楊嘉樂
編　　輯　許郁翎、張雅淋、潘玟靜　美術編輯　陳逸婷
出　　版　花木蘭文化事業有限公司
發 行 人　高小娟
聯絡地址　235 新北市中和區中安街七二號十三樓
　　　　　電話：02-2923-1455／傳真：02-2923-1452
網　　址　http://www.huamulan.tw 信箱 service@huamulans.com
印　　刷　普羅文化出版廣告事業
初　　版　2021 年 9 月
全書字數　392686 字
定　　價　十四編 26 冊（精裝）台幣 70,000 元　　　　版權所有・請勿翻印

自然主義與 20 世紀中國文學
——基於自然主義文獻的考證（下）

智曉靜　著

目 次

下　編

第四章 自然主義對中國文學觀念的影響

第一節 科學觀

一、文學上的「科學主義追求」

在自然主義文學出現之前的很長時間裏，文藝與科學始終是風馬牛不相及的兩個概念。康德認為「科學領域中無天才，天才在藝術創作領域中才存在」，叔本華、尼采、克羅齊等人也都不同程度地強調過：在文藝與科學之間，界限分明，差異甚大。有時候，文藝甚至被認為是與科學截然對立的。創造性地將文學與科學緊密聯繫起來的，正是自然主義文學。作為「文學與科學的一次直接對話」，自然主義文學從誕生之日起，就首先在文學觀念上確立對科學的高度重視。自然主義者及前自然主義者們都極為重視科學，福樓拜曾說：「歷史和科學是當代的兩位繆斯，人只有與他們一起才能走進新世界。」〔註1〕他們極力促成文學與科學的結合，開創性地將科學精神和方法大舉引入文學，將文學與自然科學結合的重要性提升到了前所未有的高度，高度注重對科學的借鑒，讓自然主義成為文學與科學有機結合的典範。

自然主義文學的哲學基礎——孔德實證主義哲學，就是「源於實證科學

〔註1〕米・貝京著，任光宣譯：《藝術與科學：問題・悖論・探索》，文化藝術出版社，1987年，第133頁。

的一種科學體系」「特別用來與形而上學哲學相對立」〔註2〕，明確顯示了實證主義對形而上學的反動及與科學的淵源。實證主義哲學對科學的高度注重，「開啟了 19 世紀中後期西方文化中空前高漲的科學主義精神取向，直接在自然科學和文學之間架起了一道鐵橋。」〔註3〕之後，泰納著手系統地將科學精神和方法引入文學領域，旗幟鮮明地指出科學與文藝之間的相輔相成：「藝術和科學相聯的親屬關係能提高兩者的地位；能夠給美提供主要的根據是科學的光榮，美能夠把最高的結構建築在真理之上是美的光榮。」〔註4〕在《歷史與批評文集》中，泰納以科學為基點，闡述了文學上的自然主義的含義：「奉自然科學家的趣味為師傅，以自然科學家的才能為僕役，以自然科學家的身份描擬著現實」，明確指出自然主義文學就是運用科學手段觀察生活、採取科學方法描寫生活。左拉接受了孔德、泰納、達爾文以及克羅德‧貝爾納的影響，從當時生物學、醫學、生理學中得到啟發並充分借鑒這些科學精神、方法和成果，確立了一整套與自然科學攸息相關的文藝思想體系，這就是自然主義文學，正所謂：「把近代科學公式運用到文學上去，便是自然主義。」左拉運用科學分析的方式總結過自然主義文學：「簡而言之，我們與人物、情感、各種人類和社會狀況的關係必須像化學家和物理學家對惰性物體的操作，象生理學家對活體的操作。決定論主宰一切事物。這是科學探索，這是實驗性思辨，它逐個打破理想主義者的假設並且終將以觀察和實驗型小說取代純屬想像的小說。」〔註5〕

作為科學和文學完美結合的最佳範例，自然主義文學極為強調文本的科學主義追求，可以分為兩個方面：

第一，對科學成果的充分利用。自然主義作家們將當時高度發達的自然科學引入文學，使得先進的自然科學成果成為文學創作的基礎，主張在文學創作中運用生理學、遺傳學、臨床病理學、解剖學等自然科學成果和原理去觀察生活、刻畫人物。

自然主義是 19 世紀自然科學的發現和方法用於文學的一種典型嘗試，比

〔註2〕昂惹熱‧克勒默－馬里埃蒂著，管震湖譯：《實證主義》，商務印書館，2001年，第 4 頁。
〔註3〕曾繁亭：《文學自然主義研究》，中國社會科學出版社，2008 年，第 328 頁。
〔註4〕丹納著，傅雷譯：《藝術哲學》，人民文學出版社，1963 年，第 347 頁。
〔註5〕左拉：《實驗小說論》，柳鳴九《自然主義》，中國社會科學出版社，1988 年，第 473 頁。

現實主義在文學創作中引進了更多自然科學成分，達爾文的進化論、孔德的實證主義、泰納和斯賓塞的理論、克洛德‧貝爾納的醫學試驗等，都被大量運用到文學創作中。在這些自然科學成分的影響下，自然主義者在文學史上首次明確而系統地提出：文學藝術要全方位向自然科學靠攏，文學家要用自然科學的精神、態度、方法統攝文學創作，因此，「作家和科學家的任務一直是相同的」，作家以科學家的原則和方法進行文學創作，就可以獲得「關於人的科學的知識」，「小說就是一種精神思想的解剖學、記述人的事件的專集、情慾的實驗哲學，小說藉著近似真實的行動，達到描寫真實中的人物和自然的目的」。〔註6〕

　　自然主義作家們把自然主義實驗小說稱為「生物學的繼續和完成」，充分利用和借鑒當時生物學、遺傳學、心理學、臨床病理學、解剖學等科學成果、原理和方法，強調「遺傳問題對於人的精神和感情行為有巨大的影響」，要求作家運用這些自然科學的觀點來觀察社會、描寫生活，從生理層面上描寫人、刻畫人。他們把小說中的人物形象稱為「自然的人」「生物的人」，以區別於傳統小說中的「抽象的人」「形而上學的人」，極大地補充、豐富與加深了傳統文學對人的生理層面、心理意識活動的認識，將傳統文學從單純描寫人的「理性世界」的禁錮中解放出來，開闢了自覺刻畫人的「非理性世界」的新領域，將「生理現實」和「心理現實」緊密地交織在一起，深化了作為「人學」的文學對人的全面描寫，使得人物形象更加豐滿圓潤，真實可信。在「生物的人」觀念的指引下，自然主義文學從人存在的本源認識人，以科學為武器，用生理學、遺傳學的科學法則揭示人的生理秘密和本質，從而使文學對人的探討和刻畫由形而上落實到形而下，從抽象到具體，由外向內地深化了一大步，彌補了傳統文學在人物塑造上的不足，改變了傳統文學中人物形象「有靈無肉」的單一形象，使得人物形象更加豐滿圓潤，有血有肉，真實可信。

　　正是在達爾文進化論的影響下，左拉等自然主義者堅定了「生物的人」的觀念，著手在文學中運用實驗的方法來研究「人的獸性」和性行為及心理，將人物的個性看作是生理學或者遺傳學意義上的各種生物現象，象生物學家、醫生解剖人體那樣，從生理上分析審美對象，解剖人的精神、思想，以期達

〔註6〕蔣承勇：《歐洲自然主義文學的現代闡釋》，復旦大學出版社，2002年，第25～26頁。

到絕對的真實。

自然主義文學對科學成果的利用在左拉身上體現得最為充分。左拉不僅推崇科學，也運用科學成果進行文學活動。他借用當時的遺傳學、生理學、進化論、決定論等科學原理和成果進行創作，在整部《盧貢・馬加爾家族》中，科學因素是貫穿始終的。另一方面他還運用科學成果進行文學理論的建構、文學批評和研究，他的《實驗小說論》《戲劇中的自然主義》《我們的戲劇作家》《自然主義小說家》等，全部都是運用當時的科學成果，借鑒科學的精神與方法，進行自然主義文學理論建構的佳作，其科學性、嚴謹性，堪與科學論文媲美。

第二，將科學精神和方法引入文學，倡導「科學的文學道路」。

蔣承勇曾對自然主義科學意義上的真實觀做出如下判斷：「科學主義的認識路線，並非僅僅指借用具體學科（比如生理學）的成果，他同時強調科學的精神，即主體在對對象的認識過程中所具有的理性品質、求實態度，對真理的熱愛和探求普遍規律的堅韌」〔註7〕。事實上，自然主義對科學精神和方法的倚重比對科學成果的借用更能體現自然主義文學的科學主義追求。對此，左拉有過明確表述：「我們既不是化學家、物理學家，也不是生理學家；我們僅僅是依靠科學的小說家」〔註8〕。簡言之，自然主義文學並不是將文學等同或附屬於科學，而是借用當時流行的科學求真的精神和縝密周全的思維形式和方法進行文學創作。

科學精神是自然主義文學真實觀的一個重要組成部分。龔古爾兄弟非常重視文學創作對科學精神和方法的借用，他們把現實生活當作小說所依據的文獻，主張以科學家進行科學實驗、史學家治史的嚴謹態度，以寫生一般精確的觀察、描寫方法，從事小說創作，描繪法國第二帝國時期的社會風俗。他們要求小說「以科學研究和科學的職責為己任」，不僅要具有藝術性，更要具有科學性，而作家，則應該「採用醫生、學者、歷史學家的口吻」進行文學創作。科學主義是龔古爾兄弟始終的追求，在科學精神的引導下，他們有意識地摒棄傳統小說中想像的成分，代之以口述材料或實地調查所獲取的真實資料，使小說成為具有科學根據的史料性作品。正是對科學的嚴格要求和充

〔註7〕蔣承勇：《歐洲自然主義文學的現代闡釋》，復旦大學出版社，2002 年，第 8 頁。

〔註8〕柳鳴九：《自然主義》，中國社會科學出版社，1988 年，第 488 頁。

分借鑑，使得他們可以自豪地聲稱自己的作品是「這時代最具有歷史價值的小說，對本世紀精神史提供最多的事實和真相的小說」。

　　左拉在《戴蕾絲・拉甘》再版序言中明確指出：「我的目的首先是科學方面的」，倡導小說家「應當向化學家和物理學家研究非生物那樣，去研究性格、感情、人類和社會現象」〔註9〕。具體地說，就是要求作家像科學家從事科學實驗一樣，秉承科學的方法和態度，在創作之前，像真正的科學家一樣，親自在現實生活中認真仔細地「實地觀察」，體驗生活，採集真實而詳盡的材料，進行創作積累；在創作過程中，對這些採集來的事實材料進行科學的研究、分析、整理，然後如實地進行「客觀描寫」，像科學家分析實驗數據一樣，「對思想和感情的規律進行闡述」，以「說明這些感情的真正根源」，「找出人類和社會現象的決定因素」。因此，自然主義文學用科學性極強的觀察、實證取代傳統文學頗為倚重的直覺、想像等主觀性敘事手法，而作者描寫、闡述的態度也要像科學家那樣客觀、中立，拒絕傾向性，排斥創作主體主觀情感、個人道德標準和是非觀念的介入。

　　這是自然主義文學從創作觀念、思維、方法上充分借鑑自然科學。左拉曾說：「自然主義是回到自然和人；它是直接的觀察、精確的剖解、對存在物的接受和描寫。」〔註10〕這段話最能揭示自然主義文學對科學精神和方法的高度倚重和借鑑。

　　自然主義文學對科學的倚重，歷來遭人詬病，人們多指責其將二者生硬地拉扯到一起，將充滿主觀色彩的文學與純粹客觀的實驗等同，將文學降低到實用的目的，抹殺文學的審美功用。實質上，這是對自然主義的誤讀。正如左拉所言，自然主義者「既不是化學家、物理學家，也不是生理學家」，而「僅僅是依靠科學的小說家」，他們對文學的科學主義追求，不是將文學與科學等同，更不是將文學降低為「科學的婢女」，淪為科學的附庸，而是借用當時流行的科學的求真精神、縝密的思維形式、客觀精準的方法，乃至先進的科學研究成果，進行文學創作，以便「使藝術具有自然科學的精確性」〔註11〕。

〔註9〕吳岳添：《法國文學流派的變遷》，北京大學出版社，1995年，第129頁。

〔註10〕左拉：《戲劇中的自然主義》，朱雯等《文學中的自然主義》，上海文藝出版社，1992年，第169頁。

〔註11〕龔古爾兄弟：《熱爾米妮・拉賽德》第一版序，柳鳴九《法國自然主義作品選》，天津人民出版社，1987年，第726頁。

二、「五四」時期對自然主義科學觀的大力倡導

　　自然主義文學對科學的推崇和借鑒，對中國現當代文學產生了深遠影響。正是對自然主義科學因素的倚重和借鑒，使得「五四」時期的新文學，尤其是新小說，擺脫了長期所處的難登大雅之堂的末技地位，一躍而成為一門具有科學尊嚴的真正藝術，確立了文學藝術的獨立性，文藝由此告別了被「當作高興時的遊戲或失意時的消遣」的卑微處境，成為「於人生很切緊的一種工作」〔註12〕，文藝批評與研究工作，也因此「漸漸具有科學的眼光和方法」，「從理論上推動了新小說走上一條健康發展的道路。」〔註13〕

　　如前文所言，「五四」時期對自然主義認同和倡導的一個主要原因就在於：自然主義對科學的高度重視，契合了當時「五四」時期科學主義泛化的時代氛圍，與啟蒙主義文學對科學的熱烈追求與鼓吹不謀而合。以文學研究會為代表的新文學家們，正是順應了時代的歷史潮流，對科學倍加推崇，從而與有著濃厚科學基礎的自然主義產生共鳴。科學主義泛化的時代氛圍和自然主義的影響，促使當時的文學家們把文學創作看作一種嚴肅的科學活動，主張文學創作應該用科學的眼光體察人生，用科學的方法收集素材、進行「客觀描寫」。

　　「五四」時期的學者，對自然主義的宣揚與倡導，著眼點就在於「科學」二字。胡愈之在《近代文學上的寫實主義》一文中精準地抓住了寫實主義（主要指自然主義）的首要特點：客觀的科學態度和方法，「寫實文學既然是科學的產物，所以最注重的也是這種客觀的態度」，並指出，對於自然主義者而言，作家就是科學家，他們「對於個人和社會的病的現象，都用著分析法解剖法細細的描寫；彷彿同礦物學者分析礦石，解剖學者解剖人體一樣，全然是一種科學的方法。」謝六逸在《自然派小說》中指出自然主義學說「以純粹的唯物觀為主」，主張「一切物質的現象和社會的境遇，完全可以由科學方面去測定」，「佐拉主義的精意是：小說家當以科學方法，研究人生的自然現象。」朱希祖在翻譯廚川白村《文藝的進化》的譯者案中也說：「吾國文藝若求進化，必先經過自然派的寫實主義，注重科學的製做法，方可超到新浪漫派的境界。」梁啟超在《歐遊心影錄》中也指出：「自然派當科學萬能時代，純然成為一種科學的文學」。田漢則敏銳發現了自然主義與馬克思主義精神上的深層關聯：「它們共通的色彩，便是『科學的』（Scientific）、『唯物的』（Materialistis）」。

〔註12〕《文學研究會宣言》，《小說月報》，1921 年 12 月第 1 期。
〔註13〕李岫：《20 世紀文學的東西方之旅》，人民文學出版社，2004 年，第 65 頁。

李劼人對自然主義文學注重科學實證的做法非常讚賞：「左拉學派之所以成功，自是全賴實驗科學的方法，所以寫一個錢商，亦必躬入市場，置身市儈之中持籌握算，然後下筆。」〔註 14〕

　　1922～1923 年間的「自然主義論爭」中，關於文學與科學的關係也是論爭的一個主要內容。當時有不少作家學者發表自己關於科學與文學的看法。陳鈞指出：文學創作務必要「觀察務真，一如科學之研究聲光電化然。雖毫釐微末之間，亦必辨析精確。此種科學的精神，小說家所必備也」〔註 15〕。瞿世英在《小說的研究》中也同樣推重自然主義「科學的研究法」，指明「科學精神對於小說至少有三種貢獻」：一是增加了創作的「材料」，使「小說家更學了一種新的方法」；二是受「科學的濡浸」，寫出人生真實，形成了「近代小說的特別優點」；三是「因為科學發達」，改變了人們的世界觀與人生觀，影響了作家作品。〔註 16〕通過這次論爭，以茅盾為代表的「為人生」派，在對待自然主義的態度上達成共識，他們看中的正是自然主義文學的「科學主義追求」，他們所要採取的「自然派技術上的長處」，也正是自然主義科學的態度和方法。他們所提倡的，是學習自然主義的科學精神和方法，以糾正中國小說創作中所存在的非科學、不真實的弊端。

　　經受過近代科學洗禮的自然主義文學，以其強烈的「科學主義追求」對中國現代文學產生了深遠影響，使得科學精神和方法深入到文學創作和文學批評活動中，強化了文學的科學性，指引著中國現代小說對文學真實的嚴格遵從，中國現代作家們求真藝術思維的形成與自然主義文學高度強調的務實求真的科學精神及客觀寫實的創作方法密切相關。茅盾、魯迅、張資平等作家身上均明顯體現出鮮明的科學精神。因之，陳平原說：20 世紀中國小說「斷了《西遊記》的線，蒲松齡的線。20 世紀的中國小說缺少了一維，陰間的那一維沒有了，鬼氣的那一維沒有了。」

（一）形成科學主義文藝觀

　　自然主義的科學主義追求對「五四」前後文學的影響集中體現在茅盾身上。

〔註 14〕李劼人：《法蘭西自然主義以後的小說》，《少年中國》，1922 年第 3 卷第 10 號，第 53 頁。

〔註 15〕陳鈞：《小說通義》，《文哲學報》，1923 年第 3 卷第 3 期。

〔註 16〕瞿世英：《小說的研究》，嚴家炎《二十世紀中國小說理論資料：2》，北京大學出版社，1997 年，第 257～258 頁。

　　茅盾對自然主義文學與科學之間的密切關聯有著深刻瞭解，並因之提倡自然主義，他說：「中國現代小說應起一種自然主義運動。自然主義是經過近代科學的洗禮的：他的描寫法、題材，以及思想，都和近代科學有關係。左拉的巨著《盧貢·瑪卡爾》，就是描寫盧貢·瑪卡爾一家的遺傳，是以進化論為目的。……我們應該學自然派作家，把科學上發現的原理應用到小說裏」〔註 17〕

　　正是在汲取自然主義的理論基礎——泰納的「三要素」美學觀點的基礎上，茅盾形成了自己極具科學精神的早期文藝觀。泰納是茅盾早期最信仰的藝術理論家。1922 年，茅盾在《小說月報》「通信欄」中寫到：「我現在最信仰泰納的純客觀批評法，此法雖有缺點，然而是正當的方法。」在以《文學與人生》為題的講演中，茅盾認為：論及文學與人生的關係，單是說明「社會的」是不夠的，還應該講清文學同「人種」「環境」「時代」「人格」的關係——茅盾對泰納的科學理論不是全盤照搬，而是在吸收的基礎上進行了擴充，將「三要素」擴充為「四要素」並運用到文學中。他說：「我認為創作文藝，有三種工夫，似乎是必不可少的：（一）是觀察，（二）是藝術，（三）是哲理。換句話說，（一）就是用科學眼光去體察人生的各方面，尋出一個確的存在而大家不覺得的罅漏；（二）就是用科學方法整理、布局和描寫；（三）是根據科學（廣義）的原理，做這篇文字的背景。」〔註 18〕

　　茅盾還進一步闡述「四要素」的內涵以及它們同文學、人生的關係，並提倡用泰納的科學主義文藝觀分析、研究中國文學，他說：「以上是西洋人的議論，中國古來雖沒有這種議論，但是我們看中國文學，也拿這四項以根據。」在科學主義文學觀的指導下，茅盾強調文學是人生的反映，應該像照相機照像一樣如實地反映人生，「人們怎樣生活，社會怎樣情形，文學就把那種種反映出來。譬如人生是個杯子，文學就是杯子在鏡子裏的影子」〔註 19〕，提倡用完全科學的態度進行文學創作，這是對自然主義科學觀的借鑒。《社會背景與創作》《自然主義與中國現代小說》等論文，也處處流露出茅盾文藝觀對泰納理論的傳承、對自然主義文學科學精神的吸收：「自然主義的真精神是科學

〔註 17〕 茅盾：《自然主文與中國現代小說》，《茅盾全集：18》，人民文學出版社，1989年，第 238 頁。

〔註 18〕 茅盾：《對於系統的經濟的介紹西洋文學底意見》，《茅盾全集：18》，人民文學出版社，1989 年，第 23 頁。

〔註 19〕 茅盾：《文學與人生》，《茅盾全集：18》，人民文學出版社，1989 年，第 269頁。

的描寫法，見什麼寫什麼，不想在醜惡的東西上面加套子，這是他們共通的
精神。我覺得這一點不但毫無可厭，並且有恆久的價值。不論將來藝術界裏
要有多少新說出來，這一點終該被敬視的，雖則『將來之主義無窮』，雖則『光
明之處及到光明之路都是很多』，然而這一點真精神至少也是文學者的 ABC，
走遠路人的一雙腳。」〔註20〕秉承自然主義的科學主義追求，茅盾強調作家
應秉持嚴格的科學態度，像科學家那樣實事求是地進行文學創作：「近代西洋
的文學是寫實的，就因為近代的時代精神是科學的。科學的精神重在求真，
故文藝亦以求真為唯一目的。科學家的態度重客觀的觀察，故文藝也重客觀
的描寫。因為求真，因為重客觀的描寫，故眼睛裏看見的是怎樣一個樣子，
就怎樣寫……心裏怎樣想，口裏就怎樣說。老老實實，不可欺人。」〔註21〕

可以說，科學在茅盾這裡已經上升為一種價值信仰，具有了統領性地位：
他把「科學」概念引入中國文學批評，認為「文學到現在也成了一種科學」，
他以科學研究的精神進行文學研究，建立了以客觀事實為基礎、凸顯實證性
的科學的文學批評體系，取代傳統批評重個體感悟、主觀性強的批評模式，
從而使文學批評更趨客觀、全面，並上升為一門獨立的科學，對文學創作更
具指導意義。

茅盾對自然主義科學精神的理解和接受，非常精準。他在接受左拉創作
論中的「科學」概念時，還加注了自己的內涵。他繼承了左拉等自然主義者
強調的作家要像科學家那樣避免傾向性，秉承絕對客觀的態度和中立的立場，
運用諸如生理學、遺傳學、病理學等自然科學的規律觀察和描繪社會人生等
自然主義科學觀的主旨，強調作家要以科學的態度和方式進行文學創作，要
求作家具有科學的創作觀念，實事求是地進行文學活動，創作出符合生活真
實、具有科學性的文學作品。比如他反對作家照題創作，認為「別人出題目，
作家照題創作，這就是違反文藝創作規律。因為這是把創作過程顛倒過來了，
作家不是從生活經驗中產生主題與人物，而是得了題目以後再去生活中找人
物，那就難怪他筆下的人物會變成概念化了。」〔註22〕他還說：「我贊成作家

〔註20〕茅盾：《「左拉主義」的危險性》，《茅盾全集：18》，人民文學出版社，1989年，
　　　　第286頁。
〔註21〕茅盾：《文學與人生》，《茅盾全集：18》，人民文學出版社，1989年，第271
　　　　頁。
〔註22〕茅盾：《五個問題——1961年8月30日在一次座談會上的講話》，《茅盾全
　　　　集：26》，人民文學出版社，1996年，第220頁。

沒有看清的時候，可以再看看。當然有宣傳作用的東西，也可以宣傳一下，但寫作品，沒看清，可以等等。」〔註23〕

自然主義科學觀對茅盾的影響還體現在其作品中對科學或尊崇或反感的矛盾態度上。

日本學者是永駿在《茅盾小說文體與二十世紀現實主義》一文中曾明確指出：茅盾在 1930 年代的雜文裏對機械文明的看法有著先驅性意義。在茅盾的同代人裏很少像他那樣頌讚機械的力量和美，而機械文明恰好正是科學的產物和象徵。事實上，作為現代科學象徵的機械文明，不僅經常出現在茅盾雜文中，在《子夜》等小說裏也有不少關於現代機械的描繪。但值得思索的是，在茅盾的雜文中現代機械文明是被讚揚稱頌的對象，而在其小說中卻常常以怪異的面目出現。代表著都市物質文明的高樓大廈、汽車、小火輪、電燈等現代科技產物，經常都是以怪獸的形象出現在茅盾小說中：「浦東的洋棧」像「巨大的怪獸」；「異常龐大的霓虹電管廣告」，「射出火一樣的赤光和青磷似的綠焰」；「幾百個亮著燈光的窗洞像幾百隻怪眼睛」；汽車是「長蛇陣似的一串黑怪」。諸如此類的描述，充滿神秘和恐怖的意味，甚至讓人感到死亡的威脅。茅盾雜文與小說中對科學的不同態度，筆者以為和自然主義不無關聯。自然主義文學對科學的態度本身就是矛盾的：一方面，左拉等自然主義者對科學高度認可和推崇，不僅將當時先進的科學成果大量運用到文學中，而且充分借鑒自然科學的求真的科學精神和實證方法，凸顯強烈的科學主義追求。但另一方面，正如本文第一章所論證的那樣，自然主義是在揚棄現實主義的基礎上發展起來的，同現實主義一樣，是對現代性的反思與批判，自然主義作品中流露出的是作者對現代工業文明的反感，對現代工業文明所導致的人的異化的批判，對科學認知的抵制與質疑，具有反現代性的性質，這與自然主義文學對科學的高度肯定和借鑒原本就是一對無法調和的矛盾。這一矛盾深深影響了受到自然主義文學感染的茅盾，導致其在雜文和小說中出現對待科學的不同態度。我們不妨做如是判斷：茅盾在雜文中對科學的讚揚態度體現了作者對當時崇尚科學民主、爭取現代性的時代氛圍以及對自然主義文學高度的科學主義追求的有意識的、理性的響應，而其小說中對科學的反感與批判，正是對自然主義文學反現代性本質的無意識的、非理性的傳承，是對

〔註23〕茅盾：《在大連創作座談會上的講話》，《茅盾全集：26》，人民文學出版社，1996 年，第 417 頁。

當時啟蒙現代性的朦朧反思，是文學超越現實的一種反映。

在實地創作中，茅盾同樣注意借鑒自然主義文學的科學精神和方法。「在中國現代長篇小說中，茅盾的作品最能『把科學上發現的原理應用到小說裏』，『把所觀察的照實描寫出來』，最具有『真實與細緻』的特點，不能不說得益於左拉。」〔註24〕以《子夜》為例，著手創作之前，茅盾首先深入實地，仔細觀察生活，然後根據觀察所得列出詳細的寫作大綱，然後再深入生活，驗證自己的想法，核對擁有的材料，再根據生活的真相修改大綱，最後才動筆將生活如實地載入小說，通過小說真實地反映生活、驗證自己的思想。茅盾的這些做法，正如科學家做實驗一樣，也正符合左拉的「實驗」主張。在談及《子夜》的創作感受時，茅盾曾明確承認其所使用的是科學的創作方法：「本書的創作方法是這樣的：先把人物想好，列一個人物表，把他們的性格發展以及聯繫關係等等都定出來，然後再擬出故事的大綱，把它們分章分段，使它們聯結呼應。」這樣的做法，與左拉創作《盧貢－馬卡爾家族》之前兩年就先寫好全書的總序並為書中眾多人物畫好詳細的世系分支譜系圖、在每部小說創作之前再列出各自提綱的行為如出一轍。茅盾自己也承認：「這種方法不是我的創造，而是抄襲別人的。」左拉在《萌芽》創作之前寫就的「提綱」中明確表示：「這部小說是描寫雇傭工人起義的。社會經歷了一次強烈的震撼衝擊。一言以蔽之，是勞資之間的鬥爭。作品的全部意義就在於此。按照我的構思，該書預示著將來，提出了二十世紀至為重要的問題。」無獨有偶，茅盾在回憶《子夜》的創作初衷時，也有著類似描述：「在我病好了的時候，正是中國革命轉向新的階段，中國社會性質論戰進行得很激烈的時候，我那時打算用小說的形式寫出以下的三方面：（一）民族工業在帝國主義經濟侵略的壓迫下，在世界經濟恐慌的影響下，在農村破產的環境下，為要自保，使用更加殘酷的手段加緊對工人階級的剝削；（二）因此引起了工人階級的經濟的政治的鬥爭；（三）當時的南北大戰，農村經濟破產以及農民的暴動又加深了民族工業的恐慌。」〔註25〕二者同樣彰顯了強烈的科學觀對各自文學創作的影響。

〔註24〕李萬鈞：《論自然主義感傷主義對茅盾巴金的影響》，《福建論壇》，1993 年第2 期。

〔註25〕茅盾：《〈子夜〉是怎樣寫成的》，《中國現代作家談創作經驗：上》，山東人民出版社，1982 年，第86～87 頁。

茅盾對文學科學性的注重是一以貫之的，在意識形態統領一切的文革結束不久，茅盾就開始勇敢地重提科學對於文學的重要性：「我們的文學既要反映四個現代化，如果沒有一點科學知識，的確很困難。當然，到某些地方看看，聽聽彙報，也可以勉強對付。但是，如果自己有一定的科學知識，那就更好。」〔註26〕

（二）藉重自然科學成果進行文學創作

在中國現當代文學中，張資平稱得上藉重自然科學成果進行文學創作的典型。自然主義科學觀對張資平的影響集中體現在其對生理學、遺傳學等自然科學精神、方法和內容的借用。

在日本學習地質學的經歷使得張資平與高度倚重科學的自然主義非常親善。同許多自然主義文學家一樣，張資平把科學精神引入小說，像科學工作者那樣把人當作研究和試驗的對象，以客觀、冷靜的科學主義態度，對小說中人物的生理特徵和心理過程進行嚴格客觀的剖析和精細如實的描寫，力圖逼近對象的本真狀態。為了達到「真實自然」的創作目的，他的小說著力渲染一些粗俗不堪的場面、細節，「客觀展示」人的生理、自然屬性。張資平特別重視科學的「精細與準確」的描寫，《苔莉》《雙曲線與漸近線》《性屈服者》《沖積期化石》等作品中，都有大量冗長、瑣碎的細節描寫，其中對風土人情、景物環境的刻畫非常細膩真實，把對具體事物的描寫，包括對場景與事物的情勢、狀態、位置等的描寫都抬高到前所未有的繁詳程度，有時甚至給人冗長瑣碎的感受。為了追求描寫的「精細與準確」，他不僅對那些冗長瑣碎的細節精雕細刻，而且像一個真正的生理學家、人體解剖學家那樣打量人的肉體，不厭其煩地反覆描寫人的肉體，特別是女性的肉體美和性愛場面。他常常用醫生、人體解剖學家，乃至地質學家的眼光和方法分析人體各部分的構造，同時用自然主義的態度去作精細的觀察與記錄，以期達到對對象客觀真實而科學的展示。

張資平特別重視從生理學、遺傳學角度刻畫人物的性格與命運。受自然主義科學觀影響，張資平認為人物性格的形成，是一種先天遺傳的本能，只需從生理學、遺傳學角度入手，即可揭示人物命運發展的根源和真相，所以

〔註26〕茅盾：《在一九七八年全國優秀短篇小說評選發獎大會上的講話》，《茅盾全集：27》，人民文學出版社，1996 年，第 328 頁。

他在作品中特別注重從生理學、遺傳學的角度來刻畫人物的命運和性格，如《最後的幸福》《青春》《沖積期化石》《聖誕節前夜》《上帝的兒女們》等作品中的人物，大都是生理遺傳因素的產兒，盡顯氣質、性格、本能、疾病等各方面的遺傳作用：《上帝的兒女們》中阿日丙「身上有他生身父母遺傳的毒血」，《青春》中奕芳由於「母系的遺傳」生下一個黃髮女兒，《約伯之淚》的主人公之所以不敢希望情人為自己所有，正是因為「自知抱有不治的遺傳病」，《聖誕節前夜》中吳萍初受父親的遺傳得了咯血症，《最後的幸福》中美瑛之所以多次追求婚外性，也基於母親的遺傳：「仔細地思考一回，又覺得自己沉溺的原因是一種不良的遺傳性——性慾的發作過強的遺傳性。」左拉雖然也強調先天的遺傳性對人物性格、行為的影響，但同時也非常重視後天的社會環境、時代氛圍對人物的塑造。張資平卻將自然主義文學的遺傳學觀點推向極端，認為人物的性格形成、言談舉止，與社會環境、時代氛圍關係不大，真正起作用的只是遺傳因素而已。這是張資平文藝觀相比於自然主義文學所存在的一個極端性。

自然主義文學科學觀對張資平的影響，還體現在他常在小說中使用大量科學術語。以其處女作《沖積期的化石》為例。小說中不僅「斷層（Fault）」「三角洲（Delta）」「河成段丘（Terrace）」「火山噴火口（Crater）」「均質性的破圍石片（Jsotropic）」「十字聶氏柱（Crossed nicolsprisms）」等地質學術語隨處可見，「剛毅的感動氣質（Sentimental Temperament）」「沉靜的膽汁氣質（Choleric Temperament）」「屬柳葉菜科（Onograc-eae）」等生物學、生理學術語也常入眼簾。

（三）讓小說成為解剖人類病態靈魂的「病例報告」

這方面的典型當為魯迅。有研究者指出：在「敘事的精確性和科學性」上，魯迅小說表現出明顯的自然主義因素。〔註27〕

魯迅不僅曾在日本學醫數年，而且還曾在南京水師學堂、江南礦路學堂學習軍事、礦業知識，紮實的自然科學的功底，使得棄醫從文的魯迅非常認可人文與科學結合的重要性，他曾在給青年朋友的信中告誡他們不要專看文學書，也要注意科學知識的修養。他說，一般的「文學青年，往往厭惡數學、理化、史地、生物學，以為這些都無足輕重，後來變成連常識也沒有，研究文

〔註27〕吳亞娟：《魯迅小說中的自然主義因素》，《芒種》，2013年第13期。

學固然不明白，自己做起文章來也糊塗，所以我希望你們不要放開科學，一味鑽在文學裏」。與自然科學的深厚淵源，導致魯迅從創作伊始就非常注重對科學精神和方法的學習與借鑑，他翻譯過《藥用植物》，寫過《科學史教篇》，在文學創作中，更是大力倡導科學理性、弘揚科學精神、運用科學方法，把科學理性作為醫治中國人思想和精神上痼疾的良藥、改造中國國民劣根性的利器。

自然主義要求作家進行創作時，一如醫生般冷靜從容客觀，而魯迅恰恰就像一位手執手術刀的醫生，冷靜地在手術臺上對病體進行解剖，然後客觀地寫出病理報告，不同之處僅在於：醫生解剖的是人的生病的軀體，而魯迅解剖的則是人的病態的靈魂。張定璜曾在《魯迅先生》中稱其特徵是「老於手術富有經驗的醫生的特色」。的確，魯迅就像一個醫生，冷靜客觀地進行解剖，如實地書寫病理報告。以其代表作《阿Q正傳》為例，有研究者就認為：「《阿Q正傳》的結構就有點像關於重病號的『病理報告』」，「『病理報告』的開頭通常都是病人的自然情況，如姓名、年齡、單位、住址、婚史、家族病史等等，這就構成了《阿Q正傳》的『序』」，「《阿Q正傳》的第二、第三章猶如『病理報告』中的病情檢查」，「《阿Q正傳》的第四章以後則像『病理報告』中的病情演變史」〔註28〕。日本學者伊藤虎丸也將研究《狂人日記》的文章副標題定為「『狂人』康復的記錄」〔註29〕，形象地點明了作品與醫學的密切關聯，凸顯小說的科學性。魯迅在回顧自己的創作經驗時，也曾明確地指出《狂人日記》等作品「大約所仰仗的全在先前看過的百來篇外國作品和一點醫學上的知識，此外的準備，一點也沒有」〔註30〕。所謂「一點醫學上的知識」，來源於魯迅在日本仙臺醫學院求學期間的經歷，魯迅曾在致曹聚仁的信中說：「習西醫大須記憶，基礎科學等等，至少四年，然尚不過一毛胚，此後非多年練習不可。我學理論兩年後，持聽診器試聽人們之胸，健者病者，其聲如一，大不如書上所記之了然。」〔註31〕所謂「百來篇外國作品」，當也包括自然主義作品在內——將醫學等自然科學知識運

〔註28〕汪應果：《科學與繆斯——從自然科學架往中國現代文學的橋樑》，上海文藝出版社，1991年，第332～333頁。

〔註29〕參見樂黛雲：《國外魯迅研究論集》，北京大學出版社，1981年，第472頁。

〔註30〕魯迅：《南腔北調集·我怎麼做起小說來》，《魯迅全集：第4卷》，人民文學出版社，1981年，第512頁。

〔註31〕《魯迅全集：第10卷》，人民文學出版社，1981年，第142頁。

用到文學中，採取科學的方法進行創作，使文學作品具有很強的科學性，正是自然主義文學的創舉。魯迅在文學作品中對醫學等自然科學的借用，在《藤野先生》中有很明確體現：該文涉及到大量骨學、解剖學、血管學、神經學、黴菌學等專門醫學術語和知識，非有一定的醫學經驗積累的人無法完成。而《狂人日記》也在一定程度上「反映了魯迅的醫學知識以及在鄉村時的實際見聞」〔註32〕。李歐梵也指出：「魯迅的一個遠房表兄弟即患偏執狂」，「這個題材恰好將魯迅的醫學知識與文學興趣結合起來」了。《狂人日記》的確稱得上一篇「醫學與文學」有機結合的典範，而自然主義文學恰是科學與文學完美結合的楷模，正是在這一點上，我們可以說魯迅的作品與自然主義文學有一定的相通之處。

　　魯迅塑造的「狂人」這個「精神病態」的人物形象，為「五四」文學創作樹立了一個全新典型，在魯迅作品影響下，「五四」及其後的小說中大量出現了「瘋子」「狂人」等「精神病態」型文學形象，這不僅「反映了魯迅這種藝術創造的美感凝聚力，也在一定程度上實現了科技傳播影響於新文學創作的時代感召功能」，「證明了現代科學性與文學形象化的藝術結合」，「充分體現了科學知識影響文學個性的劃時代作用。」〔註33〕以魯迅筆下的「狂人」為代表的「精神病態」型文學形象群體的成功塑造，正是「文學」與「科學」有機結合的成功範例，從一個側面反映了自然主義文學的科學觀對中國文學的深遠影響。

三、新時期的科學熱

　　文革後，隨著文藝領域的改革開放，革命現實主義一統天下的局面逐漸被打破，自然主義等長期處於被壓制地位的文學思潮開始復蘇，並參與文學建構，豐富了中國文壇，成為主流文學必不可少的補充。自然主義文學的科學觀對中國文學的影響也由此真正上升到思想觀念領域，形成文學上的「唯物主義哲學思路」，對作家的世界觀、創作觀產生深刻影響。作家們對科學的關注迅速升溫，逐漸形成科學的世界觀，並開始以科學的眼光看待文學。他們將目光聚焦在「與科學有近血緣關係的偵探小說和科學幻想小

〔註32〕參見樂黛雲：《國外魯迅研究論集》，北京大學出版社，1981年，第472頁。
〔註33〕劉為民：《科學與現代中國文學》，http://www.guxiang.com/xueshu/tuijyd/liuwm/index15.htm。

說」〔註34〕上，掀起了翻譯和創作偵探、科幻、心理分析、科普文學作品的熱潮，開啟了以報告文學、傳記文學等為代表的將文學與科學高度結合的創作傾向，催生了 1980 年代的「文藝理論科學熱」。在這股熱潮引導下，作家們繼承並發展了自然主義文學的科學觀，不僅像左拉等自然主義作家那樣，將自然科學知識直接引入文學創作和批評中，使包括生物學、遺傳學、醫學、心理學在內的各種自然科學知識，包括法學、哲學、歷史學等在內的社會科學知識，共同成為文學創作的重要內容和表現形式，讓科學方法和態度對文學創作和批評活動的方法、語言等各個方面產生深刻影響，而且用「科學的冷慧打破了政治功利化文論和庸俗社會學一統天下的局面」〔註35〕，將中國文學從此前盲目崇尚權威、一味強調文學的政治功效，熱衷塑造高大全、假大空文學形象的泥淖中解放出來，強調真實，崇尚實證，最終引發文革後新寫實文學的繁榮。

受自然主義科學觀的影響，中國現當代作家和學者對文學的科學性都十分重視，並在文學活動中或大力提倡，或身體力行，開始了將文學與科學高度結合的理論和創作實踐。張賢亮作品中科學因素非常明顯，其代表作《男人的一半是女人》發表後，就有醫生和心理學家撰文證明小說中的許多敘述是符合人的生理規律的〔註36〕。賈平凹則將一部小說直接命名為《病相報告》，效法龔古爾兄弟等自然主義者的做法，採取醫生寫病例報告所秉持的那種科學的態度和方法，通過對一個歷時幾十年的愛情故事的真實描述和客觀分析，來「報告現實社會生活的種種病相」〔註37〕，以小說的形式再現了生命意識的內在隱秘，淋漓盡致地呈現出 20 世紀影響中國人命運的種種「社會文化病相」。學者李澤厚也大聲呼籲文學的科學精神：「我認為中國現在寧肯少要一點海德格爾，多要一點卡爾・波普爾。我們更需要現代清晰的知情推理、科學精神和實證態度，而少來點醉醺醺的酒神和仿酒神。」〔註38〕池莉曾在《我坦率說》一文中強調科學對自己創作的重要性：「我學醫從醫一共八年，這對我選擇哪一條文學創作

〔註34〕于啟宏：《實證與詩性——二十世紀中國文學中的自然主義》，社會科學文獻出版社，2005 年，第 16 頁。

〔註35〕孟新東：《20 世紀 80 年代文論研究中的自然科學方法論熱再反思》，《中國語言文學研究》，2018 年第 2 期。

〔註36〕張賢亮：《〈習慣死亡〉創作談》，《中篇小說選刊》，1989 年第 4 期。

〔註37〕張亞斌：《報告現實社會生活的種種病相——賈平凹小說《病相報告》的藝術文化學解構之二》，《西安建築科技大學學報》，2004 第 2 期。

〔註38〕《語言的迷宮及其他——李澤厚、於建對談錄》，《文藝報》，1989 年第 6 期。

之路起了決定性的作用。赤裸裸的生與死，赤裸裸的人生痛苦將我的注意力引向注重真實的人生過程本身，而不是用前人給我的眼鏡去看人生。」在《再談寫作的意義》一文，她還明確地說「我覺得我日益像個科學工作者了。」〔註39〕

第二節　真實觀

一、自然主義真實觀之內涵

　　既然自然主義從科學的角度認識文學，以科學的態度對待文學，真實性便理所當然成為其首要原則。因為科學的產生和發展正是緣自人類內在的求真意志，科學的使命就在於追求真實。正是對科學精神和方法的熱愛和倚重，引導自然主義文學家們在文學創作中堅持實事求是的態度、對真理的熱愛、求真務實的科學精神、注重實證的科學方法，從而形成自然主義文學最根本的文學觀念——真實觀，可以說，真實是自然主義文學的基本出發點、根本原則與終極目標。

　　對於自然主義文學先驅龔古爾兄弟而言，真實是他們創作的基準。他們不止一次強調小說的真實性，認為「小說應力求達到的理想是：通過藝術給人造成一種最真切的人世真相之感。」〔註40〕基於對真實的共同要求，他們創造性地將傳統倚重想像和虛構的小說與真實客觀的歷史聯繫起來，認為「小說畢竟是唯一真實的歷史」，小說要「提供最多的真實事件，對歷史來說最多的真實的思想」〔註41〕，因此在創作中，他們化身為醫生、學者、歷史學家，一切以真實為準則，摒棄傳統小說倚重的想像和虛構，將實地觀察、調查所獲取的真實資料，轉變為「這時代最具有歷史價值的小說，對本世紀精神史提供最多的事實和真相的小說」。他們被視為自然主義小說開山之作的《杰米拉·拉賽朵》，之所以被雨果推崇，就因為該小說具有「這種偉大的美：真實」〔註42〕。

〔註39〕池莉：《池莉文集：4》，江蘇文藝出版社，1995年，第248頁。

〔註40〕龔古爾兄弟：《日記》，朱雯等《文學中的自然主義》，上海文藝出版社，1992年，第316頁。

〔註41〕馬爾丁諾：《第二帝國時期的現實主義小說》，斯拉特金·雷普蘭出版社，1972年，第235～236頁。

〔註42〕羅新璋：《法國自然主義文學的先驅——龔古爾兄弟》，柳鳴九《自然主義》，中國社會科學出版社，1998年，第17頁。

藝術真實，更是左拉始終強調的文藝創作和批評的根本原則和前提：「小說家的首要品質是真實感」。左拉把真實看成文學的生命，小說惟一應該追求的目標，同時將自然主義真實觀當作評價作品的最重要的準則和標尺：「作品不是廣泛地建立在真實之上，就沒有任何存在的理由」，「當我讀一本小說的時候，如果我覺得作者缺乏真實感，我便否定這作品」。基於文學的真實觀，左拉聲稱自然主義作家的全部工作就是「從自然中取得事實，然後研究這些事實的構成，研究環境與場合的變化對其的影響，永遠不脫離自然的法則」，他認為真實感在文學創作中的地位至關重要，無可替代：「什麼也不能代替真實感，不論是精工修飾的文體、遒勁的筆觸，還是最值得稱道的嘗試。你要去描繪生活，首先就請如實地認識它，然後再傳達出它的準確印象。如果這印象離奇古怪，如果這幅圖畫沒有立體感，如果這作品流於漫畫的誇張，那麼，不論它是雄偉的還是凡俗的，都不免是一部流產的作品，注定會很快被人遺忘。它不是廣泛建立在真實之上，就沒有任何存在的理由。」〔註43〕

1866年，法國科學大會第33屆會議在埃克斯舉辦，左拉提交了長達30頁，名為《小說之定義》的報告，這是左拉第一次公開談論小說，他在報告中著重強調文藝是對生活的客觀真實的反映：「藝術就是生活本身。我們只有研究生活，才能解釋、理解人類的創作。」〔註44〕左拉所強調的就是文學藝術對生活的原生態描摹，目的是為了保證科學意義上的真實與精確。由此，自然主義文學主張用嚴格的「寫實」取代傳統敘事文學、特別是小說賴以生存的「想像」「虛構」：「寫小說的一切條件已經改變。想像力不再是小說家的最高品質」，「既然想像力不再是小說家最高的品質了，那麼什麼東西取而代之？……今天，小說家的最高品質就是真實感」，「我們從使真實變得更完美的創作的意義上來說，要拒絕想像，我們把我們所有的創作力用來賦予真實以固有生命」，因此，左拉呼籲用「他有真實感」代替傳統的「他有想像力」來評價小說家〔註45〕。

當然，無需諱言，在實際創作中，文學作品不可能完全沒有想像和虛構，

〔註43〕左拉：《論小說》，朱雯等《文學中的自然主義》，上海文藝出版社，1992年，第207～208頁。

〔註44〕德尼絲・勒布隆－左拉著，李焰明譯：《我的父親左拉》，廣西師範大學出版社，2002年，第30頁。

〔註45〕左拉：《論小說》，朱雯等《文學中的自然主義》，上海文藝出版社，1992年，第209頁。

左拉自己也明言:「我不拒絕想像」,「當然,小說家還是要虛構的;他要虛構出一套情節、一個故事」。但是,分析左拉的言論,我們不難看出:一方面,以左拉為代表的自然主義作家所強調的是:相比於真實與客觀,想像和虛構「在整個作品裏只有微不足道的重要性」,必須服從文學的真實性原則,從而對小說的藝術想像和虛構成分進行了最大程度的限制;另一方面,作家要運用寫作技巧,將想像和虛構安排得合乎情理,「作家全部的努力都是把想像藏在真實之下」〔註46〕,給讀者真實的感覺。對那些違背真實的隨意虛構,自然主義作家們是堅決反對的。

自然主義文學家們對文學真實性的絕對強調,與他們的生活經歷有密切關係。他們在生活中或以新聞為職業,或者諳熟新聞界,左拉就曾做過記者,為多家報刊工作過。這些經歷不但為他們日後的文學創作提供了真實素材——他們的許多作品的背景與題材都取自新聞界,來源於當時真實的社會新聞,如《萌芽》就取材於 1884 年 2 月 19 日法國北部煤礦區昂贊礦工大罷工的新聞〔註47〕,而且造就了他們直面現實,堅持真理、捍衛正義的世界觀。左拉曾宣稱:「假如你們要問我到這個世界上來幹什麼,作為一個藝術家,我將這樣回答你:『我是來高喊真理的。』」〔註48〕從文學的真實觀出發,他們自發地承擔起通過文學作品傳播真理的使命,「法蘭西因為看事物只看它討人喜歡的表面現象,所以吃了虧,得了病……我將教會她怎樣觀察事物。」〔註49〕對他們而言,題材的真實是創作的根本前提,因此,為了達到嚴格的真實,他們將傳統的以情節取勝的敘事文學變成了調查考證和平鋪直敘,將想像的文學變成了慘淡人生和醜惡事相的寫實記錄,他們以自然科學的態度和方法致力於再現嚴酷的真實,所以他們的描寫常常真實得令人駭然。正如前文所言,自然主義對「真實」「客觀」的理解與現實主義有著一定區別,相較於現實主義,自然主義的「客觀」「真實」是以完全排除作家的主觀性、社會性、政治傾向性為前提的。巴比塞在《左拉》一書中明確指出,左拉的自然主義小說概念「含有不問政治的意思。」左拉自己也曾經明言自己的作品不像巴

〔註46〕左拉:《論小說》,朱雯等《文學中的自然主義》,上海文藝出版社,1992 年,第 206 頁。
〔註47〕左拉著,黎柯譯:《萌芽:前言》,人民文學出版社,1982 年,第 2 頁。
〔註48〕馬克・貝爾納著,郭太初譯:《左拉》,上海譯文出版社,1992 年,第 152 頁。
〔註49〕貝朗特・德・儒弗內爾著,裘榮慶譯:《左拉傳》,天津人民出版社,1988 年,第 184 頁。

爾扎克那樣「具有社會性，而有較大的科學性」，並聲明自己的「主要任務是要成為純粹的自然主義者和純粹的生理學家」，而不是政治家、道德家。

　　學界一直抨擊自然主義強調的「真實」是對現實生活機械的、照相式的複製，並質疑其所強調的「絕對的真實」無法達到。其實這是對自然主義「真實觀」的一種誤讀。自然主義「真實觀」強調的並非「絕對的真實」，而是一種「真實感」。左拉等自然主義作家所強調的「自然」，長期被理解為純粹的「外在的自然」；「真實」也被機械地理解為「外部的客觀真實」，所以自然主義常因此被指責為侷限於機械的、照相式的客觀真實。事實上，自然主義的「自然」既包括外部自然，也包括內在自然，自然主義的「真實」，也是「主體與客體在融合過程中達成的，既關乎『外在自然』，又關乎『內在自然』的『真實感』。」〔註50〕所以自然主義作家們雖然追求徹底的客觀、真實，但並沒有忽視文學自身的審美特質，而且同樣強調作品的個性氣質，同樣不排斥作品的虛構性。

　　左拉給自然主義所下的定義便是「通過藝術家的氣質看到的自然（或自然的一隅）」，既然是通過「藝術家的氣質」所看到的「自然」，便必然地要沾染上藝術家的人為因素，便不可能是完全的「真實」，正如左拉的傳記作者讓・弗萊維勒曾指出：「如果說藝術需要的是真實，照左拉看來，首先，藝術還得是藝術家的性格的具體表現。」人們在作品中看到的現實，只是通過藝術家的氣質所表現出來的一種相對的真實感。左拉說：「真實感就是如實地感受自然，如實地表現自然。」〔註51〕既然是對自然的「如實」感受，那麼就不可能是絕對的真實，而只能是相對的真實。左拉還說：「自然主義是回到自然和人；它是直接的觀察、精確的剖解、對存在物的接受和描寫。」既然是觀察、剖解、接受、描寫，則一定含有創作主體的主觀因素在內，因為不同的人對同一個事物可能存在觀察的視角、剖解的側重、接受的程度、描寫的手法等方面的差異，這種差異正來源於創作主體主觀方面的因素。左拉自己也曾明確說過：「在一部藝術作品中，準確的真實是不可能達到的。……存在的東西都有扭曲」〔註52〕，「那些天真地發現自然主義只不過是攝影的人，這回也許會明白：我們以絕對真實

〔註50〕曾繁亭：《文學自然主義研究》，中國社會科學出版社，2008 年，第 4 頁。
〔註51〕左拉：《論小說》，朱雯等《文學中的自然主義》，上海文藝出版社，1992 年，第 206 頁。
〔註52〕左拉：《給安托尼・瓦拉布雷格的信》，朱雯等《文學中的自然主義》，上海文藝出版社，1992 年，第 265 頁。

自詡，就是旨在讓作品充滿強烈的生活氣息。」〔註53〕莫泊桑在《愛彌爾‧左拉研究》中則云：「須知絕對的真實，不摻水份的真實是不存在的，因為誰也不能認為自己就是一面完美無缺的鏡子。我們每個人都有一種思想傾向，教我們這樣或那樣去看待事物。」〔註54〕可見，自然主義所強調的「真實」，並非那種所謂的「絕對的客觀真實，也並非是一種簡單的主觀真實，而是一種排除了『前見』的、在主體與現象世界的遭遇交合中『被給予』的、為我獨有的感覺體驗。」〔註55〕在實際創作中，自然主義作品也並非機械的、照相式的、冷冰冰的複製，而是通過真實客觀的描寫，自然流露出一定的思想傾向，正如布洛夫指出的「自然主義在貌似客觀的、不概括性的、不干涉社會生活的描寫之背後，其實是存在主觀性、概括性和傾向性的。」〔註56〕分析左拉等人的作品，我們也可以發現：徹底的真實是不存在的，自然主義作品的真實性中同樣也具有傾向性：左拉《盧貢‧馬加爾家族》是對當時社會黑暗、醜惡現狀冷冰冰的、不動聲色的真實寫照，但其中蘊涵的尖銳無情的揭露與鞭撻，比巴爾扎克《人間喜劇》有過之而無不及。左拉雖然強調作品要保持絕對的客觀、中立，但《盧貢‧馬加爾家族》中的一些主要作品如《萌芽》《土地》《潰敗》等，都自然地流露出作者對光明、對正義、對社會進步、對民族與人民的理想與激情。更有甚者，據柳鳴九考證，「有相當一大部分自然主義作家，比起他們現實主義前行者，具有強烈得多的民主主義感情，左拉較之巴爾扎克，政治思想立場就遠為激進，他是法國文學史上作家兼鬥士的突出範例之一。」〔註57〕

二、自然主義真實觀對中國現代文學的影響

（一）奠定了「五四」文學求「真」的本質

　　自然主義文學真實觀對中國文學產生了重大影響。如前所述，「五四」文學對自然主義的接受與借鑒，正是以茅盾為首的「人生派」作家們出於拯救

〔註53〕左拉《論小說》，朱雯等《文學中的自然主義》，上海文藝出版社，1992年，第234頁。
〔註54〕莫泊桑：《愛彌爾‧左拉研究》，柳鳴九《自然主義》，中國社會科學出版社，1988年，第523頁。
〔註55〕曾繁亭：《文學自然主義研究》，中國社會科學出版社，2008年，第234頁。
〔註56〕陳順馨：《社會主義現實主義理論在中國的接受與轉換》，安徽教育出版社，2000年，第66頁。
〔註57〕柳鳴九：《自然主義：前言》，中國社會科學出版社，1988年，第5～6頁。

當時一度陷入困境的文學創作狀況而引發的。當時的作家們大都缺乏生活經驗的積累，創作之前也沒有作實地觀察，對要描寫的生活狀況既不熟悉，在創作過程中又不重視描寫的客觀和中立，「不真實」的毛病非常明顯。而自然主義的真實觀正是醫治這些病症的對症良藥。自然主義對文學真實性的強烈重視，為「五四」文學創作提供了優秀的範本，有助於「五四」啟蒙主義打倒舊文學，發展新文學。通過對自然主義文學「真實觀」的接受和學習，以茅盾為代表的新文學革新者們充分借鑒了自然主義文學的實證性方法、科學的精神和態度，「求真」「寫實」成為「五四」文學創作的最基本的要求，並成為新文學扭轉當時那種虛偽的、公式化的、概念化的舊文學粉飾太平的創作傾向，根治中國舊文學及當時新小說所存在的消遣的文學觀、不忠實的描寫方法等橫梗在中國文學進化道路上的弊病的有力武器，為茅盾等文學研究會作家的創作道路在文學創作基本觀念上打下了堅實基礎，極大地促進了新文學的順利發展。

不僅文學研究會的文學活動受到了自然主義真實觀的深刻影響，前期創造社也高度接受了自然主義真實觀。日本自然主義作家認為只有真實地寫出自我，才能真實地寫出人生世相，才能達到真正意義上的「真」，所以他們大都以「自我告白」「自我懺悔」作為主要行文方式，客觀地再現自己內面的真實，前期創造社成員借鑒了他們的做法，在創作中極力像日本自然主義作家那樣「摒棄一切虛假，忘卻一切矯飾，痛切地凝視自己的現狀，爾後真實地把它告白出來」〔註58〕。

為了保證文學的真實，前期創造社的自我小說，如《沉淪》《漂流三部曲》《喀爾美蘿姑娘》等，借鑒日本自然主義文學最為倚重的「自我告白」的敘事抒情模式，大膽勇敢地進行「自我告白」「自我懺悔」，將隱藏在內心深處、日常生活中羞於示人的痛苦、鬱悶、欲望、悲哀甚至罪惡等，統統真實地再現出來，以尋求自我情感的發洩，渴望獲得他人的理解，他們既把它作為告別虛偽、實現「真」的途徑，又通過它表達自己對當時黑暗、壓抑的社會現實的不滿、宣洩和反抗。前期創造社作家們清除一切束縛，毫無約束地宣洩自己內心深處的情感，因之他們的作品大多淺顯明白，達到了高度的真實與透明。因此周作人評價說：「像是一個玻璃球，晶瑩透徹得太厲害了，沒有一點

〔註58〕島村抱月：《論人生觀上的自然主義》，《近代文學評論大系》，角川書店，1982年，第 257 頁。

兒朦朧，因此也似乎缺乏了一種餘香與回味。」〔註 59〕

除了文學研究會和創造社受到自然主義文學真實觀的顯著影響，一些無黨無派人士也接受了自然主義真實觀，沈從文為其中的典型代表。前文已有明確論述，此處不贅。

此外的一些文學作品，沒有傳承自然主義文學那種強烈的真實觀念，在對「真」的追求上，從生活與藝術之關係來說，顯示出更多的虛假成份。以當時的無產階級小說為例，當時的無產階級小說，大都有著明顯的政治目的，為了體現文學服務政治意識形態的功效，為了歌頌新生政權，作家們不可能像自然主義作品那樣將作者自身經歷或真實事件作為素材，而是圍繞著預設的意義規劃作品，這樣必然存在著虛飾的成分。在自然主義文學真實觀的影響下，「五四」時期的小說大多求真寫實，並因此呈現出鮮明的悲劇色彩，因之與古典小說虛設的大團圓結局區分開來，但在後來的無產階級小說尤其是解放區小說中，已經被「五四」文學中斷的那種虛設的大團圓結局又死灰復燃，出於歌頌新生政權的政治目的，大部分無產階級作品都要虛設一個理想的結局，添加「一條光明的尾巴」。〔註 60〕

（二）促生了重「考證」的左翼報告文學

自然主義文學的真實觀對中國報告文學的誕生產生了很大影響。「五四」時期對崇尚科學的自然主義文學的大力宣揚，對文學真實觀念的極力強調，一方面順應了科學主義的時代語境，另一方面也強化了中國新文學對科學的注重和借鑒，在一定程度上促成了中國文壇新文學樣式——報告文學的誕生。

關於中國報告文學的起源一直眾說紛紜，目前認為最早的是林緘作於 1849 年的《西海紀遊詩》。「五四」時期全方位的科學主義文學語境促成了報告文學的萌生，出現了像億萬在《每週評論》發表的《一週中北京公民之大活動》（1919 年），無名氏在《勞動者》第一期發表的《唐山煤礦葬送工人大慘劇》（1920 年），周恩來在《益世報》連載的《旅歐通信》（1921 年），瞿秋白在《申報》發表的《餓鄉紀程》《赤都心史》（1922 年）等初具報告文學性質的作品，瞿秋白的作品，因為客觀真實地記錄了「路程中的見聞經過，具

〔註 59〕周作人：《揚鞭集序》，《知堂序跋》，百花文藝出版社，1987 年，第 298 頁。
〔註 60〕張富貴、靳叢林：《中日近現代文學關係比較研究》，吉林大學出版社，1999 年，第 266～267 頁。

體事實,以及心程中的變遷起伏,思想理論」〔註61〕,每每被論及報告文學歷史的文章提及。

「報告文學」一詞在中國的正式亮相是在1930年代〔註62〕。夏衍作於1936年的《包身工》被視為中國現代報告文學的成熟之作〔註63〕,1936年也因之被稱為「報告文學年」。1930年代建構的報告文學,是左翼文學的重要組成部分之一,當時左翼陣營內的許多成員,如茅盾、丁玲、沙汀、周立波、歐陽山等小說家均涉足過報告文學。他們所創作的報告文學作品,「不用傳統虛構的表現方法,而是直面現實社會的各種矛盾和衝突」,「採用考核和聚焦事實的方法反映社會現實」,「並通過抓住社會的主要矛盾或能夠引起社會廣泛關注的熱點,讓社會和大眾比較充分和及時地跟上現實的發展並參與思考」〔註64〕。

作為近代工業文明的產物,報告文學「萌生於新聞母體」〔註65〕,所謂「報告」是指內容的真實性、非虛構性,所謂「文學」則指表現手法的藝術性,即採用文學的形式對現實生活中的真人真事進行「報導」。正如著名新聞理論家甘惜分所說:「顧名思義,報告文學是報告與文學的結合。它的內容是報告事實,而它的形式是文學的。」〔註66〕

報告文學這個名詞是從日本傳入中國的,其日文是「調べる文學」,意即基於調查的文學紀實,因此其主要特徵首先在於新聞性,而真實是新聞的生命,因而真實也就必然成為報告文學的立身之本,如實地記述事實便成為報告文學的職責,同時它比純粹的新聞報導多了文學特徵,正是這一點,使它成為文學與科學緊密結合的典範,這正與自然主義文學頗為一致。而事實上,確有學者認為報告文學的首創者正是左拉:「左拉是近代報告文學的創始者」,「左拉重新揭露了事實的世界:他創始了近代的報告文學。」〔註67〕左拉的

〔註61〕瞿秋白:《餓鄉紀程》,《中國報告文學叢書:第1輯:第2分冊》,長江文藝出版社,1981年,第87頁。

〔註62〕周淼龍:《報告文學在中國的淵源》,《湖南民族職業學院學報》,2008年第4期。

〔註63〕張鍥,周明:《中國當代文學作品精選:報告文學卷》,北京十月文藝出版社,1999年,第1頁。

〔註64〕王文軍:《文本中的現實——中國左翼報告文學建構事實的方法》,《杭州師範大學學報》,2009年第4期。

〔註65〕章羅生:《中國報告文學發展史》,湖南人民出版社,2002年,第20頁。

〔註66〕白潤生、劉一沾:《報告文學簡論》,新華出版社,1985年,第4頁。

〔註67〕彼埃爾·墨林:《真理所冒的風險》,《世界週刊》,1935年3月15日。

《我控訴》，就被認為是一篇帶有報告文學性質的紀實文學作品，左拉深入調查 1894 年法國「細帳」案件，然後運用仔細調查所得的大量事實，寫就了《我控訴》，為案件中被誣陷的德萊斐斯大尉鳴冤。這個過程正是報告文學的常用流程。作品發表後，震動了整個法國，因為作品中暴露了大量法國當局的軍官政客隱瞞、欺騙、違法作弊等醜聞，左拉被法國當局宣判一年監禁。但是，作品所寫的無一不是事實，沒有任何虛構捏造，完全經得住法律的檢驗，因此左拉據理力爭，打了四年官司，最後法庭不得不宣布他無罪。可以說左拉的實例為報告文學類的紀實文學樹立了榜樣。報告文學被譽為「時代的歷史書記官」，而左拉等自然主義者也自稱為歷史「忠實的記錄員」，可見二者在基本創作態度上極其一致。另外，在中國，「現代報告文學之產生原是以新聞報刊事業之發達為前提的，故其最初的操觚者幾乎無一不是報刊記者。所以報告文學曾被稱作『記者文學』」〔註68〕，這又與左拉等自然主義者在生活中要麼從事新聞職業，要麼曾有當記者的經歷這一情形完全相同。

　　自然主義作家們為了使作品達到高度的真實，在創作前強調要「實地觀察」，左翼報告文學作家們也是如此，夏衍在談到《包身工》的創作時曾說：「這是一篇報告文學，不是一篇小說，所以我寫的時候力求真實，一點也沒有虛構和誇張。包身工的勞動強度、她們的勞動和生活條件、當時的工資制度，我都盡可能做了實事求是的調查。」為了創作《包身工》，夏衍曾妝扮成工人混進上海紗廠，體驗真實的紗廠生活達數月之久，這與為了描寫礦工生活而深入礦場，與礦工打成一片，並多次偷聽礦工談話的左拉何其相似！正是因為他們深入到社會最底層，親身經歷、體驗這些下層人民的艱辛和苦難，他們以「親歷者」身份寫出的文學作品才能與事實高度吻合，才會比一般虛構性的作品擁有更大的衝擊性和震撼力，並引起讀者的強烈共鳴。

　　1930 年代左翼報告文學的出現，一方面是順應「五四」時期奠定下來的科學主義時代氛圍，利用新聞媒體等新生的先進的大眾傳媒，借鑒自然主義文學與科學高度結合的結果，另一方面，也是左翼文學積極響應時代與社會要求的產物。1930 年代正值激蕩多變的轉型期，瞬息萬變的社會、如火如荼的革命，都迫切需要文學能真實、迅捷地對此進行反映，並對人民大眾進行引導，報告文學應時而生。正如茅盾所總結的：「每一時代產生了它的特性

〔註68〕佘樹森、陳旭光：《中國當代散文報告文學發展史》，北京大學出版社，1996年，第 17 頁。

的文學。『報告』是我們這匆忙而多變的時代所產生的特性的文學樣式。讀者大眾急不可耐地要求知道生活在昨天所起的變化，作家迫切地要將社會上最新發生的現象（而這是差不多天天有的）解剖給讀者大眾看，刊物要有敏銳的時代感——這都是『報告』所由產生而且風靡的原因。」〔註69〕此外，中國左翼作家聯盟（以下簡稱「左聯」）對報告文學的接受，還存在著一個誤讀現象：左聯是在認可報告文學強烈的戰鬥性、抗爭性的基礎上接受並竭力提倡它的：「報告文學是在國際無產階級革命運動中開始孕育和開始成長的」，「報告文學是伴隨著無產階級登上社會歷史舞臺的新型文學」，「它是人民的文學，戰鬥的文學，真實地記錄時代風雲的文學，是最富於時代精神的文學。」〔註70〕這造成了左翼報告文學與真正的報告文學的一些偏離。可以說，左翼報告文學同自然主義文學一樣，以真實作為文學安身立命的根本，要求作品忠實地記錄事實，真實地反映社會，但不同之處在於，自然主義文學追求的是最大限度的真實與客觀，而左翼報告文學不是純客觀地記錄事實，而是作者從既有的社會使命和政治目的出發，有選擇地記錄他認為應當記錄的事實。簡言之，左翼報告文學雖然沒有違背文學真實性的要求，但融入了作者的主觀意識和功利色彩，在一定程度上削弱了文學的真實性。

（三）影響了現代作家的創作實踐

1. 文學藝術的最大目標是「真」——自然主義真實觀對茅盾的影響

自然主義文學的真實觀，對茅盾的文藝觀念產生了深遠影響。正是在接受和倡導自然主義文學的過程中，茅盾形成了自己以「真實」為顯著特徵的早期文藝觀。

首先，茅盾汲取了左拉自然主義的科學精神和真實原則，提出文學藝術的最大目標是「真」：「自然主義最大的目標是『真』；在他們看來，不真的就不會美，不算善」，他認可自然主義文學對於文學的本質定性，認為文學已經成為一種科學，既然「科學的精神重在求真，故文藝亦以求真為唯一的目的」，所以他主張文學「應以真摯的文體，記載真摯的思想與事實」。〔註71〕

〔註69〕茅盾：《關於「報告文學」》，《中流》，1937 年第 11 期。

〔註70〕尹均生：《報告文學：無產階級革命時代新型的獨立的文學樣式》，《武漢師範學院學報》，1979 年第 3 期。

〔註71〕茅盾：《自然主義與中國現代小說》，《茅盾全集：18》，人民文學出版社，1989年，第 235 頁。

自然主義真實觀對茅盾的影響明確顯現在其文學批評中。在當時文壇普遍著眼於文學的政治作用，一味追求創作所謂的「新典型」以凸顯文學的「革命性」的情形下，茅盾保持著清醒並敢於直言：「不要性急罷，先求作品寫得真實，真實乃能感染人，其次再來創造新的典型。」〔註72〕在談及如何提高文學作品的質量時，他提出創作「質的提高」的奧秘之一就在於文學的「真實性」：「寫什麼得像什麼，寫農村放歌就要是真正農村風光」。從真實觀出發，茅盾表揚《搶槍》《襲擊》等作品因平凡不虛構而真實可信：「正惟其太『平凡』，所以真實，正惟其並非英雄主義的拼了命算數，所以才是艱苦的英勇的鬥爭」〔註73〕。

基於文學的真實觀，茅盾在文學批評中特別強調作品的「客觀性」，要求作家要用客觀冷靜的態度從事文學創作，使用客觀的手法在創作中達到對客觀生活的真實再現。由此有研究者指出：「能否達到客觀這一高度，是茅盾文學批評中的最高標準，是他文學觀的內核，也是他區別於其他批評家的基本標識。」〔註74〕

茅盾對左拉自然主義文學真實觀的接受，不是簡單地照搬，而是添加了自己創新的成分：他指出作為文藝唯一目的「真」，首先是「實在人生的寫真」，所強調的是真實、客觀地反映現實生活，「作家或藝術家不憑其主觀的偏見，而忠實於客觀現實的規律。」〔註75〕其次是作家反映到作品裏的主觀感情的真。這種感情不僅要「真摯」，而且「它一定是屬於民眾，屬於全人類的，而不是作者個人的」，因為民眾的、普通人的「真摯的情感」才最具有普遍性，才是最真實的。只有達到「實在人生的寫真」與「民眾的」「全人類的」的內面、外面雙重真實的文學，才是「人的文學——真的文學」〔註76〕。他還將真實性進一步劃分為「真的普遍性」和「真的特殊性」：「文學的作用，一方要表現全體人生的真的普遍性，一方也要表現各個人生的真的特殊性」，其普遍性表現在「他們以為宇宙間森羅萬象都受一個原則的支配」，要求文學反映的

〔註72〕茅盾：《茅盾全集：21》，人民文學出版社，1991年，第421頁。
〔註73〕茅盾：《質的提高與通俗》，《茅盾全集：21》，人民文學出版社，1991年，第412頁。
〔註74〕劉鋒杰：《中國現代六大批評家》，安徽文藝出版社，1995年，第105頁。
〔註75〕茅盾：《關於所謂寫真實》，《茅盾全集：25》，人民文學出版社，1996年，第257頁。
〔註76〕茅盾：《文學和人的關係及中國古來對於文學者身份的誤認》，《茅盾全集：18》，人民文學出版社，1989年，第61頁。

現實社會人生具有普遍真實性，強調文學要反映時代的廣闊性，體現出時代精神；其特殊性表現在「然而宇宙萬物卻又莫有二物絕對相同，世上沒有絕對相同的兩匹蠅」〔註 77〕，強調文學對個性的注重。只有達到普遍的真和特殊的真的高度結合，文學才會美，才算「真」。基於這一原則，他對魯迅的文章提出批評：「亦不能不指出《吶喊》是很遺憾，也沒曾反映出彈奏著『五四』的基調的都市人生」，所表現的「不過只是躲在暗陬裏的難得變動的中國鄉村的人生」；《彷徨》中儘管有《幸福的家庭》《傷逝》兩篇，但是「這兩篇也只能表現了『五四』時代青年生活的一角；因而也不能不使人猶感到不滿足」〔註 78〕。另一方面，他又因為葉聖陶《倪煥之》「第一次描寫了廣闊的世間，把一篇小說的時代安放在近十年的歷史過程中」的手法而稱譽之為「五四」文學的「扛鼎之作」〔註 79〕。從「表現各個人生的真的特殊性」出發，茅盾同自然主義作家一樣強調細節的真實，要求新文學作品在細節描寫上要「件件合情合理」，給人以真實感，並要求作品中的人物具有真實而鮮明的性格。從文學真實觀出發，茅盾強調即便微小的細節也得處理得真實可信：「我倒覺得《山鷹》的情節有不盡合情合理者，……也許我這樣追問，太認真了，但細節也不能不有真實性。」〔註 80〕他評論陳大悲的戲劇《幽蘭女士》「對於私產制的攻擊用自然主義表現出來，不說一句『宣傳』式的話」，「篇中寫丁荷元的思想，丁幽蘭的思想都恰倒好處，個人的身段口吻也都很稱」，除個別細節處理不當，「已經很可以算得是自然主義的劇本了」。〔註 81〕

第二，同左拉等自然主義作家一樣，茅盾強調對黑暗現實的暴露。茅盾強調文學作品要如實地反映現實生活，像自然主義作品那樣大膽暴露醜惡現象。面對黑暗的社會現實，茅盾強調作家在「實地觀察」之時，要特別注重對醜惡的人、事、現象進行仔細觀察和分析：要「像藍煞羅一樣，定了眼睛對黑暗的現實看，對殺人的慘景看」，「要有鋼一般的硬心，去接觸現代的罪

〔註 77〕茅盾：《自然主義與中國現代小說》，《茅盾全集：18》，人民文學出版社，1989 年，第 235 頁。

〔註 78〕茅盾：《讀〈吶喊〉》，《茅盾全集：22》，人民文學出版社，1989 年，第 156 頁。

〔註 79〕茅盾：《讀《倪煥之》》，《茅盾全集：19》，人民文學出版社，1989 年，第 211 頁。

〔註 80〕茅盾：《讀書雜記》，《茅盾全集：27》，人民文學出版社，1996 年，第 33～34 頁。

〔註 81〕茅盾：《春季創作壇漫評》，《茅盾全集：18》，人民文學出版社，1989 年，第 81 頁。

惡」〔註82〕。他讚賞詩歌《烙印》作者臧克家，因為「他不肯粉飾現實，也不肯逃避現實」，他肯定《烙印》，因為「《烙印》二十二首詩只是用了樸素的字句寫出了平凡的老百姓的生活」〔註83〕。但另一方面，茅盾又強調要樂觀，「要以我們那幾乎不合理的自信力，去到現代的罪惡裏看出現代的偉大來」，堅決「詛咒一切命運論的文學」〔註84〕。這是茅盾有異於左拉等自然主義者之處。

第三，為了保證作品的真實性，為著「真」的創作目標，茅盾汲取了左拉自然主義科學的創作態度和方法，主張文學必須注重客觀描寫，強調「絲毫不摻入主觀的心理」，照實地描寫人生，「老老實實把社會上實有的人摹寫出來」〔註85〕，同時他又強調必須合情合理地分析與描寫人生，真實地反映人生的本來樣子。他認為客觀精密的分析能夠比主觀的描寫更「入於」生活的「奧秘」〔註86〕。

第四，自然主義真實觀對茅盾的影響還表現在他將科學實驗的態度和方法用於小說創作。自然主義文學科學的客觀描寫手法同樣對茅盾的文學創作產生了深刻的影響，讓他形成了一種冷靜、客觀地直面人生的創作態度，正所謂「見什麼寫什麼，不想在醜惡的東西上加套子」。

自然主義文學真實觀對茅盾的創作也產生了深刻的影響。茅盾前期作品，大多取材於自己或者親戚朋友的親身經歷，有著非常真實的現實基礎，在寫作手法上，也大多採用客觀描寫的手法，非常注意細節真實。基於文學的真實觀，茅盾的小說與現實緊密聯繫，正像捷克斯洛伐克最著名的漢學家，《子夜》的翻譯者普實克所評價的那樣，茅盾「堅定地面對現實，正視一切苦難，對它們進行理性的剖析，將現實的歷程包括自己心靈的歷程一併客觀地如實呈現在作品裏。」正是因為其作品凸顯的強烈的真實性，評論界認為「茅盾的短篇小說可以說是 1919～1937 年間中國新文學第一階段裏最重要的文獻

〔註82〕茅盾：《樂觀的文學》，《茅盾全集：18》，人民文學出版社，1989 年，第 324 頁。

〔註83〕茅盾：《一個青年詩人的「烙印」》，《茅盾全集：21》，人民文學出版社，1989 年，第 11 頁。

〔註84〕茅盾：《樂觀的文學》，《茅盾全集：18》，人民文學出版社，1989 年，第 324 頁。

〔註85〕茅盾：《人物的研究》，《茅盾全集：18》，人民文學出版社，1989 年，第 469 頁。

〔註86〕王曉明：《二十世紀中國文學史論》，東方出版中心，1997 年，第 291 頁。

之一。」〔註87〕

　　茅盾作品中受自然主義影響最大的一篇,《子夜》中的自然主義因素突出地體現在其強烈的真實性上。首先在時代背景的刻畫上。小說通過人物的對話和行動,對當時中國軍閥混戰的現實狀況、交易所的投機和工廠的生產、資本家的家庭生活和成員關係等進行了原生態描寫,具有相當強烈的真實感。其次在人物的塑造上。作者遵從客觀真實的創作方法,一分為二地描寫人物,使之有血有肉,真實可信。比如吳蓀甫,作者雖然是將之作為正面人物——中國民族資本家的代表來刻畫,但是並沒有像當時中國文學界許多作家的做法一樣,對之進行過分讚揚,而是客觀描寫了他的許多缺點甚至劣跡,比如他對妻子的漠不關心,對父親的缺乏尊重,對工人的殘酷,對下人的不信任,對女傭的性騷擾等。吳蓀甫不是理想化的,而是「一個充分寫實的民族資本家的形象」〔註88〕。作品中其他角色也是各有特色,大都體現了有血有肉的真實感。為著真實,作品對地下工作者,對共產黨領導的罷工鬥爭的描寫也不是一味歌頌,而是如實描寫了地下工作者的缺點,罷工的不順利甚至失敗,客觀上指出了罷工對發展民族工業的不利影響。第三在細節描寫上。為了達到真實的目的,作品中的許多細節突破禁區,不惜暴露醜惡。例如開頭,描寫喪妻多年,長期性壓抑的吳老頭子,一貫信奉「萬惡淫為首」的封建道德,但是從鄉下初到開放的上海,一看到女人穿著性感衣服,卻大受刺激,眼前只見大大小小的乳房在晃動、在飛舞,因此中風而死。這一細節描寫真實感極強,同時蘊涵深刻含義,逼真生動地刻畫了封建衛道士的醜惡嘴臉。

　　茅盾的真實觀並非完全照搬左拉的觀念,其中既有對法國自然主義文學「客觀真實」的繼承,又包含了對日本自然主義文學「情感真實」的吸收,同時還放寬了眼界,擴展了範圍,添加了符合當時中國國情的特徵,將日本自然主義文學追求的「個人情感」擴展為「民眾的」「全人類的」情感,既強調外部現實世界的真實,也注重內面情感的真實,既比較全面,又具有中國特色。

2.「自敘」自己「內面的真實」——自然主義真實觀之於郁達夫

　　影響茅盾的主要是法國自然主義文學真實觀,而影響郁達夫的則是日本

〔註87〕《茅盾研究在國外·捷文版〈茅盾短篇小說〉後記》,湖南人民出版社,1984年,第211頁。
〔註88〕黎舟、闞國虯:《茅盾與外國文學》,廈門大學出版社,1991年,第131頁。

自然主義文學的真實觀。

　　受自然主義文學科學主義追求的影響，郁達夫強調科學精神之於文學創作的重要性，強調對文學真實性的高度追求，他說：「自從文藝復興以後的科學精神，浸入於近代人的心腦以後，小說作家注意於背景的真實現實之點，很明顯的在諸作品中可以看出」〔註89〕，「藝術的價值，完全在一真字上，是古今中外一例通」〔註90〕，「小說的生命，是在小說中事實的逼真」。所以，他主張「以唯真唯美的精神來創造文學和介紹文學」〔註91〕，強調一切文學藝術作品，都應該忠於生活，應該是藝術衝動的完全的真切的表現：「講到藝術哩，卻又除表現（即創造）外，另外是什麼也沒有的，並且表現得最完全最真切的時候價值為最高。……我們對於藝術的要求，若於此外更有目的，那就是我們的墮落」，「藝術的理想是赤裸裸的天真，……將天真赤裸裸地提出到我們的五官前頭來，便是最好的藝術品」〔註92〕，「生活和藝術是同出於一源，緊抱在一起，同在一種社會現象的下層深處合流著的一面時代的鏡子。」〔註93〕在《創造日宣言》中，郁達夫公開宣布：創造社創辦這個文學社團的目的就是「想以唯真唯美的精神來創造和介紹文學」〔註94〕，明確表達了對文學真實性的高度強調。郁達夫還以文學的真實觀進行文學批評，他認為王余杞《惜分飛》用「直訴誠摯的心打動了讀者的心」，所以其中「雖然沒有口號，沒有手槍炸彈，沒有殺殺殺的喊聲，沒有工女和工人的戀愛，沒有資本家殺工人的描寫」，卻吸引讀者「一直的貪讀下去」，「不知不覺地受到它的感動」。他評價徐祖正《蘭生弟的日記》，認為雖然缺乏創作技巧，但若以文學的真實觀、直率的態度為標準進行衡量，則其價值遠在一般作品之上。〔註95〕

　　在法國自然主義影響下，日本自然主義小說極其追求藝術表現上的「真」，並形成了日本文學追求「真實」的優良傳統。為了達到真實，田山

〔註89〕郁達夫：《小說論》，上海光華書局，1926 年，第 33 頁。
〔註90〕郁達夫：《藝文私見》，復旦大學出版社，2004 年，第 104 頁。
〔註91〕郁達夫：《創造日宣言》，《郁達夫文論集》，浙江文藝出版社，1985 年，第 65頁。
〔註92〕郁達夫：《藝文私見》，復旦大學出版社，2004 年。第 51 頁。
〔註93〕郁達夫：《藝文私見》，復旦大學出版社，2004 年，第 171 頁。
〔註94〕郁達夫：《創造日宣言》，《郁達夫文集：第 7 卷》，花城出版社，1982 年，第288 頁。
〔註95〕郁達夫：《讀〈蘭生弟的日記〉》，《現代評論》第 4 卷 90 期，1926 年 8 月 28日。

花袋《棉被》等作品成為「赤裸裸的人類的大膽懺悔錄。」〔註96〕稍後的私小說更是將文學作品發展為一種極端的自我懺悔，乃至個人生活隱私的記錄和爆光。受到這種影響，郁達夫也追求文藝上的「真」，作品大多是自我懺悔的自我小說，大膽直率地將自己的生活經歷和內心情感真實再現出來，唯其真實，才能收穫受眾的信任和認可，才能引起他們的強烈共鳴，才能自然地激起當時人們對扼殺人性的黑暗社會的不滿和反抗。

為了創作的真實，郁達夫作品汲取了「私小說」以身邊事為創作題材，藝術地再現自我的創作方法，絕大部分作品都取材作者的身邊事件，把自己所體驗過的生活直接地寫出來，帶有濃厚的自我表現意識，具有突出自我的「自敘傳」特點，帶動了一批創作社作家的創作，他們的這類作品被稱為「自我小說」。這些自我小說大多直接取材作家自己的真實生活，描寫小資產階級知識分子日常的潦倒和內心的苦悶。他們筆下的知識分子大多是些有著性的苦悶、生的悲哀的「零餘者」，社會地位低下，生活困頓，處處受到壓迫和欺侮，各個方面都鬱鬱不得志，所以淪落為感傷主義者。在感情方面，他們期盼愛情，渴望得到女性的撫愛，卻往往不為人所愛，由此而產生了性苦悶和變態心理，如《銀灰色的死》《沉淪》中的主人公，中國留日學生——他，《空虛》裏的于質夫等，他們身上體現出來的性的苦悶、生的壓抑、淪落他鄉的孤淒，正是郁達夫自己在日留學生活的真實寫照。而他們在性的苦悶、壓抑下所表現出來的舉動與《棉被》主人公竹中時雄異常相似：于質夫在心中的情人走後，馬上將身體橫伏在剛才她睡過的地方，把兩手放在身底下去做了一個緊抱的姿勢，感受到被上留著她的餘溫，閉了口用鼻子深深地把被上她的香氣聞吸了一回的舉止，與竹中時雄得知自己傾心的女門生與情人發生了關係而私奔的消息後，抱著女門生睡過的被子，感到一陣陣震顫，禁不住失聲痛哭起來的情景如出一轍。《棉被》被評論為「一個人肉慾的赤裸裸的懺悔」，而郁達夫的小說亦被看作是「靈魂奧秘的連續自白」，二者都表現了「一些個人慾望的落空、個人感情的被蹂躪、個人意志的被踐踏」，然而，雖然郁達夫所描寫的只是作者個人的生活經歷和內心的欲望及苦悶，卻代表了他們同時代青年人的共同心聲，正如沈從文所說：「郁達夫，只會寫他本身，但那卻是我們青年自己」。以郁達夫為代表的小資產階級知識分子，渴望擁有個人與民族的尊嚴，追求個人的生活理

〔註96〕中村新太郎：《物語近代文學》，新日本出版社，1979 年，第 22 頁。

想，但在黑暗現實的打擊下，所有的夢想都成為鏡花水月，這使他們憂鬱、憤懣，但又尚未具備站起來與罪惡的社會作面對面抗爭的勇氣，只能採取自憐、自戕，或是歸隱的消極反抗形式，有些知識分子甚至過著醇酒婦人的頹廢荒唐生活。郁達夫就通過文學作品真實再現這些小資產階級知識分子的生活本相和內心苦痛。另外，郁達夫的小說直接以自己為對象，大膽剖析生命中所孕育的情慾的痛苦，力圖證明人的情慾是自然的、應該肯定和尊重的，這無疑給當時虛偽、矯飾的封建倫理道德帶來很大衝擊，在一定程度上促進了人類自身的解放。

郁達夫的小說，就是「自我人生的自然表現」〔註97〕，如其代表作《沉淪》就是自傳體小說，作者毫不掩飾、毫無避諱地描述主人公在嚮往自由和追求性愛中的苦悶，細膩大膽地刻畫其自暴自棄、自戕自踐的變態心理。日本小田岳夫曾評價說：「《沉淪》的內容大部分都是以達夫的自身經驗為基礎，所以真實感很強。就真實感而論，可以說達夫的作品比文學研究會一派更是真實的。」〔註98〕充分說明郁達夫小說對文學真實的高度追求。因為高度的真實感和時代特徵，郁達夫的小說博得了不少讀者的共鳴，但也引起封建衛道者們的反對，指責作者「不道德」「誨淫」，為此，作者一度名譽蒙毀，不能受聘於大學執教。

郁達夫認為：「把捉自然，將自然再現出來，是藝術的本分。把捉得牢，再現得切，將天真赤裸裸的捉到我們五官前頭來的，便是好的藝術」，所以其小說大多取材於個人的瑣碎小事、細小感情，描寫內容基本是日常的、細碎的、有時幾乎是平庸的生活現象。如《迷羊》，通篇就是平鋪直敘了一個感傷少年與女伶之間戀愛、同居及分離的尋常愛情故事，人物是普通的青年男女，愛情是尋常的聚散離合，沒有偉岸的英雄，也不見跌宕起伏的情節，通篇就是作者流水帳式的平淡敘述。支撐郁達夫作品的，除了情感，就是細節。所有這些細緻而真實的文學表現，和自然主義的文學作品的創作方法如出一轍，同他對現實題材的執著一樣，「明顯的帶有自然主義的特點」〔註99〕。

〔註97〕陳卓松：《自我人生的自然表現——郁達夫小說受自然主義影響的探討》，《湛江師範學院學報》，2000 年第 1 期。

〔註98〕小田岳夫、稻葉昭二：《郁達夫傳記兩種》，浙江文藝出版社，1984 年，第 38 頁。

〔註99〕許子東：《郁達夫新論》，浙江文藝出版社，1984 年，第 42 頁。

3.「精細準確」的平面描寫——張資平對日本自然主義文學真實觀的接受

如前文所言，張資平曾在《文藝史概要》《歐洲文藝史綱》兩本著作中熱情洋溢地謳歌自然主義的科學精神和真實性原則，落實到具體創作實踐，則體現為其對日本自然主義文學純粹客觀的寫實及「平面描寫」創作手法的繼承。《中國新文學大系・小說三集》中所選的張資平五篇小說可為此創作手法之代表，這些小說都具有平面、寫實的特點，真實感非常強烈。

張資平非常讚賞自然主義文學「只以純客觀的態度把萬物之靈的醜態描寫出來，給我們看」〔註 100〕的做法，所以他對於筆下人生事相不加入任何傾向性評價、判斷，只將主人公的生活經歷流水帳似地隨手記下，作者的愛憎僅僅是在客觀冷靜的描述中自然流露，寫作態度相當客觀。他的這種「平面描寫」也曾被批評為：「所『寫』的『實』只是表面的現象，不曾接觸事實的核心」〔註 101〕。這也是自然主義文學被非議的一點，也正因為張資平的小說具有「寫實」的、照相式的「平面描寫」的特點，才被歸於自然主義文學之列。

4. 主觀向客觀的轉變——李劼人對自然主義真實觀的借鑒

李劼人早期短篇創作中帶有「羅曼主義」「胡思亂想」式的創作觀念，熱衷那種萬能評判、喜歡開醫方、主觀臆斷性較強的敘述方式。通過翻譯 19 世紀法國自然主義及以後的文學作品，李劼人從福樓拜、龔古爾兄弟等自然主義作家身上學到了很多，對自己的創作欠缺有了清醒認識，逐漸放棄了那種主觀性強的創作方式，轉而採用自然主義攝影式的創作手法，拍攝生活的畫面，並將之原樣呈現到作品中，使作品完全成為一種客觀寫真、紀實顯現，逐漸形成了自己帶有「法國自然主義文學痕跡」的「文學自覺」〔註 102〕。

李劼人採用歷史真實和細節真實相結合的方式來增強作品的真實性，他塑造的人物並非事件的傀儡，而是有著很強的個性和鮮活的生命力，性格鮮明，感情豐富，有血有肉，真實可信；他對人物，尤其是婦人的心理描寫真實細膩，心理分析細緻入微；他描繪的背景完全取自現實生活，相當客

〔註 100〕張資平：《歐洲文藝史綱》，上海聯合書店，1929 年，第 91 頁。
〔註 101〕鄭伯奇：《中國新文學大系：小說集導言》，上海文藝出版，1981 年，第 14頁。
〔註 102〕包中華：《從翻譯到創作論李劼人的文學自覺》，《東吳學術》，2018 年第 4期。

觀、自然，為作品中的人物的活動提供了堅實的依託，進一步增強了作品的真實可信度。郭沫若對李劼人作品中自然主義的寫實手法做過這樣的評價：「他那一枝令人羨慕的筆，……寫人恰如其人，寫景恰如其景，不矜持，不炫異，不惜力，不偷巧，以正確的事實為骨幹，憑藉著各種各樣的典型人物，把過去了的時代，活鮮鮮地形象化了的出來。」李劼人作品的真實還體現在與現實的緊密聯繫上，「他把社會的現實緊握著，絲毫也不肯放鬆。」，呈現出鮮明的時代感，因此，郭沫若認為他「似乎是可以稱為一位健全的寫實主義者。」〔註103〕

三、自然主義真實觀對中國當代文學的影響

現實主義、自然主義、寫實主義、自然派、寫實派等名稱，雖然內涵上存在著一定差異，但都與「寫實文學」有著千絲萬縷的遠近關聯，「真實」是它們一致的追求，「寫實」是它們共通的特徵。就20世紀後期的中國寫實文學而言，影響其生成與流變的因素無疑有多種，但以左拉為代表的法國自然主義當為其主要之源泉，自然主義的真實觀深刻地影響了中國當代的寫實文學。

基於文學的真實觀，當代中國的寫實文學作家們，以特有的社會責任感與憂患意識，大膽而真誠地展現了在物質與精神雙重圍困下，當代人的尷尬處境和心靈重負。他們本著「寫真實」的創作原則，以「寫真實的人和事」「塑造真實的、客觀的形象」〔註104〕為旗號，主張採取客觀的寫作態度，如實摹寫當代社會小人物的真實生活和命運，力求通過原生態的描摹，真實呈現生活的原始形態，揭示社會環境對人的影響與制約，從而達到對生活本質的揭示與把握，他們的作品從而體現出鮮明的真實感、現場感，帶給讀者真實可信、親切自然的感受。

（一）直面現實，真實揭示普通人生活實態的新寫實小說

新寫實小說的核心在於「寫實」二字。它不是對長期以來在中國文壇占主導地位的傳統現實主義寫實傳統的簡單延續，而是對現實主義文學的「『寫實』觀念以及對『現實』的認識和反映方式的更新，與自然主義文學的『真實

〔註103〕郭沫若：《中國左拉之待望》，《李劼人選集：第1卷》，四川人民出版社，1980年，第8頁。
〔註104〕黃偉宗：《當代中國文藝思潮論》，廣東旅遊出版社，1998年，第153頁。

觀』十分吻合，是『自然主義的回歸』。」〔註105〕為了達到自然主義所強調的絕對的真實，新寫實小說不像現實主義那樣提煉和概括生活，不塑造「典型環境中的典型人物」，轉而追求真正的寫實，強調貼近生活，致力於對處於轉型期的中國現實社會進行真實描繪、客觀再現；它不迴避現實矛盾，不追求「光明的尾巴」，轉而對物質和精神資源都處於困境的中國百姓的複雜感受採取客觀平實的「原生態」再現；它的鏡頭從「典型人物」「英雄形象」轉移到普通人民的身上，關注平民百姓的凡俗人生，揭示社會矛盾的「真實性」「平民性」；它過濾了以往文學上所附著的各種政治、國家意識形態領域內的內容和觀念，使文學由載道工具回到文學自身……凡此種種，都顯示了新寫實文學對以往現實主義真實觀念的超越，而與自然主義的美學內質趨於吻合。

不同於現實主義執著於典型的、社會生活本質意義上的真實，自然主義追求的是科學意義上的真實、本真的真實，要求作家「不插手對現實的增、刪，也不服從一個先入觀念的需要」，「如實地接受自然，不從任何一點來變化它或削減它」〔註106〕。這是一種更為絕對、徹底的真實，為讀者呈現「一幅絕對真實的現實，這是一幅可怕的圖畫」〔註107〕，因此有人認為自然主義文學是「世界上最真實、最直面人生的文學品種」。

而新寫實小說流派創建之初，就明確宣言：「新寫實小說的創作方法仍是以寫實為主要特徵，但特別注重生活原生態的還原，真誠地直面現實，直面人生。」「新寫實」作家們所堅信不移和刻意追求的，是生活真實，這是一種比藝術真實「更進了一步」「更加可信」「更加本質」的真實性藝術信念〔註108〕。這與自然主義的真實觀何其相似！新寫實小說創作摒棄現實主義文學對現實生活的概括提煉和加工修飾，淡化作品的政治傾向和理想色彩，拒絕意識形態權力話語對文藝的干預，轉而採納自然主義真實觀，直面現實與人生，客觀如實地描繪作家自己體驗到的真實生活，消解意識形態權力話語對生活的遮蔽，原生態地再現現實生活的本真狀態，這與自然主義基於文學真實觀而提出的具體創作主張完全一致。

〔註105〕 張冠華等：《西方自然主義與中國20世紀文學》，中央編譯出版社，2007年，第153頁。

〔註106〕 左拉：《論小說》，朱雯等《文學中的自然主義》，上海文藝出版社，1992年，第209頁。

〔註107〕 讓－弗萊維勒，王道乾譯：《左拉》，新文藝出版社，1957年，第156頁。

〔註108〕 丁永強：《新寫實作家、評論家談新寫實》，《小說評論》，1991年第3期。

　　新寫實小說的真實觀在其代表人物池莉、方方、劉震雲身上體現得最為明顯。

　　池莉有過對文學真實觀念的明確闡述。她說：「在我的作品裏頭，有一根脊樑是不變的，那就是對於中國人真實生命狀態的關注與表達。說得更加具體一點，就是關注與表達中國人的個體生命，這將是我永遠不變的情懷與追求。」〔註109〕池莉認為「中國不需要矯情」，因此她摒棄一切矯情，實實在在地寫小說：「我的好些小說寫得實實在在」〔註110〕，「我的作品都是寫實的，客觀的寫實」，她的小說就來自生活中「無數個驚人或不驚人的歷史故事。無論驚人還是不驚人，它們都有共同的一點，那就是真實。」〔註111〕

　　池莉認為生活中「發生著的形態總是大大超過人們對它的想像」，所以她排斥想像虛構，強調對生活進行不加修飾的客觀描寫，將現實的本真狀態不加粉飾地如實搬進作品中，呈現出鮮明的真實性。因此學界稱其創作是「新現實主義」「零度創作」「生態小說」。有人曾總結過池莉的文學真實觀：「她不拔高、不放大、不矯飾，她充分深入了現實人生、日常生活及婚姻關係中的瑣屑、辛酸與艱辛。」〔註112〕為達到對現實生活原生態的還原，池莉非常注重細節描寫：「細節是非常真實的，時間、地點都是真實的，我不篡改客觀現實，所以我做的是拼版工作，而不是剪輯，不動刀剪，不添油加醋。」〔註113〕這與自然主義文學為了揭示人的原始真實的生存狀態，而強調「小說家們並不插手對現實進行增刪」，「只須在現實生活中取出一個人或一群人的故事，忠實地記載他們的行為即可」的真實觀完全一致。

　　基於文學的真實觀，池莉不注重營造「典型環境」、不著力刻畫「典型人物」，而是注重客觀冷靜地如實再現市井百姓的尋常生活。作為作者，她是冷靜的，不介入作品，而是儘量冷靜客觀地再現現實、如實地展示生活，盡力呈現生活的原生態的本貌；她是客觀的，不粉飾生活，不運用既定的規則和意義將生活教條化、理想化、典型化，不人為改造生活；她是中立的，只管如

〔註109〕趙豔，池莉：《敬畏個體生命的存在狀態——池莉訪談錄》，《小說評論》，2003年第 1 期。
〔註110〕池莉：《我是那一瞬間》，《中篇小說選刊》，1990 年第 6 期。
〔註111〕池莉：《與船有關的故事》，《中篇小說選刊》，1992 年第 6 期。
〔註112〕戴錦華：《池莉：神聖的煩惱人生》，《文學評論》，1995 年第 6 期。
〔註113〕池莉：《寫作的意義》，《池莉文集・4》，江蘇文藝出版社，1995 年，第 245頁。

實描寫，排斥說教，不追求作品的社會、教化功能，她不指點生活，不試圖揭示生活的本質，只是客觀、冷靜、真實地描摹生活，而把選擇、判斷的權利和空間留給讀者，讓他們根據她的客觀描述自發地感應情緒、體味生活。因為遵循嚴格的真實觀，池莉的作品開始也曾面臨過不被理解的遭遇，有人批評她的小說是生活的真實大於藝術的真實，由此造成了小說藝術價值的失落。她的《煩惱人生》曾被批評主人公印家厚等工人「不像工人階級」，「愛情部分不像愛情」，編輯甚至因此要求她「大動干戈改一改」〔註114〕，但池莉堅持不改，因為這些都是對真實生活的真實描摹。《熱也好冷也好活著就好》的女主人公，公共汽車司機「燕華」，生活原型是一個名叫「娟蘭」的女英雄，可是池莉沒有人為地拔高她的形象。在池莉的筆下，這個女孩半點英雄的模樣也沒有：她濃妝豔抹，言談粗俗，開口「老子」，閉口「個婊子養的」，她和女伴們開粗俗的玩笑、以粗俗的口吻談論明星和英雄，她任性地跟男友貓子鬧脾氣。但她同時也會在黎明時分為了不打擾路邊乘涼的人們而「儘量不踩油門，讓車像人一樣悄悄走路」──她不完美，沒有豪言壯語，沒有超常舉止，但真實自然，親切可信，因此這個人物形象是豐滿的、活生生的。可以說，池莉的作品高度體現了對文學真實觀的忠誠。再如《你是一條河》中的寡母辣辣，在困難時期，為了生存，為了養活子女而不得不賣身這樣的事件，原本可以大加渲染與發揮，藉以提升小說的傳奇色彩和可讀性，但池莉只按照生活原樣平實客觀地描寫，絕不添油加醋。呈現給讀者的辣辣，雖然不乏母愛的光輝，可以為子女出賣自己，同時卻又愚昧、蠻橫、粗俗、勢利，全然不是傳統文學中溫柔賢惠的慈母形象，但卻真實可信。池莉不做傳道士，不追尋生活的意義，不扮演先知先覺的上帝，她的視角和讀者一樣，她與讀者一起體驗生活，因而，她所描寫的生活更接近於自然狀態，更顯得真實可信。

與池莉相比，方方同樣描寫武漢小市民生活的小說更像外科醫生的冷眼體察。被批評家視為「不動聲色」敘述範本的《風景》，就是對武漢下層小市民原始、粗鄙、簡陋的生活狀況的原汁原味的真實再現，作者的筆，一如外科醫生的手術刀，冷靜犀利地開膛破肚，將病變了的軀體內的五臟六腑盡數呈現在讀者面前，面對真實殘酷的現實原貌，置身其間的讀者無法不感受到作品暴力敘述所帶來的震撼與警醒。這正是自然主義文學孜孜以求的「嚴酷

〔註114〕池莉：《寫作的意義》，《池莉文集·4》，江蘇文藝出版社，1995年，第245頁。

的真實」。為了達到高度的真實，像不少自然主義作家那樣，方方將不少小說處理成酷似傳記文學中的家史或自敘傳。她曾說：「《祖父在父親心中》全然取材於我的家史。祖父是我的祖父，父親是我的父親。……這是一部為父親和所有他那樣的知識分子而寫的作品。……我當為他們這一群人重新寫一部更為真實的長篇。這是我現在正要做的一件事。」〔註115〕《祖父在父親心中》《隨意表白》《水在時間之下》等小說都是通過「我」作為一個旁觀者或見證者，冷靜客觀地敘述故事主人公或遭遇暴力、或愛情幻滅、或悲苦終身的生活經歷。這些帶有自傳性質的小說給讀者的第一印象就是真實，讀者完全可以將他們看作是作者家史的紀實。

　　劉震雲曾經說過：「我寫的就是生活本身。我特別推崇『自然』二字」，「自然有兩層意義，一是指寫生活的本來面目，寫作者的真實情感，二是指文字運行自然，要行雲流水，寫得舒服自然」，「生活對我影響最大，寫生活本身，不要指導人們幹什麼，理性作家總是吃虧的，因為這總會過時的。理性應該體現在對生活的獨特體驗上，寫作前提是有了獨特的體驗，然後再寫作。」〔註116〕分析劉震雲的話，我們可以得知新寫實作家們的文學真實觀包含了兩個方面：一、內容上寫真實，不僅寫真實的生活、真實的自然，而且寫人的「內面的真實」，深入人的生活和精神內部，將其內心世界最隱秘的部分徹底暴露出來；二、手法上真實地寫，作家採取嚴肅客觀的科學態度和方法，如實、客觀地進行描寫和分析，通過對外部和內面真實狀況的如實書寫，呈現現實生活的本真面目，揭示現實人生的憂慮、生存的痛苦，以及貧窮、困苦的社會生存困境對人性的扭曲，從而自然而然地引導人們反顧自身生存狀況，思考生存意義。新寫實小說通過對現實生活的真實描寫，真實展現生存個體曲折、艱難的生存狀態，無情披露當前經濟生活中物慾橫流的不正常社會狀態，深入挖掘人們心靈深處的真相，充分暴露殘酷的社會競爭和壓力對人性的摧殘，顯示了強烈的批判性，體現了深切的人文關懷。

（二）王安憶：「折服寫實的殘酷」

　　王安憶自稱「寫實派」「寫實主義者」，其作品在對文學真實觀念的堅持上，體現出與自然主義文學的高度一致。王安憶曾將小說定義為：「就是以文

〔註115〕方方：《白夢‧自序》，《方方文集‧白夢卷》，江蘇文藝出版社，1995年，第2頁。
〔註116〕丁永強：《新寫實作家、評論家談新寫實》，《小說評論》，1991年第3期。

字在時間的長度上敘述一個故事，而故事其實是最難的，因為要經歷現實的考證」〔註117〕，堅持小說創作必須取材於現實生活，強調現實生活是小說創作的基礎和原料，突出小說創作的實證性。王安憶極為重視小說創作與現實生活的密切聯繫：「小說最大最重要的技巧，在於生活與小說的關係之上，這關係包括了一切」〔註118〕。她將生活視為小說創作的唯一源泉：「好的故事你編不出來，還是要現實生活中有才行」〔註119〕。基於對文學真實的高度追求，王安憶放棄現實主義文學「按照事物應該有的樣子」進行小說創作的做法，而傾向於自然主義文學所堅持的「按照事物本來的樣子」進行創作，她說：「承認世界本來是什麼樣，而不是寫理想應該是什麼樣，『以順應的態度認識這個世界，創造這世界的一種摹本。』」〔註120〕從文學真實觀出發，王安憶強調文學對現實生活的嚴肅直面和客觀描摹，她坦言：「我對生活採取了認可的態度，生活就應該是這樣的。我認為如果一個人能心平氣和，承認現實，直面現實，就行了，就勝利了，所以，我的勝利不在於我成為一個作家，而在於我的心境平靜下來」，因此，她再三強調：「嚴肅作家則是把真相揭開給你看，要我們清醒」〔註121〕，主張作家應該仔細觀察生活的本來面貌，「以順應的態度」認識世界，然後將生活的本真面貌如實再現到文學作品中，而不是按照自己的理想加入人工修飾成分，更不能試圖改變生活原貌。這正是對自然主義文學真實觀念的最好詮釋。

在一次演講中，王安憶還說：「小說不是現實，它是個人的心靈世界，這個世界有著另一種規律、原則、起源和歸宿。但是築造心靈世界的材料卻是我們賴以生存的現實世界。」〔註122〕她承認小說具有物質和精神兩個層面，但精神層面是依靠物質世界裏諸多結實、堅固的材料累積、建築而成的，而不是靠著作家的想像憑空臆造的。王安憶強調：「好的小說，無不以實在、具體、準確的材料做基礎。沒有這些細節和材料，小說就不容易有實感」，在文學真實觀念的指引下，「王安憶營造的精神之塔正式借用了現實世界的原材

〔註117〕王安憶：《王安憶說》，湖南文藝出版社，2003年，第284頁。

〔註118〕王安憶：《漂泊的語言》，作家出版社，1996年，第339頁。

〔註119〕王安憶：《王安憶說》，湖南文藝出版社，2003年，第182頁。

〔註120〕王安憶：《弟兄們》，中國文聯出版社，2001年，第363頁。

〔註121〕王安憶：《心靈世界》，復旦大學出版社，1997年，第213頁。

〔註122〕王安憶：《心靈世界——王安憶小說講稿》，復旦大學出版社，1997年，第143頁。

料，這就是她反覆說要用紀實的材料寫虛構故事的本來意義。」〔註123〕

　　基於文學的真實觀，王安憶不少小說頗具自傳性質，如《69屆初中生》敘述了一個女孩從出生到上學、下鄉插隊做知青、返城工作、結婚生子做母親的30年人生歷程，小說的很大一部分反映了作者本人曾經歷過的成長心路，含有濃鬱的自傳味道；《黃河故道人》講述了小城青年三林對音樂事業的癡迷追求，與王安憶當年在徐州地區文工團的生活經歷，及其丈夫的成長歷程密切相關；《流水三十章》女主人公張達玲的一生就是王安憶那一代上海女知青真實生活和情感歷程的共同寫照。

　　出於對文學真實觀的忠誠，王安憶明確地對現實主義典型論進行了反撥。現實主義典型論主張文學創作追求典型環境中的典型人物的塑造，從而由特殊概括一般，由個性反映共性，由局部昭示全貌。而王安憶卻質疑這樣的做法，認為這樣做容易「將人物置於一個條件狹隘的特殊環境裏，逼使其表現出與眾不同的個別的行為，以一點而來看全部。這是一種以假設為前提的推理過程，可使人迴避直面的表達，走的是方便取巧的捷徑，而非大道。經驗的局部和全部都具有固有的外形，形式的點與面均有自己意義的內涵。我懷疑它會突出與誇大了偶然性的事物，而取消了必然性的事物。」〔註124〕這一點，與自然主義對現實主義的反駁不謀而合。而反對典型論的結果，勢必是追求絕對的寫實。正如王安憶自己所說：她的《小鮑莊》等小說「描寫的都是真實的故事，所運用的也是很寫實的手法。」

（三）強調「親歷」，「實錄直書」〔註125〕的紀實文學

　　興起於20世紀後期的紀實文學，與自然主義真實觀的關係尤為密切。所謂紀實文學，「是指借助個人體驗方式（親歷、採訪等）或使用歷史文獻（日記、書信、檔案、新聞報導等），以非虛構方式反映現實生活或歷史中的真實人物與真實事件的文學作品，其中包括報告文學、歷史紀實、回憶錄、傳記等。」〔註126〕簡言之，即指以「非虛構性」為突出特徵，兼具真實性和文學

〔註123〕陳思和：《營造精神之塔——王安憶九十年代初的小說創作》，《文學評論》，1998年第6期。

〔註124〕王安憶：《漂泊的語言》，作家出版社，1996年，第331頁。

〔註125〕張冠華等：《西方自然主義與中國20世紀文學》，中央編譯出版社，2007年，第167頁。

〔註126〕李輝：《紀實文學：直面現實，追尋歷史——關於〈中國新文學大系〉紀實卷（1977～2000）》，《南方文壇》，2009年第12期。

性的寫人敘事文學,「所謂真實性,就是寫人敘事,材料必須真實可靠,這是紀實文學的基礎和靈魂。離開了真實,作品就失去了生命。所謂文學性,就是作品必須抒情,有文采,能給讀者以強烈的感受。」〔註127〕一般而言,文學性是文學作品的共同屬性,不具備文學性的作品就不能被稱為文學作品,所以我們可以說,「真實性」才是紀實文學最基本、最顯著的特徵。「紀實」這個概念本身,即含有「對現實生活的真實記錄」之意,所強調的是文學對現實生活的客觀真實的記錄,不進行任何主觀的提煉粉飾,所追求的是對現實生活真實面目的原生態還原。

「真實」是自然主義文學的「首要品質」,正是對文學作品真實性的高度追求,使得紀實文學與自然主義文學具有了共同點。為了保證作品的真實性,左拉強調自然主義文學用科學的觀察、實驗代替傳統文學倚重的直覺、想像,並聲稱「想像不再是小說家最主要品質。」〔註128〕可以說,自然主義文學是所有文學流派中與「虛構性」距離最遠的一支,而紀實文學同樣比一般的文學流派更為排斥創作中想像和虛構的成分,因此在國外紀實文學也往往被稱為「新新聞文學」──「非虛構性」是紀實文學與自然主義文學共有的追求。紀實文學作家陳漱明明確指出:「寧肯讓書枯燥一些,也不單純為增添作品的文學性而虛構情節、藻飾語言、編造細節。」〔註129〕王毅捷則宣稱自己的寫作:「決無虛構之處,研究歷史的人重事實,這是我的信條。」〔註130〕紀實文學作家們為了作品的真實性,甚至不願意採用小說的體裁,因為「小說仰仗虛構,一虛構,便不真切。」〔註131〕

為了達到高度真實,紀實文學在創作中很注重對自然主義「實地觀察」「客觀描寫」等創作方法的借鑒,在創作之前,作者們常常親臨現場,仔細觀察,深入調查,以獲取足夠的第一手資料;在創作中,他們則「實錄直書」,真實客觀地將自己獲取的事實和真相如實記錄下來,使得作品具有高度的實證性和真實感。

〔註127〕宗原:《關於紀實文學》,《世界紀實文學:第 1 輯》,河南人民出版社,1985年,第 292 頁。

〔註128〕左拉:《論小說》,朱雯等《文學中的自然主義》,上海文藝出版社,1992年,第 209 頁。

〔註129〕高文升:《紀實:文學的時代選擇》,河南文藝出版社,1998 年,第 168 頁。

〔註130〕王毅捷:《信從彼岸來·致讀者》,《小說選刊》,1985 年第 2 期。

〔註131〕周同賓:《皇天后土:自序》,《周同賓散文自選集》,河南文藝出版社,1998年,第 502 頁。

　　值得一提的是，紀實文學對「非虛構性」的高度追求，同自然主義對「真實性」的強調一樣，並不是排斥文學作品的「文學性」，不是絕對的照相式的現實複寫，而是指對客觀事實的尊重，對細節描寫的重視，對客觀中立的創作態度的堅持，對寫實創作風格的執著。同自然主義作品一樣，紀實文學同樣無法做到絕對、完全的真實，因為在題材的選取，處理素材的標準等方面，都客觀地體現著作者的主觀態度。

　　報告文學是紀實文學家族中頗具代表性一員。

　　1930 年代的左翼報告文學之後，中國的報告文學沈寂了很久。直到文革結束，隨著改革開放氛圍的日趨濃厚，對自然主義文學的完全解禁，對文學真實性要求的日趨強烈，報告文學方重新興盛起來。

　　1970 年代末，隨著「文化大革命」的結束，極左思潮的終結，人們順應改革、反思的時代大潮，「開始重新思索和評價中國知識分子的真實價值和社會作用。可以說，報告文學以其敏銳性和前沿性首先抓住了這個題材，這一時期出現了眾多表現知識分子境遇和奮鬥歷程的報告文學作品，其中充滿了對新時代知識分子的景仰、欽佩和禮讚。」〔註 132〕

　　這一時期，最早面世的是徐遲發表於 1977 年第 1 期《人民文學》上的《地質之光》，這是「在『文化大革命』後率先闖入科學與知識分子禁區的較為成功的報告文學作品」〔註 133〕。1978 年徐遲的另一篇報告文學《哥德巴赫猜想》面世，這兩篇報告文學都是以文學的形式描寫科學和科學家的佳作，完美體現了文學與科學的高度結合，它們的成功，「承續並開啟了報告文學的新時代」，從此之後，「報告文學『由附庸蔚為大國』。據不完全統計，從 1977 年到 1979 年的三年時間裏，僅公開發表的單篇報告文學作品即達數百篇之多。」〔註 134〕1979 年 6 月，轉型期以來的第一次大型報告文學研討會在武漢召開，從理論的高度推進了當代報告文學的發展。但是，這一時期的報告文學，雖然在總體上還彰顯著基於文學真實觀的反思與批判精神，但尚未完全脫離政治性，還保持著比較濃厚的主流意識形態，可以說，尚未達到高度的

〔註 132〕王吉鵬、何蕊：《中國新時期報告文學史稿》，吉林人民出版社，2002 年，第 10 頁。

〔註 133〕張昇陽：《當代中國報告文學史論》，中國社會科學出版社，2002 年，第 177 頁。

〔註 134〕龔舉善：《轉型期報告文學 30 年——1977～2007 年報告文學的背景與軌跡》，《鄖陽師範高等專科學校學報》，2007 年第 5 期。

真實。

　　1980 年代的報告文學則在保持並發揚批判性能的基礎上，張揚理想、揮灑激情，表現出強烈的進取精神，這一方面使得報告文學的文學性和可讀性加強，另一方面則加大了報告文學的主觀性和傾向性，降低了批判性。這顯然背離了報告文學安身立命之根本——真實性，因此，這一時期，報告文學雖然數量眾多，但缺乏真正的經典之作。

　　而 1990 年代的報告文學則出現明顯的兩極分化：一部分作家向現實和讀者妥協，為了滿足大眾讀者對文學較低層次的需求，強化報告文學的文學性、通俗化、「故事化」，明顯降低了作品的真實性。另一部分則及時調整了「報告」與「文學」、真實性與傾向性之間的關係，通過冷靜、客觀的寫作來提升報告文學的批判精神，進一步加強報告文學的真實性和客觀中立性，但又招致了「不問政治」「走向自然主義的身體寫作」「快速告別神聖、莊嚴、豪邁而走向日常的自然經驗陳述和個人化敘述」〔註135〕之類的批評。

　　21 世紀初的報告文學，則復歸了對文學真實性的強調。正是由於對文學真實性的堅持，中國當代的報告文學重新煥發了其應有的魅力。如前所述，報告文學由新聞特寫衍生而來。儘管被納入了文學範疇，但報告文學與新聞的天然聯繫，決定了它必須責無旁貸地以文學的形式，敏感而及時地履行起新聞的職責，忠實全面地記錄當代中國社會發生的巨大變化。2003 年第 6 期《當代》雜誌發表了安徽作家陳桂棣、春桃夫婦耗時 3 年完成的報告文學——《中國農民調查》。該作品一經問世，立刻引起巨大的轟動和震撼，原因就在於其蘊含的「真實的力量」。該文所涉及的人物，上至中央領導、省市地方要員，下至農村基層幹部、廣大農民，全都確有其人，而且文中絕大多數都點出了真名實姓，因為作者陳桂棣堅持：「報告文學講的是真實，如果不提真名，全篇都是某某某，讀者肯定會懷疑這篇文章的真實性。」〔註136〕文學批評家何西來在讀完《中國農民調查》後寫道：「這不是一本『報喜』的書，更不是一本粉飾升平的書、貼金的書，而是一本把嚴酷的真實情況推向讀者、推向公眾的書，是一本無所隱諱地把『三農問題』的全部複雜性迫切性、嚴

〔註135〕 龔舉善：《轉型期報告文學 30 年——1977～2007 年報告文學的背景與軌跡》，鄖陽師範高等專科學校學報，2007 年第 5 期。

〔註136〕 《報告文學〈中國農民調查〉直面現實反響巨大》，http://www.china.com.cn/chinese/RS/481812.htm。

峻性和危險性和盤托出的書。」〔註137〕何建明的《中國高考報告》《根本利益》，王光明、姜良綱的《中國有座魯西監獄》，朱曉軍的《天使在作戰》，黃傳會的《我的課桌在哪裏》、梅潔的《大江北去》等作品，也都凸顯跨世紀報告文學強烈的真實性，直面現實生活，用白描和紀實手法再現中國當代人的生存現狀，揭示社會深層的問題和本質。他們以自然主義式的冷峻、深刻的態度進行社會批判，文化反思，越是殘酷的地方，他們寫得越是冷靜，給讀者帶來的震撼越大。他們對真實性的高度追求足以引起讀者的震撼。

　　作為一種綜合性文體，報告文學經常在文學與新聞中搖擺，常因為作品的文學性和真實性的比重而引發諸多談論，這也一如自然主義文學常常會因為對文學和科學關係問題的處理而招致非議的遭遇相似。事實上，真實性是自然主義文學和報告文學產生關聯的紐帶，真實對二者而言都是至關重要。區別在於，對於前者來說，將真實性作為自然主義文學的最基本原則是他們自發自覺的選擇，而對於後者而言，則是選擇這一文體的必然要求：「真實性在報告文學作品中，既帶有質的含義和確定性，同時它也作為文學性的一個不可缺少的部分發生著某種誘導、感染作用。在一定程度上也可以說，沒有了真實性，報告文學的文學性就無從談起。真實性決定並制約著報告文學的文學藝術性，而藝術性又使這種真實性達到一個新的境地，發揮更大的作用。」〔註138〕縱觀中國報告文學的發展軌跡，可以發現，只有那些堅持將文學的真實性放在首要位置，同時也不忽視作品的文學性的報告文學作品，才能經得住時間的考驗，擁有長久的文學生命。

　　新體驗小說是紀實文學家族中比較特殊的一員。它是對新寫實小說的發展和繼續，在傳承新寫實小說高度重視作品真實性的基礎上，進一步強調作家的親身經歷和體驗對於小說創作的重要性，是最能體現文學創作真實觀，最能反映紀實性與文學性高度結合的小說體裁。新體驗小說作家趙大年說：「小說的內容是作家的親身經歷和體驗，或者是親眼所見，親耳所聞。它屬於紀實文學，不是虛構的故事。現實生活中本來就有矛盾衝突，有戲劇性，充滿了人生的酸甜苦辣，再加上作家的親身體驗，而且作家對人生的態度是真誠的，唯其真誠可信，就縮短了與讀者的距離。」〔註139〕。新體驗小說的

〔註137〕何西來：《中國農民調查：序》，人民文學出版社，2004年，第2頁。
〔註138〕李炳銀：《當代報告文學思考》，《西南軍事文學》，2004年第5期。
〔註139〕趙大年：《幾點想法》，《北京文學》，1994年第2期，第33頁。

特點就是「親歷性」「紀實性」與「文學性」的高度結合，秉持「生活就是文學」的創作觀念，主張將「生活原始塊狀」「全部揉到」作品中，具有「鮮明的自然主義傾向」〔註140〕。

　　新體驗小說要求作家在創作之前要親身體驗自己所要表現的生活環境，要求作家們以「親歷者」的身份深入現實生活、觀察人生和世界，直接領悟存在的價值和生命的意義，然後運用親身體驗所得進行文學創作，從而使得文學作品具有鮮明的親歷性和紀實性。陳建功說：「所謂『新體驗小說』，首先是敘事者無論是選材還是敘事，都把親歷性放在最重要的地位。親歷性是這類作品的魅力所在。因此和新體驗小說共同進行的，是敘事者走出『沙龍』的『親歷』，當然，到了小說裏，這『親歷』就成為了小說的主要動作線索。也就是說，敘事者將和被描述者一起成為作品的主人公，敘事者的親歷線索、動作線索將是小說的重要線索之一。」〔註141〕趙大年也指出：「這種作品的魅力在於作家的親歷性」。〔註142〕新體驗小說對「親歷性」的高度重視，與自然主義文學對「實地觀察」的強調異曲同工，都反映了文學創作對科學精神和實證方法的倚重，他們的作品也因此而呈現出鮮明的現場感和真實感。

　　自然主義文學家們主張作家面對通過「實地觀察」獲得的第一手資料，要「客觀描寫」，像科學家那樣，以科學的嚴謹態度和客觀方法從事文學創作，真實地將自己的親身體驗和真實見聞記錄下來。新體驗小說同樣強調作品的「紀實性」，要求作家們客觀地進行小說創作。自然主義文學為了達到作品的真實客觀，拒絕想像虛構：「我們無須想像出一場冒險事件，並給他安排一系列戲劇效果，從而導致一個最後的結局。」新體驗小說同樣排斥虛構，主張將「親歷」的第一手素材原汁原味地直接寫進作品，對現實生活中人物和事件進行現場實錄，「把大量的生活原始狀態全部揉到小說裏邊來」〔註143〕，凸顯作品強烈的紀實性。

　　畢淑敏的《預約死亡》，是最具影響力的新體驗小說之一，也最能體現新體驗小說的真實觀。作者出身部隊，做過軍醫，被王蒙稱為「文學的白衣天使」，這有助於她養成嚴謹求真、冷靜客觀的創作風格。為了收集資料，她以

〔註140〕張彩虹：《論「新體驗小說」的自然主義傾向》，《平頂山學院學報》，2013年第3期。

〔註141〕陳建功：《少說為佳》，《北京文學》，1994年第2期。

〔註142〕趙大年：《幾點想法》，《北京文學》，1994年第2期。

〔註143〕許謀清：《關於〈富起來需要多少時間〉》，《中篇小說選刊》，1994年第3期。

一個晚期肝癌患者的身份住進了「臨終關懷醫院」。在醫院裏，她仔細觀察、體驗醫院工作人員、病人、家屬的生活和心理，感悟對面「死亡現象」時，各種人的不同心態。在創作中，畢淑敏依然堅持對真實的高度追求，採用冷靜的寫實態度、客觀嚴謹的科學方法，將自己親歷所得的素材如實呈現到作品中，因此，小說顯得極其真實。書中人物的行為、語言都非常生活化，有些地方甚至採取類乎採訪的方式，心理描寫也非常真實自然，體現出鮮明的紀實性。基於對真實性的共同追求，畢淑敏的小說被認為「帶有強烈的自然主義風格」〔註144〕。

　　新時期湧現的各種題材的紀實文學，在文學「真實觀」的追求上，與自然主義文學具有一定的傳承關係。因為對「生活形態的真實」的共同追求，這些文學形式與自然主義之間形成了相當密切的聯繫。儘管由於自然主義在我國曾一度聲名狼藉，沒有一個紀實文學作家、理論家公開打出自然主義的旗號，但從他們的理論和作品中我們仍看出了許多自然主義的痕跡，尤其是在真實觀上，兩者更是十分近似，張冠華曾明確指出：「新時期紀實文學體現的是自然主義真實觀。」〔註145〕誠如前文所言，新寫實文學、報告文學、新體驗小說等，雖然文學主張不一，表現形態各異，但在文學真實觀上，他們存在著一致之處：都以真實性作為文學最基本的原則，因此也被統一歸入中國「20世紀末的寫實文學」這一大範圍之內，它們從文學創作的真實觀出發，遵從科學精神和方法，強調實證，既不掩醜也不溢美，無諱無飾，呈現出鮮明的客觀實在性和原生態本色。這是對「革命敘事」「宏大敘事」、忽視「人性」的「神性」文學理念的反動，是對文學本體反浪漫、反虛妄的內在需要的真實體現。這與自然主義文學是一致的。

第三節　人學觀

一、自然主義人學觀的主要內容

　　文學是人學。人是文學最主要的表現對象，每個文學流派都有自己的人學觀。所謂人學觀，簡言之即文學對人的存在或對人性的反映和表現。自然

〔註144〕畢淑敏：《預約財富》，湖南文藝出版社，2013年，第1頁。
〔註145〕張冠華：《論新時期紀實文學的自然主義真實觀》，《鄭州大學學報》，2005年第3期。

主義者非常注重文學與人的關係，一如左拉所說：「使真實的人物在真實環境裏活動，給讀者提供人類生活的一個片斷，這便是自然主義小說的一切。」〔註146〕在自然主義文學之前，傳統文學關於人的基本看法是：人的地位高於其他一切動物。人的本質存在首先就是其他動物所沒有的靈魂，萬物之中惟有人具有「靈」的一面，「靈」是人區別於動物的根本標誌。因此傳統文學大多著眼於人的「靈」，突出人的理性與理智，有意弱化人的「肉」的一面，忽視、迴避，甚至壓制人性中原本存在的本能與欲望，將人定義為靈肉分離的存在。自然主義一反傳統，大膽突破禁區，打破人的神話，借助當時自然科學研究成果，從生物學、生理學、遺傳學的角度觀察人、分析人、描寫人，將人還原為本能的人、自然的人。相較而言，現實主義文學的人學觀，著眼於人的「靈」，關注的是人的理性心理，表現的是人的社會存在和社會屬性，刻畫的是人的「自我」；而自然主義文學的人學觀，則意識到人除了「靈」之外，還有長期被忽略的「肉」的一面，所以更為關注人的先天本能、人的自然心理，注重真實再現人的本能和欲望，塑造的是作為獨立個體存在的人，表現的是人的個性，著力刻畫人的「本我」。

比較莫泊桑《俊友》和巴爾扎克《高老頭》中的人物描寫，可以很明顯地發現自然主義與現實主義人學觀念的不同。同樣是年輕漂亮、聰明機智、野心勃勃，同樣為達到擺脫貧困、飛黃騰達的目的而攀附上流社會貴婦，但是《高老頭》中的托斯蒂涅身上只有野心、貪欲和謀略，而《俊友》中的杜洛阿則不僅是一個不擇手段的野心家，還是一個精力充沛、肉慾旺盛的淫棍，具有肉慾化身的特點，生理要求和衝動是推動和刺激其野心、貪欲和謀略的因素。就人物刻畫而言，托斯蒂涅因為意志過分強硬而略顯蒼白單薄，杜洛阿顯然更圓滿、生動，更真實可信。從中可見自然主義文學對人物「自然生理本能的刻意挖掘」是傳統現實主義文學不具備或者不明顯的新成分。〔註147〕

自然主義文學的人學觀，是在充分借鑒、利用當時高速發展的自然科學成果的基礎上形成的。1859 年達爾文《物種起源》出版，標誌著 19 世紀科學和思想顛峰時刻的到來。進化論成為當時最熱門的話題，無情地打破了人的

〔註146〕左拉：《論小說》，朱雯等《文學中的自然主義》，上海文藝出版社，1992 年，第 208 頁。

〔註147〕曾繁亭：《英雄的消解——試論自然主義文學中人的形象》，《石油大學學報》，2001 年第 2 期。

神話，將人還原為動物王國的一員。這是自然主義理論中關於人的觀點的直接來源。

另一方面，自然主義文學觀也是文學自覺順應現代性發展的結果。現代性的建構從文藝復興時期就已經開始了，人文主義呼喚大寫的人，啟蒙思想家提出自由、平等、博愛和天賦人權的理性原則，希望建立一個永恆正義的公平世界。到 19 世紀中後期，隨著資本主義社會種種弊端的逐漸顯露以及意識形態的日益一統化，殘酷的現實打破了人們促進社會進步、維護理性正義的理想，對資本主義制度的態度逐漸由認同、讚賞轉換為批判、鞭撻。無奈之下，人們開始了新的探索和思考，他們體驗到世界的荒誕及生活於其中的痛苦，所以希望能夠擺脫現代科學理性精神的束縛，轉入非理性層面，並且深入到欲望、直覺等深層心理，關注起人類自身的認識和把握。自然主義文學就是順應這一歷史趨勢的一股潮流。自然主義文學理論的奠基者泰納提出：「要對人性的變異做出廣泛的調查」，並對人的概念重新做出科學的界定：人「究其實不過是一個兇猛的、貪圖欲樂的猩猩」〔註148〕。左拉則更進一步，他將傳統觀念中高高在上的人命名為「人形的獸」：雖然人穿著禮服，有著種種文明舉止，但若深入分析到人的內質，則「從上到下，我們遇到的都是獸性的東西」。由於對人的界定與以往文學流派存在著很大不同，自然主義者認為文學對人的表現相應地也應該有所改變。左拉說：「我們作品中的人物個性取決於人的生物本能。這是達爾文的理論，文學也應該如此。」〔註149〕他還說：「形而上學的人已經死去，由於對象已經成了生理學上的人，文學領地的面貌當然也就全然為之改觀。」〔註150〕作為作家，則應該像左拉在《巴爾扎克和我的區別》一文中所說的那樣：做一個「純粹的自然主義者，純粹的生理學家」，真實客觀地表現現實，冷靜中立地解剖、尋找「現實內部隱藏的基礎」，僅此而已。

具體而言，自然主義人學觀包括以下幾個方面：

第一，努力挖掘「生物的人」的本真狀態。

自然主義打破傳統文學的「唯靈論」，還原人的「靈肉合一」的本真狀態，

〔註148〕鄭克魯：《法國文學史教程》，北京大學出版社，2008 年，第 48 頁。

〔註149〕阿爾芒‧拉努，馬中林譯：《左拉》，黃河文藝出版社，1985 年，第 139 頁。

〔註150〕Emile Zola, *The Experimental Novel,* in George J. Becker (ed.), *Documents of Modern Literary Realism*, Princeton, New Jersey, Princeton University Press, 1963, p .196.

為了反抗傳統文學對人的「靈」的一面的過分強調，自然主義文學甚至有意突出人的「肉」的一面，坦率描摹、大膽渲染人類內心深處赤裸裸的本能訴求和欲望騷動，著重從生理層面描寫、刻畫人物，呈現「自然的人」「生物的人」，以對抗傳統文學中的「抽象的人」「形而上學的人」。

相較於以往的文學，自然主義人學觀顯然更側重於人的肉體的一面，認為「肉」才是人性的根本，其實這也是文藝復興以來歐洲思潮的重要轉向之一。廚川白村在《文學思潮論》一書中，曾經引用過惠特曼的話說明這種傾向，他說：「肉若不是靈，什麼東西是靈？」三浦雅士（Miura Masashi）在《身體的零度》一書中指出：當一切禁忌和虛飾都被抽離以後，人所面對的只剩赤裸裸的身體，人只是作為純生物的存在，不涉判斷，沒有等級。〔註 151〕

既然強調人「肉」的一面，自然主義文學作品中就必然會出現不少對人之本能的描寫與解剖，而性也自然而然地成為自然主義文最重要的主題之一。赤裸裸的肉體描寫、毫不掩飾的性的本能和欲望、各色各樣的性心理和性行為，同性戀、通姦、亂倫、畸戀，性苦悶、性壓抑、手淫等都屬於自然主義作家觀察和表現的內容。自然主義作品所展示的人的形象因此是圓形的、豐滿的，既是社會性的也是生物性的，而且首先是生物性的，這是人的最本真的存在，正如左拉所說：「在所有人的身上都有人的獸性的根子，正如人人身上都有疾病的根子一樣」〔註 152〕，所以他一直在自己的作品中竭力探求人的生物性存在。

自然主義文學所追求的是通過真實自然的描繪，表現有生命活力的、有血有肉的、真實的人。但這並非無目的地去描寫情慾和生物本能，而是「以生理學為依據，去研究最微妙的器官，處理的是作為個人和社會成員的最高級行為。」〔註 153〕可見，雖然自然主義文學極為關注人的生物性，但並不是像庸俗的情色小說那樣為了滿足讀者的低級趣味而純粹寫性，自然主義之所以描寫情慾和生物本能，是因為情慾和本能是完整人的必不可少的有機組成部分，通過對它們的描寫和研究，可以真實全面地揭示人的本質。

第二，從生理學、遺傳學、病理學的角度去刻畫人。

〔註 151〕三浦雅士：《身体の零度》，東京講談社，1994 年，第 3 頁。
〔註 152〕伍鑫甫、胡經之：《西方文藝理論名著選編：中》，北京大學出版社，1986 年，第 203 頁。
〔註 153〕左拉：《實驗小說論》，柳鳴九《自然主義》，中國社會科學出版社，1988 年，第 476 頁。

　　自然主義者強調從自然科學的角度去把握人，利用最新的自然科學成果
描繪和揭示人，主張作家對人的塑造應該與自然科學家對人的試驗一致。他
們認為，既然人不過是動物中的一種，和動物就不存在什麼根本上的區別，
因此，完全可以像解剖動物一樣，運用科學知識來解剖人的行為和心理，描
述受生物學、遺傳學規律決定的人的心理、性格、情慾和行為，讓文學成為
「有關人的文獻的編纂者」〔註154〕。因此，自然主義文學注重從生物學、遺
傳學角度刻畫人物，特別重視人的血緣和基因，關注家族、環境對人的影響，
揭示在遺傳和周圍環境的影響下，人的精神行為和肉體行為的關係。正如左
拉在《黛萊絲·拉甘》再版序言中指出：「我選擇了幾個人物，都是徹頭徹尾
受各自神經和血液支配的。他們不具有自由意志，生活中的每個行動都是他
們的肉體和血脈支配的不可避免的結果」，「我僅在兩個活人身上，做了外科
醫生在死屍身上所作的分析工作」。確實，主人公戴蕾絲和洛朗都是沒有靈魂、
沒有理性的動物，其行為完全受天生性慾和自然本能的支配，他們「生活中
的每個行動都是他們的肉體要求不可避免的結果」：起初，是欲望、直覺促成
了他們的婚外情，並殺死了戴蕾絲的丈夫，正如左拉所說：「我這兩個主人公
的愛情是為了滿足一種需要；他們所犯的謀殺罪是他們通姦的結果。」之後
又是在直覺的驅使下，他們彼此猜疑、相互折磨，最終斷送了性命：「他們的
內疚——姑且這樣稱吧，純粹是一種機能的混亂，是緊張得就要爆裂的神經
系統的一種反抗。靈魂是根本沒有的」。他宣稱：《黛萊絲·拉甘》裏「每一章
都是對生理學一種病態的有趣的研究」〔註155〕，而其他的作品，如《瑪德蘭·
費拉》也同樣充滿了病態的愛情心理分析。

　　自然主義文學把人還原到只受動物本能和生理、遺傳因素決定、制約的
自然人的地位，以取代傳統文學中理性的、社會的人，用受本能、遺傳因素
影響的人的個體行為取代傳統文學中的由特定的社會關係所決定的社會行
為。人被異化成非人、被還原為動物，成為生理學、醫學的研究對象，完全受
著生物學、生理學等科學規律的制約，同自然界一樣，弱肉強食，適者生存，
在現代工業文明的負面影響下，曾經和諧友善的人際關係被異化得生疏、隔

〔註154〕　左拉：《戲劇中的自然主義》，朱雯等《文學中的自然主義》，上海文藝出版
　　　　　社，1992年，第184頁。
〔註155〕　左拉：《〈黛萊絲·拉甘〉再版序》，朱雯等《文學中的自然主義》，上海文藝
　　　　　出版社，1992年，第120頁。

膜，人變得異常自私、冷酷、殘忍，人與人之間勾心鬥角、爾虞我詐。

　　第三，重視對人物內心世界和精神思想的刻畫。

　　自然主義文學並非像人們所指責的那樣，僅停留於「外部的寫實」──心理學也是自然主義文學倚重和借鑒的自然科學之一，在心理學的影響下，自然主義文學非常注重對人物內心世界的刻畫。左拉說過：「我們以觀察和實驗繼續著生理學家的工作，正如他們以前繼續著物理學家和化學家的工作一樣。為了彌補科學生理學的不足，我們可以說是做著科學心理學的研究工作。」〔註156〕他還宣稱：「我熱衷於心理分析方面的問題。」〔註157〕龔古爾兄弟也說：「今天，小說發展了，它的領域擴大了，它通過分析和心理研究，成為當代的道德史」〔註158〕，「我的想法是，為了做到完全成為現代的偉大作品，小說的最新發展應是成為純分析的書。」〔註159〕

　　自然主義文學用生理學、遺傳學的科學法則去揭示人的生理秘密和本質，這個過程本身就是心理分析過程，自然主義作品中就有很多優秀的心理分析小說，比如左拉的《戴蕾絲·拉甘》《瑪德萊娜·費拉》，莫泊桑的《我們的心》《如死一般強》等。自然主義文學在心理分析方面所獲得的成就也得到了一定認可，即便是對自然主義文學一直持否定態度的德國文學批評家梅林也由衷承認左拉不僅是「縝密異常的觀察家」「第一流的風俗畫家」，還稱得上是一位「細緻深刻的心理學家」。〔註160〕

　　左拉非常注重對人物精神領域的挖掘，他借巴爾扎克之口強調小說對人的內心世界的刻畫：「假使我問巴爾扎克小說的定義是什麼，他一定會這樣回答我：『小說就是一本精神思想的解剖學，記述人的事件的專集，情慾的實驗哲學。』」〔註161〕在創作小說《生之歡樂》期間，左拉曾花費很多時間

〔註156〕Emile Zola, "The Experimental Novel", in George J. Becker (ed.), Documents of Modern Literary Realism, Princeton, New Jersey, Princeton University Press, 1963, p. 172.

〔註157〕左拉：《致于勒·克拉爾蒂》，吳岳添譯《左拉文學書簡》，安徽文藝出版社，1995 年，第 47 頁。

〔註158〕龔古爾兄弟：《〈熱爾米妮·拉賽德〉第一版序》，柳鳴九：《法國自然主義作品選》，天津人民出版社，1987 年，第 126 頁。

〔註159〕埃德蒙·德·龔古爾：《〈親愛的〉序》，朱雯等《文學中的自然主義》，上海文藝出版社，1992 年，第 303 頁。

〔註160〕梅林著，張玉書等譯：《愛彌爾·左拉》，《梅林論文學》，人民文出版社，1982 年，第 284 頁。

〔註161〕阿爾芒·拉努著，馬中林譯：《左拉》，黃河文藝出版社，1985 年，第 139 頁。

研讀醫學著作，並親自與當時最著名的神經病醫生沙可接觸，「沙可對於左拉，有如邁思梅爾對於巴爾扎克一樣，在創作中起到一定的作用」〔註 162〕。左拉作品中對精神分析學說的應用已經為後世學者所關注和學習。精神分析學的創始人弗洛伊德多次明確表示對他的讚賞：「他們中仍然有愛真理若狂者，如埃米爾・左拉，於是我們從他那兒得知他終身患有許多古怪的強迫性習慣」〔註 163〕，「埃米爾・左拉是一個人類天性的敏銳觀察者，他在《生之歡樂》當中描述了一個姑娘愉快地、無私地、不要求回報地犧牲了自己喜歡和擁有的一切，把她的金錢和希望全部奉獻給自己所愛的人。這個女孩的童年被無法滿足的對愛的渴望所主宰，有一次，她發現另一個女孩受寵，而自己被冷落了，於是她的渴望變成了殘忍。」〔註 164〕弗洛伊德還在自己的著作中多次提及左拉並引用左拉作品中的一些材料。〔註 165〕

　　但是，自然主義文學中的心理分析同普通的心理分析小說不同，主要體現在：自然主義文學中的心理分析，不是作者直接分析、解釋人物的心理活動、精神狀態、行為動機，事實上，作者並不露面，他只是通過客觀的描述，精確呈現這種心理狀態在一定的環境裏使得人物定然會做出的行為和舉止。正如莫泊桑所歸結的那樣，自然主義作家「並不把心理分析鋪展出來而是加以隱藏，他們將它作為作品的支架，就如同看不見的骨骼是人身體的支架一樣。畫家替我們畫像，就不會把我們的骨骼也畫出來。」〔註 166〕

　　第四，專注於塑造普通人形象。

　　自然主義文學反對現實主義對人物的提煉、加工、綜合，不塑造典型人物、不突出英雄形象，而是將目光瞄準現實生活中絕大多數的普通人，讓傳統文學不屑關注的平民百姓、小人物成為文學的主角，而將英雄形象、典型人物趕下文學殿堂。

　　第五，強調人的「氣質」甚於人的「性格」。

　　傳統小說著力塑造的是人的性格，而自然主義則強調人物的「氣質」。左

〔註 162〕阿爾芒・拉努著，馬中林譯：《左拉》，黃河文藝出版社，1985 年，第 277 頁。
〔註 163〕西格蒙德・弗洛伊德著，周泉等譯：《精神分析導論講演》，國際文化出版公司，2000 年，第 228 頁。
〔註 164〕西格蒙德・弗洛伊德著，趙蕾譯：《性慾三論》，國際文化出版公司，2000 年，第 97 頁。
〔註 165〕車文博：《弗洛伊德文集：第 1 卷》，長春出版社，1998 年，第 421 頁。
〔註 166〕莫泊桑：《〈皮埃爾與若望〉序》，柳鳴九《法國自然主義作品選》，天津人民出版社，1987 年，第 801～802 頁。

拉在《戴蕾絲‧拉甘》再版序言中指出：「我著重研究的是幾個人物的氣質而不是性格，這是全書的主旨所在。〔註167〕簡單地說，現實主義所謂的性格，更多地是指受社會、理性等因素制約而形成的人的特徵；自然主義所謂的氣質，更強調遺傳的先天因素對人的行為舉止產生的決定、支配作用。在自然主義文學中，人的社會性被弱化，而受遺傳因素影響的個性被突出，「只有性情，沒有性格」〔註168〕。

　　第六，強調環境對人的影響。

　　自然主義文學雖然注重從人的生理層面刻畫人的生物性，但並不侷限於對人的自身的研究，並未完全陷入「生物決定論」，他們在強調本能和遺傳作用的同時，也非常關注人與環境的關係，強調環境對人的重大影響。他們並不認為人是孤立存在的個體，相反，他們認為生活在現實中的人，不可能超越環境和對象，以及自身的條件和能力的限制和制約，因此他們不會刻畫脫離環境、孤立存在的人，而是強調對人物存在的真實環境進行仔細認真的研究和翔實客觀的描寫。他們認為人「是動物，或善或惡由環境而定」，所以他們的作品裏「有兩種成分，一種是純人類的成分，生理學的成分，即對一個家族血緣遺傳與命定性的科學研究，另一種是這個時代在這個家族身上所起的作用，時代的狂熱使它毀損，即環境的社會作用與物理作用。」〔註169〕在《實驗小說論》中，左拉明確指出，「人不是孤立的，他生活在社會中，即在社會環境中，這樣，對我們小說家來說，這社會環境就不斷地改變著現象。甚至我們最重大的課題就在於研究社會對個人、個人對社會的相互作用」〔註170〕。「把人物放在特定的環境中來描寫，突出環境對人的影響，這是科學真實性所要求的。」〔註171〕正是自然主義文學對科學的倚重，對真實的嚴格要求，決定了其對環境的注重。

　　自然主義對環境重要性的清醒認識是一以貫之的，在自然主義理論的奠基者泰納所歸納的決定文學發展的三要素中，「環境」佔據一席，而且，三要

〔註167〕左拉：《左拉書信選》，朱雯等《文學中的自然主義》，上海文藝出版社，1992年，第274頁。

〔註168〕季羨林：《中國大百科全書（外國文學卷）》，中國大百科全書出版社，1981年，第1256頁。

〔註169〕威廉‧伯爾舍：《現實主義與自然科學》，柳鳴九《自然主義》，中國社會科學出版社，1988年，第528頁。

〔註170〕戴昭明：《文化語言學導論》，語言出版社，1996年，第139頁。

〔註171〕蔣承勇：《歐美自然主義的現代闡釋》，復旦大學出版社，2002年，第7頁。

素中的「時代」，本質上也是一種環境，三要素中，有兩個屬於環境範疇，足
可見泰納對環境的重視。左拉同樣強調環境的重要性：「我們決不記載一個孤
立的思維或心理現象而不在環境中尋找它的動力和原因」，並一再呼籲作家應
該「在準確地研究環境、認清和人物內心狀態息息相關的外部情況下下工夫」
〔註172〕。但是，必須特別指出的是，左拉等自然主義者一方面非常注重對環
境的研究和描繪，要求自然主義作家像現實主義作家一樣，不簡單地研究作
為孤立個體存在的人，而是把人放置在現實的社會環境中來考察，另一方面，
他們又不願像現實主義那樣因為過分注重人的社會性而忽略人作為獨立個體
的存在，不願以社會性取代人的個性。因此，他們又強烈地將人拉回到生物
層面，對人的情感和行為進行生理的剖析，深入到人的非理性領域，打破了
傳統文學侷限於人的理性層面的陳舊視域。可以說，自然主義者所竭力展示
的是集各種因素於一身的綜合體，是有血有肉、有靈有欲，既體現社會屬性、
環境影響和時代特徵，又擁有鮮明個性特色的圓形的豐滿的人，這才是對人
性的完整展示。

　　以左拉為代表的自然主義文學的人學觀，充分體現了文學對人的關懷，
極大地拓展了文學對人的表現領域，豐富、拓展了文學對「大寫的人」的書
寫，成為文學由外轉向內、由理性轉向非理性、由傳統走向現代的轉折點，
對20世紀的現代文學流派產生了一定的影響。正如亨利・巴比塞在傳記文學
《左拉》中所說：「不應把他歸於十九世紀，而應歸於二十世紀和未來的世紀。」

二、自然主義人學觀對中國文學的影響

（一）宣揚個性解放、張揚自我的「五四」文學

　　個性解放，是「五四」時期的社會要求。隨著封建體制的分崩瓦解、傳
統禮教的漸趨式微、社會政局的混亂動盪、域外各種文藝思潮的蜂擁而至，
長期被漠視、壓抑的「人」的問題開始引起了當時進步的知識分子的關注，
國人的自我意識逐漸被喚醒，自我的存在和個體的價值慢慢被發現與強調。
正如郁達夫在《中國新文學大系》卷首中所言：「五四運動最大的成功，第一
要算個人的發現」。胡適1918年發表於《新青年》的一篇有關易卜生的文章
中，強調在中國建立「健全的個人主義」是非常必要的，呼籲進步的知識分

〔註172〕左拉：《論小說》，朱雯等《文學中的自然主義》，上海文藝出版社，1992年，
　　　　　第223頁。

子要像娜拉一樣,「努力把自己鑄造成個人」〔註 173〕。在文學革命先驅們的呼籲和努力下,強調「個性解放」「張揚自我」成為「五四」新文學的一個重要主題。而自然主義的人學觀,恰好與「五四」時期的這一時代要求相吻合,所以為當時的進步知識分子所接受,並對「五四」文學產生了一定的影響。

自然主義強調人的肉的一面,主張從生理層面上描寫人,不迴避甚至強調性描寫的創作傾向,符合「五四」時期對於人性解放和個性自由的時代呼籲,有助於「五四」文學對傳統文學、封建禮教禁錮人性的批判,同時也從深度和廣度上豐富了「五四」文學中人物形象的塑造。此外,日本自然主義文學致力於表現自我,注重對自我內心情感的揭示,對黑暗現實的揭露,對個性自由和性的呼喚等,都在一定程度上推動了「五四」文學對封建制度、封建禮教的揭露和批判,對愚昧專制的對抗,對非人道主義的抨擊,有助於文學完成自己在特定歷史時期的啟蒙任務。這是自然主義文學在「五四」時期得到認可和宣揚的原因之一。因此,「五四」時期的作家們,效法自然主義文學家,通過文學宣揚「人性」,呼籲自我的解放、個性的自由,強調個人解放是國家、民族解放的首要條件,並將性解放當作個人解放的前提,著力描寫那些耽於色慾、追求性解放的男女青年的性愛故事。

周作人「靈肉一元論」的「人的文學」,可視為「五四」文學人學觀的代表。

周作人有過關於自然主義的評論,他的人學觀受到了自然主義文學的一定影響。1918 年,周作人採用「西方實證主義者的立場」〔註174〕,寫作《人的文學》一文,提出「人的文學」的概念,開篇即明確宣言:「我們現在應該提倡的新文學,簡單的說一句是『人的文學』,應該排斥的,便是反對的非人的文學」,並扼要概括了「人的文學」的概念:「用這人道主義為本,對於人生諸問題,加以記錄研究的文字,便謂之人的文學」〔註175〕。周作人對當時中國關於人的看法有著清醒的認識:「大家都做著人,卻幾乎都不知道自己是人;或者自以為是『萬物之靈』的人,卻忘記了自己仍是一個生物。在這樣的社會裏,決不會發生真的自己解放運動的」〔註176〕。批判之後,便是立論:所謂「人」,乃是「從

〔註173〕胡適:《介紹我自己的思想》,《胡適文存:1》,上海亞東圖書館,1921 年,第 6 頁。

〔註174〕夏志清:《中國現代小說史》,復旦大學出版社,2005 年,第 15 頁。

〔註175〕周作人:《人的文學》,《周作人集》,花城出版社,2003 年,第 2 頁。

〔註176〕周作人:《談虎集》,河北教育出版社,2002 年,第 321 頁。

動物進化的人類」，包含兩個要點，（一）「從動物」進化的，（二）從動物「進化」的。「這兩個要點，一句話說，便是人的靈肉二重的生活」。所謂「靈肉二重」，便是兩者的融合一致：「靈肉本是一物的兩面，並非對抗的二元」，而「所謂從動物進化的人也便是指這靈肉一致的人」〔註177〕。周作人「靈肉一元論」的人學觀，強調人是「靈肉一致的人」，是動物性和超動物性的統一體，人性則是獸性與神性的合成，所以建立在這樣基點上的文學，應該在肯定人的精神靈性的同時，不忘人的自然本性，既獸性，性慾等。這是為「人慾」正名，為人的自然本性進入中國文學殿堂開拓了道路。

　　周作人的人學觀主要來自他所接受的生物學和心理學的影響。周作人讀了很多生物學的書，經常提及懷德、湯木孫、法勃爾等人生物學方面的著作。在南京求學時期，周作人就開始接觸進化論，並深深信服，他的人學觀帶有明顯的進化論印記：「個人的自覺的根本，在於進化論的人生觀。」〔註178〕周作人主張以生物學為依據來審視和表現人，他說：「我不信世上有一部法典，可以千百年來當人類的教訓的，只有記載生物的生活現象的 Biologie（生物學）才可供我們參考，定人類行為的標準」〔註179〕。在《新文學的要求》中，他明確承認：《人的文學》「大旨從生物學的觀察上，認定人類是進化的動物」〔註180〕。由此，周作人對從動物進化來的人的本能非常尊重，視人的自然屬性為人性的根本動力，把人主要看作自然存在物，這也決定了周作人所重視的是僅僅作為個體人的存在，而不是群體的人、社會的人。這與自然主義文學建立在進化論基礎之上的人學觀是相通的。

　　周作人人學觀的另一個思想淵源是日本自然主義文藝理論家廚川白村的《文藝思潮論》（1914年）一書，而廚川白村的基本思想正是靈肉統一的人生觀，「靈肉一致的自然主義人性論是他思考的結果與廚川白村思想的一個契合點」〔註181〕。

　　作為人道主義文學家，周作人尊重人的本能，反對一切強行壓抑人的本能的種種外界人為法則。他反對禁慾主義，認為人的性慾應該得到自然健康的滿足：「性慾的滿足有些無論怎樣異常以至可厭惡，都無責難或干涉的必要，

〔註177〕周作人：《人的文學》，《周作人集》，花城出版社，2003年，第2頁。
〔註178〕周作人：《女子與文學》，《晨報勘鑰》，1922年6月3日。
〔註179〕周作人：《談虎集》，河北教育出版社，2002年，第423頁。
〔註180〕周作人：《新文學的要求》，《晨報‧副刊》，1920年1月8日。
〔註181〕黃開發：《論周作人的「人學」思想》，《北京教育學院學報》，1994年第4期。

除了兩種情形以外，一是關係醫學，一是關於法律」〔註182〕，「極端的禁慾主義即是變態的放縱，而擁護傳統道德也就保守其中的不道德」〔註183〕。他不僅視此自然主義式的道德生活觀為個人道德倫理與生活方式的原則：「生活之藝術只在禁慾與縱慾的調和」〔註184〕，而且把它推廣到藝術審美領域，將「自由與節制」的藝術辯證法帶入文學領域，形成了「生活藝術化，藝術自然化」的藝術思維方式。更為可貴的是，周作人衝破了傳統男權思想的束縛，自覺地從女性的角度審視兩性關係。他「哀婦人而為之代言」，將女性從「聖母與淫女」的囚籠中解放出來，認為把女性奉為聖母或貶為性慾發洩對象都是不道德的，他還大膽提出兩性生活應以女性的要求為本位。周作人的人學觀反映到文學上，便是「性」作為「愛的藝術」的一個體現，是作家對於人的生命、精神價值的某種獨特領悟。

周作人是中國較早將「性」與文學聯繫在一起思考的文學家之一。他說：「人生的文學是怎樣的呢？據我的意見，可以分作兩項說明：（一）這文學是人性的；不是獸性的，也不是神性的。（二）這文學是人類的，也是個人的；卻不是種族的，國家的，鄉土及家族的。」〔註185〕強調文學要寫出人性的本質，寫出人性的真實性：既寫出人的神性的一面，也要寫出人的獸性的一面，而當時文學所面臨的狀況是長期注重對人的神性的一面的挖掘，而忽視人的獸性的一面，因此，周作人的人學觀實際上正是對文學要重視人的獸性的一面的強調。同時，周作人的人學觀主張文學要彰顯人性的普遍性，但反對過分渲染人的社會屬性，這是對傳統文學長期側重對人的社會屬性的挖掘而忽視作為獨立個體存在的人的刻畫的做法的反撥。

在「人的文學」基礎上，周作人又進一步提出「平民文學」口號，極大豐富了「人學」的社會內涵，還原人的真實存在，它使文學轉向普通人的社會生活，轉向社會底層屬於弱勢群體但卻是中國人的真正代表的普通人，從而實現真正的人文關懷。

周作人的人學觀，凸顯其思想深處對「人」本身的人文關懷、對「人」本

〔註182〕周作人：《夜讀抄・性的心理》，靄理士著，潘光旦譯《性心理學》，三聯書店，1987年，第256頁。

〔註183〕周作人：《談虎集》，河北教育出版社，2002年，第328頁。

〔註184〕周作人：《雨天的書》，河北教育出版社，2002年，第140頁。

〔註185〕周作人：《新文學的要求》，《藝術與生活》，河北教育出版社，2002年，第96頁。

能與欲望等合理性因素的支持、對人性的「靈肉一元論」的呼籲、對社會底層普通人民的關注，等等，這些都與自然主義人學觀呈現出鮮明的一致性，並對中國現代文學產生了深刻的影響。

中國現當代文學的人學觀，是對中國社會現實狀況與發展過程的能動反映。「五四」時期強調個性解放和人的文學，是順應當時爭取自由與民主，呼籲「人的發現」「人的解放」，宣揚個體自由、人格獨立的時代大潮的。自然主義文學主張從生理層面上描寫人，不迴避甚至強調性描寫，著力展示人的「肉」的一面的人學觀，符合「五四」文學對於人性解放的呼喚，有助於「五四」文學對傳統文學、封建禮教禁錮人性的批判，因此在當時受到歡迎和借鑒。而日本自然主義文學中對自我表現的強調，對自我內心情感的揭示，對封建禮教對人性壓抑的揭露，對自由和性的呼喚等，都在一定程度上符合「五四」文學對封建制度、封建禮教的揭露和批判，對愚昧、專制的對抗，對非人道主義的抨擊的社會、政治目的，有助於文學完成自己在特定歷史時期的啟蒙任務，因此也受到「五四」文學的廣泛推崇和模仿。正是在歐洲自然主義和日本自然主義文學思潮的影響下，「五四」文學形成了自己的人學觀：展示人的靈肉一致的本真狀態，追求人性的解放、自我的表現，發展真正的人的文學。「五四」文學的人學觀昭示了中國歷史上自我的第一次覺醒、人性的第一次高揚。沈從文的一番話或許可以對「五四」時期極力宣揚人性的人學觀做個注解：「這世界上或有想在沙基或水面上建造崇樓傑閣的人，那可不是我。我只想造希臘小廟。選山地作基礎，用堅硬石頭堆砌它。精緻，結實，勻稱，形體雖小而不纖巧，是我的理想的建築。這廟裏供奉的是『人性』」〔註186〕。

「五四」以後的作家，大部分都投入啟蒙文學的龐大陣營，極力發掘文學的社會功能，注重揭示人的社會屬性，但仍有少數作家堅持文學的人學觀，執著於人性的挖掘。路翎即為其中之一。

路翎自創作伊始，就非常注重對人的精神世界和心理領域的探索，以便真實客觀地揭示人性的本真狀態，很有自然主義文學心理描寫的特色。

路翎的小說，塑造了很多在嚴酷黑暗的現實社會裏心靈和肉體備受打壓的小人物形象，他們為了生存、為了理想，也曾奮起抗爭，但終因無力反抗現實的殘酷折磨而陷入焦慮、頹廢乃至絕望，最終迎來或瘋狂、或死亡的悲慘結局。

〔註186〕沈從文：《習作選集代序》，《沈從文文集：第11卷》，三聯書店，1983年，第87頁。

路翎以自然主義的寫實手法，如實描摹這些小人物壓抑、病態、狂熱的內心世界，揭示他們癡狂失常的行為舉止和精神特徵。《羅大斗底一生》中，羅大斗在殘酷現實的折磨下，疲弱痛楚以致瘋狂，在受盡欺壓之後，自虐自毀，渴望更加殘暴的折磨，憧憬「有力的、野蠻的、殘酷的人們，把他挑在刀尖上；渴望著直截了當的刀刺、火燒、鞭撻、謀殺」。《財主底兒女們》中，路翎不僅用細膩的心理刻畫展現主人公蔣純祖時刻激蕩、不斷流浪的精神世界，用強烈的內心衝突描寫在自己的妻子和父親的情感爭鬥、孝道與婚戀的雙重重壓、傳統與現代之間的焦慮徘徊之下被逼瘋的蔣蔚祖，即便是次要人物王桂英，作者也不惜筆墨，細緻地描摹其遭遇情人背叛、因私生子被眾人非議唾罵時，內心的掙扎與痛苦，真實再現她在生存焦慮與道德焦慮的雙重脅迫下，瘋狂地殺死女兒並走向墮落的道路。有的評論者認為，路翎的小說「對描繪人物精神世界的無情和執著，大大超過了民國時期（1911～1949）的其他小說，似乎更值得被稱作是『心理小說』（psychological novel）」。〔註187〕楊義認為路翎「把靈魂的探索提到了藝術的中心位置」〔註188〕，「以銳角式的心理傾跌去考驗著他（人物）的生命強度」，因此稱路翎為「捕捉人物複雜的心理結構和瞬息萬變的心理節奏的令人瞠目結舌的魔術師」〔註189〕。

「五四」後至文革期間，正是中國政治意識形態統領一切的特殊時期，階級意識空前高漲，集體觀念至高無上，人的個體意識幾乎降至為零，而這一時期所謂的「十七年文學」「文革文學」，與當時的這種社會狀況高度適應，所體現的人學觀，實質上正是現實主義和集體主義的人學觀，強調的是階級的人、社會的人，被政治理性控制的人。人的階級性、政治性是文藝著力表現的重點，文藝為工農兵服務、歌頌偉大崇高的無產階級英雄人物，是這一時期文藝的主要訴求。人的個性抒寫被完全扼殺，文學作品一律以「靈」壓制「欲」、以「大我」否定「小我」、以「群體」取代「個性」、以「英雄」遮蔽「常人」，導致「人」與「自我」的雙重失落。

從 1976 年到 1980 年代末的十餘年間，是各種人文思潮風起雲湧的年代。儘管各種具體文藝思潮的形態和訴求存在多多少少的差異，但在總的思想旨趣上則表現出一定的一致性：為撥亂反正和改革開放服務，反思、啟蒙和解

〔註187〕 Kirk A. Denton, *The Problematic of Self in Modern Chinese Literature: Hu Feng and Lu Ling*, California: Stanford University Press, 1998, p. 120.

〔註188〕 楊義等：《路翎研究資料》，北京十月文藝出版社，1993 年，第 176 頁。

〔註189〕 楊義：《中國現代小說史》，人民文學出版社，1998 年，第 187 頁。

放成為文學的共同主題。這一時期，以「傷痕文學」「反思文學」「知青文學」為代表的文學作品，著力塑造了一系列心靈和肉體被摧殘、人格和尊嚴被踐踏的藝術形象，對「文革」造成的「人性」的戕害和扭曲進行激烈的揭露和控訴，在人道主義的立場上，重新審視人的尊嚴、權利、自由、情感，著手將被文革扭曲的「人」逐漸還原為實在的「個體」，重塑正常的文學人學觀。

（二）重拾自我，盡情展示人的生理層面的當代文學

以新寫實小說為代表的新時期文學，承續了「五四」以來自我的第二次覺醒、人性的又一次高揚，將處於社會中下層的普通百姓當作主要對象，著力抒寫普通人和小人物日常生活中的庸常瑣碎、個體生存的煩惱無奈。新寫實小說以日常化、平面化、瑣碎化消解以往現實主義的崇高精神、以平民百姓取代英雄形象、以客觀中立的描寫遮蔽道德說教和價值判斷、以真實的細節描寫取代離奇的情節編造、以表現個體自我取代群體表述，打破此前文學在兩性關係上的禁錮，重續「五四」文學對自然主義性愛主題的傳承，重新關注人的「肉」「欲」的一面，盡情描寫各色各樣的兩性關係、人的本能欲望壓抑和釋放、變態性行為等，由此呈現出與自然主義人學觀的高度一致。

新寫實小說之後，又湧現了一批被稱為「新潮小說」的文學樣式，包括劉索拉、徐星等「前先鋒派」作品、「先鋒小說」「新歷史小說」、王朔的「新市民小說」等，也把余華、蘇童、馬原、殘雪、格非等作家的作品涵括在內。新潮小說首先確定人的本質為非理性，凸顯人的先天本能中蘊蓄的原始欲望、暴力傾向。同時，新潮小說專注於個體的人的存在，放棄對群體的、社會的人的審視和表現，誇大人際關係中的異化危機，解構傳統文學孜孜以求的歷史意義、政治傾向性和道德評價目的，對人生價值及人生在世的精神狀態持否定態度，散發出強烈的世紀末的頹廢和悲觀氣息。

新潮小說還通過冷漠、不動聲色的敘述，著力表現人性假醜惡的一面，揭示人的本能欲望和強大的破壞力量。新潮小說中的人物，完全是非理性的、獸性的人，他們身上體現的不是理性的節制，而是動物般的欲望橫流及野性、暴力爆發的兇狠殘暴，愛情淪為性愛、本能衝動的代名詞，亂倫、強暴、嫖娼、性變態、性虐待等場面俯拾皆是。無法滿足的性慾會顯示出殘忍的破壞力，導致瘋癲甚至死亡。而人與人之間的衝突完全就是動物界的弱肉強食的生存原則的體現，甚至家人之間，也不復溫馨和諧友愛親密的關係，而是互相隔膜、彼此提防、甚至勾心鬥角、爾虞我詐。這些都與自然主義的人學觀

是一脈相承的。

1980 年代中後期的性問題報告文學，著力表現長期以來的傳統文化和政治專制對性的壓抑及其導致的性無知、性異常、性教育的缺失等問題。像麥天樞的《白夜──性問題採訪手記》《性王國的隱秘世界──當代中國性文化探微》、季宇的《性醫學備忘錄》、向婭的《二十四人的性愛世界》、尋堅的《夕陽下的騷動──老年人性問題採訪散記》、瘦馬的《人工大流產》等著作，光從題名上即可看出對性問題的專注，這些作品以自然主義創作方法，實地搜集有關性的真實素材，客觀冷靜地審視與剖析現實生活中不同年齡段存在的各色各樣的性問題，「對性問題的人為禁錮而造成的種種社會問題進行了大膽揭示，呼籲人們關注和理解性科學」〔註190〕。

1990 年代以來的文學作品，大都將筆力傾注於在本能欲望中掙扎沉浮的「個人」身上，衛慧、棉棉等被稱做「新生代」的作家，熱衷於「個人化寫作」。衛慧的《上海寶貝》、棉棉的《糖》、朱文的《我愛美元》等作品，「故意忽略實際存在的社會關係及其對個人的制約和影響，作品裏滿是本能的欲望和男女間的糾葛」，很大程度上淪為「身體寫作」〔註191〕。雖然有研究者因為對本能欲望的共同書寫而將這些作品與自然主義聯繫起來，但在本質上，二者相差甚遠。

為了激發、張揚人身上蘊蓄著的原初的生命本能，深受自然主義影響的賈平凹，刻意選取社會屬性印記較弱的平民階層作為審美觀照對象，並且有意識地淡化甚至乾脆剔除附加在人物身上的歷史、政治等外在屬性，肆無忌憚地盡情展示人物赤裸裸、原始自然的生物性，表達了對原始生命欲求的極端強調。賈平凹以《廢都》為代表的小說，恣肆張揚性愛主題，突出對人的肉的一面的盡情渲染，通過對莊之蝶等個體性愛悲劇的自然主義式描繪，表現個人在現代文明社會所受到的壓抑，通過對荒唐迷亂的性愛故事的自然主義敘述，揭示人的本真生存價值的喪失，從而反思和批判城市文明對人的異化。

莫言的小說效法自然主義文學的做法，注重從生物層面刻畫人物形象，

〔註190〕陳元峰：《性愛觀念與人的現代化──1980 年代報告文學中的性愛觀念考察》，《關東學刊》，2017 年 4 期。

〔註191〕王鐵仙：《文學的社會性與寫作的個性化》，http://news.nen.com.cn/72345700 511252480/20031119/1270781.shtml。

極為關注人的原始欲望的恣肆張揚，大力宣揚自由、叛逆的男女性愛。自然主義文學認為人本質上是生物的人，生物的性本能欲望成為男女關係的內在紐帶。在莫言筆下，飲食男女同樣盡情展現原始的生命衝動和本能欲求，他們將生命的自然存在看作自己生活的最高意義，大膽流露自己的本能衝動，激情釋放體內的生命原欲，熱烈地追求自由自在的生活方式，為此不惜付出生命的代價。《紅高粱》中「我」爺爺和「我」奶奶在生機勃勃的高粱地裏縱慾狂歡，以靈與肉完美結合公然對抗倫理道德的迂腐和非人道。《生死疲勞》中副縣長藍解放與書店職員龐春苗的婚外性，堂而皇之，熱烈奔放，原本的官員因婚外情落馬事件，被莫言寫成了歷經磨難終成眷屬的愛情悲歌。《豐乳肥臀》中，飽受生活打壓的「母親」雖有「借種生子」「被強暴」的被逼無奈，更有放縱自我的「肉體報復」「兩情相悅」，體現了頑強的生命力和火熱的原始生命欲求，同時也表達了對虛偽殘忍、壓抑人性的封建倫理道德的反叛，以及對女性長期被侮辱被損害的不公命運的抗爭。而「母親」的女兒們，雖然同母異父，性格各異，但在對愛情婚姻的執著追求上步調一致，個個都不顧母親的反對，無視倫理道德的束縛，勇敢大膽地追求靈與肉完美結合、自由自主的情愛和婚姻，彰顯充滿激情的生命活力、敢愛敢恨的鮮活人格和反叛精神。在《金髮嬰兒》中，紫荊與孫天球這對夫妻，妻子具有強烈的性愛欲望，而丈夫卻是禁慾主義者，於是夫妻之間在性的問題上的差距就構成了小說的主要矛盾衝突，後來，雖然丈夫終於覺醒，放棄了對人的自然性慾的理性節制，但為時已晚，妻子已經在原始欲望本能的驅使下，義無反顧地投入了黃毛的懷抱，並生下了一個金髮嬰兒。人性的原始活力終於還是衝破了理性的節制，並取得了勝利。在被稱為「21世紀第一部重要的中國小說」〔註192〕《檀香刑》中，有夫之婦眉娘面對性發育遲緩的丈夫，大膽主動追求婚姻外的肉體上的自由愉悅，毫不掩飾自己在性的方面的強烈欲求和正常欲望獲得滿足後的幸福快樂，表現出對束縛人性的傳統禮教規範的反叛和抗爭，彰顯了奔騰跳躍的生命活力和熱烈率性的人格魅力。

　　為了更直接地揭示人的生物性，在《檀香刑》《藏寶圖》《生死疲勞》等小說中，莫言更是直接將作品中人物的本來面目與老虎、鵝、豬、狗、狼等動物之間劃上等號，將人類社會儼然變成了一個紛擾繁亂的動物世界。所謂人

〔註192〕李敬澤：《莫言與中國精神》，莫言《拇指銬》，江蘇文藝出版社，2003年，第293頁。

的社會就是由這些披著人的外衣的動物組成，它們像動物一樣，在原始欲望和本能的驅動下大膽直白地尋求性愛的滿足，它們也像動物一樣遵循弱肉強食的生存法則，有了與動物等同的本能。在《酒國》中，人類居然像動物一樣「噬食同類」——「紅燒嬰兒」，而且，在酒國中，吃紅燒嬰兒甚至已經被法律化、制度化，成為招待貴賓的最高規格的待遇。這個乍看貌似荒誕、駭人聽聞的故事，其實在現實生活中就已經發生，吃胎盤、吃嬰兒的事件現在不是依舊時有耳聞嗎？人類的獸性由此可見一斑。在其他一些作品中，莫言也常常賦予人物一些動物性的行為，比如為了讓家人能夠度過饑荒，維持生命，《豐乳肥臀》中的母親採用囫圇吞食的方式吞下生產隊裏的食物然後回家後吐出，讓家人吃下；《糧食》中的母親和養女妹妹，也採取了同樣的方法。這種行為正和動物反芻喂雛的做法別無二致，充分顯現了人與動物的一致性，但是，這些女性的動物性行為不是無意識的本能，而是被苦難生活逼迫的無奈之舉，人畢竟不是動物，作者詳盡地描述了幾位女性吐出食物時所經歷的痛苦，養女妹妹甚至因之而不能進食，最終失去了生命。通過對這些人的動物性行為的描述，莫言不僅謳歌了母愛、女性的偉大，而且暴露了當時生存的艱難，控訴了當時的社會對人的摧殘。

自然主義文學「自然人」的概念也對莫言產生了一定的影響。在莫言作品中，人物同樣是凡事順應自然的「自然人」，他們「從不思考，他們只是感受、行動，他們的世界是被呈現的、而不是被闡述、被評估」，他們凡事只憑著本能，「在《狗道》中，『惡』僅是一種自然之力，是自然的屬性，狗道亦是天道，天道亦是人道，人的掙扎和鬥爭不需要任何理由。」〔註193〕在莫言的小說中，人面對生活永遠只有兩個選擇：要麼承受一切要麼放棄一切，這是生死輪迴的自然秩序，也是生活的本源真相。

自然主義文學對環境因素加諸人的命運的影響的注重，在中國當代文學作品中也有一定的體現。莫言小說中人物經常被放在廣闊的社會環境裏，山東高密傳統文化對女性性格的影響、病態社會對人格的強大影響與扭曲作用等，都得到了充分展示。池莉在作品中並不僅僅表現人物真實的生活現狀，在她筆下人們的存在和生活都受個人、環境和時代條件的限制和制約。同自然主義作家一樣，王安憶也非常看重環境對人的影響，注重故事和人物背景

〔註193〕李敬澤：《莫言和中國精神》，莫言《拇指銬》，江蘇文藝出版社，2003 年，第 291 頁。

的描摹和敘寫。她認為，小說主要是寫故事，但寫故事的目的還是在於寫人，而人不是孤立的存在，人總是生存於特定的背景之下，所以小說寫作是需要故事背景的。王安憶的小說都會給人物一個細緻真實的社會環境和生存背景，將時代的演進和社會的變化作為人物生存、活動的物質環境，從而讓小說對社會現實某種物質的或精神的內容表現得更真實、更客觀。

第四節　歷史觀

一、自然主義文學的歷史觀

　　自然主義作家非常強調文學的歷史觀，不僅常以真實歷史作為主要題材，更主張小說創作要描寫一定的歷史時期來反映整個社會，或者通過人物的一生、一個家族的興衰史來反映一個時代的真實歷史。即強調小說成為歷史的真實反映。作為一名作家，左拉的理想是：「寫一本書，像一個巨大的諾亞方舟般的巨著：所有的人、所有的物，一切都講到、一切都看到、一切都知道。」他說：「當我著手寫一個題材時，我便想將整個世界放進去。」在這樣的創作理想指引下，左拉有意識地追求小說的史詩性，讓作品成為對歷史的真實反映。他的多卷本長篇小說《盧貢－馬卡爾家族》系列從 1869 年到 1893 年，前後歷時 25 年才得以完成，其副標題為《第二帝國時代一個家族的自然史和社會史》，敘述了「第二帝國從政變陰謀到色黨投降的全部歷史」，是「對一個已經終結的朝代的寫照，對一個充滿了瘋狂與恥辱的時代的寫照」〔註 194〕。小說完整地描寫第二帝國從建立到崩潰的整個歷史過程，涉及當時的政界、宗教界、金融界、商界、藝術界、礦區、鐵路、農村、工廠等各個領域，囊括了包括戰爭、罷工等在內的當時社會生活的各個主要方面，形象生動地暴露了第二帝國時期的黑暗與罪惡，批判了資產階級上流社會的腐朽反動，提出了現實生活中巨大的社會問題，彰顯了鮮明的史詩性和時代感。學者李岫評價曰：「對于法蘭西第二帝國在政治、經濟、文化、風俗各方面的變化，對於這個帝國的腐朽、驕淫與無恥，對於這個時代的熱情、痛苦和希望，左拉都如實地反映在自己的作品裏，他沒有掩飾矛盾和罪惡，沒有粉飾太平，而是為當代和後代描繪了一幅第二帝國政治、經濟、社

〔註194〕　左拉：《盧貢－馬加爾家族：序》，柳鳴九《自然主義》，中國社會科學出版
　　　　　社，1998 年，第 518 頁。

會生活的巨大壁畫」〔註 195〕。

　　莫泊桑也極為關注作品的歷史性，普法戰爭是其短篇小說最主要題材之一。《羊脂球》《菲菲小姐》《米龍老爹》《俘虜》《兩個朋友》《一場決鬥》等均以普法戰爭為題材，描寫入侵者的殘暴和普通人的愛國熱情和反抗精神。通過這些具有明顯史詩性的小說，莫泊桑為讀者提供了 19 世紀末葉一幅幅社會生活畫卷。

　　龔古爾兄弟更是旗幟鮮明地強調小說與歷史的淵源。他們認為二者在內涵上極為相同：「歷史是一部曾經發生過的小說；小說是可能有過的歷史」，「歷史家是往事的敘述者；小說家是現今的敘述者」，「我們的小說的特點之一，將是屬於當代最有歷史性的小說。」〔註 196〕在他們眼中，小說和歷史一樣都是對生活的真實客觀的再現，區別僅在於歷史是對往昔生活的再現，屬於「曾經的真實」；而小說是對現實生活的描摹，屬於「現實的真實」。因此，他們以寫史的嚴肅寫實的態度，致力於為後代「復活生動相似的當代人」，而他們採取的方式是「通過談話的生動速記，通過從生理上抓住一個姿態，通過顯示個性的細小激情，通過造成生活的熱烈緊張的無以名之的東西」〔註 197〕，「通過這個社會的各階段的研究寫出這個時代的社會史、它的生活方式」〔註 198〕來描摹社會風俗，真實地復活以「藝術家、資產者、人民」為主的各個領域的現代人形象。

　　即便是以專事自我著稱的日本自然主義文學，也在敘述框架和時間跨度上顯示出明顯的歷史性。以《家》為例。它以作者島崎藤村的自身經歷為基礎，描寫了作者從 27 到 39 歲，即從 1898 到 1910 年間日本兩大封建家族，木曾馬籠的舊驛站老闆小泉家和福島鎮藥材批發店橋本家的日趨沒落衰敗的過程。同其他日本自然主義作品一樣，作者將視野縮小在個人家庭裏，細膩詳盡地描寫個人的私生活，如實告白自己內心深處的秘密和隱私。但是，《家》雖然描寫的是個人的家庭生活，是作者在封建家族制度長期束縛下個人苦惱

〔註 195〕李岫：《20 世紀文學的東西方之旅》，人民文學出版社，2004 年，第 191 頁。

〔註 196〕米歇爾·雷蒙：《大革命以來的小說》，阿爾芒·柯蘭出版社，1967 年，第 98 頁。

〔註 197〕馬爾丁諾：《第二帝國時期的現實主義小說》，：斯拉特金·雷普蘭出版社，1972 年，第 235 頁。

〔註 198〕米歇爾·雷蒙：《大革命以來的小說》，阿爾芒·柯蘭出版社，1967 年，第 98 頁。

生活的寫真，但是透過個人生活卻寫出了日本長達 12 年的歷史，從一個側面真實客觀地反映了當時瘡痍滿目的日本社會。可以說，島崎藤村所寫的「家」已經超越了單純意義所侷限的「家」的概念，而是當時以家長為中心的各個小「家」所組成的整體的封建家族的代表，是當時整個日本封建社會的縮影。作者正是通過對舊家族的腐朽內幕的真實描述，揭露封建家族的罪惡和衰敗的命運，控訴舊封建家族制度對人性的壓抑和毀滅。作者曾明確表示過：自己在寫《家》的時候，是借助建築的方法，精心「修建」起這部上下兩卷的長篇小說的。

二、自然主義歷史觀對中國現當代文學的影響

　　自然主義文學的歷史觀念對中國現當代文學產生了深遠影響。在宣揚和學習法國自然主義文學理論和作品的過程中，「五四」前後的作家們大多效法左拉的巨著《盧貢－馬卡爾家族》，或以編年史方式，全景式描述社會生活，或以長篇多卷本體裁，進行小說創作，賦予小說鮮明的史詩性。茅盾、李劼人等人的小說都因此而獨具特色，凸顯史詩性。茅盾的激流三部曲、農村三部曲、《子夜》和《林家鋪子》這類連續性、社會全景式小說與《盧貢－馬卡爾家族》有很大親緣性，李劼人的「大河小說」三部曲則被評價為是對以《盧貢－馬卡爾家族》為代表的法國「大河小說」的成功借鑒。事實上，不僅茅盾和李劼人，二十世紀二、三十年代，許多作家都熱衷於寫連續性、多卷體、社會全景式的系列小說或長篇巨製，如巴金的「愛情」三部曲、「激流」三部曲，洪靈菲的「流亡三部曲」，陽翰笙的「華漢三部曲」，以及丁玲、洪深、王任叔、蕭軍、葉紫等人的長篇小說。這不能不說受到了自然主義文學的一定影響。

　　1949 年以後至 1980 年代，由於政治因素的介入，文學創作更是形成「革命敘事」和「宏大敘事」一統天下的局面。隨著 1980 年代中期「文學變革」的到來，這一局面才被打破。而到了 21 世紀，小說創作又重新顯露出對文學「史詩化」的追求，「賈平凹的《秦腔》、劉醒龍的《聖天門口》、莫言的《生死疲勞》、余華的《兄弟》、鐵凝的《笨花》、嚴歌苓的《第九個寡婦》、閻連科的《受活》《丁莊夢》、東西的《後悔錄》、阿來的《空山》、范穩的《水乳大地》《悲憫大地》、遲子建的《額爾古納河右岸》、畢飛宇的《平原》，等等。這些長篇不但相對集中地出版，而且有一個明顯的共同傾向，就是絕大部分作

品都有著強烈的『史詩化』追求，或為當下紛繁複雜的現實生活存照樹碑，或重述一段漫長的中華民族近現代史，或借原始民族的神話歷史吟唱自己心中的輓歌……」。〔註199〕

（一）以「編年史的方式」創作小說的茅盾

茅盾早期創作中「很明顯的左拉的影響」首先就反映在他對左拉以「編年史的方式」描寫和反映當代生活的創作方法的學習、對左拉的連續性大型作品《盧貢－馬卡爾家族》的借鑒，而左拉對茅盾的影響正在於啟發茅盾尋找一個「歷史」地反映社會人生的獨特視角。這種獨特視角首先體現在他選擇「時代女性」和資本家作為觀察和反映的對象，然後通過這兩種形象系列地反映中國現代社會的歷史變遷。在「時代女性」系列裏，中國現代社會的文化心理以及知識分子的情感歷練與理性選擇得到相當充分的體現；在資本家形象系列裏，社會變革、政治紛紜、經濟發展的紛繁複雜的運動過程則有著清晰的反映。這兩個系列刻畫形成了茅盾小說「編年史的方式」的特有內容。同左拉作品一樣，以《子夜》為代表的茅盾作品追求一種「史詩性」，《子夜》就是 1930 年代中國社會的一面鏡子，真實地再現了當時的歷史情境。

《盧貢－馬卡爾家族》系列，是以小說體裁寫就的「第二帝政時代一個家族之自然史及社會史」。模仿這一皇皇巨著，茅盾也始終著眼於「大規模地反映中國社會現象」，追求將小說創作成為反映整個時代，表現一個相當完整的歷史階段，構建一幅自「五四」至抗戰的中國社會的史詩長卷。茅盾在實際創作中也確實很好地貫徹了這方面意圖，通過一篇篇小說，為我們描繪了一幅幅中國現代史的恢弘畫卷：由三個各自完整的故事連綴而成的《蝕》三部曲，對 1927 年大革命前後作了「忠實的時代描寫」，是對大革命的歷史敘述，真實地反映了「現代青年在革命壯潮中所經過的三個時期：（1）革命前夕的亢昂興奮和革命既到面前時的幻滅；（2）革命鬥爭劇烈時的動搖；（3）幻滅動搖後不甘寂寞尚思作最後之追求」〔註200〕；《虹》「原來的計劃，要從『五四』運動寫到一九二七年大革命，將這近十年的『壯舉』留一印痕」〔註201〕；《子夜》《林家鋪子》

〔註199〕邵燕君：《「宏大敘事」解體後如何進行「宏大的敘事」？──近年長篇創作的「史詩化」追求及其困境》，《南方文壇》，2006 年第 6 期。

〔註200〕茅盾：《從牯嶺到北京》，《茅盾全集：19》，人民文學出版社，1989 年，第333 頁。

〔註201〕茅盾：《虹：跋》，《茅盾全集：2》，人民文學出版社，1989 年，第 271 頁。

和農村三部曲《春蠶》《秋收》《殘冬》分別截取都市、小鎮、鄉村三個橫斷面，全方位地記錄了三十年代初中國社會歷史，「暗示著過去與未來的聯繫」〔註202〕。《春蠶》通過農民老通寶一家辛勤養蠶最終破產的事實，揭示了1930年代中國獨特的怪現象——豐收成災，勞動破產，表達了對黑暗現實的憤怒，對掙扎在水深火熱之中的中國農民的深切同情。《霜葉紅似二月花》「本來打算寫從「五四」到1927年這一時期的政治、社會和思想的大變動」〔註203〕；《鍛鍊》和計劃中的後面四部長篇，「這五部連貫的小說，企圖把從抗戰開始至『慘勝』前後的八年的重大政治、經濟、民主與反民主、特務活動及反特鬥爭等等，作個全面的描寫。」〔註204〕至於《子夜》的寫作意圖，則是「大規模地描寫中國社會現象」〔註205〕，事實上《子夜》確實做到了對1930年代動盪的中國社會的全面表現，不僅詳盡地描摹了當時中國民族資產階級的由盛轉衰的歷史，而且將當時中國的軍閥混戰、紅軍進攻、農民暴動、工人罷工等等歷史事實全部如實客觀地再現出來。凡此種種，無不顯示了作家受自然主義文學的影響而流露出來的濃鬱的歷史觀、整體觀。

茅盾作品通過自然主義式的真實描寫而呈現出來的歷史性，已經為學界所認識。《幻滅》被認為是對時代的「客觀的描寫」，「《子夜》以恢弘的氣勢、多維的結構反映了三十年代中國社會的基本矛盾，民族資產階級的歷史特徵和社會的發展趨勢，是三十年代一幅宏偉的歷史畫卷。」〔註206〕許多研究茅盾的外國專家學者也都敏銳地察覺了茅盾小說的歷史性：《子夜》的日譯者尾扳德司曾譽之為「以現代大都市上海為舞臺而描寫的中國社會的鳥瞰圖」〔註207〕「茅盾的《子夜》是中國在1931年日本侵華前夕所經歷的那個可怕年代的一部巨大的文獻」〔註208〕，「茅盾的短篇小說可以說是1919～1937年間中國新文學第一階

〔註202〕瞿秋白：《〈子夜〉和國貨年》，《瞿秋白文集：1》，人民文學出版社，1986年，第170頁。

〔註203〕茅盾：《霜葉紅似二月花：新版後記》，《茅盾全集：6》，人民文學出版社，1989年，第247頁。

〔註204〕茅盾：《鍛鍊：小序》，《茅盾全集：7》，人民文學出版社，1989年，第342頁。

〔註205〕茅盾：《〈子夜〉後記》，《茅盾選集：1》，四川文藝出版社，1994年，第419頁。

〔註206〕李岫：《20世紀文學的東西方之旅》，人民文學出版社，2004年，第69頁。

〔註207〕李岫：《茅盾研究在國外：日文版〈子夜〉譯後記》，湖南人民出版社，1984年，第123頁。

〔註208〕李岫：《茅盾研究在國外：捷文版〈子夜〉前言》，湖南人民出版社，1984年，第156頁。

段裏最重要的文獻之一」〔註 209〕，「第二次國內革命戰爭的十年間，中國社會的各種問題，革命的轉折、抗日民族統一戰線的建立、農村的破產、商業蕭條等等，在他的作品中都有反映。」〔註 210〕夏志清也認為：「雖然《蝕》的文字稍顯稼豔，趣味有時流於低級，然而在中國現代的小說中，能真正反映出當代歷史，洞察社會實況的，《蝕》可算是第一部。」〔註 211〕日本學者增田涉則這樣評價《子夜》：「我感覺到作者巨大的力量。雖然還不夠深入，但把廣泛的、現實社會的各個方面，一把抓過來，摻和起來，而且向著時代歷史前進的方向拼命地推進，這種大膽的、有計劃的、豪邁的氣概；要細緻地描寫出整個歷史時代，確是有異乎尋常的氣魄和力量。」〔註 212〕

　　另一方面，茅盾並非完全套用左拉的歷史觀念，在反映生活的「歷史」內容方面，茅盾作品具有更加鮮明的當代性。《盧貢－馬卡爾家族》反映的是法國「第二帝政時代」的全部歷史，起始時間為 1850 年代，可是當其第一卷在《世紀報》上開始連載之時，已經是 1870 年，可見他是在這個時代已近完結才來描寫、再現之的。而由於對政治因素的重視，由於「為人生」的藝術觀，茅盾關注的是緊扣時代的題材，他的小說緊隨著時代生活的進程，他筆下的生活與現實生活幾乎同步。這使得他的作品滲透著強烈的時代精神，能夠準確而深刻地揭示生活的本質和歷史動向，因而他不僅是他所處時代的忠實表現者，而且是時代的領軍人物，比如《蝕》就「忠實地把握住時代，表現時代，而且深入時代的核心」〔註 213〕。正是因為時代感太強，茅盾的絕大多數小說曾一度被國民黨當局封殺，《蝕》《路》被列入「暫緩執行查禁之書目」，其餘的小說全部被列入「應刪改之書目」。《子夜》因為有「譏刺國民黨」和「描寫工潮」之嫌，而被刪去了第四章和第十五章。另一方面，也正是由於題材過於逼近當代，他有時候來不及好好消化題材就急於動筆，這就容易導致作品流於表面，缺乏深度，無法準確深入地反映生活的全部面目和本真狀

〔註 209〕李岫：《茅盾研究在國外：捷文版〈茅盾短篇小說〉後記》，湖南人民出版社，1984 年，第 211 頁。

〔註 210〕李岫：《20 世紀文學的東西方之旅》，人民文學出版社，2004 年，第 171 頁。

〔註 211〕夏志清：《茅盾》，《中國當代文學研究資料·茅盾專集：2》，福建人民出版社，1985 年，第 745 頁。

〔註 212〕增田涉：《茅盾印象記》，李岫《茅盾研究在國外》，湖南人民出版社，1984 年，第 424～425 頁。

〔註 213〕復三：《茅盾的三部曲》，伏志英《茅盾評傳》，現代書局，1931 年，第 2～3 頁。

態，這正是茅盾的藝術視野上的侷限。

（二）展現「自然歷史」的「大河小說家」李劼人

「大河小說」是近代法國長篇小說的重要創作形式，一種以多卷本連續性長篇的形式描繪當代社會歷史風貌的小說形式，其特徵是篇幅長，採用的是多卷體體裁，單部作品各自成篇又互為連續，描寫時間跨度大、年代長，涵括的容量大，人物眾多，背景廣闊。小說內容多為歷史題材，或者反映當時社會生活的真實面目，體現出鮮明的史詩性，由巴爾扎克的《人間喜劇》開端，至左拉的《盧貢－馬卡爾家族》達到鼎盛。李劼人學習、借鑒法國「大河小說」進行小說創作，其創作的《死水微瀾》《暴風雨前》《大波》三部小說稱為「大河小說」三部曲，開創了歷史小說的現代模式，體現歷史的廣度感和渾融感，以後，不少作家的三部曲、多部曲都被當成大河小說對待。〔註214〕

李劼人在創作「大河小說」之前，就曾有明確的以史詩形式創作連續性小說的計劃，在《暴風雨前》前記中，他說：「打算把幾十年來所生活過，所切感過，所體驗過，在我看意義非常重大，當得起歷史轉捩點的這一段社會現象，用幾部有連續性的長篇小說，一段落一段落地反映出來。」正是在這樣創作理念的指導下，李劼人創作了長篇歷史小說「大河小說」三部曲，他以宏觀的中國近代史為故事背景，將目光對準微觀的四川成都偏遠小鎮和底層一群普通民眾的日常生活，從歷史的細部出發，以嚴肅謹慎的創作態度，對尋常百姓的日常生活進行原生態的自然主義描摹，既細緻入微地表現鄉村家庭的日常瑣事，細膩詳盡地描述底層平民的愛恨情仇，如實再現地方民風民俗和特定時代的世態人情；又生動具體地呈現自己親身經歷的歷史本相，真實細緻地展示由官紳糧戶、商人市民、牧師教士、明妓暗娼等眾多階層構成的社會世相，穿插當時正在上演的政治風雲和時代變遷，客觀反映上層社會的歷史動向和重大歷史事件的側影，把被「政治、經濟、軍事等大事件和以帝王精英為關鍵詞的『大歷史』所遺棄的『以民間百姓、日常生活、邊緣事件和人物為關鍵詞的『小歷史』推向了歷史舞臺中央」〔註215〕，彰顯厚重的

〔註214〕賀紹俊：《真正的大河小說——讀〈大秦帝國〉有感》，http://www.chinawriter.com.cn/2009/2009-04-21/56191.html。

〔註215〕廖鵬飛：《「微瀾」潛藏在「死水」深處——李劼人的〈死水微瀾〉的歷史觀論》，《長春工業大學學報》，2009年第1期。

歷史感和鮮明的時代性。可以說，李劼人通過「大河小說」系列將歷史的宏大莊嚴與世情的豐富細膩緊密結合在一起，「組成了四川庚子事變前後既停滯閉塞如一潭兀水，又矛盾重重、危機四伏的中國市鎮的生活畫卷。」

　　李劼人借鑒自然主義文學常常在小說中寫「史」的方法，把小說當作歷史來寫，其作品在內容上具有相當的歷史文獻性。「大河小說」三部曲，充分借鑒法國自然主義的史詩性長篇小說模式和科學寫實的創作精神，真實記錄了中國從甲午戰爭到辛亥革命近 20 年的社會歷史，郭沫若譽之為「小說的近代史」，「小說的近代《華陽國志》」，並因此認定他將成為「中國的左拉」。郭沫若如是稱讚他的小說的史詩性：「作者的規模之宏大已經相當地足以驚人，而各個時代的主流及其遞嬗，地方上的風土氣韻，各個階層人物之生活樣式，心理狀態，言語口吻，無論是男的女的老的少的，都虧他研究得那樣透闢，描寫得那樣自然。……把過去了的時代，活鮮鮮地形象化了出來。」〔註216〕

　　法國自然主義文學往往注重描寫環境，突出背景，李劼人也常常從環境描寫入手，有時甚至極其細緻、詳盡。《死水微瀾》從社會風習到生活起居，從服飾打扮到日常擺設，都極其細緻入微，生動地反映了當時當地的歷史面貌和風俗習慣。《暴風雨前》對成都茶館進行了原生態的描摹，細緻而生動地了成都茶館的特點、功能及當地的茶文化，小說還通過郝又三及郝家老太太紅白大事的自然主義式介紹，詳盡地再現了當時的婚喪儀式的全貌。《大波》借吳鳳梧龍泉山之行，記錄了龍泉山的地理特徵、植被和特產，此外還詳細考證了皇城的歷史沿革。通過對這些內容的閱讀，讀者「多半不是加深了對人物命運的體察，而是增長了知識，打開了視野，感受到的也是作者對歷史、地理及民俗的濃重興趣。」〔註217〕的確如此，李劼人對春熙路、文殊坊、勸業場、少城公園等地點的生動介紹讓讀者對四川名勝心馳神往，對宮保雞丁、麻婆豆腐、夫妻肺片等四川美食的色香味、歷史淵源以及製作方式的詳盡描摹更加勾起了我們的食欲。無怪乎楊義會宣稱「《死水微瀾》是鄉土小說和近代史小說的結合體，它給歷史小說提供了一種新的藝術思維方式。它應該稱為近代風俗史小說。」〔註218〕巴金盛讚他：「只有他才是成都的歷史家，過去

〔註216〕郭沫若：《中國左拉之待望》，《李劼人選集：第 1 卷》，四川人民出版社，1980年，第 8 頁。

〔註217〕李怡：《地方志——龍門陣文化與現代四川文學的寫實主義取向——二十世紀中國文學與巴蜀文化之一》，《西南師範大學學報》，1997 年第 1 期。

〔註218〕楊義：《中國現代小說史》，人民出版社，2005 年，第 127 頁。

的成都活在他筆下」〔註 219〕，丁帆也高度認可：「李劼人和他的大河小說都是一個不可忽略的重要的歷史存在」〔註 220〕。張秀熟對其作品的史詩性更給予及極高的評價：「反映驚天動地的辛亥革命的文學創作，像他的『三部曲』那樣完整地描述的作品，還找不出第二部。」〔註 221〕

（三）「工筆細化」商州鄉土歷史的賈平凹

賈平凹非常注重小說的歷史性，他說：「長篇小說要為歷史負責，成為一面鏡子」〔註 222〕。賈平凹以《秦腔》為代表的小說被評為「以工筆細化的手法全方位地描繪了當代農村現實生活的圖景」，顯示出厚重的「史詩性」，但是，其小說不是宏觀歷史的宏大敘事，而是微觀的鄉土生活「百科全書」式的真實描摹，是「用細節與場面對日子進行結構性的模仿」，再現故鄉鄉土生活的原生態。〔註 223〕賈平凹筆下的歷史，沒有宏大事件，只是落後貧窮的鄉村裏由一推推「雞零狗碎的潑煩日子」組成的鄉村生活的常態歷史。這樣的歷史中沒有英雄偉人，出現的都是小人物、老百姓，他們之間沒有主次之分、正邪之別。賈平凹就是以「密實的流年式」的自然主義寫實手法，敘寫圍繞在小人物身邊的日常瑣事，通過大量的細節描寫，為讀者展示一個純樸自然，又瑣屑零亂甚至破碎癲狂的鄉土世界。通過「工筆細化」的原生態描寫，賈平凹不僅將偏遠、貧瘠又恬淡自然的商州面貌與風土人情真實地呈現給讀者，而且為讀者展示了地域特色濃厚的秦文化的歷史發展與變遷。

（四）「高密東北鄉民風民俗的紀錄人」──莫言

同賈平凹一樣，莫言也是一位出身農村，對家鄉有著深厚感情，並以自然主義細緻詳盡的描寫呈現家鄉風俗歷史的小說家。莫言的小說大多數都是以故鄉山東高密東北鄉為背景，詳盡細緻地描摹山東農村的風俗風情、人情世態。濰縣年畫、膠東剪紙、貓腔、泥塑等難等大雅之堂的民風民俗、民間文

〔註 219〕張秀熟：《李劼人選集：序》，四川人民出版社，1980 年，第 2 頁。

〔註 220〕丁帆、李興陽：《歷史的微瀾蕩漾在現代轉折點上──李劼人〈死水微瀾〉論析》，《天府新論》，2007 年第 3 期。

〔註 221〕張秀熟：《紀念和希望》，《李劼人小說的史詩追求》，成都出版社，1992 年，第 314 頁。

〔註 222〕賈平凹：《生活會給我們提供豐富的細節》，《當代作家評論》，2006 年第 1 期。

〔註 223〕邵燕君：《「宏大敘事」解體後如何進行「宏大的敘事」？──近年長篇創作的「史詩化」追求及其困境》，《南方文壇》，2006 年第 6 期。

化都被莫言領進了神聖的文學殿堂，成為作品中不可割捨的一部分，賦予作品濃鬱的民間氣息和鮮明的地方特色。《紅高粱》中關於「我奶奶」剪紙的細節描寫，不僅反映了「我奶奶」的心靈手巧，有助於人物形象的刻畫，而且為讀者普及了膠東剪紙的歷史知識。而《檀香刑》裏的「貓腔」，更是鮮明地體現了莫言的小說與民風民俗的有機結合。作者將地方小戲——「貓腔」巧妙地糅合到小說中，不僅僅通過它來刻畫「貓腔」男旦、主人公孫丙的性格特徵，而且使之成為小說的一部分、貫穿小說始終的線索，從而使得作品浸染了濃鬱的戲曲韻味和地方特色。更為可貴的是，通過文學的傳播，剪紙、年畫、泥塑、貓腔等高密民間藝術廣為流傳，一躍成為被列入國家級非物質文化遺產保護名錄的藝術瑰寶。

莫言曾說過：「故鄉的風景成了我小說中的風景；在故鄉時的一些親身經歷成了我小說中的材料；故鄉的傳說故事變成了小說中的素材。」〔註 224〕的確，莫言的小說幾乎都以作者熟悉眷戀的高密東北鄉為背景，內容均取材於作者在故鄉的親身經歷，而高密東北鄉的風土人情、傳說故事就成為小說著力表現的內容之一。在這個意義上，可以說，「莫言就是高密東北鄉民風民俗的紀錄人」〔註 225〕。

新寫實小說同樣體現了一定的歷史觀。新寫實小說文本中「關於鄉村的貧困敘事大多指向歷史」〔註 226〕，《狗日的糧食》開篇就是從三十年前說起，《溫故一九四二》更是把筆觸直接伸向半個世紀以前，都是對客觀歷史的真實反映。

〔註 224〕莫言：《我的故鄉與我的小說》，《當代作家評論》，1993 年第 2 期。

〔註 225〕王衍：《莫言寫作與民間文化》，《安徽文學》，2009 年第 7 期，第 322 頁。

〔註 226〕許志英、丁帆：《中國新寫實小說主流》，人民文學出版社，2002 年，第 518 頁。

第五章　自然主義對中國文學主題與題材的影響

第一節　性愛主題

一、自然主義文學的性愛主題

　　馬克思指出：「男女之間的關係是人與人之間的直接的、自然的、必然的關係。」〔註1〕性學家靄理士更是明確宣稱：「性是一個通體的現象，我們說一個人渾身是性，也不為過；一個人的性的素質是融貫他全部素質的一部分，分不開的。有句老話說得很有幾分道理：『一個人的性是甚麼，這個人就是甚麼。』」〔註2〕弗洛伊德認為，性是人的基本欲望，人類所從事的文藝活動，其實是性的轉移和昇華。〔註3〕作為文學永恆的兩個主題之一，情與愛是每個文學流派都在努力挖掘的重點。性描寫不為自然主義文學獨有，但在自然主義文學中體現得最為充分，而且形成自己的特點，這是和自然主義的文學理論主張相關的。作為與科學結合得最為緊密的文學流派，自然主義對科學高度尊崇，這必然導致其更為關注人的「肉」的一面，因為相較於抽象的形而

〔註1〕馬克思著，劉丕坤譯：《1844 年經濟學——哲學手稿》，人民出版社，1979 年，第 79 頁。

〔註2〕靄理士著，潘光旦譯：《性心理學》，《生活讀書新知三聯書店》，1987 年，第 127 頁。

〔註3〕西格蒙德・弗洛伊德：《作家與白日夢》，孫慶民，喬元松譯：《弗洛伊德文集（4）》，長春出版社，2010 年，第 424～436 頁。

上的「靈」的一面，形而下的「肉」的一面顯然更為客觀、具體、實在，對其進行分析研究也更具有科學性。所以自然主義作家開創性地將目光瞄準長期被傳統文學忽視、迴避的人類更根本、更重要的部分——人類的肉體，將筆觸深入到非理性的人的生理世界，主張文學如實地描繪人的生理層面，展示人內心深處原始的本能和欲望，把人類身上被長期忽視的非理性的東西揭示出來，以彌補傳統文學在人物塑造上的不足。

自然主義文學的性愛觀擁有科學的理論依據，這就是達爾文的《物種起源》。《物種起源》的問世，徹底地改變了人對自身的認識。在達爾文之前，人由於存在著所謂的靈魂而被排除在動物王國之外，人被普遍認為是理性的、唯一具有「靈」的、遠遠優越於其他動物的另類。達爾文生物進化論讓人們明白：人類始終只是動物世界的一員，永遠也擺脫不了與生俱來的動物性。這樣，「人」的研究就成了科學家和文學家共同面對的新課題。《物種起源》極大地啟發了左拉，他認為「在所有人的身上都有人的獸性的根子，正如人人身上都有疾病的根子一樣」〔註4〕，因此他大膽突破傳統文學拘囿於理性的人的侷限，借鑒科學精神和方法，用實驗的方法來研究人的「獸性」和性愛心理，運用文學作品描摹「生物的人」，創作了諸如《戴蕾絲·拉甘》《娜娜》《小酒店》等一系列存在著不同程度性描寫的作品。莫泊桑等人也都認可左拉的觀點，將性描寫作為表現人的動物性的一個必要手段，性愛描寫成為自然主義文學的主要表現內容之一。

自然主義之前的文學中，愛情描寫幾乎不涉及性的因素，文學作品中的愛情幾乎全是精神之戀，體現的是人的靈的一面，絕少提到性方面的感官刺激。為了突出人的「高尚」「純潔」「高動物一等」等特點，浪漫主義文學更是一味地揚靈抑肉，片面渲染人的精神層面，迴避甚至批判人的肉慾層面。自然主義則突破這種禁忌，特別強調對人的肉的一面的挖掘，注重對人物類生物性的特點的直接揭示，勇敢大膽地描寫赤裸裸的人性，這是對此前包括現實主義在內的文學流派的反叛，因為它們都不承認肉體為真正人性的顯現。自然主義認為人的行為完全受天生性慾和自然本性的支配，因此特別注重探索人物生理上的奧秘，闡明它對人物的行為和性格乃至命運的影響。自然主義作品即通過描寫人類不同的性行為、各色的性心理來反映人們的精神實質

〔註4〕伍蠡甫、胡經之：《西方文藝理論名著選編：中》，北京大學出版社，1986年，第 203 頁。

和道德風貌。

　　作為自然主義文學的先驅，龔古爾兄弟率先開始從生理方面描寫和探究人物的行動和心理。他們在科學的基礎之上進行文學創作，將當時先進的醫學、生物學、生理學成果運用到小說當中，在小說中分析、研究一系列的生理現象和病例，他們曾說：「還沒有人指出我們的小說家才能的特點。它是一種古怪的、幾乎是獨一無二的混合，這種混合使我們同時成為生理學家和詩人。」《杰米拉·拉賽朵》堪稱龔古爾兄弟人物生理描寫的代表。他們首先通過外貌描寫揭示她欲望極其強烈的特徵，並將此作為她後來走向墮落的根由，然後敘述她在欲望和本能驅使之下的逐漸墮落，為了滿足欲望，她對情人死心塌地，「為了情人她竟喪失尊嚴，不能自拔」。最後，還是強烈的欲望和無節制的放蕩，導致她的徹底墮落、發瘋、毀滅。也許由於終生獨身，龔古爾兄弟對愛情缺乏必要瞭解，因此，他們的作品中沒有愛情，只有對女人病態欲望的分析和探究、對純粹生理層面的性的描寫，這為自然主義文學以極具特色的性描寫而聞名奠定了基礎。

　　性描寫也是莫泊桑作品的一大特色，具體體現在對人的生理本能、對人的「肉體」與「肉慾」細膩的觀察與逼真的描摹上。莫泊桑對性愛主題的倚重來源於他自己現實生活中的性愛觀和婚姻觀，他在一封給朋友的信中曾直言不諱：「我的朋友，床鋪就是我的一生！我們生於斯！愛於斯！死於斯！」〔註5〕無需諱言，莫泊桑也許有過對美好愛情的幻想，但現實的無情（主要是父母的不幸婚姻）讓他本能地對愛情持悲觀、否定的態度，在他眼裏，沒有真正的愛情，只有兩性的吸引與欲望本能的發洩。在現實生活中，莫泊桑生活放蕩，一生中情婦居然多達三百多個，在文學作品中，他筆下的愛情、婚姻也統統都是幻滅和醜惡的面目，男女之間彼此背叛，相互傷害，維繫他們的最終只剩下赤裸裸的、醜陋無比的性。《一生》的主人公，貴族少女雅娜，對愛情、婚姻、家庭充滿了憧憬與幻想，可是婚後不久她的幻想就被殘酷的現實擊碎：丈夫於連淫蕩下流、卑鄙無恥，為了赤裸裸的性慾，他與妻子的使女私通，還生了私生子；而雅娜寄予厚望的兒子，同樣遺傳了其父的淫蕩基因，為了糜爛的私生活而導致母親傾家蕩產。雅娜的一生就這樣被兩個淫蕩無恥的男人破壞得凄慘悲涼。《俊友》中杜洛阿肉慾旺盛，是的極具

〔註5〕陳惇、孫景堯、謝天振等：《比較文學》，高等教育出版社，1997 年，第 212 頁。

代表性的淫棍形象。莫泊桑作品中，不僅男人貪欲無度，女人也一樣淫蕩無恥，《保羅的夫人》女主人公瑪德琳是個出賣肉體的女人，做妓女不是迫於生活的無奈，而是源自自己強烈的欲望本能，她的荒淫無度最終導致愛她的男人保羅跳河身亡。可以說，莫泊桑筆下的男男女女，大都不受理性支配，而一味追求欲望的滿足，官能的享樂，完全淪為「雄性動物」「雌性動物」「人獸」。

　　總而言之，自然主義文學的性愛觀是：人既是社會性的也是生物性的，而且首先是生物性的。生物的性本能欲望成為男女關係的內在紐帶，愛情是性愛和情感兩個方面的統一，性甚至高於情，性愛場面描寫遠遠多於情感的描述；性愛描寫純粹是出於文學真實觀的需要，與其說是為了推動情節的發展，不如說是單純為了揭露人物獸性的一面，因此傳統文學裏常以美好和浪漫面目出現的愛情，在自然主義文學裏不復存在，取而代之的，是赤裸裸的獸性的欲望和本能，是被世俗的功利與欲望玷污的凡俗婚姻。原該高雅、神聖的愛情神話在瑣碎、沉重的現實生活面前不堪一擊，充滿骯髒、卑污、醜陋、勾心鬥角、爾虞我詐。

　　另一方面，自然主義作家並不是只為表現人的生物性而進行性描寫，他們同時也是以此為基點來反映人的精神和道德特徵，體現人所依附的環境、社會的風貌和本質。左拉對作品中的性愛描寫充滿自信，他說：「他們不管得出什麼結論，都會肯定我的出發點，肯定我對人的肌體在環境和條件情況影響下所產生的深刻變化進行的研究。」〔註6〕自然主義作品中的性描寫，與那些色情文學、頹廢文學有著本質區別。後者的情色描寫的出發點和目的，完全是為了迎合低俗讀者的低級趣味。為了吸引更多的低層次讀者，這些庸俗文學充斥著大量虛假捏造的污穢描寫。而自然主義的性描寫則服務於文學真實觀的根本宗旨，來源於真實，並為塑造真實人物、揭露黑暗現實的目的服務。

　　總體上，自然主義文學作品的生理、情慾描寫，首先來源於真實的生活，作家是為了再現真實的生活才進行性描寫的，所以顯得真實、自然；其次這些描寫並非全憑作者個人喜好、無目的的隨意描寫，作家們「感興趣的也不是色情本身，不是純粹的情慾，而是人與人的關係，他們的心理、性

〔註6〕左拉：《實驗小說論》，柳鳴九《自然主義》，中國社會科學出版社，1988 年，第 483 頁。

格，以及人活動於其中的社會環境。」〔註7〕他們是以生理學為依據，研究人性的本質，「處理的是作為個人和社會成員的人的最高行為」，目的是通過性愛描寫更深刻地刻畫人物、展示現實社會的真相；再次，自然主義文學中的性描寫並非純生理的，其中人性、理性的成分佔有很大比重。所以，左拉在面對攻擊和非難時，可以坦然地說：「我從來沒有寫過會使我的婦女讀者作嘔和臉紅的東西」，「沒有一個出自我名下的句子的你不能拿去放在一個少女面前的」。〔註8〕在《下水》被指控並禁止發表時，他憤怒地表示：「三年來，我收集材料，其中最多而且還繼續找到的，乃是一些污穢的事情，可恥的不可思議的冒險，盜竊錢財，拐賣婦女。我想寫出這些黃金和人肉的記錄，百萬元的洪流和無盡狂歡的巨大而嘈雜的聲音，我寫下了《下水》。是不是我什麼也不該講，讓這些第二帝國時期金光閃爍的淫亂隱而不宣呢？」〔註9〕

　　日本自然主義及其後的私小說在繼承法國自然主義文學性愛描寫傳統的基礎上，更加注重從進化論、生物學、遺傳學、病理學等角度，深度剖析人的生理情慾，提倡「露骨的描寫」，大肆渲染人的動物性和肉慾的本能。日本文學史家小田切秀雄曾經說過：「通過自我暴露的方式所展示的內容可以歸結為本能的人和性的人，這便是取代浪漫主義而登場的自然主義的基本立場。」〔註10〕日本自然主義文學家們基於文學的真實觀，以真摯誠實的自我告白的姿態，打破了封建道德在「情慾」「本能」「性」方面的桎梏，促進了人們自我意識的覺醒，表達了渴求近代個人確立的強烈願望。他們認為「人類的確具有野性的一面，也許是由於人組織的肉體上、生理上的誘發，也許是由於從動物進化來的祖先的遺傳」，「這種黑暗的動物性存在，如果要塑造完全理想的人生，就要對這種黑暗面進行研究。」〔註11〕他們強調人的本能的野性的一面，主張盡力表現人的「自然性」，即人的本能衝動、人的欲望宣洩、人性中非理性部分。他們認為人是自然性與理性的合成體，是靈與肉的統一體，

〔註7〕 鮑戈斯洛夫斯基：《二十世紀外國文學史：第1卷》，四川人民出版社，1984年，第94頁。
〔註8〕 左拉：《答菲拉斯居》，《戴蕾斯·拉甘：附錄》，法朗斯瓦·貝爾諾阿爾全集版，第248頁。
〔註9〕 馬克思·貝爾納：《左拉》，遼寧人民出版社，1956年，第53頁。
〔註10〕 小田切秀雄：《現代文學史：上》，集英社，1975年，第135～136頁。
〔註11〕 葉渭渠：《日本文學思潮史》，經濟日報出版社，1997年，第336頁。

而傳統文學一味宣揚人的靈的一面,規避人的生物性層面,所顯示是片面的、不健全的、蒼白的人的形象,所以他們強調文學創作應該通過肉慾的描寫,昭示人體內長期積壓著的原始本能和欲望,直接暴露人類自身的醜惡,然後大膽地「自我告白」「自我懺悔」,以便最大限度地發現真實的自我、揭示人性的本質。

二、自然主義性愛觀對中國現代文學的影響

自然主義的性愛描寫對中國現當代文學產生了深遠影響。自然主義文學更為注重人的生物性、著力展示「生物的人」的觀念,極力渲染人類的原始本能和欲望、通過大量的性愛場面刻畫人物形象、揭示人內心深處的醜惡、骯髒的做法,為許多中國現當代小說模仿。這些作品注重從性層面刻畫人物形象,著力抒寫人類的生物本能,將生物的性本能作為維繫男女關係的內在紐帶,或通過描寫人的動物性本能來批判社會道德的淪喪,或借助對各種性行為、性心理細膩逼真的描摹來反映人們的內在精神和道德風貌。自然主義文學性愛主題對中國文學的影響,可以用劉川鄂、葛紅兵在《對 20 世紀中國文學影響最大的 20 位外國作家》中的一句話作為代表:「田山花袋——他勾起了中國作家對身體的興趣。」

「五四」文學明顯體現出自然主義文學性愛描寫的深刻影響。「五四」時期是中國第一次人的解放與發現時期,新文學作家們在探求民族命運,謀求社會進步的同時,普遍把關注的目光從各個方位匯聚到同一點:性愛問題。而自然主義文學的性愛主題契合了「五四」時期的這一時代特徵,因此受到當時文藝界的普遍認可。性成為「五四」時期文學創作一個重要主題。當時不少作家有意識地借鑒自然主義文學的性愛描寫,作品中都或多或少地涉及性描寫,他們將性解放看作個人解放的前提,通過大量大膽直露的性愛描寫呼籲性的解放,並藉此回應「五四」時期張揚自我解放的時代籲求,以性意識折射人的社會屬性,以性描寫反映時代弊病。郁達夫通過「自敘傳」小說大膽抒寫、暴露以自己為代表的時代青年男女內心深處的性壓抑、性苦悶、性變態、性放縱,以此抒發無法排泄的時代苦悶、反抗傳統仁義道德對正常人性和本能欲求的壓抑和摧殘。受到自然主義性愛描寫的啟發,「戀愛專家」張資平盡情渲染性愛主題,專寫「肉慾」小說,主題都是圍繞男女主角大膽追求自由性關係而形成的三角、四角、多角戀愛故事,其中充斥著偷情、亂

倫、婚外情等性愛描寫。當年轟動一時的「性博士」張競生也可以說是受到自然主義性描寫影響的產物。他於 1923 年在《晨報副刊》上引發了一場「愛情定則」論戰，旋即聲名大噪。張競生鼓吹個人的性解放，提升婦女的地位，最終目的是建立一個「美的社會」，這種烏托邦式的憧憬，也只有「五四」時期特殊的歷史文化環境才能產生；而他的思想之所以能在當時激起廣泛迴響，也正是因為民眾不滿現世，渴望擺脫傳統的禁忌，嚮往鼓勵個人解放的新社會。

「五四」前後專注於性愛描寫的作家還有很多：李劼人濃墨重彩地刻畫「放任情慾」的四川女性；茅盾精細刻畫女性的肉體、著力渲染兩性關係；沈從文熱情禮讚湘西苗寨淳樸率真的自然人性；即便嚴肅如魯迅者，作品中也存在對封建衛道士、底層勞動者和深受壓迫的女性的性心理描寫。比如《肥皂》中，對四銘借給妻子買肥皂之名對街上女乞丐產生一系列的性幻想的生動描述，對高爾礎上下課前後內心難以名狀的性焦慮的逼真描摹，形象生動地為讀者展示了封建衛道者表面道貌岸然，實則猥瑣下流的滑稽形象。據趙景深先生《中國新文藝與變態性慾》一文歸納，中國新文學前期充滿了各種變態性慾的描寫：男男、女女之間的同性愛戀（作者有廬隱、葉紹鈞、章衣萍、葉鼎洛等）、性虐待狂和被虐待狂（作者有郁達夫、張資平和田漢等）、自發性慾（作者有郁達夫、潘漢年等）、戀父情結（作者有冰心等）以及性的夢（作者有田漢、郭沫若等），這一情形的出現不能不說和當時對自然主義的宣揚和借鑒有很大關係。

「五四」及稍後的中國新文學，深受自然主義文學性愛觀的影響，具體體現在以下幾個方面：

（一）大膽暴露青年人性的苦悶和壓抑

在自然主義文學性描寫的影響下，「五四」時期及稍後的作家們在文學作品中大膽地進行性愛主題的抒寫，以暴露青年人性的苦悶和壓抑、批判封建專制制度和傳統倫理道德對人性本能的壓抑、呼籲自我主體性的確立。郁達夫的作品清晰地體現了這個特點。

包括郁達夫在內的前期創造社同人，是在日本大正時期的性解放思潮和自然主義文學觀的影響下開始自己的文學創作的，他們當時又都是處於青春期的熱血青年，所以很自然地將性愛視為現代人最重要的表徵，並在作品中進行自然主義性愛觀的實踐，一如郁達夫所說：「兩性解放的新時代，早就在

東京的上流社會——尤其是智識階級，學生群眾——裏到來了。當時的名女優像衣川孔雀森川律子輩的妖豔的照相，化裝之前的半裸體的照相，婦女畫報上的淑女名姝的記載，東京聞人的姬妾的豔聞等等，凡足以挑動青年心理的一切對象與事件，在這一個世紀末的過渡時代裏，來得特別的多，特別的雜。伊孛生的問題劇，愛倫凱的戀愛與結婚，自然主義派文人的醜惡暴露論，富於刺激性的社會主義兩性觀，凡這些問題，一時竟如潮水似地殺到了東京，而我這一個靈魂潔白，生性孤傲，感情脆弱，主意不堅的異鄉遊子，便成了這洪潮的泡沫，兩重三重地受到了推擠，渦旋，淹沒，與消沉。」〔註12〕

　　正是在自然主義和私小說的影響下，郁達夫逐漸形成了自己的文學性愛觀念。他認為藝術是「人生的表現，應當將人生各方面全部表現出來」〔註13〕，而人的七情六欲正是人生的一部分，所以理應得到同樣的尊重和肯定，以及進入文學殿堂的權利。為了打破傳統的禁錮，郁達夫甚至認為性應該在文學殿堂裏獲得特別的重視，他主張「從獸性中把握人性」〔註14〕，認為「性慾和死，是人生的兩大根本問題，所以以這兩者為材料的作品，其偏愛價值比一般其他的作品更大。」〔註15〕

　　作為「中國的勞倫斯」，郁達夫毫無疑問地深受勞倫斯影響。勞倫斯曾說：「我只能寫我特別有所感觸的東西，在目前，這就是指男人與女人之間的關係。建立男女之間的新關係，或者調整舊關係，這畢竟是當前面臨的問題。」〔註16〕既然將兩性關係視為當時社會面臨的大問題，則性愛描寫必然成為其作品的重要主題。的確，勞倫斯作品以驚世駭俗的性愛描寫著稱於世，幾乎每部作品都少不了大膽的性愛描寫，在其代表作《查泰萊夫人的情人》中，性愛描寫更是貫穿情節發展的始終、反映人物性格必不可少的成分。郁達夫曾在《讀勞倫斯的小說〈卻泰來夫人的愛人〉》一文中對該小說中的性愛描寫稱讚有加，將該小說與《金瓶梅》進行比較，認為不同於《金瓶梅》中庸俗的

〔註12〕郁達夫：《雪夜》，王自立、陳子善《郁達夫研究資料：上》，天津人民出版社，1982 年，第 58～59 頁。
〔註13〕許子東：《郁達夫新論》，浙江文藝出版社，1984 年，第 173 頁。
〔註14〕郁達夫：《從獸性中把握人性》，《郁達夫文集：7》，花城出版社，1983 年，第 96 頁。
〔註15〕郁達夫：《小說論》，《郁達夫文集：第 5 卷》，花城出版社，1982 年，第 16 頁。
〔註16〕泰瑞‧伊格爾頓：《流亡者與移民者：現代文學研究》，山東友誼出版社，1991 年，第 68 頁。

情愛描寫：「《金瓶梅》裏面的有些場面和字句，是重複的，牽強的，省去了也
不關宏旨的，而在《卻泰來夫人的愛人》裏，卻覺得一句一行，也移動不得：
他所寫的一場場性交，都覺得是自然得很。」郁達夫認為勞倫斯筆下的「描
寫性交的場面，一層深似一層，一次細過一次，非但動作對話，寫得無微不
至，而目在極粗的地方，恰恰和極細的心理描寫，能夠連接得起來。尤其要
使人佩服的，是他用字句的巧妙，所有的俗字，所有的男女人身上各部分的
名詞，他都寫了進去，但能使讀者不覺得猥褻，不感到他是在故意地挑撥劣
情。」〔註17〕在實際創作中，郁達夫也在很大程度上借鑒了勞倫斯的性愛描
寫態度和技巧，因此，有研究者稱「郁達夫小說中帶有自然主義色彩的性描
寫，與勞倫斯的手法有極大的相似性。」〔註18〕

　　郁達夫性愛觀念的形成，也與當時的時代背景有密切關聯。「五四」時期
的中華民族，仍處於封建禮教和傳統道德觀念的禁錮之下，「性」依舊是一個
相當避諱的話題，迂腐虛偽的舊道德舊倫理依舊還在嚴酷地壓制著青年人對
人性解放和婚戀自由的要求，導致當時的青年人失去了追求正常的性愛生活
的勇氣和能力，而普遍存在著性壓抑和性苦悶的「時代病」。在西方和日本文
學與文化的影響下，郁達夫等文學革命青年開始有意識地反叛封建倫理道德
對正常人的性慾本能和婚姻戀愛自由的壓抑與戕害，並大膽昭示自己追求自
由的現代性愛生活的勇氣和決心。另一方面，當時封建統治階級的專制、軍
閥的橫暴、民族的孱弱、現代工業文明帶來的負面影響、人的異化等社會弊
病，導致郁達夫等時代青年，特別是孱弱的小知識分子群體，時刻感受到「生
之痛苦」，他們在飽嘗現實生活中的種種挫折和失敗後，只能無奈地祈求通過
異性情感的慰藉擺脫或減緩「生之痛苦」，但可悲的是，即便是這點可憐的願
意也無法滿足，時代的悲劇加劇了情感世界的悲劇，「生之痛苦」正是形成「性
的苦悶」的根源，郁達夫等文學青年別無他法，只能通過文學來暴露這雙重
的痛苦，以表達對封建倫理道德和黑暗社會的強烈反抗，以及對個性解放、
性愛自由的強烈渴望。

　　因此，郁達夫的自敘傳小說，大多圍繞著「性」進行自我暴露，小說中
人物的思想心理和行為舉止，大多和性有關，毫無掩飾的大膽的自我暴露以

〔註17〕郁達夫：《讀勞倫斯的小說〈卻泰來夫人的愛人〉》，《郁達夫文論集》，浙江文
　　　　藝出版社，1985年，第592頁。
〔註18〕柯美樹：《郁達夫與英國文學》，華中師範大學碩士論文，2004年，第36頁。

及赤裸裸的性苦悶和性衝動描寫是郁達夫作品中一個鮮明的自然主義因素。而且郁達夫小說中的性愛，大多和靈肉和諧的現代性愛相背離，出現「性愛的偏枯」〔註 19〕：要麼是一味沉溺肉慾的無愛之性，要麼是純淨得不太真實的無性之愛，靈肉一致的和諧性愛在郁達夫的作品中從不曾出現過，這也是他以性愛為主題的作品總是氤氳著或濃或淡的感傷基調和悲劇意味的主要原因之一。郁達夫正是通過對大量病態性行為和性心理的真實描述，對被傳統性道德觀視為大逆不道、長期處於被遮蔽狀態的同性戀等心理和行為的客觀描寫，來實現對文學真實觀念的忠誠。郁達夫只是客觀描述、大膽暴露當時青年人性的苦悶和壓抑，卻並不對此進行道德評判，既不視之為變態，也不表示讚賞，而是以一種平常心看待：「我不過想說現代的青年『對某事有這一種傾向』」，「並非說你們青年應當這樣的做」〔註 20〕這也正是自然主義一貫堅持的只單純記錄而不作判斷的客觀中立的創作態度。

從第一篇小說《銀灰色的死》到最後一篇小說《出奔》，郁達夫始終執著於從生理層面挖掘、描寫人的生物性特徵。他效法日本自然主義文學及私小說，大膽率直地對性行為和性心理進行細膩描寫和真實刻畫，不加掩飾地暴露自己和那個時代青年人內心深處赤裸裸的性苦悶和性衝動，著力表現對異性的敏感和渴求、情慾的衝動以及欲望受壓抑後的苦悶與變態發洩。據不完全統計，在郁達夫的四十餘篇小說中，涉及兩性關係的就有 28 篇，約占 70%，其中佔據顯要位置的是對性苦悶的大膽傾訴，比如《沉淪》《風鈴》中對愛情的渴望，《胃病》中的單相思，《十三夜》中陳君對尼姑的追求等；其次是對變態性心理、性行為的細膩刻畫，如《她是一個弱女子》中李文卿、鄭秀嶽的同性戀；再次就是對青年男子性慾發洩場景的細膩描摹，如《秋柳》中于質夫在內心痛苦時去妓院排遣，《南遷》中伊人每當悲哀時就到異性身上尋求安慰，《過去》中李白時在浪跡天涯途中企圖與老三重溫舊情以擺脫孤獨的淒涼等細節描寫。此外還有很多對女性肉體的細緻刻畫、對色情心理的赤裸裸袒露、對妓院生活的真實再現等，都清晰體現出自然主義性愛觀的影響，而《沉淪》中，主人公手淫，窺視老闆女兒洗澡，偷聽野外的男女調情等情節的「露骨

〔註 19〕趙豔花：《新舊混雜的生命樣態：文化衝突與整合語境中的郁達夫》，河南大學出版社，2014 年，第 166 頁。

〔註 20〕郁達夫：《〈茫茫夜〉發表以後》，《郁達夫文集：第 5 卷》，花城出版社，1983年，第 126 頁。

的描寫」，更是常常被拿來與日本自然主義作品中的性描寫相提並論。

「五四」時期涉及性愛領域的文學作品有很多，正如茅盾所評論的那樣，在文學中「描寫男女戀愛的小說佔了百分九十八了。」〔註21〕但是像郁達夫這樣「露骨的描寫」還在少數。郁達夫以對性的大膽描寫而轟動了當時文壇，引發了極大爭議。一方面，他的作品大膽暴露了當時青年人內心的壓抑和苦悶，喊出了他們要求民主自由、追求個性解放的共同心聲，表達了他們衝破封建禁慾主義的壓抑和禁錮、追求愛情自由的強烈願望，因此引起了讀者的強烈共鳴，進步的青年們趨之若鶩；另一方面，傳統封建禮教的維護者、假道學們則對他大肆攻擊。正如郭沫若所言，《沉淪》「那大膽的自我暴露，對於深藏在千年萬年背甲裏面的士大夫的虛偽，完全是一種暴風雨式的閃擊，把一切假道學才子們震驚得至於狂怒了，為什麼？就因為有這樣露骨的真率，使他們感受著作假的困難。」〔註22〕由於大膽的性描寫，郁達夫遭遇了與左拉、福樓拜等自然主義作家相似的命運：《沉淪》等小說一經發表，即以「驚人的取材和大膽的描寫」引起封建衛道者們的反對，指責作者「不道德」「誨淫」，有人斥之為「肉慾作家」「色情狂」，更有人稱他是「黃色文藝的大師」，而他的小說則被貶為「賣淫文學」，《她是一個弱女子》更是被指責為「集『賣淫文學』之大成」。〔註23〕

同自然主義作品一樣，郁達夫作品中的性描寫並非像色情小說那樣為了迎合讀者的低級趣味，而是真實反映了那個時代封建制度對人性的壓制，吐露了當時相當一部分小資產階級知識分子反抗封建道德束縛，追求個性解放的心聲，所以能夠引起強烈的共鳴。這些知識分子受到社會的壓迫，各方面要求得不到滿足，很自然地從最脆弱的情感方面尋找慰藉，追求一時的官能刺激，性心理和活動已經成為他們生活和性格中的重要成分。郁達夫即以這些人作為小說主人公，通過對他們的性苦悶和性衝動症狀的反覆描摹，渲泄他們內心的不滿和壓抑，並讓他們在變態的性行為中獲得一時的解脫。可以說，性苦悶和性衝動的描寫已經成為郁達夫小說創作的一種特色，正如郁達夫自己表白的那樣：「我若要辭絕虛偽的罪惡，我只好赤裸裸地把我的心境寫

〔註21〕茅盾：《評四五六月的創作》，《小說月報》，1921 年 8 月 10 日，第 12 卷 8 號。
〔註22〕郭沫若：《論郁達夫》，吳曉東《中國現代文學史》，中國人民大學出版社，2000年，第 81 頁。
〔註23〕蘇雪林：《郁達夫論》，《郁達夫研究資料：下》，天津人民出版社，1982 年，第 386 頁。

出來。……我只求世人不說我對自家的思想取虛偽的態度就對了，我只求世人能夠瞭解我內心的苦悶就對了。」〔註24〕

郁達夫通過對在社會壓迫下的變態性行為、性心理的真實描寫，告訴人們：這一切不幸都是社會的罪惡，並以此作為對社會壓迫和封建倫理道德壓制的不滿和反抗。郁達夫早期作品中對於性心理和性活動的描寫，如《茫茫夜》《秋柳》中的狎妓，《十一月初三》《人妖》中對不相識姑娘的追逐，《馬纓花開的時候》對於牧母的思戀，都反映出一部分小資產階級知識分子由於社會黑暗而產生的無聊和空虛，從中我們可以看到造成他們性苦悶和性變態心理的社會原因。郁達夫在創作中肯定人的情慾，通過作品中大膽的性苦悶的描寫，通過作品主人公之口，大聲喊出了人性合理正當的欲望需求，既是對封建禮教、專制主義對正常人性無情壓抑的強烈控訴和攻擊，又表現了整個時代青年對個性解放、確立自我的熱切渴望，是「五四」時代追求個性解放、反對封建禮教束縛的社會思潮的一個組成部分。而個性的解放、自我的確立正是以主體性為表徵的現代性精神的第一步，是個體本位文化的主要內容：「如果說，群體倫理本位文化以實用理性為思維根基，一切都在這理性面前俯首稱臣，感情上是內斂的節制的，視情慾為大敵，而個體本位文化則正好相反，它是站在感情之維上，紛至沓來的人生感念，性的苦悶、靈的動盪、魂的騷動都因它的激情傾向而成為這個文化典範的根基。」〔註25〕因此，我們可以說：郁達夫作品中自然主義式大膽直率的性描寫，對性苦悶、性壓抑的大膽宣洩、對於愛情、婚姻的幸福生活的執著追求、對「人」的生存本能與自然情慾的熱烈讚頌，標誌著現代人形象在中國文學上的確立，具有鮮明的現代性。郁達夫作品最能激動讀者之處，也正在於此。

另一方面，郁達夫作品中性描寫具有悲劇性。他沒有拒絕日本自然主義文學中那種所謂「人間獸」傾向，在文學作品中過多注重人的生理本性，過分同情病態、畸形的性現象，過分渲染人的欲望情感，這樣難免會增添讀者悲觀失望的情緒，削弱作品對人的社會屬性的揭示力度。這也正是自然主義作品的一個通病，郁達夫作品所面臨的種種指責和批評，也大都集中在感傷情調和性心理描寫上。

〔註24〕郁達夫：《郁達夫文集：7》，花城出版社，1983 年，第 155～156 頁。
〔註25〕劉小楓：《現代性理論緒論──現代性與當代中國》，上海三聯書店，1999 年，第 23 頁。

（二）為了達到真實客觀，不迴避性描寫

這方面以茅盾、李劼人、張天翼等為代表。

茅盾對自然主義的性愛觀是持肯定態度的。在那場關於自然主義的論爭中，茅盾曾發文批駁胡先驌關於自然主義性愛觀的錯誤看法。胡先驌曾在《歐美新文學最近之趨勢》一文中，激烈抨擊自然主義「醉心於男女性愛的描寫」的缺點。對此，茅盾予以了駁斥：「如謂胡君所低之醜惡描寫文學為言男女事之文學，則余以為西洋描寫男女事之文學，因未有如中國演義小說之動言及生殖器也。……余故以為男女關係非不可描寫，特不應如中國之《金瓶梅》等。中國小說凡言情愛，即涉淫褻，正當引西洋言男女關係之小說以矯其弊，不宜反拒而不受也。」〔註26〕明確指出自然主義作品中的性愛描寫不同於《金瓶梅》那樣的「淫褻」的庸俗情愛小說，而是基於文學真實觀的正當、嚴肅的描寫，正可以矯正中國庸俗的情愛小說的弊端，所以不僅不該「拒受」，反而應該大肆宣揚。茅盾還對比自然主義與中國文學中的性慾描寫，指出：「莫泊桑的《一生》中也有幾段性慾頗不雅訓，然而總還在情理之中，不如中國的性慾描寫出乎情理之外。……莫泊桑有許多短篇，淫蕩已極，但對於性交卻還是虛寫，不像中國小說之實寫。」〔註27〕可見，茅盾認可的性描寫標準有兩個：一是「情理之中」，二是「虛寫」。情理之外的、實寫的都是「淫褻」的，而自然主義作品中的性描寫，因為在「情理之中」，因為是「虛寫」，所以是可以接受的。

自然主義文學的性愛觀對茅盾的創作也產生了一定影響。從文學的真實觀出發，茅盾同左拉等自然主義作家一樣，認為只要是現實世界裏客觀存在的人和事，不論美醜善惡，都可以進入文學殿堂，成為審美觀照對象。對於已獲取的現實生活素材的處理，茅盾效法了左拉「對自然的誠實的研究」與「對真實和準確的高度追求」的經驗，一切如實描寫，因此他的小說不迴避性描寫、不忽略對女性肉體和欲求的刻畫。正如島村抱月在《自然主義的價值》所說：「只要肉慾是現實的一部分，為了描寫現實之真必要之時可以不厭其煩地表現肉慾」，「肉慾必然會被與自然主義全景相適應的嚴肅的深遠意義

〔註26〕茅盾：《〈歐美文學最近之趨勢〉書後》，《茅盾全集：18》，人民文學出版社，1989年，第45～46頁。

〔註27〕茅盾：《中國文學內的性慾描寫》，《茅盾全集：19》，人民文學出版社，1989年，第114～115頁。

吸收進去，當人們將注意的焦點置於此處時，肉慾也就隨之帶有了嚴肅意義。這一點是作品能否被肯定的尺度」。

　　除了前文第三章中提及的大量細膩率直的性描寫明顯地帶有自然主義作品的痕跡之外，茅盾還效法自然主義文學性愛主題的抒寫，讓作品中女性大膽追求婚姻的自由、情愛的平等，如《創造》中的嫻嫻，《詩與散文》中的桂奶奶，《蝕》中的孫舞陽、章秋柳，《虹》中的梅行素等，她們經常袒露自己的美乳豐臀，大膽顯示自己女性的肉體之美，在異性面前賣弄風情。她們更毫不掩飾對和諧性愛的渴望，公開追求靈肉一致的兩性愉悅，用行動宣示自己現代性愛觀念：新時期的女性要公開追求「青春快樂的權力」，盡情享受「靈的顫動」「肉的享宴」。章秋柳大膽追求「肉感的狂歡」，公然叫囂：「女子最快意的事，莫過於引誘一個驕傲的男子匍匐在你腳下，然後下死勁把他踢開去」。孫舞陽因為兩性關係的隨意放蕩而被稱為「公妻榜樣」，她也毫不掩飾自己對性的追求與享受：「我有的是不少黏住我和我糾纏的人，我也不怕和他們糾纏；我也是血肉做的人，我也有本能的衝動，有時我也不免——但是這些性慾的衝動，拘束不了我。所以，沒有人被我愛過，只是被我玩過。」〔註28〕赤裸裸地表白自己對本能欲望的放縱，公然叫板封建傳統倫理道德規範及男權主義。

　　雖然茅盾在《從牯嶺到東京》一文中明確地否認《幻滅》「是描寫戀愛與革命之衝突」，但是在《蝕》中所揭示的正是大革命失敗與現代性愛的關係：小說描寫了「兩種截然不同的性的『惡』：一種是以『革命』的名義所行的性泛濫、性殘暴，一種是革命青年的性苦悶。《蝕》就是通過這兩種『惡』，反思了大革命的失敗」〔註29〕。他在敘述大革命失敗帶來的彷徨與苦悶的過程中，塑造了靜女士、孫舞陽、章秋柳這些大膽追求現代性愛的新女性，她們「不是革命女子，然而也不是淺薄的浪漫的女子。如果讀者並不覺得她們可愛可同情，那便是作者描寫的失敗。」〔註30〕可見，作者對她們是同情的，對她們所體現的性愛思想是認同的。《動搖》中的孫舞陽，表面上頹廢放蕩，在革命隊伍中游戲著那些淺薄的革命者，但面對這樣被稱為「公妻榜樣」、惹人議

〔註28〕茅盾：《動搖》，《茅盾選集：第2卷》，四川文藝出版社，1994年，第166頁。
〔註29〕徐仲佳：《性愛的現代性與文明的再造——茅盾早期性愛思想淺探》，《南京師範大學文學院學報》，2002年第2期。
〔註30〕茅盾：《從牯嶺到東京》，《茅盾全集：19》，人民文學出版社，1991年，第176頁。

論的女性，作者也沒有採取唾棄的態度，而是客觀公允地進行刻畫，努力挖掘其內心深處的真實，作者借方羅蘭之口如是評價孫舞陽：「浮躁，輕率，浪漫，只是她的表面；她有一顆細膩溫柔的心，有一個潔白高超的靈魂。」當方羅蘭向孫舞陽示愛時，她的回答表明了自己的現代性愛觀：雖然她開放甚至放蕩，公開追求性慾的滿足，但她並不希望因為自己的行為而傷害另一個無辜的女性──方的妻子。這樣的現代性愛觀念豈不是比那些大革命參加者的所謂符合倫理道德的性觀念更加令人敬佩！在《詩與散文》中，作者成功塑造了桂奶奶這樣一個覺醒的女性形象，並通過對比，揭露了以青年丙為代表的所謂文明、進步的時髦青年的醜陋嘴臉。作為男性新知識分子的代表，青年丙起初迷戀於房東家寡媳──桂奶奶的年輕貌美，並以開放的現代性愛觀念誘惑了她，但後來他厭倦了桂奶奶，想拋棄她並向自己的表妹求愛，就轉用傳統的性倫理道德來衡量桂奶奶，稱其為「平凡醜惡的散文」，而把表妹稱作「詩」。且看桂奶奶此時的態度：「你們男子，把嬌羞，幽嫻，柔媚，諸如此類一派的話，奉承了女子，說這是婦女的美德，然而實在這是你們用的香餌；我們女子，天生的弱點是喜歡恭維，不知不覺吞了你們的香餌，便甘心受你們的宰割。……你，聰明的人兒，引誘我的時候，惟恐我不淫蕩，惟恐我怕羞，惟恐我有一些你們男子所稱為婦人的美德；但是你，既然厭倦了我的時候，你又惟恐我不怕羞，不幽嫻柔媚，惟恐我纏住了你不放手，你，剛才竟說我是淫蕩了！不差，淫蕩，我也承認，我也毫沒羞怯；這都是你教給我的！你教我知道青春快樂的權利是神聖的，我已經遵從了你的教訓；這已成為我的新偶像。在這新偶像還沒破壞以前，我一定纏住了你，我永不放手！」──很顯然，桂奶奶所代表的女性性愛觀念才是作者要贊成的：「如果說《創造》描寫的主點是想說明受過新思潮衝激的嫻嫻不能再被拉回來徘徊於中庸之道，那麼，《詩與散文》中的桂奶奶在打破了傳統思想的束縛以後，也應該是鄙棄『貞靜』了。和嫻嫻一樣，桂奶奶也是個剛毅的女性；只要環境轉變，這樣的女子是能夠革命的。」〔註31〕

　　此外，茅盾作品中還存在著大膽的性苦悶、性壓抑、同性戀等細節描寫，不過與郁達夫不同的是，茅盾著力渲染的是女性的性苦悶和性壓抑。《一個女性》中的瓊華，一個十七歲的花季少女，原本充滿著對愛情的嚮往，但由於家庭的變故而失去了異性的追求，這使她非常憤懣，最終成為「不憎亦不愛」

〔註31〕茅盾：《野薔薇》，開明出版社，1994 年，第 4 頁。

的自我主義者，但她無法排解內心深處的性苦悶：「她不能僅僅以母親的愛自足，她還需要一些別的愛」；「只要有一頭貓，一頭狗，──便是一個蟲也好哪，她將擁抱著，訴說她的荒涼之感。然而什麼都沒有，她只能空虛地擁抱了自己的緊滿瑩白的胸脯，處女的腰肢，……血管轟轟地跳起來，臉上覺得了烘熱」。為了宣洩性苦悶，她大膽地進行性幻想，「她綁開了兩臂要去擁抱這幻影，然而什麼都沒有了，只剩下孤獨幽怨的她自己」。《追求》中的章秋柳，不但想「玩弄一切男人」，而且還有同性戀舉止：「她突然抱住了王詩陶，緊緊地用力地抱住，使她幾乎透不出氣，然後像發怒似的吮接了王女士的嘴唇，直至她臉上失色」。

　　茅盾作品中的性描寫，是建立在真實基礎之上的，其筆下的時代女性，是以當時大革命前後的小資產階級出身的女學生或女性知識分子為生活原型的。她們或者對革命並沒有深刻瞭解，只是抱著異常濃烈的幻想和好奇走進革命陣營，或者因為在生活中碰了釘子，於是「憤憤然要革命了」，在經歷了大革命的失敗後，她們「發狂頹廢，悲觀消沉」。這些女性形象在一定程度上深化了文章的主題，有助於對黑暗現實和人性醜惡的暴露和揭示，以及作家對時代、社會深層次的反思。比如《蝕》通過對借革命名義進行的性泛濫、性殘暴的暴露，對革命青年流行的性苦悶、性壓抑的描繪，深刻揭示了作家對政治革命與性解放的雙重反思，「使人們深切感到性革命與政治革命是相輔相成的；沒有性革命的政治革命是一種不徹底的革命；性革命不與政治革命緊密相連也只能流於空想。」〔註32〕再如《子夜》開篇，生動形象地描繪了吳少奶奶等衣著暴露的女性對保守頑固的吳老太爺形成的感官刺激，刻畫了以吳老太爺為代表的腐朽沒落的封建階級的虛偽、可笑的形象，並借助吳老太爺因性刺激的突然暴亡，暗示了封建體制的崩潰結局。另一方面，這些性描寫也為茅盾作品帶來了一些負面評價，成為人們對其詬病之所在。錢杏邨曾抨擊《追求》「在情慾的描寫的一方面，作者的技巧是失敗了……縱慾的技巧描寫得未能恰如其分」〔註33〕。韓侍桁批評《子夜》中的性描寫「多少帶了些性慾挑斗的味道」，認為《子夜》是以自然主義的、色情的描寫來「調和讀

〔註32〕徐仲佳：《性愛的現代性與文明的再造──茅盾早期性愛思想淺探》，《南京師範大學文學院學報》，2002年第2期。

〔註33〕錢杏邨：《茅盾與現實》，《茅盾研究資料》，中國社會科學出版社，1983年，第121頁。

者的興趣」〔註34〕。也有人質疑《詩與散文》太「肉感，或者以為是單純地描寫了性慾，近乎誘惑」。

　　法國自然主義的性愛描寫對李劼人同樣產生了深遠影響。在去法國之前，李劼人的創作中很少涉及女性，但是在其歸國後創作的「大河小說」三部曲中，女性所佔的份量甚至超過了宏大的保路運動〔註35〕，三部曲中三個潑辣、叛逆的女性：《死水微瀾》中蔡大嫂、《暴風雨前》中伍大嫂、《大波》中黃太太，都和一個以上的男性有著肉體關係，她們在各自的愛欲生活中，都有大膽舉動，表現了一種原始的野性和放縱。《死水微瀾》中蔡大嫂之所以背叛丈夫，和羅歪嘴偷情，是因為丈夫是性無能者，無法滿足她正常的性的欲求；後來蔡大嫂又被顧天成霸佔，而到了最後，蔡大嫂又放棄等待情人羅歪嘴的歸來，快速地另嫁他人，同樣是基於欲望的考慮，只不過這次由情愛的欲望轉為物質的欲求──為了後半輩子衣食無憂的物質生活，她放棄了感情。小說在描寫羅歪嘴與蔡大嫂不正常的關係時，不乏對人的生理方面的細膩描寫，存在著明顯的自然主義「注重肉慾」傾向。《暴風雨前》中，伍大嫂為了生計當上暗娼，出賣肉體，但也追求與吳金廷、郝又三等情人之間靈肉交融的真情。郝又三的母親和小叔子郝尊三之間的叔嫂通姦，是有違倫常的亂倫行為；而《大波》中，更是肉慾橫流，男女關係混亂糜爛：黃太太不僅同自己的兩個姐夫、一個妹夫通姦，還和侄子亂倫，其丈夫黃瀾生也一樣，與妻妹偷情。

　　自然主義的性愛描寫對李劼人產生的另一個影響表現在作者對這些公然違背封建道德倫理、有傷風化的女性的態度上。作者並沒有從道德判斷的角度對她們各種婚外情作出是與非的評判，而是通過客觀冷靜的描述來極力張揚她們追求獨立人格、敢於反抗的精神。比如在描寫羅歪嘴與蔡大嫂不正常的關係時，作者平實地敘述了傻子丈夫性方面的無知，導致身心健全的蔡大嫂完全享受不到婚姻生活的樂趣，為蔡大嫂和羅歪嘴的偷情做出合理的鋪墊，並使之成為羅歪嘴與蔡大嫂私通的重要因素之一。再如黃太太，雖然放蕩淫亂，但卻不為自己的所作所為感到羞愧，反而時常宣揚自己獨特的倫理道德

〔註34〕韓侍桁：《〈子夜〉的藝術、思想及人物》，《現代》，1933 年第 4 卷第 1 期。
〔註35〕《大波》三部曲由《死水微瀾》《暴風雨前》《大波》三部小說組成，有兩個
　　　　版本：第一個版本出版於 1936 年，第二個版本出版於 1956 年，研究者一般
　　　　把 1936 年版本稱之為舊版《大波》三部曲，把 1956 年版稱為新版《大波》
　　　　三部曲。詳情請參閱毛衛利：《重理〈大波〉三部曲與法國自然主義的關係》，
　　　　《商業文化》，2009 年第 8 期。

觀，公然叫板封建倫理道德和貞操觀念：「我愛的男人不止一個，對我好的我都愛，卻不能叫我專愛那一個，不過十分對我好的，我愛他的心多些就是……男子隨隨便便要好多女的就叫風流才子，女子一偷了漢子就叫不貞潔？我就是這樣。」〔註36〕雖然黃太太的放蕩淫亂不值得提倡，但她對封建倫理道德的揭露、對男女不平等制度的反抗，以及她身上所體現出的女性獨立、大膽追求性愛自由的精神，還是有積極意義的。

另一方面，李劼人也並沒有效法中國傳統小說那種才子佳人偷情故事的套路，將婚外情發展為最終的婚姻，為讀者呈現一個圓滿的結局，他也不迎合那些封建衛道士的意願，對這些被封建道德倫理視為「淫婦」的女子進行懲罰，留一個悲劇的結局。他只是自然主義式地平淡敘述，如實描寫，不做任何評判，不流露任何好惡，這三位女性所得到的結局也都是平淡自然的，符合自然主義文學客觀中立的創作主張。

從文學真實觀出發，張天翼的作品也不迴避性愛主題，其第一部短篇小說集中的《報復》便是此主題的開篇。張天翼通過性愛描寫，生動形象地復現了當時社會上那些道貌岸然的偽君子們的無恥下流的真實嘴臉，以及那些標榜開放、先進的時髦青年的淫亂靡爛：《報復》中不乏對黃先生與卜小姐談情說愛，接吻擁抱等大膽性行為的細緻描述，將卜小姐與異性的關係簡單還原為純粹的性的接觸：她是狂熱大膽的，「即使在第一次認識的趙的面前，她敢旁若無人地坐在他（黃）腿上，親嘴摸索」；她是淫亂的，在黃去南方不久，就馬上與趙結合了，後來在黃的甜言蜜語中，為了「酬報他的愛，酬報他的寬容」，她又與黃恢復了以往的狂熱生活，睡到了一起，而黃這麼做只不過是為了「性的報復」：「我要是在今晚丟一個兒子進去，那多痛快！」他們身上，沒有性的道德，沒有愛的貞潔，有的只是玩弄、佔有、獸性慾望的滿足。在《尋找刺激的人》中，大學畢業生江震，素來主張「生活要起勁，得有浪，暴風雨，刺激」，他先和一位律師的太太私通，被拋棄後，又將目光瞄準了姑媽家的婢女小順子，想玩弄地位低下的少女，在她身上尋找新的刺激。在《脊背與奶子》中，表面上道貌岸然的長太爺其實是個老色鬼，他打著「整頓風氣」的幌子，要干預追求真實愛情的任三嫂，其實是想借機揩油，放肆地調戲她，他的性遐想赤裸裸地暴露了他淫蕩下流的醜惡嘴臉：「任三嫂那身子——單只是腮巴子，就簡直是芡實粉，是沒蒸透的蒸雞蛋」，「臉子一天到晚日

〔註36〕李劼人：《大波》，中華書局，1937 年，第 103～104 頁。

曬雨淋的，還這麼嫩，別的地方不知道要怎樣嫩法哩」。《溫柔製造者》裏的
老柏，是某大學的什麼學者、教授，所謂的「有教育的知識者」，他表面道貌
岸然，甚至提起「愛情」這個字眼也覺得肉麻，而用「那個」來代替，內裏卻
是一肚子男盜女娼：他本已是兩個孩子的父親，卻「愛」著一個比自己小十
一歲的女學生──家璐，製造種種「溫柔」去欺騙這個少女的感情，「放心誘
惑」她的「性狂熱」，後來玩膩了這個女孩後，就把責任推給對方，反誣他的
正經事全被這個少女的「需要溫柔」給耽誤了。張天翼以自然主義的寫實手
法，將一個道貌岸然、所謂的「有教育的知識者」的，實則流氓淫棍的醜惡嘴
臉刻畫得入木三分，深刻揭露了當時社會道德的高度墮落。

（三）性愛遠高於情愛

在中國現代文學史上，有些作家對自然主義文學的性描寫尤其青眼有加，
並廣泛應用到創作實踐中，在他們作品中，性愛的描繪遠遠高於情愛的抒寫，
他們正是要通過大量性愛描寫來真實揭示人的動物性本能，並以此批判社會
道德的淪喪、封建禮教對人性的壓抑與摧殘。張資平是這方面當仁不讓的代
表。

在自然主義文學，特別是日本自然主義文學性愛觀念的影響下，張資平
小說多以情愛為主題，盡情抒寫男歡女愛，因此被通稱為「戀愛小說」，早在
1930 年代，錢杏邨就曾評價張資平「當然是一位戀愛小說家」〔註37〕，從那
時起，戀愛小說家似乎就成了學界對張資平的命名。張資平的戀愛小說創作
「以『半獸主義』為指導，就是日本自然主義文學在文學觀和創作手法上對
其深刻影響的突出表現。由此，張資平創造了中國現代文學史上性愛描寫的
高峰，其露骨的描寫也震撼了中國文壇。」〔註38〕魯迅如是概括張資平的小
說：「那就是──△」〔註39〕，從此將張資平作品釘在了三角戀愛的十字架上。

在日本東京帝國大學學習地質學專業的經歷，讓張資平對高度重視科學
的自然主義文學產生共鳴，他像一個自然主義者一樣，習慣於用自然科學的
方法觀察、描寫人生和世界。自然主義從生理學、遺傳學和實驗醫學的角度

〔註37〕錢杏邨：《張資平的戀愛小說》，史秉慧《張資平評傳》，現代書局，1932 年，
　　　　第 3 頁。
〔註38〕吳亞娟：《日本自然主義文學與中國「五四」新文學》，吉林大學博士論文，
　　　　2008 年，第 132 頁。
〔註39〕魯迅：《張資平氏的「小說學」》，《魯迅全集：4》，人民文學出版社，1981 年，
　　　　第 230 頁。

來考察與描寫人的態度和方法，對張資平產生了深刻的影響：「因人們的智力和理想之日見發展，一般的藝術家也不能以單純的寫實主義為滿足了，於是便有自然主義之發生。例如關於人體的研究，寫實主義只能作表面的圖解，最多亦只是攝照了正面、側面、背面等幾幅不同的相片罷了。至於自然主義的藝術家，決不能以這幾幅相片為滿足。他們更進一步對於人體要施行解剖及分析。」〔註40〕於是，像一個科學家那樣解剖人的身體、分析人的心理，成為張資平性愛文學思想形成的基點：一方面，他以大膽的筆觸，詳盡描摹女性的身體之美，直觀展示具有現代意義的女性性感魅力；另一方面，他動用大量的篇幅，細膩逼真地描寫在情愛關係中男性與女性各自獨特的心理活動過程，分析、揭示本能欲望對人物行為舉止強大的支配作用。正如錢杏邨在《張資平的戀愛小說》中所言：「他注意到性覺醒期的煩惱時期前後的心理與生理的狀態以及環境影響，兩性青年青春期生理心理發展過程與順序，女性在與男性發生關係後生理變化，變態性生活，性臆想等。如科學家一樣，很精細的從各方面去考察，描寫異常深刻。」

張資平非常贊同自然主義的生理描寫：「自然派之人物描寫決不是依據隨便的想像，粗略的描寫人情就算了事，要更進而探究其心理，即取心理學者般的態度。描寫要達到可以據心理學證明其確實的境地。更進一步，單描寫心理仍不能滿足，要加描寫生理。心和體有相互的有機的關係，既描寫心理勢不能不並及生理。人類是一種生物，其思想行為多受生理狀態支配。所以觀察人類先要由生理的方面描寫。」〔註41〕正是在自然主義的影響下，張資平把人首先看作生物的人，認為人的心理完全受生理的支配，生理衝動會引起心理的變化，他說：「性慾支配人類生活的力量很強」，「每一個人，都具有神性、人性、及人慾三者。由於這三者的組成分量不同，便化出許多聖哲、賢人及君子、小人等品類來了。流俗之輩因其所具有的人慾分量最大，人性分量最小，神性分量最小或全等於零，於是便不能稱為半神半人，而只是半人半獸了。在現代人慾橫流的世界中，其99%以上都是屬於這第三級的半人半獸的人物」。因此他主張文學作品要注重從生理層面描寫「人慾橫流」的現實社會中的「半人半獸」，而所謂「性的屈服者」，即為「人性」與「神性」對於「獸性」的屈服，如果忽略了性慾問題，就「萬難把人類生活的真

〔註40〕張資平：《小說研究法》，《國民文學》，1934年第1卷2號。
〔註41〕張資平：《文藝史概要》，時中書社，1925年，第122頁。

相描寫出來」〔註42〕，他認為文學創作就應該把性慾當作審美對象，「在青年時期的聲譽欲，知識欲，和情慾的混合點上面的產物，即是我們的文學的創作。」〔註43〕所以張資平的小說不僅不迴避，不掩飾「性」的問題，而且有意大膽暴露和描寫兩性關係。

在創作中，張資平將日本自然主義文學「露骨的描寫」的創作手法，運用到性愛小說之中並向極端發展，在中國現代文學史上創造了性愛描寫的高峰。張資平大量編織、製造各式各樣的性愛故事、性戀遊戲，讓「性」成為「愛」的代名詞，並通過「性」透視和解剖人性，即便在為作品命名時也不忘貼上「性」的標籤，如《性的屈服者》《性的等分線》等。他將筆力著意集中在生物學和遺傳學層面的性慾本能的描寫上，著意突出人的動物性——「肉的生活」。在其性愛小說中，一切社會關係都集中在性愛這個焦點上，性愛矛盾衝突成為推動小說情節發展的關鍵。鄭伯奇說：「描寫兩性間的糾葛是他最擅長的地方。」〔註44〕錢杏邨則認為：張資平筆下的男女，往往剛認識不久就「相約去開旅館，或到旅館去發生性關係，像這同樣的事，在他的長短16篇戀愛短篇之中就有五六篇，長篇不必談了」〔註45〕。

張資平認為作家不但要描寫常態的性慾，還「要向病的現象方面著眼」〔註46〕，因此，他在作品中極力渲染性描寫，尤其熱衷描寫變態和病態的性慾，致使亂倫、偷情、多角性愛糾葛構成了其小說的主體，《梅嶺之春》中關於叔父與侄女的亂倫描寫，與《破戒》中叔父與侄女的亂倫情節和場景如出一轍。《性的屈服者》講述了兄弟二人與同一個女性的性愛糾葛；《苔莉》描寫了表弟與表嫂的通姦；《飛絮》敘述的是姨媽與外甥女共擁同一個情人；《最後的幸福》中是姐姐勾引妹夫、繼母與繼子亂倫；《上帝的兒女們》中則是母親與女兒爭奪戀人、弟弟與姐姐亂倫；《性的屈服者》《苔莉》《愛之渦流》等小說中，則極力渲染嫂子與小叔子的種種私通；《密約》中是邀朋友的妻子去旅館同床共枕；《性的等分線》《范拉梭》《雙曲線與漸近線》等中則是師生相戀通姦的故事……這些形形色色的兩性關係，共同特點是畸形、非常態，而

〔註42〕張資平：《人獸之間：序》，商務印書館，1936 年，第 2 頁。
〔註43〕張資平：《我的創作經過》，《資平自選集》，樂華圖書公司，1933 年，第 22 頁。
〔註44〕鄭伯奇：《中國新文學大系：小說三集導言》，良友圖書公司，1935 年，第 4 頁。
〔註45〕錢杏邨：《張資平的戀愛小說》，史秉慧《張資平評傳》，現代書局，1932 年，第 13 頁。
〔註46〕張資平：《歐洲文藝史綱》，上海聯合書店，1929 年，第 91 頁。

這些畸形的兩性關係的產生，無不緣於男女主人公強烈的肉慾渴望與滿足，這些人物，特別是女性，生活中最重要的事就是「性」的欲求與滿足，她們好像都只為「性」而活著的生物體。

在張資平筆下，男女之間少有心靈的溝通，更多是肉體的吸引。兩性之間，性愛遠遠高於情愛，性的細膩描寫也大大超過對愛的敘述，性愛能否得到滿足成為情愛的鑒定標準。無怪乎錢杏邨會認為：在張資平小說中「找不到一個男性是因為女性人格的崇高」而心生愛念的，張資平「根本上是不曾描寫靈肉兩方的戀愛」，而只是一味地向「肉」與「性」的一面傾斜，在張資平的小說中，所能看到的「只有肉的愛」，「肉感的衝動」，「性慾的滿足」〔註47〕。肉慾支配著一切，那些受性慾支配的男男女女，在本能的驅使下，置道德、人倫於不顧，「和獸的生活沒有什麼差別」〔註48〕。張資平早期的作品，雖然也觸及一些社會陰暗面，有著暴露現實黑暗、反抗封建禮教的傾向，但是，由於作者對性描寫的過於側重，使得作品中涉及的「巨大的社會問題」，「倒好像是性問題的一部分，性問題的附屬品了」〔註49〕。即便是《公債委員》《兵荒》等重在揭露社會陰暗面的作品，也依然夾雜著大量的性愛描寫，幾乎是無性不成書了。

不過，張資平的性愛小說並非完全的只有「肉」而沒有「情」，他追求的還是「性」與「愛」「靈」與「肉」和諧統一的美滿性愛，只不過由於當時的封建倫理道德對性的壓制和扼殺程度太深，而且傳統的文學作品總是不顧事實地一味誇大人的「靈」的一面，張資平為了強化批判封建倫理道德的效果，為了矯正以往文學太過理性的做法，才有意識地突出了對「性」「肉」的一面的描寫，他說：「一般帶些羅曼諦克空想的作家，常將男女間的感情誇大地寫成為一種絕對理想——戀愛。其實這種理想完全受物質的支持。更詳言之，這種理想的實現性之大小完全視物質之程度大小而決定」〔註50〕。正如《苔莉》中的苔莉所說：「純潔的戀愛是騙中學生的話，所謂戀愛是雙方的相互的同情和肉感構成的。」〔註51〕這裡的同情和肉感即指「愛」與「性」，有「愛」

〔註47〕錢杏邨：《張資平的戀愛小說》，《當代中國作家論》，樂華圖書公司，1933 年，第 285 頁。

〔註48〕張資平：《歐洲文藝史綱》，上海聯合書店，1929 年，第 91 頁。

〔註49〕糜文開：《論郁達夫先生的新寫實主義》，《民報·新村副刊》，1936 年第 10 卷第 13 期。

〔註50〕張資平：《人獸之間·譯序》，商務印書館，1936 年，第 7 頁。

〔註51〕張資平：《苔莉》，《中國現代文學百家——張資平代表作》，華夏出版社，1998 年，第 68 頁。

無「性」的柏拉圖式愛情是虛假、不真實的，與自然主義文學的基本原則「真實」相違背，所以為張資平所摒棄，他極力描繪的是「愛」與「性」的和諧統一。在《性的屈服者》中，馨兒曾對自己與小叔子吉軒之間的不倫性愛進行過辯護：「吉哥，你對我的精神的愛的要求，我問心無愧！你對我的肉身的要求，則我此身尚在，我可以自由處分，不算你的罪過，也不能算我的罪過。我們間的戀愛既達到了最高潮，若不得肉身的交際，那麼所謂戀愛也不過是一種苦悶，我們倆只有窒息而死罷了。」〔註52〕張資平借人物之口表明了具有現代意義的性道德觀念：合乎道德的性建立在性愛雙方互愛的基礎之上，首先必須擁有雙方精神上的交流，正如馨兒對小叔子所說：「你是我的愛人，你是我精神上的丈夫！吉哥，我沒有做精神上對你不住的事。……我對你的精神的貞操是很純潔的！」這就是所謂的「精神戀愛」，但缺少「肉身的交際」的純粹精神戀愛，根本不是完美的性愛體驗，最終只能導致生命的枯萎乃至毀滅。真正的愛情結合，既要有「靈」的契合，也要有「肉」的交融。在《最後的幸福》中，美瑛的悲劇是對和諧性愛中「性」與「愛」缺一不可的最好詮釋：因為金錢，美瑛放棄了阿根的求愛而另嫁他人，然而婚後生活中，因為丈夫滿足不了自己性慾而發生多段婚外情，但無論是和表哥凌士雄、妹夫黃廣勳，還是楊松卿，都只有性無愛，這些不和諧的性愛生活，沒有給她帶來真正的幸福，而只是讓她飽嘗了名利、誘惑帶來的痛苦，最終在身染性病、生命垂危之際，她方明白阿根才是自己的真愛，才瞭解了幸福的真正內涵，但卻已經無法給予真愛自己的人任何愛的表示。在《蔻拉梭》中，靜媛先是面對兩位師長，分不清真情與虛偽，構成錯綜的戀愛關係，錯失真情後為了排遣對文如欲愛不能的痛苦，匆忙獻身給虛偽的基督教徒宗禮江而受盡了痛苦。在《戀愛錯綜》中劉昌化因為沒有意識到「肉」的必要而在「義理」之中痛苦掙扎，最終才明白：「活的女性是不能當作一個偶像去崇拜的，她一樣的有戀愛，一樣的有情慾。」揭示了「性」與「愛」「肉」與「靈」未能和諧統一帶來的痛苦。張資平正是通過對諸多主人公所陷入無性之愛或無愛之性的痛苦的真實描述，來反證靈肉一致的性愛的合理性，抗議舊有的禮教秩序對青年人愛的權利和自由的剝奪，並揭示出造成這些痛苦和悲劇的源頭——腐朽落後的社會制度。

　　張資平作品中的性愛描寫，在遭遇非議的同時，也得到了肯定，李長之

〔註52〕張資平：《愛之焦點》，中國文聯出版公司，1989 年，第 57 頁。

曾說:「有的人責備張資平花樣太板。這裡頭便包括兩個問題,一是性質的問題,也就是性愛可否做為小說的題材呢?一是形式的問題,也就是在技巧上太雷同是不是許可的事呢?後一個問題很簡單,不許可。前一個問題,我則以為性愛是很可以常用做題材的。一般人所以持了反對的態度,大半是受了功利主義的魔法,以為單講性愛,有什麼價值呢?為什麼不講革命呢?我以為對作家是不能求全責備,倘若他寫革命,你又問為什麼不寫建設呢?這是沒有了結的責難。我以為性愛,是人生活中重要的一部,它可以表現出人類各方面的關聯的心理,所以是很適當的題材,正如模特兒是具有一切美的條件一樣,性愛的故事往往是有一切人性的流露。」〔註53〕

具體分析,張資平的性愛小說具有如下積極的一面:

第一,鮮明的社會性和時代感,抒寫社會性性愛主題。

張資平的性愛小說與庸俗的情愛小說不同之處在於,他不是純粹為吸引讀者的低級趣味而單純寫性,而是將性愛描寫與婚戀、人生、社會和時代緊密相連,將小說的矛盾衝突放置在深廣的社會背景中展開,賦予性愛以社會性特徵,反映了當時的社會現實,體現了一種時代精神。《上帝的兒女們》以辛亥革命為背景,反映了具有現實意義的宗教與革命的問題;《黑戀》以大革命為背景;《無靈魂的人們》以「一二八」戰事為背景;《跳躍著的人們》以工人和資本家的鬥爭為背景;《飛絮》《苔莉》《最後的幸福》「較真實地反映了『五四』以後部分青年男女在戀愛、婚姻方面的不同經歷與複雜心態」,「這一富有時代氣息的生活內容」〔註54〕;《她悵望著祖國的天野》則「因為他肯費筆墨為這一個平常的不幸的女子鳴不平」,而讓茅盾「產生感動」,「對於作者表敬意」〔註55〕。他的小說體現了革命時代氛圍的感染,反映了北伐戰爭的革命形勢,真實再現了知識分子的困頓生活,表現了封建軍閥對革命青年的殘酷鎮壓。李長之評價:「我們承認,張資平是抓住藝術上的時代的,因為:像。」〔註56〕鄭伯奇認為:「在初期,他描寫兩性關係的小說,還提供一些社會問題,或者寫義理和性愛的衝突,或者寫因社會地位而引起的戀愛悲

〔註53〕李長之:《張資平戀愛小說的考察》,《清華週刊》,1934 年第 41 卷 3、4 期合刊。

〔註54〕曾華鵬、范伯群:《論張資平的小說》,《文學評論》,1996 年第 5 期。

〔註55〕茅盾:《〈創造〉給我的印象》,《茅盾全集:18》,人民文學出版社,1989 年,第 202 頁。

〔註56〕李長之:《批評文集》,珠海出版社,1998 年,第 25 頁。

劇。」〔註57〕阿英則說：「他的創作確實是時代的產兒。我們只要了然於『五四』運動以後的情況，我們就可以不假思索的指將出來，張資平先生的戀愛小說完全是『五四』期間女子解放運動起後必然的要產生出來的創作。」〔註58〕

第二，明確的目的性和意向性，具有現代審美意義。

張資平在評論日本自然主義文學時曾說：「道德絕不是固定不變的。過去有過去的道德，現在有現在的道德。未來也當然會生出一種未來的道德來。自然主義文學的確描寫了很多和過去的道德及現在的道德不能並立的人生，但對未來將成立的道德卻給了不少的助力。把人生的暗面赤裸裸的寫出來，縱令和過去或現今的道德相反，但是讀者加以考究，由考究的結果可以產生出新道德來」〔註59〕。在創作實踐中，他極力描寫自然情慾和禁慾主義、人道主義性道德與封建主義性道德的對立，以期達到反抗壓制人性的舊的性倫理性道德，宣揚人性化的新的性倫理性道德的目的。他的性愛小說大膽描寫戀愛中的青年男女追求和享受性愛的心理和行為過程，藉以向讀者展示：性，並不是醜陋的、不正當的、難登大雅之堂的，相反，追求性愛是人的本能和權利。封建的性倫理和性道德，將一切美好價值追求與性的衝動和行為完全割裂開來，否定和壓抑人的性的衝動和吸引，是對人性的殘忍摧殘和扼殺，是造成性愛悲劇的主要原因，是他要揭露和批評的對象，所以他在性愛小說中，以人的本能欲望、開放自由的現代性意識抗衡陳舊腐朽的封建倫理道德，以情愛與性愛挑戰以金錢與地位為標準的傳統婚姻。為了追求情與性，張資平小說中的人物敢於大膽反抗傳統的社會組織與家庭制度，反映了婚姻自主、個性解放的要求。在他的小說中情與性成為男女關係中決定性因素，男女交往大多緣於性本能的吸引，而情的逐步深化，也往往是性的撩撥的結果，或者無法抑制的性苦悶的最終爆發。張資平小說中的性吸引、性感覺、性心理、性行為、性騷動，不僅僅是單純的性描寫，而是被作者禮讚的人的生命力的體現，具有現代審美意義，體現出人類在性愛過程中對生命價值的肯定、對自由境界的追求。〔註60〕

〔註57〕鄭伯奇：《中國新文學大系：小說三集導言》，良友圖書公司，1935年，第3頁。

〔註58〕阿英：《張資平的戀愛小說》，《現代中國文學作家：2》，泰東書局，1930年，第121頁。

〔註59〕張資平：《文藝史概要》，時中書社，1925年，第48頁。

〔註60〕葉向東：《論張資平的性愛文學思想》，《雲南師範大學學報》，2005年第1期。

　　張資平作品呈現給讀者的，大多是為傳統倫理所不容的婚外戀、不倫戀，包括叔嫂戀、叔姪戀等在內的各種性愛關係，經過張資平的描寫，這些情愛都顯得哀怨纏綿，令人同情，而戀愛中的男女主人公，雖然意識到他們的行為違背了社會和既有道德的標準，但並沒有因此停止對性愛的熱烈追求，因為他們擁有自身性愛觀念的支撐：他們認為只要兩情相悅，就理應不受道德的束縛、社會的干涉而自由地追求與享受靈與肉的雙重歡娛。而事實上，他們的行為卻是與既有的道德相違背、為當時的社會所不容的「罪惡」行徑，所以理所當然地要遭遇悲劇的結局，張資平正是通過這樣的悲劇結局的書寫，反映、抗議封建倫理道德對人的正當本能欲求的壓抑、對人性的摧殘、對婚戀自由的束縛。張資平的這些性愛小說，反映了「五四」新文化運動後社會生活的真實狀況，折射出了那個時代的青年反抗封建禮教、追求情愛自由、張揚個性解放的思想傾向，衝擊了中國傳統文化的性觀念和性道德，彰顯了現代性愛審美觀和價值觀，因此能引起青年讀者的共鳴。《苔莉》1927年初版以後，一再重印，仍經常被搶購一空，其原因就在於此。

　　第三，表現被壓抑了幾千年的女性性意識的解放，具有強烈的反封建意義。

　　正如周作人所言，依照傳統道德倫理，女子總是「被看作是沒有性慾的」〔註61〕，「一切以男子為標準，……甚至關於性的事情也以男子觀點為依據，讚揚女性之被動性，而以有些女子性心理上的事實為有失尊嚴，連女子自己也都不肯承認了。其實，女子在這種屈服於男性標準下的性生活之損害決不下於經濟方面的束縛。」〔註62〕從這一方面來看，張資平的性愛小說堪稱反封建道德倫理的楷模。他的性愛小說一反傳統，多以女性為主人公，借助三角或多角的性愛模式，展現她們不受節制的性的欲望、熱烈的性的追求，給予女性的性觀念與性態度誇張的想像，他筆下的女性視愛情高於生命與名譽，對性的看重高於情，情愛的結果便是性愛的愉悅。他把她們的生活還原為純粹的肉的存在，將她們一切活動的目的，都理解成原始本能欲望的滿足：「所謂幸福並沒有絕對的，只看她的欲望能否滿足。——有一部分的希望或欲望受到了法律的限制或受了夫妻名義的束縛，那個女子就不算幸福了」，只有「不受社會的慣例的支配，不受道德法律的限制，不受任何名義的束縛，各向其

〔註61〕周作人：《周作人散文類編：5》，湖南文藝出版社，1998年，第19頁。
〔註62〕周作人：《周作人散文類編：5》，湖南文藝出版社，1998年，第103頁。

心之所安的方面進行，在彼此不相妨礙的範圍內，男女各有充分的自由。要能達到這樣的田地，各人才算有真正的幸福」〔註63〕。這與日本自然主義理論家高山樗牛《論美的生活》的觀點如出一轍：滿足人之本性的要求才是美的生活，性慾的滿足才是人生的至樂。因此，《最後的幸福》中，美瑛會因為丈夫滿足不了自己而去勾引妹夫，並且和多個男人發展婚外情。而且這種「性的要求不是為種族的繼續，乃專在個人的欲樂，與普通娼妓之以經濟關係為主的全不相同。」〔註64〕張資平小說的故事情節便由這些女性的性愛生活支撐，她們的性慾比男人更強，性饑渴比男人更甚，追逐異性的行為比男人更熱烈大膽，與傳統的女性形成強烈反差，她們感情豐富但缺乏理性，行為常常只受感情和性慾的驅使，為了滿足性的需求，她們常有驚世駭俗的大膽舉動，這注定她們的性愛故事以悲劇收場。張資將性愛追求看作女性作為人的覺醒的首要表現，通過對這些女性的性愛悲劇的描述，展示了幾千年封建倫理道德對女性性慾的壓抑，為女性性的覺醒和解放搖旗吶喊，凸顯強烈的反封建意義。

在《性的屈服者》中，作者借女主人公之口抗議男女不公：「他說，有人在外邊說我們的壞話，囑我要自重些，留神些，不要累及他的兄弟，因為他的兄弟是教育界中人要名譽的，況且不久要和有名望的家門的小姐結婚。最後他再三叮囑我不要再蠱惑你，破了你和程女士的婚約。吉哥，你看，他們明知道我們的關係，但他們把這種罪惡都歸到我一個人身上，只叫我一個人負擔。」〔註65〕在《曬禾灘畔的月夜》中，女主人公因為失去了處女貞操而發出了這樣的悲歎：「像一個重寶——價值連城的古瓷瓶，因我的疏所，因我的不注意失手打破了；我還可以承認負擔打破了這古瓷器的罪。但這重寶的古瓷器明明是他們打破的，偏要賴我，把打破了的罪推到我身上來。我只垂著眼淚，悔恨地、痛心地兩手握著瓷器的碎片。」〔註66〕在《苔莉》中，苔莉對猶豫不決的愛人進行諷刺：「你們男人思想到底比女人長遠，男人的名利欲就比女人大。無論如何重大的事物都不能叫男人犧牲他們的名利！我們女

〔註63〕張資平：《張資平小說選：下卷》，花城出版社，1994年，第163頁。

〔註64〕周作人：《周作人散文類編：5》，湖南文藝出版社，1998年，第103頁。

〔註65〕張資平：《性的屈服者》，《資平作品精選》，長江文藝出版社，2003年，第57頁。

〔註66〕張資平：《曬禾灘畔的月夜》，《張資平作品精選》，長江文藝出版社，2003年，第241頁。

人就不然，女人所要求的，在名利之上還有更重大的東西。」生動體現了新女性反抗舊禮教的性規範性禁忌的勇敢與決絕，相比之下，男性則猥瑣與猶疑得多。

第四，對性心理的刻畫細膩逼真，具有心理小說的特色。

張資平擅長刻畫人物的性心理活動，其性愛小說具有心理小說的特色。深入到人物的心理層面，揭示人物隱秘的內心世界是其性愛小說的一個主要特點。為了充分揭示人物的性心理，他採用自然主義和精神分析雙重交錯的心理描寫手法，選取內心獨白、自我剖析、書信日記、夢境描寫等多種藝術表現手段，細膩深刻地描述人物豐富多彩的情感世界，表現他們情感與理智的衝突，複雜微妙的性愛心理活動，變態的性心理等，對性愛進行審美觀照，拓展了新文學心理描寫的空間。

張資平的性愛小說，通過對普通青年男女種種錯綜複雜的情愛糾葛的自然主義式描述，表現那個時代落後腐朽的社會制度和道德規範所造成的人的心靈、精神的扭曲和心靈的異化，抗議封建倫理道德對人的本能欲望的壓抑和扼殺，宣揚現代性道德性倫理，呼籲人性和個性的解放，這是張資平性愛小說的成功之處，對後來的市民小說產生了很大影響，張愛玲曾明確說過自己迷戀張資平的小說，甚至 1990 年代中期以後盛行起來的一些對現代城市生活的平面化、零碎化描寫，實際上與張資平描寫的市民生存本質也有一致之處〔註 67〕。另一方面，幾成固定模式的三角多角戀愛描寫，對性慾描寫的過多宣揚，對人的生物本能的過分強調，不可避免地削弱了張資平性愛小說的思想內涵，造成了張資平作品的侷限，也招致了後世的詬病。

（四）禮讚原始生命本能

通過性愛描寫，詮釋率真自然的原始生命形態和恣肆放縱的原始生活方式，逆向間接地批判現代性。沈從文是這方面的代表。

沈從文不少作品都以情慾為基本主題，其中含有大量性愛意象。〔註 68〕他把性本能視為人的自然本性，把性慾的滿足視為人類自然、正當的需求，意圖通過對男女情慾的描繪，為讀者詮釋率真自然的原始生命形態和恣肆放

〔註 67〕陳晗：《新道德的寫實──論張資平性愛小說的自然主義寫實》，《重慶交通大學學報》，2007 年第 2 期。

〔註 68〕李小娟，朱法凱：《簡論沈從文小說中的性愛意象》，《北方文學》，2017 年第 11 期。

縱的本真生活方式，充分體現了自然主義的創作理念。他的作品不乏對原始性慾的描述甚至禮讚：《公寓中》寫出了性苦悶者深陷情慾之中的性幻想、憂鬱和懺悔；《紳士的太太》中年輕俏麗的三姨太不滿於「瘸子」紳士的性無能，委身於年貌相當的大少爺；《篁君日記》描摹了主人公情慾的鼓蕩、壓抑及最終的滿足；《舊夢》展示了被情慾圍困的賽爾敦太太與「我」不顧道德倫理的約束，在情慾裏得救的一段男女關係；《柏子》中的柏子甘願用一個月的賣命錢換取與妓女之間的一夜歡情；《連長》極力抒寫年輕的上尉與美艷多情的寡婦之間靈與肉的糾葛；《旅店》中孀居四年、堅守貞操的黑貓卻按捺不住陡然而生的情慾而與「大鼻子客人」發生性關係；《蕭蕭》講述了對男女情事懵懂無知的蕭蕭被花狗唱開心竅，與之發生性關係並懷孕生子的平凡故事。

　　沈從文作品還通過對青年男女野合場景的率真描繪，展現原始欲望的自然恣肆，表現了一種不受羈絆的自然生理意義的「性滿足」〔註69〕。他小說中的男女主人公「秉承了愛欲的豐富遺產」，不虛偽、不矯揉，盡情展示原始率真的生命活力和肆無忌憚的男歡女愛之愉悅。《柏子》《雨後》《夫婦》《月下小景》《七個野人和最後一個迎春節》等作品都體現出沈從文對性愛場景不加諱飾、細膩率真的自然主義式的客觀如實的描摹和自然率真的敘述，且看《柏子》中的兩段細節描寫：「肥肥的奶子兩手抓緊，且用口去咬。他又咬她的下唇，咬她的膀子，咬她的腿⋯⋯」「柏子只有如婦人所說，索性像一小公牛，牛到後於是喘息了，鬆弛了，像一堆帶泥的弔船棕繩，散漫的在床上。」這樣的細節描寫在當時是相當大膽直露的，呈現出鮮明的自然主義特色。

　　沈從文對於男女性愛的某些精細描摹，是為了真實自然地展示湘西苗寨原始、自然的獨特生命形態。在這個未受現代文明浸染的自然世界中，主宰人們行為與思想的不是道德、法律，而是自然。情慾、性愛本來就是生命流程中的自然組成部分，所以，湘西的男男女女坦然面對，率性而為，視之如吃飯睡覺一般必要且自然，深受湘西文化浸染的沈從文，當然也可以毫無忌諱、不做人工加工、真實自然地用文學再現之，通過文學禮讚性愛生活的自然、美好、和諧，帶給讀者美的享受。而沈從文由此體現出來的真實的文學觀念，客觀寫實的創作手法，摒棄政治功利性和道德評判的創作態度等，無不和自然主義文學的美學特徵相吻合，的確如有些研究者所言：「沈

〔註69〕林虹：《沈從文小說的自然主義傾向》，《語文知識》，2007年第4期。

從文描寫性愛、情慾的自然主義筆法或許就具有了一種『無目的的合目的性』」〔註70〕。

自然主義文學認為性的欲求是人類自然合理的要求，性行為完全出自人的本能，沈從文秉持相同的文學觀念，他筆下的人物，無論貴賤美醜、無分男女老少，無一不把本能的釋放和滿足視為人類自然合理的需求，他作品中對於青年男女野合場景的細緻描繪，表現的均是一種不受羈絆的自然生理意義上的「性滿足」，體現的是生命與人性的率直本真形態，而這恰恰彰顯了鮮明的自然主義色彩。但不同之處在於，左拉等自然主義作家筆下的性愛場面大都污濁糜爛、醜陋狂亂，而沈從文筆下的性愛場面大多和諧美好、恬淡自然。同樣熱衷性愛的人，自然主義作品中的主角大多貪婪猥瑣、醜陋不堪，完全淪為本能的載體、欲望的奴隸；沈從文筆下的主人公則呈現自然可愛的面目。即便是賣淫嫖娼這樣的事，也真實自然得不讓讀者產生惡的感覺，原因在於前者揭露的是資本主義制度及現代工業文明導致的人的異化、對原始文化以及人性的破壞，展示的是現代人的貪婪、縱慾、墮落、邪惡；而後者的審美對象則是遠離現代工業文明，保留原始傳統、自然純樸的人，他們的情愛故事，體現的是一種健康自然、不悖乎人性的人生形式，因此給人和諧美好的享受。〔註71〕

沈從文作品中有關性愛題材的還有很多，比如《老實人》《一天是這樣度過的》《參軍》《三個男人和一個女人》《神巫之愛》等作品，對性心理、情慾意識、本能與道德的衝突均有細膩描寫，表現了作者對人性自由的禮讚，對傳統倫理道德的反抗。沈從文有關嫖娼的小說，如《柏子》《十四夜間》《第一次做男人的那個人》等，同樣擺脫了世俗的偏見，著眼於對人性作深層次的發掘，而不是傳統的道德批判。另一方面，面對現代文明社會的所謂文明人，沈從文則會通過人物思維活動、心理變化的真實描摹，呈現出人性中醜陋的一面，揭示人性壓抑狀態下的變態行為。在《八駿圖》中，他用調侃諷刺的筆調，真實細膩地描寫了一群道貌岸然的教授們在情慾支配下的變態心理和變態行為；在《紳士的太太》裏，他揭開都市紳士階級家庭的面紗，無情暴露那些「紳士淑女」們生活的糜爛與精神的空虛。表面上，他們文明、優雅、高

〔註70〕林虹：《沈從文小說的自然主義傾向》，《語文知識》，2007 年第 4 期。
〔註71〕李旭琴，王軍：《沈從文湘西小說中的愛情書寫》，《贛南師範大學學報》，2018 年第 4 期。

貴，實質上，丈夫幽會情人，妻子與人偷情，姨太太與少爺通姦。他們互相敷衍與欺騙，自欺欺人、爾虞我詐，毫無愧色地過著醉生夢死、淫亂糜爛的生活。作者通過對這些所謂的紳士男女私生活的糜爛進行無情的暴露與譴責，對現代文明薰染下都市異化人性扭曲的狀態濟進行無情揭示與嘲諷。在《七個野人及最後一個迎春節》中，沈從文讓七個不服現代文明管束的「野人」——自然人，在最後一個迎春節被「文明人」以「有傷風化」的名義殺死；在《夫婦》中，他安排年輕夫婦在春光明媚的山野中做夫妻之間的正常性事，卻被鄉人「捉姦」並受到污辱。作者講述這些故事的立場，是禮讚這些自然人的自然健康的生命力和合理的情慾，同時譴責傳統禮俗的陳腐愚昧和殘酷，封建禮教對人性的桎梏和扭曲，以及現代文明導致的人的異化。

　　路翎小說中也充斥著大量的性愛描寫。有研究者稱路翎《窪地上的戰役》等作品是「十七年文學戰爭題材中書寫身體的優秀之作」〔註72〕，也有研究者指出路翎小說中蘊含著洶湧澎湃的「渴欲」：「這是一些被超常的欲望燃燒著、煎熬著的人們。他們兇猛地掙扎，在每一瞬間都企圖由一種生活方式、一種精神束縛中衝出去。這種心理傾向、這種情慾，才構成路翎小說世界的最深刻的內在統一。」〔註73〕

三、中國當代文學性愛描寫中的自然主義因素

（一）通過性愛描寫，呼喚人性的解放、情愛的自由

　　上世紀五、六十年代，在政治意識形態統領一切的背景下，文藝界對「人道主義」「人性論」等大肆批判，將文學永恆的主題之一——愛，扣上了「資產階級」「小資產階級」的高帽，只要涉及愛情描寫的作品，就是「不健康」「黃色」「自然主義」的。為數不多的涉及婚戀的描寫中，愛情、婚姻生活也被理想化、政治化，統統以政治虔誠的臣民面目出現，不要說性的色彩，連物質生活因素都被竭力屏蔽，所呈現的都是基於政治上的共同追求而產生的純真的愛情、幸福的婚姻，不帶有絲毫人間煙火味。隨著政治壓力的逐步增大，文學作品中少得可憐關於男女愛情的描寫進一步減少，性愛描寫更成為

〔註72〕孫佳媛：《論十七年文學戰爭題材的身體書寫——以〈窪地上的戰役〉〈百合花〉為例》，《今古文創》，2020年第4期。
〔註73〕趙園：《路翎小說的形象和美感》，王曉明《二十世紀中國文學史論：3》，東方出版中心，1997年，第48頁。

作家避之尤恐不及的災星，到了「文革」期間，文學作品中甚至連婚姻關係也不再涉及了。物極必反。到了七、八十年代，一當改革開放的春風吹進了文藝界，人們立刻開始了批判和反思，自然主義的歷史地位得以重新審視、評價，人們毫不猶豫地把婚戀、性愛當作反對專制和壓迫、爭取自由和權力、剖析內心和精神、反思人的命運的一個突破口，極力渲染，大肆張揚。一時間，「愛情」這個沈寂了多年的字眼被高度頻繁地使用，涉及性愛題材的作品迅速佔據了文壇大半江山。被十七年文學、文革文學視為雷區的人的本能欲望，在新時期受到了前所未有的尊重和表現，人的性慾、愛欲、物慾、權欲、貪欲等都得到盡情展現，情愛題材的描寫尺度持續放寬，《愛是不能忘記的》《被愛情遺忘的角落》等成為欲望敘述的經典文本，彰顯著對被現實無情壓抑的「蒙昧的衝動」「原始的本能」的大膽控訴，對愛的執著追求的極力宣揚。從「第一個打破了設置了幾十年的『人性』和『愛情』禁區」的劉心武《愛情的位置》，到「最先撩開了愛情女神美麗文明的面紗，露出她神秘自然的內容」的張賢亮《男人的一半是女人》，情愛題材的小說從披著溫情面紗的「純潔的愛情」最終發展到了對「性壓抑和性饑渴」的大膽暴露，「在當代文學史第一次令人驚異地把人的性慾展現在聖潔的殿堂之上」〔註 74〕，頗有當年法國自然主義文學的神采。《男人的一半是女人》問世後，立即就有韋君宜撰文質疑作者「對於兩性關係的自然主義描寫實在太多了一些」，並坦言「我自己作為一個女讀者，就覺得受不了書裏那種自然主義的描寫。我想還會有不少女讀者也是如此。這不僅因為大多數中國的知識婦女歷來有潔癖，而且一般總是把自己的理想、純潔、獨立人格、事業，視為心上最寶貴的東西。很多人受不了被人看成單純只是『性』的符號，只以性別而存在。那實在是對人的侮辱。」〔註 75〕很顯然，韋君宜的觀點不乏對自然主義文學的偏見，但卻確切點出了張賢亮作品中的自然主義因子。《男人的一半是女人》是對自然主義文學思潮的響應，也引發了中國當代文學從生理角度寫愛情的開端。

這段時期，文學作品對性的關注，不僅表達了人們對於自由愛情、自然性愛的呼喚，更表達了他們對於極左政治壓抑自由愛情和健康人性的憤慨和不滿。作家們正是通過對人性中最本質、最原始、最感性的力量——「性」的

〔註 74〕鄧時忠：《審美的位移——新時期愛情小說的演變與自然主義》，《西南民族學院學報》，1996 年專輯，第 50 頁。
〔註 75〕韋君宜：《一本暢銷書引起的思考》，《文藝報》，1985 年 12 月 28 日。

自然主義式真實描述，深刻揭露社會政治因素對正常人性的壓抑、對和諧美好的人類感情的摧殘，凸顯強烈的批判性。

王安憶的三戀小說：《小城之戀》（《上海文學》1986 年第 8 期）、《荒山之戀》（《十月》1986 年第 4 期）、《錦繡谷之戀》（《鍾山》1987 年第 1 期），以及《崗上的世紀》《我愛比爾》《米尼》等小說，繼張賢亮之後，進一步把筆觸指向男女性愛生活，細膩刻畫特定環境中人物性饑渴的心理狀態和強烈的生命本能力量。王安憶認為性愛描寫是文學揭示人性、刻畫人物最有力的武器：「要真正地寫出人性，就無法避開愛情，寫愛情就必定涉及性愛。而且我認為，如果寫人不寫性，是不能全面表現人的也不能寫到人的核心，如果你真是一個嚴肅的、有深度的作家，性這個問題是無法逃避的。」〔註 76〕這與自然主義作家的性愛觀實在是異曲同工。在這種性愛觀的指引下，王安憶筆觸大膽地伸向性愛這個長期為大多數作家迴避的禁區，以自然主義式嚴肅客觀的態度、細緻詳盡的描寫，展現紅男綠女們性愛生活的滿足或壓抑，幸福或痛苦，快樂或悲傷。在王安憶筆下，性本身就是一切，「『三戀』系列就是一種純粹的愛與衝動」〔註 77〕，是「性」在新時期文學中作為「敘事元素」被客觀放大書寫的第一次。從此，「性尋根」成為「王安憶小說貫穿始終的母題」。〔註 78〕

王安憶筆下的性愛故事一般從兩個方面揭示性愛生活的本質。

第一，通過對性愛生活中男女悲劇故事的細緻描述，昭示主人公因縱情肉慾而走向痛苦和毀滅的結局。

作家大膽地將性從道德、政治、經濟、文化等各種人為束縛中解脫出來，還原到純自然的人類本能狀態，以此探索人類的生命本源。《荒山之戀》中男女主人公偶然相遇，就立即陷入無力自拔的性愛瘋狂中，他們之間沒有牢固的感情基礎，維繫彼此的就是強烈的性，他們沉淪其中，無法自拔，最終為了獲得性愛的自由和永恆而雙雙殉情在荒山。《小城之戀》中，一對青年舞蹈演員在動亂年月的孤寂日子裏，先是在無法排解的生命本能的催動下，

〔註 76〕王安憶、陳思和：《兩個 69 屆初中生的即興對話》，《上海文學》，1988 年第 3 期。

〔註 77〕張裴林、孔慶東：《渡己渡人王安憶》，王安憶《酒徒》，江蘇文藝出版社，2003 年，第 385 頁。

〔註 78〕尹叢叢：《從茹志娟到王安憶：兩代女作家的情愛告白》，《齊魯週刊》，2014 年第 7 期。

狂躁不安、歇斯底里，然後在性本能的驅使下初嘗性愛的甘霖，之後便屈服於生命本能欲望，不顧傳統道德的規約，把幽會和製造情慾作為擺脫煩惱和痛苦的手段，淪為性慾的奴隸。他們一方面盡情感受性愛的迷狂與幸福，另一方面也苦苦掙扎，希望能擺脫這種不為世俗所認可的性愛關係，但始終戰勝不了原始欲望的強大力量，從而遭受欲望和理性的雙重折磨，陷入更大的恐慌與罪惡。他們的形象，和左拉等自然主義作家筆下那些淪為本能的載體、欲望的奴隸的男女十分相似。《米尼》中，米尼在欲望的驅使下愛上了滿身陋習的阿康，沉淪在骯髒的性亂交中並徹底墮落為妓女、皮條客。《我愛比爾》中，女孩阿三熱衷「與外國人的性愛」的獨特體驗，先後與比爾、馬丁、艾可等不同國家男人發生戀愛或性愛故事，在紊亂的肉體生活中體驗「比爾式安慰」。比起《男人的一半是女人》來，王安憶小說「把審視觀照的光束過於集中地投射在狂熱的性愛勃動扭曲上」〔註79〕，更多地描寫了人的自然本能的衝動，有研究者甚至認為「王安憶的三戀，完全由性意識連綴起『那些本為故事的瑣記』」，「把性意識的描寫強化到一個新的極致」。〔註80〕值得一提的是，王安憶把瘋狂的性愛衝動安放在文明與自然的衝突、欲望與理性的搏鬥之下的大背景下來審視，揭示主人公因縱情肉慾而走向痛苦和毀滅的結局，「有如龔古爾兄弟在小說《瞿米尼·拉賽特》裏描寫肉慾使女主人公最終走上賣淫道路的故事而揭示荒淫無度對人的毀滅的悲劇一樣」，充滿了強烈的悲劇意味〔註81〕。

這是王安憶對自然主義性愛主題的有機借鑒。

第二，通過對沐浴愛河的男女美好生活的描摹，禮讚和諧性愛的美好。

以《崗上的世紀》最為典型。小說中男女主人公之間，原本是有性無愛的權色交易，只有赤裸裸的「欲」——性慾和物慾的發洩：知青李小琴為了回城，用自己美麗的身體俘虜主宰自己命運、有妻有女的小隊長楊緒國。他們之間毫無「情」的積澱，更缺「靈」的契合，但是卻在「性」上達到了和諧極樂：李小琴成了「受難的救贖者」，「被拯救的施害者」楊緒國則在瘋狂的性愛中獲得了再生：「那麼些個夜晚之後，他的肋骨間竟然滋長新肉；他的焦

〔註79〕任仲倫：《目光應穿透扭曲的表層》，《文匯報》，1986 年 10 月 7 日。

〔註80〕劉勇：《中國現代文學的心理學研究》，北京大學出版社，2006 年，第 177 頁。

〔註81〕鄧時忠：《審美的位移——新時期愛情小說的演變與自然主義》，《西南民族學院學報》，1996 年專輯，第 54 頁。

枯的皮膚有了潤滑的光澤，他的壞血牙跟漸漸成了健康的肉色，甚至他嘴裏的那股腐臭也漸漸消失了。他覺得自己重新活了一次人似的」；李小琴體內的生命原欲也被激活：「他也像她的活命水，自從他們暗底下往來，她的身子就好像睡醒了。又知疼，又知熱，她的骨骼柔韌異常，能屈能伸，能彎能折；她的皮肉像是活的，能聽話，也能說話，她的血流動，就好像在唱歌，一會兒高，一會兒低，一陣緊，一陣舒緩」。〔註82〕於是，兩個人拋卻了一切功利、煩惱與禁忌，盡情享受肉體的狂歡。王安憶通過對他們的性愛故事自然主義式描摹，明確禮讚性愛的愉悅、美好，它不僅可以讓沐浴欲海的男女掙脫世俗利益的羈絆，還原成純粹的、原始自然的男人和女人，還將原本骯髒的權色交易昇華為「人類自然存在的最高形式」。

　　這是王安憶對自然主義文學性愛主題的超越。自然主義文學強調從生理層面刻畫人物形象，注重性的強大力量，但更側重於挖掘在生理本能和欲望的驅動下的人，及其淪為本能的載體、欲望的奴隸後的醜惡之態，而鮮有對性愛的美好一面的謳歌和禮讚，而王安憶的小說恰好在這方面做出了有益的補充，從而豐富了文學的性愛主題。同自然主義文學一樣，王安憶作品中大量出現的性愛書寫，「只是為一種更為宏大的研究人的自我確認的目標服務的」，目的在於研究作為個體存在的人的全面真實的本質面貌，挖掘人性的本質，呼喚長期被壓抑的個人性情和原始生命體驗。

　　此後，在中國當代文學中，對性愛進行審美肯定的作品日益增多，而對缺失性愛生活的婚姻則給予了明確否定。如麥天樞在《白夜——性問題採訪手記》中刻畫了一個普通的農家媳婦，由於丈夫性無能，結婚三年來一直過著無性但平靜的生活，有一天在地裏幹活時，她被人暴力強姦了，她不但沒有告發強姦犯，反而向法院提交了離婚申訴，原因是意外事件使她體驗到了性生活的愉悅。書中還有一個「典型的賢妻良母」式「規矩女人」，雖然結婚生子多年，但與丈夫沒有和諧愉悅的性生活，於是與隔壁生意人租客發生婚外情，體驗到了性愛的甜蜜，變成了被人唾棄的「壞女人」。黃蓓佳《玫瑰房間》中的葉薇和李曉明，已無愛情可言但並不影響性生活。後來葉薇做服裝生意中了老闆的圈套「失了身」。她對老闆厭惡之極，可又從中體會到了暫時的快樂。這些作品都充分表達了性愛滿足的重要性，典型地存在肯定性愛的傾向，即便道德規範、法律制度也無法抗拒本能的衝動。

〔註82〕王安憶：《崗上的世紀》，雲南人民出版社，2000 年，第 227～229 頁。

（二）只寫婚姻，「不談愛情」

這方面以新寫實小說為代表。

20世紀80年代末、90年代初，池莉、張欣、徐坤等新寫實小說代表沿襲「五四」新文學傳統，借用自然主義文學的性愛觀念，首先從作品的命名上發起對傳統性觀念性倫理的衝擊：諸如《不談愛情》（池莉）、《愛又如何》《僅有情愛是不能結婚的》（張欣）、《遭遇愛情》《離愛遠點》（徐坤）等，直截了當地讓讀者感受她們反傳統的性愛觀念的衝擊。其次在作品中，她們如實再現世俗婚姻生活中黯淡但真實的愛情悲劇，以解構傳統文學中的愛情神話，坦露平庸粗糙、黯淡無趣的生活本色。池莉曾說：「我一直以為愛情之說極不合理，它為人類生發出錯誤的導向，有一句話不知是誰說的，說愛情是文學創作永恆的主題。我不這麼看，我的文學創作，將以拆穿虛幻的愛情為主題之一。」〔註83〕池莉的觀點可以說是新寫實作家性愛觀的代表：為了忠實反映現實生活的真相，他們只能將目光從傳統文學精心營造的浪漫但虛幻的愛情轉向平凡、庸俗但真實的婚姻和性，將現實婚姻生活的吃喝拉撒、雞零狗碎，以及婚姻內外形形色色的性如實描述出來，把人們從愛情的神話中拉回無趣煩瑣甚至冷酷無情的現實生活。在嚴酷生存面前，在瑣碎平庸的日常生活的無情磨損之下，所謂真摯的情感、美好的愛情，終究無法戰勝繁瑣、庸俗的現實生活，成為絕大多數人的奢侈品。至於婚姻，更不是美好愛情的美滿歸宿，甚至在無奈的現實面前，「婚姻不是個人的，是大家的。你不可能獨立自主，不可以粗心大意。你不滲透別人要滲透你。婚姻不是單純性的意思，遠遠不是。」〔註84〕這就是當代愛情婚姻的真相，殘酷可悲，卻又真實，唯其真實，所以更加讓人無奈，反映到文學作品中，則愈發增加了悲劇效果。

在《不談愛情》中，男主人公莊建非「結婚的根本原因是情慾」，而女主人公吉玲愛情婚姻的出發點也是為了改變自己低下的花樓街小市民地位而精心策劃的「人生設計」，他們結婚前的「人工創作」，結婚後各個方面的「原形畢露」，徹底揭穿了浪漫的愛情和神聖的婚姻的假象，還原世俗婚姻生活的本真面目。在《離婚指南》中，主人公之所以結婚，僅僅是因為懼怕孤獨，希望通過婚姻排遣寂寞，填補內心空虛。這樣的事實真相，真的只能讓人「不談愛情」。在《懶得離婚》裏，劉述懷雖然家庭生活不幸福，但卻「懶」得離婚，

〔註83〕池莉：《請讓綠水長流》，《中篇小說選刊》，1994年第1期。
〔註84〕池莉：《不談愛情》，百花文藝出版社，2002年，第104頁。

依舊湊合著過日子，但就這麼一對「懶得離婚」的夫婦，居然是居委會推薦的「五好家庭」。作者之所以這麼處理，就是要揭示現實婚姻生活的真相：沒有愛情！《綠水長流》講述了主人公「我」親身經歷及耳聞目睹的關於男子初戀、先戀愛後結婚、婚外戀、男女浪漫邂逅等諸多愛情故事，而「我」在一系列經歷之後，「又一次覺得愛情這個詞非常的陌生，好像誰把一個概念界定錯了，卻又固執地用這錯誤的概念來指導我們的生活」，明確表露了現實婚姻生活對愛情神話的解構。

通過對新寫實作品的分析，我們可以將他們的愛情觀歸納為：「世俗人生中不能奢談無現實基礎的精神之戀，所謂理想的、完美的、聖潔的、堅貞的愛情，不過是傳統愛情文本虛幻的一個美麗而無益的神話，一個誤導和侵蝕著現實婚姻的夢中誘惑。」〔註85〕

當然，新寫實小說也並非絕對不談愛情，他們也常談「婚外情」。不過，他們所謂的「婚外情」並非真正的愛情，而是性。為了揭示人性的醜惡，諸多自然主義作品常常著力描寫非正常的性愛關係，新寫實小說也是如此，婚外情、亂倫、畸戀等是其關於性愛描寫的一個主要內容。《不談愛情》中莊建非與梅瑩之間的母子戀，純粹就是一種完全基於性慾滿足的指導與利用。在《白渦》裏，促成周兆路、華乃倩婚外情的不是「愛情」的吸引，而是性的誘惑；最終促使他們分手的也不是外界壓力，而是各自的功利考慮。《綠水長流》中，池莉通過對世俗婚姻的真實描寫，將神聖的愛情還原為人類本能欲望的生理層面，她以主人公「我」之口說：「初戀是兩個孩子對性的探索。是一個人人生的第一次性經驗。」並鄭重宣稱：「初戀與愛情無關。」池莉關於愛情、婚姻、性的觀點，與其醫學出身有一定關係，很有同樣與科學聯繫密切、強調從生理學角度解剖人物性心理的自然主義性愛觀因素。

劉恒小說《伏羲伏羲》，描寫的是菊豆和楊天青這對嬸侄之間畸形的亂倫關係，突出了「性慾」和「亂倫」的生命意義。無法阻擋的性本能驅使年齡相當的他們不顧輩分，偷偷相愛並生下了兒子。在世俗道德倫理的重壓下，菊豆和楊天青之間原本強烈自然的本能欲求，逐漸變成了沉重的負罪感，他們既從性愛中得到盡情釋放本能的快樂，又感受到了痛苦。小說以楊天青慘遭親身兒子殺死的悲劇為結局，這一既合情合理而又變態畸形的性愛悲劇，揭

〔註85〕馬冶軍：《平民情懷與消解虛幻神話》，《河南師範大學學報》，2001年第2期。

示了性本能對人的命運的巨大影響力。孫郁認為劉恒「從不迴避『性』的描寫，他有時甚至大膽到常人不敢接受的地步」，並指出《伏羲伏羲》中的性描寫，「比郁達夫張賢亮要粗俗得多」。〔註 86〕還有研究者清晰指明《伏羲伏羲》與張資平作品的傳承關係：「劉恒在 1988 年發表的小說《伏羲伏羲》和張資平的《最後的幸福》，發表時間前後相距 60 多年，兩者的內容、風格，也有著很大的不同，但在以性慾為表現人性的重心這一點上卻是驚人的相似。《伏羲伏羲》中童男子楊天青陶醉於偷看嬸娘如廁的細節，則幾乎可以說是《最後的幸福》中處子魏美瑛窺視呂阿根自瀆的變態行為的改寫。」〔註 87〕二者一樣具有明顯的自然主義性描寫因子。同許多自然主義作家一樣，劉恒作品中的性描寫，不是通過猥褻的畫面描寫呈現快感，而是作者對人的審視、對人性的挖掘、對世俗社會卑污文化的批判。

（三）對人的原始生命欲求的極端強調

1993 年轟動中國文壇的長篇小說——賈平凹的《廢都》，一經問世，即掀起軒然大波。有人譽之為「90 年代的《金瓶梅》」，有人將之與《查泰萊夫人的情人》相提並論。但更多的是反對的聲音，小說中過於暴露、細膩的性描寫受到了評論界的質疑和部分讀者的指責，被認為是人的原始本能和性慾的泛濫。余杰認為「《廢都》開啟了中國當代文學『下半身寫作』之先河」，並批評賈平凹「筆下只有對欲望的放縱」，「他的一部厚厚的《廢都》更是將具有中國特色的縱慾主義推到了繼明代《金瓶梅》之後的又一高峰」〔註 88〕。該書當時甚至因為對性的描寫過於色情而遭到刪節，並以「格調低下，夾雜色情描寫」的名義遭到查禁，相關出版部門甚至遭到了處罰，這與左拉、郁達夫等人的遭遇頗為相像。

《廢都》主人公，著名作家、「京西名人」莊之蝶，為了滿足極度旺盛的性慾，完全不考慮道德倫常，一如發情的牲畜，與朋友之妻、舊日相好、私奔女人、小保姆、暗娼等一個又一個女人演繹著一樁樁風流韻事，為讀者呈現一次

〔註 86〕 孫郁：《劉恒和他的文化隱喻》，http://www.ddwenxue.com/html/zgwx/zjzj/2008
0823/1579.html。

〔註 87〕 巫小黎：《張資平與日本自然主義文學》，《佛山科學技術學院學報》，2004 年
第 9 期。

〔註 88〕 余杰：《賈平凹：廢都裏的廢人》，《縱覽中國》，http://chinainperspective.net/
ArtShow.aspx?AID=336。

又一次動物交合般的性愛表演。作者還常常在寫到性行為處就加上如性指南般的方框，這種大膽、赤裸裸的性描寫，給《廢都》招致了諸多批評。對此，作家自己曾辯白說：「《廢都》通過了性，講的是一個與性毫不相干的故事」，指出性只是鋪墊和輔助，而「關於知識分子的生存境況和對整個社會的記錄才是該去梳理的。如果是追著性去看《廢都》，那可真的把大事給誤了。」〔註89〕

賈平凹曾說：「文學是張揚人性的，張揚和表現壓抑是作家的使命。作品若是以道德家的標準而寫，那是低劣的作家。」〔註90〕他指出《廢都》最大的特點就是張揚人性，真實還原現實生存狀態。作為文化名人，莊之蝶功成名就，但這樣的生活沒有給他帶來幸福，反而讓他覺得活得很累、內心很孤獨，於是他必然地轉向性愛生活，沉溺於與數個女人的性愛周旋，發洩本能、尋求刺激，並期望由此獲得最原始、最自然的放鬆與和諧。因此，要真實還原莊之蝶的個性，自然少不了性描寫。這也正如自然主義作家的做法一樣，他們並不是只為表現人的生物性而進行性描寫，更主要的是以此為基點去表現人生存的環境和社會，正像美國當代文藝理論家艾布拉姆斯評述自然主義時所說：「他們傾向於選擇能夠展示強烈的獸性本能（譬如貪婪和動物的性慾）的小說的人物。這些人物既是其體內腺分泌的犧牲品，也是其體外社會壓力的犧牲品。」〔註91〕確實，《廢都》正是通過對莊之蝶個人性愛悲劇的描繪，表現個人在文明發展進程中所受到的壓抑。通過對荒唐迷亂的性愛故事的敘述，揭示人的本真生存價值的喪失，從而反思和批判城市文明對人的異化，書寫時代和社會的悲哀。與莊之蝶發生性關係的幾個女人，無一不是衝著其文化名人的名號來的，她們的目的不是愛情，甚至不是性慾，而是社會地位、金錢。

在《廢都》遭禁時，季羨林曾預言：「二十年後，《廢都》會大放光芒」，魏明倫等則將《廢都》打包，並在包裝紙上寫下「二十年後開封，願二十年後皆英雄」〔註92〕之類的話語。果然，還沒等到二十年——17年後的2009

〔註89〕孫歡：《闊別17年再見〈廢都〉，賈平凹：興奮很短，痛很長》，《西安晚報》，
　　　　http://www.ddwenxue.com/html/zgwx/zjzj/20090811/6878.html。
〔註90〕孫見喜：《中國文壇大地震——賈平凹暢銷書創作紀實》，中國廣播電視出版
　　　　社，2000年，第329頁。
〔註91〕Ｍ・Ｈ・艾布拉姆斯：《歐美文學術語詞典》，北京大學出版社，1990年，第
　　　　283頁。
〔註92〕孫歡：《闊別17年再見〈廢都〉，賈平凹：興奮很短，痛很長》，《西安晚報》，
　　　　http://www.ddwenxue.com/html/zgwx/zjzj/20090811/6878.html。

年該書終被解禁，這也與許多自然主義作品的命運相似，事實上，確實有研究者將《廢都》歸入「自然主義小說」陣營，並分析其遭禁的原因：自然主義文學中「很大一部分小說中都有從客觀和生理學角度描述的性內容，甚至是極其噁心的變態的描寫鏡頭。而這些往往是不為中國人所接受的，至少是表面上無法接受的，所以很多類似的小說要不就刪減，要不就被直接列入禁書行列。在國內最近出現的兩本較優秀自然主義小說也被列入禁書，就是因為這個原因。其中一本是賈平凹的《廢都》，另一就是衛慧的《上海寶貝》。」〔註93〕有讀者指出賈平凹在《廢都》中「著重在性的寫法上是採用了自然主義手法」，「這手法在我們傳統文學裏是加以批判的。如果在法國，左拉的自然主義手法是被認可的，並確立了他在法國文壇和世界文壇上的地位；但賈平凹在中國文壇上，卻遭到了沉重的打擊，遭到了從未有過的挫折。」〔註94〕這些讀者的觀點是否科學姑且不論，但至少準確地指出了賈平凹作品中性愛描寫的自然主義因素。這一點已為不少研究者所認同：有研究者指出：《秦腔》「耽於所謂『自然主義』的描寫比比皆是」，「表現出一以貫之的對性及與性相關的私密現象的濃厚興趣」，並對此持批評的態度：「小說中一些趣味令人不敢苟同」〔註95〕，有人認為賈平凹的作品中「遍布了類似於『垢甲』的粗俗細節，包括一些類似於手機短信的黃色笑料、乖張反胃的大小便描寫、原欲化的性暗示以及各種畸形的情戀敘述（如《獵人》中的熊奸人）。這些細節有很多是沒有必要的，也看不出有多少是真正產生於人物身上的『垢甲』，是真正源於人物精神本源上的『垢甲』，而賈平凹卻每每對之進行自然主義式的迷戀性敘述，讓人非常不解。」〔註96〕

賈平凹《廢都》之後的其他作品，同樣不脫離性愛主題，而且突出對人的肉的一面的渲染。《白夜》中，夜郎在對顏銘的性慾和對虞白的愛欲之間猶豫、徘徊，最終屈服於性慾和世俗生活。鄒雲為了金錢出賣情與性。丁琳悠然自得地過著性與愛分離的生活。《高老莊》中，男人的性功能普遍衰退。《懷

〔註93〕夏華秋實：《自然主義與黃色小說》，http://blog.sina.com.cn/s/blog_3fb0fec501000dls.html。

〔註94〕李遜達：《廢都不該作廢》，http://blog.gmw.cn/u/llxxddww7171/archives/2009/74554.html。

〔註95〕青青李子：《讀〈〈秦腔〉頭大如斗有「障礙」》，http://www.qinqiang.com/bbs/dispbbs.asp?BoardID=23&ID=20109。

〔註96〕洪治綱：《底層寫作與苦難焦慮症》，《文藝爭鳴》，2007 年第 10 期。

念狼》中，起先獵人們為了獵狼而壓抑自己的性慾，而待到獵狼被禁止後，他們居然因此喪失了性功能。《五魁》中，五魁和少奶奶歷經磨難走到了一起，但五魁卻因為身份地位的懸殊而將少奶奶奉若聖潔的觀音，一味壓抑自己滿腔的情與性，導致少奶奶正常的欲望受挫，不得不選擇與狗交媾，最終自殺身亡。《冰炭》中，當純潔美麗的少婦白香來到偏遠山溝裏缺少女性的勞改農場後，立刻激發了男人們性意識的萌動，連一向以階級鬥爭為人生目標的排長也深陷其中。特殊環境下兩性情感的錯綜糾葛擁有了超常力量，最終引發了犯人的騷亂，釀造了白香、劉長順被誤殺和排長因失職悔恨而自殺的悲劇，大膽地暴露出特定的時代與環境對人的本能和情感的壓抑，展現人性的愚昧、醜陋和悲哀。在《天狗》《太白山記》《白朗》《隕石》《土門》等小說裏，賈平凹更是大膽描寫了許多人與動物交媾的場面，獸奸人、人獸交等情節充斥其中，導致李建軍等研究者斥之為「性景戀」「性歧變」，是讓人噁心的病態性心理：「從《廢都》開始，賈平凹在小說創作中，對性以及與性相關的私秘現象的興趣越來越強烈，敘寫也越來越恣縱，幾乎達到病態的程度。小說中屢屢寫到肛門、痔瘡、糞便、屙屎、小便、月經、精液、乳房、生殖器、手淫、乳罩、褲頭、裸屍以及陰莖隱匿和陰莖裸裎等大量類似事象。這種高頻率出現的描寫既不能增加小說的美感，又無助於塑造人物和深化主題，完全是多餘地游離於作品的有機構成之外的。事實上，它與作者的趣味傾向有關，與一種病態的趣味類型有關。這種趣味類型又是兩種病態的心理現象在審美行為中的表現：一種是性景戀，一種是性歧變。」〔註97〕

　　針對這些質疑甚至批判的聲音，賈平凹也曾明確做過解釋：他的描寫態度是客觀嚴肅的，他所抒寫的都是客觀世界真實存在的，他認為從文學真實觀出發，沒有不可以呈現在文學作品之中的東西，比如女性生殖器官，他之所以沒有像傳統作者那樣對之遮遮掩掩，而是大膽直白地描述，就是因為他認為這是神聖的，值得尊重的，沒什麼羞於見人的，他說：「任何一個偉人或者一個乞丐，皆不是從那一個地方來到人世的？！」這是最普通的道理，也是最有力的說明。所以賈平凹選擇大膽直白地表達對「生殖」中所傳達出的生命力量的尊重與讚美。

　　但是不容置疑的是，顯然賈平凹對性的渲染有時稍顯過分，導致性描寫

〔註97〕李建軍：《消極寫作的典型文本》，http://html.dushu.tom.com/html/new_book/50/273/820701f81a2c1182c05f60cb0eab.html。

的無節制泛濫，有些肆意於對性的玩味和享受，這與自然主義性描寫所遵從的一切基於真實的宗旨是背離的，也在一定程度了降低了作品的深度和意義，招致了「淪為庸俗情色小說的」「把小說演成了充分展覽他個人病態心理的舞臺，當眾大小便，當眾自慰、強姦、當眾下流話連篇累牘，自以為有趣」〔註98〕之類的批判。正如有的學者所言：「賈平凹急欲以肉寫靈，到頭來把靈給徹底肉化了。」〔註99〕

（四）張揚女性的性本能，顛覆傳統倫理道德觀念

莫言作品中對性愛主題的書寫側重點在於對女性原始欲求和性本能的大肆張揚，從而衝破了傳統文學中女性在性愛問題上含蓄、被動的固有形象的侷限，以一個個鮮明、大膽、野性的女性形象，宣告對傳統倫理道德觀念的顛覆。

《紅高粱》中「我爺爺」和「我奶奶」忘情「野合」的場面描寫，直白、大膽、刺激，赤裸裸地顯示了主人公勃發的情感和旺盛的性慾，深刻體現了主人公體內蘊蓄著的強烈的生命意識和本能欲望，歌頌了自由生命的真諦，讚揚了情和性融而為一的美好。作者的描寫態度是嚴肅客觀的、描寫內容是真實可信的，因而這樣的性描寫場面不僅不會給讀者留下猥瑣下流的感受，反而帶來了強烈的震撼，讓讀者感悟到生命的莊嚴與悲愴。作品中的「我奶奶」，純真率直，熱烈奔放，大膽追求靈與肉有機融合的美好愛情，為此，不怕違背世俗倫理道德、不惜付出生命的代價。臨死前的獨白彰顯了她敢愛敢恨的鮮明個性，以及對真正情愛和自由的大膽追求：「天，你認為我有罪嗎？你認為我跟一個麻風病人同枕交頸，生出一窩癩皮爛肉的魔鬼，使這個美麗的世界污穢不堪是對還是錯？什麼叫貞潔？什麼叫正道？什麼叫善良？什麼是邪惡？你一直沒有告訴我，我只有按照我自己的想法去辦，我愛幸福，我愛力量，我愛美，我的身體是我的，我為自己做主，我不怕罪，不怕罰，我不怕進你十八層地獄。我該做的都做了，該幹的都幹了，我什麼都不怕。」再看《豐乳肥臀》。單單標題，就昭示著作品一定少不了性描寫，事實也正如此。莫言在極力刻畫上官魯氏（魯璿兒）這位一生忍辱負重的母親在夫權、兵痞、匪盜等各種欺壓凌辱中生養眾多兒女的苦難歷程，頌揚她無私的奉獻精神與

〔註98〕于仲達：《賈平凹病象觀察：絕望背後的絕望》，http://www.zgyspp.com/Article/ShowArticle.asp?ArticleID=14149&Page=3。

〔註99〕齊宏偉：《文學‧苦難‧精神資源》，江西人民出版社，2008年，第206頁。

頑強的生命力的同時，也毫不避諱甚至極力宣揚她性經歷異常混亂的一面：
她一生育有一兒八女，竟然沒有一個是和丈夫所生：與姑父亂倫，與瞭小鴨
子的男人、江湖郎中、打狗賣肉的光棍、和尚私通，被四個敗兵輪姦，與外籍
傳教士偷情等。尤其是六女兒剛生之初，做母親的居然無法判定父親到底是
哪一個，只是等孩子長大了，才從眉眼中做出判斷。不僅如此，作為母親的
她還為大女兒和三女婿之間的亂倫偷情把風，為兒子拉皮條。此外，姐姐和
妹夫私通，妹妹嫁給姐姐的未婚夫，兒子不僅吃母親的奶到近 20 歲，而且還
吃、摸姐姐的奶，終身對乳房迷戀異常乃至最終精神錯亂……怎一個「亂」
字了得！

　　雖然作品中充斥著大量赤裸裸的性場面，雖然人物的性關係網龐大混亂，
但並沒有導致其淪落為庸俗的色情小說。因為作者並不是為了迎合讀者的低
級趣味而生硬加入性描寫場面、胡亂編造一個個性愛故事，而是以嚴肅的態
度創作這些看似離奇實則真實的性愛故事，揭示人物迷狂混亂的性行為表象
下蘊含的悲哀、無奈的命運。魯璿兒之所以和姑父亂倫，是因為丈夫沒有生
育能力，為了能生個兒子在婆家立足，她的親姑媽強迫她和姑父亂倫；她主
動和打狗賣肉的光棍上床，是為了報復婆家對自己的殘酷虐待；和其他人的
私通，也都有一定的客觀原因，只有和牧師的偷情，才是真正的兩情相悅、
愛與欲的完美結合。可以說，「母親」的性愛歷史充滿了亂倫、野合、通姦、
被強暴等被封建倫理道德和宗法社會斥為淫亂的經歷，但是她是被迫而無奈
的，是封建禮教和動盪政治的受害者，可喜的事，她沒有被苦難和不幸摧垮，
而是頑強地進行反抗，她和牧師的兩情相悅正是對封建倫理道德強壓於女性
頭上的「婦道」的自覺反抗。而關於上官來弟與鳥兒韓的亂倫偷情，描寫場
面相當火辣，敘述語言非常狂熱，但卻沒有絲毫的淫蕩、猥褻，因為這是這
對男女被苦難生活壓抑了十五年的欲望和本能的正常釋放，彰顯了人生的不
幸、苦難、悲涼。莫言筆下的上官家的女性，幾乎每一個都先後和不同的男
人有著不同程度的性關係，按照正統的社會規範和道德意識，都可以被定位
為「淫女蕩婦」，但莫言不是對她們進行道德批判，而是通過自然主義式詳盡
而真實的描述，展示她們對和諧性愛的熱烈追求，讓她們於情慾的盡情釋放
中展示健全的人性和原始的生命活力。

　　另外，《豐胖肥臀》還大量描寫了與生殖有關的身體器官和身體行為，如
乳房、生殖器、排泄、糞便、血淋淋的生育過程等。對於這些在傳統文學中難

登大雅之堂的粗俗物事，莫言將之作為生命力的表徵進行自然主義式詳盡大膽的細說，以張揚人的欲望和本能，達到解構封建傳統家庭結構和男性家長權威、顛覆傳統社會秩序和舊有道德觀念的目的。在莫言小說中，性本能作為人類生命本能的根本要素，非但沒有被有意遮蔽掩飾，反而以張揚恣肆的姿態活躍在文學殿堂，綻放出頑強熱烈的生命活力。但是也有研究者批評莫言對人的本能和欲望進行「過分的張揚和細說」，以至於「將身體的政治性全部讓渡給動物性。」這與當初自然主義因為大膽的性描寫所遭遇的批評極為相似。

第二節　自我小說

出於對文學真實觀的絕對忠實，許多自然主義作家常選取發生在自己身邊的人和事作為描述的對象，甚至將自己的親身經歷融入作品，將自己的所想所感所思貫注到作品中人物身上。自然主義作家的這種做法，使得作品顯現出「自我小說」的性質，因為自我小說最能體現小說的真實性。

福樓拜就常在自己身上研究人性的特點並將之貫注到人物身上，因此，他可以說：「包法利夫人就是我。」〔註100〕龔古爾兄弟小說中的人物幾乎全都是來自現實生活中的真人：有的是他們自己的親身經歷，如《臧加諾兄弟》就是他們兄弟自己的化身；有的是他們熟悉的親朋好友，如《杰米拉·拉賽朵》寫的是他們的女僕，《熱爾維澤夫人》寫的是他們的一個姑母，《勒內·莫普蘭》則是他們對童年時代一個朋友的真實回憶；有的則取材現實生活中真人真事，如《修女菲洛梅娜》寫的就是魯昂一家醫院女護士的真實故事。從文學的真實觀出發，左拉的許多作品同樣來源於他親身經歷過的生活，正如有的評論者所說：「他青少年時代的往事都留在了多卷體長篇小說集《魯貢－馬卡爾家族》中」〔註101〕。《克洛德的懺悔》是一部自傳體小說，左拉在序言中自稱是一段痛苦經歷的編纂者，並將這段經歷形容為「赤裸裸的、真實的甚至是殘酷的」。該書出版後即引起了評論界的憤慨，甚至被塞納河警察局列為禁書。

〔註100〕鄭克魯：《法國文學史教程》，北京大學出版社，2008年，第198頁。
〔註101〕德尼絲·勒布隆－左拉著，李焰明譯：《我的父親左拉》，廣西師範大學出版社，2002年，第6頁。

　　自然主義文學專注於自我表現的特徵，在日本自然主義文學中顯現得尤其明顯。久米正雄曾說：「我最近所說的『自我小說』，並不是『Ich Roman』（德語：第一人稱小說）的翻譯。倒是另外可以稱之為『自敘』小說。總的一句話，就是作家把自己直截了當地暴露出來的小說⋯⋯這麼說，就跟『自傳』啦，『告白』啦相同了，那又不然。這必須名副其實地是小說。⋯⋯心境問題，這一條微妙的線正是分別藝術與非藝術的境界線」〔註102〕日本自然主義作家們強調小說「是由人生的『真相』和『無技巧』的散文組成，所謂『真相』就是當事人日常生活經驗的如實記錄」〔註103〕。因此在他們作品中，主人公往往就是作家本身，他們認為只有如實地記錄自己的經驗，才能忠實地表現人生的真相。以作家自己作為小說主人公，取材作者生活中的身邊小事，注重個人心境的開拓，成為日本自然主義文學的一個顯著特點。

一、創造社的自我小說

　　日本自然主義小說的上述特性，深刻影響了早期的創造社小說，郁達夫、郭沫若、張資平等早期成員繼承了日本自然主義文學專注自我的特點，將自己的親身經歷和內心情感如實寫進小說，形成了獨具一格的「身邊小說」。

　　日本自然主義對前期創造社自我小說的影響首先表現在題材的自我經驗性上。日本自然主義小說家熱衷於描寫自己的日常生活經驗，加藤周一將這種經驗歸納為兩種：一種是「他們留在故鄉，試圖從故鄉的束縛中解放自己，最終還是沒能獲得解放，而在大家族中間生活」，如藤村《家》、白鳥《入江之畔》；另一種是「作為文人在東京的生活。這方面是由當事人及其妻子、女學徒、藝妓、從農村進城的男女親戚、同業者等組成的世界，在這個世界裏發生了諸如貧窮、疾病、三角關係、家族內的紛爭等事件。不用說，在那裡有當事人的妒忌、憤怒、憐憫和情慾──總之，糾纏著各式各樣的感情上的動搖」〔註104〕，如田山花袋《棉被》、島崎藤村《新生》、岩野泡鳴《發展》等。這些作品的主人公就是作者自己，作品就是作者人生經驗的真實表現。前期創造社作家們借鑒了日本自然主義文學的這一做法，同樣將筆觸伸向自我經驗

〔註102〕吉田精一：《現代日本文學史》，上海人民出版社，1975年，第124頁。

〔註103〕加藤周一著，葉渭渠、唐月梅譯：《日本文學史序說》，開明出版社，1995年，第330頁。

〔註104〕加藤周一著，葉渭渠、唐月梅譯：《日本文學史序說》，開明出版社，1995年，第331頁。

世界，通過作品展示自己親歷過的種種人生世相。「表現自我」是創造社成員創作的宗旨，篤信文學是作家的「自我表現」。郭沫若在《創造社十年》一文中說：「創造社的人要求表現自我，要求本著內在的衝動以從事創作」，他的自我小說《鼠災》《未央》《月蝕》《喀爾美蘿姑娘》等，大都是描寫自己的家庭生活，敘述自己從留日到畢業回國找工作的種種經歷，主人公平甫、愛牟、K君、「我」，就是作者自己。而郁達夫的自我小說，如《沉淪》《漂流三部曲》《喀爾美蘿姑娘》等，同樣基本上都是作家自己的個人生活和經歷的真實寫照，小說的主人公「于質夫」「伊人」「他」「我」的性格、氣質、人生經歷、情感波折，處處都彰顯出作家本人的真實氣息。

前期創作社的成員大多寫過不少「自我小說」。據統計，郁達夫一生創作了52篇小說，其中約有40餘篇屬於「自我小說」，如《蔦蘿行》《茫茫夜》《懷鄉病者》《秋柳》《東梓關》等，《沉淪》更是「五四」時期自我小說的典範。郭沫若1920～1926年間，共寫了20多篇自我小說，如《漂流三部曲》《行路難》《未央》《月蝕》等；倪貽德有《玄武湖之秋》《東海之濱》《百合集》；陶晶孫有《暑假》《兩個姑娘》《畢竟是個小荒唐了》；周全平有《煩惱的網》《夢裏的微笑》《中秋月》；成仿吾有《一個流浪人的新年》等〔註105〕。

日本自然主義對前期創造社的自我小說的影響其次表現在自我告白的行文方式上。「所謂自己的告白也決不是說必要把自己生活的客觀的事實明細地，不肯隱瞞地，不肯潤色地，記述出來。近代文學裏所謂告白者，是指著作者那種大膽地誠實地披瀝出來自己『內心的信實』而不悔的態度精神說的。」〔註106〕日本自然主義作家認為「自我告白」「自我懺悔」的行文方式最利於將自己內面的真實赤裸裸地暴露出來。《棉被》就是一篇充滿肉慾、赤裸裸的人的大膽的懺悔錄。前期創造社的自我小說也多採用這種自我告白、「自我懺悔」的敘事抒情方式，將內心深處充盈著的，在日常生活中無法示人的苦悶、欲望、悲哀甚至罪惡都統統真實大膽地再現出來，以尋求自我情感的發洩，渴望他人的聆聽與理解，他們既把它作為告別虛偽、實現「真」的途徑，又通過它表達自己對當時黑暗、壓抑的社會現實不滿的宣洩和反抗。

〔註105〕吳亞娟：《日本自然主義文學與中國「五四」新文學》，吉林大學博士論文，2008年，第111～112頁。

〔註106〕片上伸，侍桁譯：《告白與批評與創造》，《近代日本文藝論集》，上海北新書局，1929年，第123頁。

可以說，前期創造社成員是「把一個活生生的自我，毫無隱諱的寫進了自己的小說」。〔註107〕

鑒於二者對自我題材的共同執著，有研究者直言：「20年代創造社的『身邊小說』與日本近代自然主義文學中的『私小說』有著確切的師承關係」，二者「幾乎是同父異母的兄弟」〔註108〕。

日本自然主義文學和私小說對創造社早期「自我小說」的影響，在郁達夫、張資平身上體現得最為明顯。

郁達夫認為一切藝術作品，都應該忠於生活，應該是藝術衝動完全真切的表現，他在《文學概說》中對藝術和生活之間的關係有著精闢的論述：「藝術和生活，同是一種生的力量的表現，是我們個人的內容要求的一種表現」〔註109〕，「藝術既是人生內部深藏著的藝術衝動，即是創造欲的產物……我們就是因為想滿足我們的藝術要求而生活，我們生活的本身，就是一個藝術活動」〔註110〕，「藝術所表現的，不過是把日常的人生，加以蒸餾作用，有作家的靈敏的眼光從雜蕪的材料中採出來的一種人生的精彩而已」〔註111〕。他還強調：作者的生活，「應該和作者的藝術緊緊抱在一塊」〔註112〕。他的這些見解與日本自然主義文學強調文學是表現自我的文學主張本質一致，他認可日本自然主義文學關於「自我小說」最能體現文學真實性的觀點，認為只有如實地記錄自己的經驗，才能忠實地表現人生的真相；只有把自己直截了當地暴露出來，才能達到絕對的真實。在創作中，他更是身體力行，其自我小說大都是自己親身經歷和實際經驗的客觀寫照。作品的主人公往往就是作者自己或者作者的化身，姓名大多是「我」「他」「伊人」之類的泛稱，或者作者的別名「于質夫」「質夫」之類，大多數人物的性情、氣質都與作者貌似神合，人物的命運與作者的自身經歷大都一致，基本可以顯現甚至還原出作者真實的生活軌跡和情感歷程，稱得上是作者的生活與藝術「緊緊抱在一塊」的產物，體現出鮮明的「自傳」性質。也正因此，郁達夫的早期小說被稱作「自敘

〔註107〕魏建：《郭沫若——一個複雜的存在》，南海出版公司，1993年，第45頁。
〔註108〕張福貴，靳叢林：《中日近現代文學關係比較研究》，吉林大學出版社，1999年，第307頁。
〔註109〕郁達夫：《文學概說》，《藝文私見》，復旦大學出版社，2004年，第20頁。
〔註110〕郁達夫：《文學概說》，《藝文私見》，復旦大學出版社，2004年，第2頁。
〔註111〕郁達夫：《文學概說》，《藝文私見》，復旦大學出版社，2004年，第52頁。
〔註112〕郁達夫：《郁達夫文集：第7卷》，花城出版社，1983年，第181頁。

傳小說」。郁達夫正是通過「我」的「自敘」與「自我告白」，大膽直白地抒發自己內心的苦悶、發洩自己抑鬱的情感、暴露自己的隱私。《蔦蘿行》主要通過「我」同妻子的個人家庭悲劇來表現社會的悲劇，內容幾乎全是作者自己的生活經歷，既無編造也無加工，甚至連孩子的名字也一字不差；《采石磯》中的黃仲則、《茫茫夜》中的于質夫，都有作者自己的影子，《沉淪》則完全就是作者於 1915～1919 年間在日本名古屋第八高等學校學習生活的真實複寫。郁達夫就是要通過自敘傳小說，真實地再現自己的生活遭遇，大膽宣洩自己的內心情感。因為所寫的是作者熟知的真事真情，所以顯得生動具體、真實感人。總之，「從個性解放出發，把文學視為作家的自我表現，是郁達夫早期文學觀的核心」〔註 113〕。

　　郁達夫的「自敘傳」小說，並不是對日本自然主義小說及私小說的全盤照搬，而是有所突破，形成了自己的特色。加藤周一曾說：「這小小的世界，同諸如當權者、工人、技術人員、學者和藝術家，還有官吏、私有企業的受薪者，歸根結底同東京社會絕大多數人幾乎沒有任何聯繫。」〔註 114〕島崎藤村談到《家》的創作時也明確說：「對屋外發生的事情一概不寫，想把一切僅限於屋內的情景。我試圖從廚房寫起，從大門口寫起，從院子寫起，來到可以聽到河裏的流水聲的房子裏，才寫那條河。」〔註 115〕可見，日本自然主義所表達的「自我」，是「封閉的自我」，所致力營造的，是個人的小天地，而非社會性的大世界。而郁達夫則認為：「一切藝術都是時代和社會環境的產物」〔註 116〕，因此他的「自敘傳」小說，雖然是以「自我」抒情的形態出現，寫的是自己身邊之事，抒的是自己內心之情，但是個人與社會沒有被截然分開，在描寫社會現實時帶有強烈的個人主觀感情的色彩，而在表現內心情緒時也反映一定的社會現實，從而有機地將二者融合在一起。他把筆觸深入到導致個人精神病態的根源上，注重挖掘主人公個人的瑣事雜感的社會根源，讓自我的小天地成為現實世界的延伸，從而折射出外面大世界的社會特徵與時代精神。他所表達的「自我」，是「開放的自我」，通過「自我」

〔註 113〕 王瑤、樊駿、趙園：《中國現代文學研究》，中國社會科學出版社，1989 年，第 215 頁。

〔註 114〕 加藤周一：《日本文學史序說》，開明出版社，1995 年，第 331 頁。

〔註 115〕 中村新太郎：《日本近代文學史話》，北京大學出版社，1986 年，第 101 頁。

〔註 116〕 郁達夫：《文學漫談》，《郁達夫文集：6》，花城出版社，1983 年，第 100 頁。

來反映「社會」，以宣揚自我「個性的解放」來呼籲社會的解放、時代的前進，將個性的解放、自我的確立與外面的廣闊社會緊密聯繫起來，「由個人的苦悶可以反射出社會的苦悶來，可以反射出全人類的苦悶來」〔註117〕，從而使得作品具有了鮮明的社會性和時代氣息，這是其作品能引起讀者共鳴的主要原因，也是郁達夫作品「開放的自我」超越日本自然主義文學「封閉的自我」的一個顯著特徵。〔註118〕

《沉淪》中的「他」將自己在日本的受欺凌歸於祖國的貧弱，責問：「中國呀中國！你怎麼不富強起來，我不能再隱忍過去了。」〔註119〕認為是祖國的落後導致了自己的自殺：「祖國呀祖國！我的死是你害我的！你快富起來！強起來吧！你還有許多兒女在那裡受苦呢！」〔註120〕因此有學者評價他「並沒有（既不願也不能）與世疏離而封閉『自我』，他還是很想（只是缺乏力量）承擔社會干係。」〔註121〕正是緣於「自我」的開放性、社會性，郁達夫的作品才能引起讀者強烈的認可和共鳴：「多數的讀者，由郁達夫作品認識了自己的臉色與環境……展覽苦悶由個人轉為群眾，……說明自己，分析自己，刻畫自己，作品所提出的一點糾紛處，正是國內大多數青年心中所感到的糾紛處。」〔註122〕郁達夫自己也明確表示過：「我相信暴露個人的生活也就是代表暴露這社會中的某一階級的生活。」〔註123〕

郁達夫的「自敘傳」小說胎生於日本自然主義文學，凸顯明顯的日本自然主義因素，但同時又是一個有別於日本自然主義文學的新小說文體，具有自身的特點，在中國現代文學史上產生了一定的影響，王以仁、倪貽德、葉鼎洛、嚴良才，等作家都或多或少地接受了這種文體的影響。特別是文學研

〔註117〕郭沫若：《評國內的評壇及我對於創作上的態度》，吳宏聰《創造社資料：上》，福建人民出版社，1985年，第15頁。

〔註118〕張福貴、靳叢林：《中日近現代文學關係比較研究》，吉林大學出版社，1999年，第185頁。

〔註119〕郁達夫：《沉淪》，《郁達夫小說集：上》，浙江人民出版社，1982年，第23頁。

〔註120〕郁達夫：《沉淪》，《郁達夫小說集：上》，浙江人民出版社，1982年，第50頁。

〔註121〕許子東：《浪漫主義？感傷主義？零餘者？私小說作家？》，《中國比較文學》，浙江文藝出版社，1985年，第230～231頁。

〔註122〕沈從文：《論郁達夫》，鄒嘯《郁達夫論》，北新書局，1933年，第36頁。

〔註123〕許雪雪：《郁達夫先生訪問記》，鄒嘯《郁達夫論》，北新書局，1933年，第187頁。

究會的王以仁，效法郁達夫，通過文學作品坦率地自我暴露、大膽地自我表白，揭示自我的病態心理，宣洩內心的感傷頹廢，作品明顯地「帶有達夫的色彩」〔註124〕。王以仁自己曾在《孤雁》代序裏明確承認郁達夫對自己的影響：「你說我的小說受達夫的影響；這不但是你這般說，我的一切朋友都這般說，就是我自己也覺得帶有達夫色彩的；而且我在《流浪》那篇小說裏面，寫到在旅館中經過困難的情形，竟然毫不保留的寫了一段和達夫的《還鄉記》中相同的事情。」〔註125〕郁達夫也曾經把王以仁稱為自己創作風格的「直系的傳代者」〔註126〕。

同日本「私小說」的題材一樣，張資平作品的取材大都來源於作者自身的經歷，或者是作者身邊發生的小事、瑣事，乃至作者個人隱私，內心深處的靈肉之間的衝突，在題材上具有鮮明的自我經驗性。張資平常以自己身邊的人和事作為描寫對象和內容，將創作者和小說人物合二為一，小說人物的命運和作者自身的經歷往往極其相似，以至相互吻合重疊，往往讓讀者很難分辨哪些是真人實事，哪些是虛構想像，具有鮮明的「自敘傳」特點。這些特點在其留學時期創作的《約檀河之水》《她悵望看著祖國的天野》《銀躑躅》；回國後在廣東蕉嶺期間創作的《一群鵝》《澄清村》；在武漢時期創作的《兩人》《小教員之悲哀》《小兄妹》、長篇小說《明珠與黑炭》；到了上海以後創作的《Lumpen intelligentsia 在上海》《十字架上》等作品中均有明顯體現。中國現代文學史上第一部長篇小說《沖積期化石》，其實是一部自傳體小說，作品的內容與張資平的現實生活經歷幾乎完全等同。其代表作《梅嶺之春》，幾乎就是日本「私小說」的中文版，因此被研究者稱為「身邊小說」。

二、魯迅的寫身邊人和身邊事

魯迅作品的創作取材和描寫對象明顯集中於日常生活世界的實情實景，寫實性與日常性的特徵非常突出，具有明顯的「自我表現」和強烈的個性自覺的自然主義美學特徵。魯迅曾說：「寫實情實景的平民的瑣屑生活的文字，尤其是神妙不過！」〔註127〕在《我怎麼做起小說來》一文中，他坦承：小說

〔註124〕王以仁：《我的供狀》，《王以仁選集》，浙江文藝出版社，1984年，第37頁。
〔註125〕見司馬長風：《中國新文學史》，昭明出版社，1980年，第148頁。
〔註126〕郁達夫：《新生日記》，《郁達夫文集：第9》，花城出版社，1984年，第83頁。
〔註127〕《魯迅研究學術論著資料彙編：1》，中國文聯出版公司，1985年，第52頁。

中「所寫的事蹟，大抵有一點見過或聽到過的緣由，但決不全用這事實，只是採取一端，加以改造，或生發開去，到足以幾乎完全發表我的意思為止。人的模特兒也一樣，沒有專用過一個人，往往嘴在浙江，臉在北京，衣服在山西，是一個拼湊起來的角色。」〔註128〕魯迅作品的背景幾乎都集中在作者曾經生活多年的沉悶的江南小鎮或是民國時代毫無生氣的北京。特別是《吶喊》集中諸小說所呈現的日常世界以及人物的內面世界，明顯和魯迅本人的實際體驗、生活經歷和內面世界有著很緊密的聯繫。小說的藝術世界與作家的真實生活之間沒有太大的距離，有一些甚至可以相互還原，用實證手法考察的話，我們可以在魯迅的現實生活中找到許多《吶喊》的原型或依據。即便是《吶喊》之外其他有情節的小說，其中的主人公也可以在魯迅自己及其周邊生活中找到原型：《狂人日記》中的「狂人」，是患過精神病的阮文恒，魯迅曾帶其到北京就醫過〔註129〕；《孔乙己》中孔乙己的原型是魯迅家的鄰居「孟夫子」〔註130〕。可以說，魯迅的生活經歷和體驗高度地介入了小說，小說忠實地投射著作者的生活和情感歷程，通過小說表現真實的自我是以《吶喊》為代表的魯迅小說極其重要的要素之一。

　　魯迅曾多次說過他的小說多寫自己熟悉的人和事，「是個人回憶的產物」。因此，有學者提出中國現代文學史上第一個寫作和發表自我小說的作家不是郭沫若，也不是郁達夫，而是魯迅；第一篇「自我小說」應該是 1919 年 12 月 1 日刊登在北京《晨報‧週年紀念增刊》上的《一件小事》〔註131〕。魯迅自己也說過：「我寫《一件小事》……我是真的遇見了那件事，當時沒想到一個微不足道的洋車夫，竟有那樣的品德。他確實使我受了深刻的教育，才寫了那篇東西。」〔註132〕可知，《一件小事》描寫的確是作者自己的親身經歷及感受，將其看作是「自我小說」不無道理。《彷徨》中的《弟兄》也是描寫身邊人、身邊事的小說。魯迅的好友許壽裳曾說：「《弟兄》這篇寫張沛君為了兄弟患病奔走的情形，大部分是魯迅自身經歷的事實」，「沛君的生活就是魯迅自己生活

〔註128〕魯迅：《南腔北調集‧我怎麼做起小說來》，《魯迅全集：第 4 卷》，人民文學出版社，1981 年，第 513 頁。

〔註129〕周作人：《魯迅小說裏的人物‧〈吶喊〉衍義‧六‧狂人是誰》，周作人、周建人《書裏人生——兄弟憶魯迅：2》，河北教育出版社，2000 年，第 7 頁。

〔註130〕周作人：《魯迅小說裏的人物‧〈吶喊〉衍義‧八‧〈孔乙己〉》，周作人、周建人《書裏人生——兄弟憶魯迅：2》，河北教育出版社，2000 年，第 8 頁。

〔註131〕李明：《魯迅自我小說研究》，中南大學出版社，2002 年，第 40 頁。

〔註132〕參見《〈一件小事〉實有其事》，《語文戰線》，1982 年第 9 期。

的一面」,「所寫的環境,如公益局辦公室裏缺口的唾壺,折足的破躺椅,以及滿室的水煙的煙霧,都是北京教育部社會教育司第一科裏的實在情形」。許壽裳還解釋到:「這篇小說的材料屬於回憶的成份,很可以用回憶的文體表現的,然而作者那時別有傷感,不願做回憶的文章,便做成這樣的小說了。」〔註133〕

　　作為熟識魯迅的好朋友,孫伏園也認為其小說具有自傳性質,他說:「《端午節》是魯迅先生的自傳作品,幾乎有百分之八十以上是作者自己的材料」,並證實「主人翁『方玄綽』是魯迅先生自己」,方老五是錢玄同給魯迅所起的綽號。〔註134〕這一點,周作人也曾提及,是劉半農、沈尹默、錢玄同等人挖苦魯迅像《儒林外史》中的成老爹,老是說那一天到方家去會到方老五,後來因此一轉便把方老五當作魯迅的別名〔註135〕。周作人還曾對《端午節》的年月進行過考證,得出的結論是「與事實是相合的」〔註136〕,由此可見魯迅小說對細節描寫的精準性。小說《孤獨者》中對魏連殳祖母喪事的描寫,真實細緻,也是取材魯迅自己料理祖母蔣老太太喪葬的親身經歷,周作人證實,這一段描寫「是事實,後來魯老太太曾說起過,雖然只是大概,但是那個大概卻是與本文所寫是一致的」。周作人進一步指出,「這一段又是很少有人知道的事情」,且魯迅「寫得那麼切實的」,所以應該是「很值得珍重的材料吧」〔註137〕,周作人這些評價,不僅是對魯迅作品自傳性質的證實,也是對魯迅作品與自然主義文學之間有關聯的一個側面反映:就有研究者做如是斷定:「周作人將小說中的情節描寫看作『材料』,這似乎是對自然主義文學作品的評價。」〔註138〕筆者深以為然。

　　但是,雖然魯迅小說具有很濃厚的自傳性,但是並不像許多早期「五四」文學作品那樣以「自我」為中心,而是「極力將個人往事的回憶和對民眾進行思想啟發,藝術地結合起來」,「使之融入廣泛的國家歷史的圖景中」

〔註133〕許壽裳:《我所認識的魯迅》,人民文學出版社,1952年,第51頁。
〔註134〕孫伏園,孫福熙:《孫氏兄弟談魯迅》,星星出版社,2006年,第217頁。
〔註135〕周作人:《魯迅小說裏的人物·〈吶喊〉衍義·七三·方玄綽》,河北教育出版社,2002年,第149頁。
〔註136〕周作人:《魯迅小說裏的人物·〈吶喊〉衍義·七七·年月考證》,河北教育出版社,2002年,第157頁。
〔註137〕周作人:《魯迅小說裏的人物·〈彷徨〉衍義·十九·〈孤獨者〉》,周作人、周建人《書裏人生——兄弟憶魯迅:2》,河北教育出版社,2000年,第84頁。
〔註138〕吳亞娟:《日本自然主義文學與中國「五四」新文學》,吉林大學博士論文,2008年,第83頁。

〔註 139〕，從而從深度和廣度上提升了作品的社會意義和厚重感。

三、深入民間的李劼人

　　李劼人「大河小說」三部曲，所呈現的都是作者熟悉的成都附近邊遠小鎮的農家生活，因為熟悉，所以情景與人物都顯得生動形象、真實可信，給人身臨其境的感覺。這正是其作品深受讀者喜愛的一個主要原因。

　　李劼人年輕時曾做過衙門小官和記者編輯，熟知社會弊端和官場腐敗，這段經歷成為其短篇小說集《盜志》的立意和取材，他自述到：「我知道的官場情況比李伯元的《官場現形記》還多。看了辛亥革命後的新官場中的許多怪事……把我所見的社會生活，寫成一些短篇，總的篇名叫《盜志》。」〔註 140〕作品絕大多數內容皆取材於作者在瀘縣、稚安縣的二十二個月中所見所聞，對辛亥革命後官場的黑暗、官僚的無恥進行了冷酷無情的揭露。李劼人作品中袍哥形象塑造得非常成功，有血有肉，真實可信，原因就在於作家的真實生活裏的確有袍哥的存在：李劼人曾在自傳中回憶道：「兒子剛滿三歲，竟被一個連長支人綁了票。幸而有人幫忙。」〔註 141〕文中提及的幫忙的這個人，就是「袍哥大爺鄺瞎子，他幫忙將兒子贖出來，為此，作家將兒子拜寄給他，以表達對鄺瞎子的感激之情。」〔註 142〕李劼人後來就將這個袍哥形象轉化為自己小說中的人物——羅歪嘴：「他名叫鄺瞎子，其實並不瞎。這就是羅歪嘴名字的由來，羅歪嘴也有我這個親家的一部分。」〔註 143〕可以說，李劼人小說之所以真實感人，人物之所以栩栩如生，就在於題材上的自我經驗性。作者將自身的底層生活經歷和人生體驗如實地搬入小說中，將自己熟知的真人轉化為小說中的形象，用李劼人自己的話來說就是，「不但閉起眼睛想得到，睜起眼睛也看得到——我看見過這樣的人」。對於蔡大嫂這個人物形象，李劼人指出：雖然是虛構的，「但類似這樣的人很多，如蔡大嫂這樣的典型，我看的很多，很親切，她們的生活、理想、內心、境遇，我都熟悉。」〔註 144〕

〔註 139〕夏志清：《劍橋中華民國史》，中國社會科學出版社，1994 年，第 471 頁。
〔註 140〕李劼人：《李劼人談創作經驗》，《草地》，1957 年第 4 期。
〔註 141〕李劼人：《自傳》，《李劼人選集：1》，四川人民出版社，1980 年，第 3 頁。
〔註 142〕劉中樹等：《中國現代百部中長篇小說論析》，吉林大學出版社，1986 年，第 451～452 頁。
〔註 143〕劉勇：《中國現代文學的心理學研究》，北京大學出版社，2006 年，第 124 頁。
〔註 144〕李劼人：《談創造經驗》，《李劼人選集：5》，四川人民出版社，1981 年，第 122 頁。

四、真實再現自我的沈從文

　　沈從文有很多小說逼近生活。作品往往就是他本人的生活經歷和內心情感的真實再現，其中的人物常常就是他自己，副爺、教員、作家、士兵、軍官等形象，或多或少都有作者自己的影子。沈從文出生於一個軍人世家，14 歲高小畢業後即入伍，15 歲隨軍外出，曾做過上士、書記員等，也的確當過教員、副爺，作家更是其真實身份，因為真實的生活經歷和感悟，他能生動形象地塑造這些人物形象。沈從文小說中好多情節都是其現實生活經歷的如實再現，如《公寓中》《遙夜》等描述他正值青春敏感的年齡，卻過著飢寒交迫的生活，經濟的困窘和性的饑渴給他帶來深重的苦悶，宣洩了作者自我內心的人生痛苦和孤獨情緒；《夜漁》《獵野豬的故事》等記述了他童年時代擎著火把下河捉魚、月夜山崗打野豬、小夥伴之間的遊戲打架等無數生動有趣的生活故事；《棉鞋》《第二個狒狒》取材他 1925 年在香山慈幼院的生活經歷，講訴了自己備受屈辱的痛苦遭遇。因為記述了當時慈幼院教務處長對自己的諷刺嘲弄，作品一經發表即激化了沈從文與此人的矛盾，沈被迫離開慈幼院。在沈從文作品中，讀者「能看到作家自己的身影。或者完全是他本人，這在散文裏幾乎是能重疊的。或者是變換了人稱、身份、略加偽裝而虛構的人物，而在精神氣質上與作家本人也能吻合，如《冬的空間》中的『我』和《主婦》中的男主人公，還有很多。」〔註145〕而在沈從文一些書寫自我的小說中，我們也偶而會發現一些在郁達夫作品中、在日本私小說中隨處可見的年輕人形象，他們淳樸善良，滿懷熱情和夢想，卻在現實生活中處處碰壁，屢受打擊，狼狽不堪，憤懣憂鬱，這樣的年輕人，其實也是作者現實生活中以「鄉下人」身份進城，卻屢屢被「城裏人」瞧不起、嘲笑欺負的真實遭遇的客觀寫照。

　　自稱「鄉下人」的沈從文，更是通過他的作品，將他念念不忘的故鄉風土人情原汁原味地呈現給讀者。通過對他那些帶有自傳意味的小說和散文的閱讀，我們熟悉了優美神秘又貧窮落後的《湘西》世界，體驗了恬淡自然又略帶憂傷悲涼的《邊城》生活，熟識了淳樸真誠的苗寨土人，瞭解了古樸笨拙的湘西土話，感受了頗具異域情調的苗寨風土人情。

五、執著於「自我表現」的王安憶

　　王安憶有過對文學表現自我主張的明確表達。她說：「一個人剛剛創作

〔註145〕黃獻文：《沈從文創作新ktea論》，華中理工大學出版社，1996 年，第 35 頁。

時，雖然不成熟，但卻往往很質樸很準確地表達出一個人為什麼而寫作；她的經歷、個性和素質，決定了寫外部世界不可能是她的第一主題，她的第一主題肯定是表現自我；別人的事她搞不清楚，對自己的事她總是最清楚的。」〔註146〕「在最初的時期，她寫小說，只是因為她心裏有話要說，她傾訴她的情感，她所走過的人生道路及其所獲得的經驗與感想。」〔註147〕

　　王安憶的處女作《雨，沙沙沙》就是取材作家的真實生活經歷：一個雨天王安憶在車站等車時邂逅了一個撐傘的男孩，這個再平常不過的生活小片段，就是小說的主要內容，作家所做的，只不過是將自己的姓名改成了雯雯，僅此而已。因此，這篇小說完全稱得上作家表現自我的第一次文本實踐。她的第一部長篇小說，《69屆初中生》的前半部分就是作家自傳，真實再現了自己成長歷程中的各種經歷和感受。《作家的故事》中的第二個故事，也是作者自己的故事，那個流露與表達內心的情感到了不可抑制的地步的小女孩，就是年少的作者自己。此後，王安憶還創作了雯雯系列小說，基本上都是對作家真實經歷的如實再現，這些作品的成功愈發堅定了她走「自我表現」創作之路的決心。她認為：「我們只能擁有我們各人自己的內心的故事；有時候，我們去採訪啊，採訪，想獵取別人的內心過程，可是人人守口如瓶，或者謊言層出，到頭來，我們所瞭解的只有我們自己，於是，我們便只有一條唯一的出路：走向我們自己」〔註148〕。正是在強烈的表現自我的創作觀念的引指下，王安憶將自己的大多數小說都放置在她所曾經生活的環境之下，主要集中在三個地方：她的出生地及定居地上海，她曾插隊過的蘇北鄉村，承載她青春與文藝夢想的蘇北小城文工團。她的絕大部分小說創作，包括《雨，沙沙沙》《69屆初中生》《流水三十章》《桃之夭夭》《長恨歌》《小城之戀》《荒山之戀》《錦繡谷之戀》等，基本上都沒有脫離過這三個環境。

　　雖然同自然主義作家一樣，王安憶認為自我題材的小說最能體現作品的真實和客觀，因此執著於自我題材的書寫，但相較於自然主義文學觀，其自我表現的小說觀念又存在著一定的超越：她認為小說創作應該既表現作者的自我經驗與情感，又反映人類的普遍經驗與情感，所以她將個人題材與廣闊的社會生活聯繫在一起，小說既是作者的自我表現，又不侷限於自我表現，

〔註146〕王安憶：《王安憶說》，湖南文藝出版社，2003年，第10頁。
〔註147〕王安憶：《漂泊的語言》，作家出版社，1996年，第330頁。
〔註148〕王安憶：《尋找上海》，學林出版社，2001年，第151頁。

而是與人類的普遍表現有機地統一起來。雯雯系列小說中的主人公,既是她自己,同時也是諸多同類型女孩的合體,主人公的上學讀書、下鄉插隊、回城工作以及戀愛結婚的人生歷程,是王安憶真實生活的客觀寫照,同時也是那個特定歷史時期大多數都市女孩的共同經歷。可以說,王安憶的小說既具有高度的「自我表現」特徵,又體現出對人類普遍經驗的關照,是個人與社會、普遍性與特殊性的有機結合。

六、1990 年代的「私人化」寫作

　　私人化寫作是 1990 年代出現在中國文壇的一個文學現象,採用這一寫作方式的作家群體,基本上都是女性作家,如陳染、林白、徐小斌、海男等,她們的作品大多帶有自傳性質,偏愛私人意味的題材,因此,評論界將之冠名為「中國後新時期女性私人化寫作」。這一作家群,從文學的真實觀出發,自發地遠離政治、社會、階級等所謂的「宏大敘事」主題,也不去過問與精神、道德相關,在她們看來不真實、虛偽的題材,而是致力於抒寫自我、個人,與個人相關的身體、欲望、夢幻、回憶、潛意識成為作品的主題,凸顯鮮明的「個人化」特徵和自傳的意味。她們普遍追求一種親歷性效果,小說大多採用直面自我,直面醜惡的寫作態度,將創作的筆觸指向她們自己的私人生活,選取自述性質的敘事話語,專注書寫自己熟悉的環境和事物,通過對個人生活體驗的自我告白式的敘述,直白描摹女性的個體生存狀態,披露自己的情感經歷和內心隱秘。她們「努力地書寫或日記記錄自己的一份真實,一己體驗,一段困窘、紛繁的心路」〔註 149〕,呈現出濃厚的「私人化」特徵,從而顯露出與自然主義自我小說的高度一致性。

　　1990 年代的女性「私人化」寫作,專注於對女性自己的軀體、個人的官能和原始欲望的自然主義式描寫和敘述,將自己的真實形象直白地融入作品,反覆覆現和審視女性絕對自我的故事,細膩坦率地揭示女性獨特的生理與心理世界,把自己身為女性的經驗發揮到極致。她們的小說,大多沒有完整的故事,取而代之的是關於女性性愛遭遇和內心情感的自然主義式的細節描摹和片段描述,具體包括以下幾個題材:(一)女性的自慰與自虐,如林白《一個人的戰爭》中反覆書寫主人公多米用鏡子觀察自己的身體和充滿激情的自慰場景;(二)女性之間的姐妹情誼與同性愛戀,陳染《私人生活》《無處告

─────────────────

〔註 149〕戴錦華,陳染:《個人和女性的書寫》,《當代作家評論》,1996 年第 3 期。

別》、林白《迴廊之椅》《瓶中之水》等作品展現了各色各樣的女同性戀；（三）
男女性愛關係中，以女性的強勢顛覆根深蒂固的男權傳統，如陳染《私人生
活》中，倪拗拗以征服者、支配者的姿態，對男性「小尹」進行誘惑，引領、
支配他與自己做愛。徐坤《一個老外在中國》，講述了老外尼爾斯在中國遭遇
中國女人利用、玩弄、拋棄的故事，林白《一個人的戰爭》《飄散》等也都為
讀者呈現了這類性愛故事；四、女性對生理與心理皆和諧的兩性之愛的渴望，
以及現實生活中的愛情與婚姻帶給她們的複雜的感受。她們「力圖通過女人
自己的目光，自己認識自己的軀體，正視並以新奇的目光重新發現和鑒賞自
己的身體，重新發現和找回女性丟失和被湮滅的自我」，〔註 150〕從而發起對
女性性愛自覺和自由的呼籲和追求，爭取女性身體的徹底解放，公然反抗和
顛覆現實男權世界。

　　上述女性寫作之外的 1990 年代其他「私人化」小說書寫中，也同樣帶有
明顯的「自我小說」傾向，其中的主人公們大多「在相對的生活空間裏徘徊，
對絕對事物缺乏熱望，甚至失去了絕望的能力，生活在一種無所謂希望因而
也無所謂絕望的境地裏」〔註 151〕，他們蒼白、纖弱、痛苦的形象，是現實生
活的作者部分或全部的真實寫照，與 1920 年代郁達夫等人筆下的「零餘者」
形象非常相似，被認為是其「在 90 年代私人寫作話語裏的復活」〔註 152〕。

　　此外，還有不少作家在自然主義文學影響下，將自己的真實的生活經歷
與情感體驗如實搬進文學作品，描繪自己熟識的人和事，讓作品呈現出自然
主義式的真實。曹禺在一次與王朝聞談話中說：「我對自己作品裏所寫到的人
和事，是非常熟悉的。我出生在一個官僚家庭裏，看到過許多高級惡棍、高
級流氓……有一段時期甚至可以說是和他們朝夕相處。因此，我所寫的就是
他們所說的話，所做的事。」〔註 153〕張賢亮則說：「我只能保證我袒露的是真
實的自己，包括自己的缺點和優點，短處和長處。」〔註 154〕他的小說大多有
他自己的影子，帶有強烈的自敘傳性質。《青春期》中的「我」就是現實中的

〔註 150〕王曉明：《九十年代的女性——個人寫作（筆談）》，《文學評論》，1999 年第
　　　　　 5 期。
〔註 151〕葛紅兵：《世紀末中國的審美處境》，《小說評論》，1999 年第 6 期。
〔註 152〕陳繼會、周罡：《時代的苦悶與欲望的焦慮——20 年代自我小說與 90 年代
　　　　　 私人寫作之比較》，《鄭州輕工業學院學報》，2001 年第 1 期。
〔註 153〕曹禺：《曹禺談〈雷雨〉》，《中國戲劇》，1979 年第 3 期。
〔註 154〕張賢亮：《張賢亮選集》，百花文藝出版社，1984 年，第 2 頁。

作者的化身，其經歷完全可以和作者的真實生活重合，《習慣死亡》中的「章永璘很大程度上也就是張賢亮」〔註 155〕，《我的菩提樹》則直接就由張賢亮1960 年下半年的勞改日記和日記的注釋組成。張賢亮小說近乎自傳的真實性，常常導致讀者「把主人公與作家混為一談」〔註 156〕。老鬼作品中，除了文中出現的一些人物的名字是化名外，全是根據記憶寫就的真人真事。《血色黃昏》被評價為「新聞小說」，《血與鐵》則被歸入「自傳體小說」，該作品像日本自然主義文學的典範──私小說那樣，完全根據自己親身經歷的真人真事寫作，作者在作品中勇敢暴露自己生活中的隱私和內心深處平時羞於示人的陰暗一面，他說：「我把自己所幹的壞事能記起來的全寫了，我向那些被我傷害過的人懺悔。」〔註 157〕完全一副日本自然主義作家「自我懺悔」般的口吻。

第三節　平民文學

一、自然主義文學題材上的平民傾向

　　自然主義文學的基本原則是追求文學的真實性。從這個原則出發，自然主義作家認為文學應該重點描述的是普通人的普通生活，因為普通人在數量上佔據了絕對優勢，最能反映人類的本質屬性，他們的普通生活與情感體驗，正是人類社會生活與精神世界的本真和基本常態，是時代精神與社會本質的真實反映。所以，以真實為文學根本原則和出發點的自然主義文學，必然要注重對生活在社會中下層、在數量上佔據絕對優勢的普通人的日常生活進行如實描繪，而「小說家如果接受表現普通生活的一般過程這個基本原則，就必須去掉『英雄』」，「所謂的『英雄』，是指過度誇大了的人物，木偶化的巨人。這一類脹大的『英雄』，降低了巴爾扎克的小說，因為他總以為還沒有把他們塑造得足夠大。」〔註 158〕因而自然主義文學走出傳統的貴族資產階級的沙龍與府邸，深入到此前文學作品較少涉足的下層社會中，將描述中心由英雄人物轉到普通平民，將工人題材、貧民生活作為文學表現的主要內容，忠

〔註 155〕鄧曉芒：《靈魂之旅──九十年代文學的生存境界》，湖北人民出版社，1998
　　　　　年，第 4 頁。
〔註 156〕張賢亮：《〈習慣死亡〉創作談》，《中篇小說選刊》，1989 年第 4 期。
〔註 157〕程德培：《為了不能忘卻的紀念》，《香港書評》，1999 年第 4 期。
〔註 158〕左拉：《福樓拜及其作品》，朱雯《文學中的自然主義》，上海文藝出版社，
　　　　　1992 年，第 470 頁。

實再現底層勞動人民的苦難生活和悲慘處境，從而使作品具有了平民化傾向。

　　龔古爾兄弟代表作《杰米拉‧拉賽朵》既是自然主義文學的開山之作，也是平民文學的典範，被左拉高度評價為「讓人民進入了小說」〔註159〕。在該書的序中，龔古爾兄弟曾對所謂的「下層人民」長期被排斥在文學殿堂之外的做法表示不滿，他們發問：「生活在十九世紀這樣一個普選、民主和自由主義的時代，我們曾經考慮過，所謂『下層階級』是否無權登上小說的大雅之堂？處在社會底層的民眾是否就永遠不能邁入文學這個禁區，並要備受作家的鄙視？……在一個沒有社會等級、沒有法定貴族的國度裏，弱小者和貧窮者的悲苦是否也能像顯赫者和富裕者的不幸一樣得到關注，引起激動和憐憫？總之，下層的眼淚是否也能跟上層的哭聲一樣令人潸然淚下？」於是，他們表率性地將筆觸伸入下層社會，取材下層階級的日常生活，描繪下層小人物的真實生活環境，摹寫他們日常生活的艱辛和心理的煎熬。在他們看來，下層人民是社會上最普通的群體，最接近自然和本真狀態，最具有代表性。《杰米拉‧拉賽朵》就是以出身貧困、地位卑下的女僕杰米拉‧拉賽朵為主人公，再現了其被壓迫、被凌辱、被欺詐的悲慘遭遇。拉賽朵「生性是一個受激情主宰的人」，在強烈的欲望和本能驅動下，她墮落成喪失了最起碼的廉恥的行尸走肉，並最終丟了性命，甚至連葬身之地都無法確切地尋覓到。更讓人心寒的是，女僕的悲慘遭遇居然不為主人所發覺，她的秘密在其死後才為女主人所知，因為她白天依舊做她的女僕，只有到夜晚才去過那種連妓女也不如的不堪入目的生活。主與僕之間的隔膜、人與人之間的冷漠實在令人齒寒。在小說最後，作者借助女主人之口表達了對杰米拉‧拉賽朵的同情，她是墮落、可鄙的，但她的墮落也有令人同情的一面，其中蘊含著諸多社會的、本能的，她自己無法駕馭的因素，因此，她又是可憐的、值得同情的。

　　基於對文學真實性的追求，福樓拜否定典型化做法，主張描寫普遍的現象、平凡的人物，他宣稱「隨便碰到的哪一個人都比我古斯塔夫‧福樓拜更有趣，因為他更普通，歸根結底也更典型」。基於這樣的平民文學觀念，福樓拜始終致力於把筆下人物塑造得平民化、普通化，以取代傳統現實主義文學中典型化、英雄化的人物形象。他筆下的人物大多是有缺點、有不足的普通人形象，波德萊爾在《論〈包法利夫人〉》中，曾生動形象地揣摩過福樓拜的

〔註159〕米歇爾‧雷蒙：《大革命以來的小說》，阿爾芒‧柯蘭出版社，1967年，第98頁。

這種創作心理：他模仿福樓拜之口說：「我不需要我的女主角是個英雄，只要她還算漂亮，精力充沛，野心勃勃，對一個更高的世界有一種不可遏止的嚮往，她就會使人感興趣，這樣的較量更為高尚。我們的女罪人至少有這樣的優點——比較來說是罕見的，即她不同於前一段時間的那些令人厭煩的饒舌婦。」的確，這樣的處理方法，使得福樓拜作品中的人物形象平實自然、真實可信，而且有血有肉、豐滿動人，李劼人因此評價福樓拜《人心》的女主人公馬丹毗爾是「可厭而動人的」。作為福樓拜的弟子，莫泊桑承襲了其師關注描寫普遍現象、平凡人物的做法，成為法國文學史上公務員、小職員這一小資產者階層最出色的表現者。

左拉作品的平民文學傾向，與其個人經歷有關。左拉曾對自己的早期生活作過如下描述：「那時，我顯得可憐，那樣灰溜溜，以至於連擋道的孩子都不願閃開讓我過去」，「寸步難行，想到前途，看見的只是黑暗，沒有財產，沒有職業，有的只是灰心失望，我沒有可依靠的人，沒有女人，沒有朋友接近我，到處遭遇到的都是冷淡和輕視……」〔註160〕這樣慘淡的生活遭遇，使得左拉在開始文學創作時常以自己熟悉的社會底層的立場和角度認識世界，表現生活。成名成家後，他依然保持這一可貴傳統，成為「最關心工人和底層命運的作家，被視為無產階級的代言人」〔註161〕。

左拉在專門描寫工人階級的《小酒店》《萌芽》《人獸》《勞動》四部小說裏，把被壓迫者當作主要人物描寫，真實反映他們惡劣的生活處境、吃苦受累的苦難生活、被侮辱被損害的悲慘遭遇，同時也客觀暴露他們的骯髒與醜陋、墮落與毀滅。在世界文學史上，被譽為「第二帝國時代產業工人生活和帝國的史詩」〔註162〕的《萌芽》，是第一部正面描寫產業工人罷工的小說，第一次生動描寫了資本主義社會的主要矛盾——勞資雙方的鬥爭，提出了振聾發聵的社會問題。《小酒店》則描述了城市下層人民的悲慘生活，令人觸目驚心：「生活無法過，真正到了世界末日」，左拉對下層人民悲苦生活的暴露，「令社會感到震驚，一些正人君子破口大罵」〔註163〕。

〔註160〕金滿成：《左拉》，黑龍江人民出版社，1983 年，第 26 頁。

〔註161〕陳曉蘭：《文學中的巴黎與上海——一左拉和茅盾為例》，廣西師範大學出版社，2006 年，61 頁。

〔註162〕杜宗義：《文海拾貝 外國文學論著集萃》，四川大學出版社，2013 年，第 234 頁。

〔註163〕鄭克魯：《法國文學史教程》，北京大學出版社，2008 年，第 255 頁。

此外，左拉作品明確表現了民主主義政治思想和共和主義政治態度，涉及了空想社會主義思想和無產階級運動，表現了他是資產階級人道主義、民族主義思想傳統的繼承者，展示了當代資本主義社會的重大社會現象，真實地表現了 19 世紀後期工人階級與資產階級的鬥爭，這是 19 世紀乃至 20 世紀批判現實主義作家中很少有人達到的高度。在 1885 年出版的《萌芽》中，左拉更是成功地塑造了世界文學史上第一個有階級覺悟的工人形象──艾蒂安，歌頌了工人階級勤苦樸實、堅韌不屈的優秀品質和勇於犧牲的精神，甚至讓他們全體喊出了「社會主義萬歲！打倒資產階級！」〔註164〕這樣具有鮮明無產階級特徵的口號。

但是，值得注意的是，儘管左拉所有的作品都極力揭示社會的不公，暴露統治階層的腐敗墮落，關注社會底層人民的悲慘遭遇和工人階級被壓迫的命運，流露出明顯的平民文學傾向，但他並不屬於無產階級陣營，也稱不上社會主義者，他的政治立場是中立的，不屬於任何黨派；他的創作態度是客觀的，不流露作家自己的是非判斷和道德標準，他的描寫只忠實於文學的真實性原則。這使得他既深受當權的統治階級的痛恨和迫害，也不為左派和無產階級所理解和接受。在給米諾的信中，他曾如是表露自己的立場：「你把我當作民主派的，稍微有點社會主義色彩的作家，所以你很驚訝我以真實的、令人不快的筆調描寫工人階級。首先，我不接受你在我背上插的標籤，我願意做個沒有任何形容詞的簡單的小說家。如果你一定要給我一個形容詞的話，你就叫我自然主義派小說家，這倒並不使我難受。」〔註165〕

在人物塑造上，自然主義作家們反對塑造「典型環境中的典型人物」，轉而致力於塑造普通人物，描寫他們處於常態的日常生活和情感世界，超越了傳統文學中人物形象或完美無缺或十惡不赦的極端化做法。在自然主義作品中，所有社會階層都為同樣的規則所支配，所有人在本質上都沒有太大區別，都處於一種類於生物的存在狀態。因此，自然主義作品中沒有理想化的英雄，沒有超群的巨人，取而代之的是下層社會中的小人物形象、普通的凡人，他們身上有優點也有劣根性，他們的行為受遺傳因素的影響，也為本能所支配，他們同時又受到環境的制約，體現出特定環境中形成的特殊性格，融匯了時

〔註164〕左拉著，黎柯譯：《萌芽》，人民文學出版社，1982 年，第 365 頁。
〔註165〕左拉：《致米諾的信》，金滿成《左拉》，黑龍江人民出版社，1983 年，第 42頁。

代精神和社會歷史環境的本質特徵。

　　基於文學的真實觀，自然主義者反感之前的作家主觀賦予文學社會政治、道德倫理的使命，把文學當作道德規範的引導者、思想意向的傳聲筒的做法，主張回到平淡自然的現實生活，對之作普遍性的而非典型化的觀察與描述。拉法格曾指出過自然主義與現實主義在這方面的區別，認為以巴爾扎克為代表的現實主義作家們總是要用某種貫穿始終的道德或者其他別的什麼「觀念偏執」來「構造」出某種人物的「典型性格」〔註 166〕，而自然主義文學家則主張自然的原生態描寫手法，他們不把描寫重心放在刻畫人物的性格特徵上，不努力挖掘人物的思想感情等精神層面的特性，不塑造所謂的「典型環境中的典型人物」。他們不插手對現實進行增刪，而只是「在現實生活中取出一個人或一群人的故事，忠實地記載他們的行為」，以揭示人的原始真實的生存狀態。所以，他們的作品中沒有典型環境，沒有典型人物，體現出明顯的平民化傾向。

二、自然主義文學的平民傾向對中國文學的影響

　　自然主義文學思潮是在「五四」時期傳入中國的。「五四」啟蒙運動的主體是新生的城市平民知識分子，他們提倡民主——政治上的平民主義，所以新文學運動先驅們為了響應追求平等、自由的時代籲求，極力鼓吹平民文學，自然主義文學的平民化傾向正好符合這一要求，成為「五四」文學接受自然主義的一個主要因素。自然主義文學作品的開創性成分——平民文學傾向，如工人題材、平民生活等為「五四」文學直接借鑒，並對以後的中國現當代文學產生了一定影響，成為促成中國現當代文學題材選取平民化、人物描寫平民化趨勢的一個主要因素。影響具體表現在以下幾個方面：（一）題材選取，由上層人物、帝王將相、才子佳人的所謂「高雅」生活，轉向對生活在社會中下層的普通平民百姓瑣碎、平庸甚至卑污的日常生活；（二）描述對象，由傳統的英雄人物轉變為日常生活中的普通人物、平民百姓，摒棄現實主義文學所追求的主流文學，強調文學的非主流性、平民性；（三）再現人物的視角，由過去泛政治化時代文學極力塑造的典型形象，轉變為對普通人物類型的刻畫；（四）使用的語言，由典雅、雕琢；晦澀、陳腐的書面語言，轉換為平實、

〔註 166〕拉法格：《左拉的〈金錢〉》，朱雯等《文學中的自然主義》，上海文藝出版社，1992 年，第 339 頁。

新鮮；粗陋、通俗的生活口語。

　　1917 年陳獨秀《文學革命論》一文提出的文學革命「三大主義」中的第一條就是「推倒雕琢的阿諛的貴族文學，建設平易的抒情的國民文學」，而自然主義文學的平民化傾向，正與陳獨秀對國民文學的主張相一致，而且可以滿足其對文學作品「通俗」「明瞭」的要求，所以得到了其熱烈支持。自然主義文學摒棄傳統文學的貴族化傾向，專事平民文學創作的特點，也與啟蒙主義文學的平民化傾向吻合，鞏固了「五四」文學中平民文學的地位，推動了「五四」民主精神的發揚和文學的普及，同時，也使「貴族精神本來就薄弱的中國文學更趨於極端平民化」、低俗化。

　　數十年極左文藝政策和文藝思想的統治，讓「革命敘事」和「宏大敘事」一統天下，將文學淪為政治意識形態工具，「假」「大」「空」的英雄形象、典型人物長期雄霸文壇，真正意義上的平民文學不復存在，一直到了 1980 年代，隨著文藝政策的改革與調整，「五四」以來奠定的平民文學傳統才重新被續接，文學創作有意識地排斥那些典型的、非常態的環境和極端個性化的人物與事件，轉而關注尋常環境、日常景觀，普通人物、世俗人生，從而顯示出鮮明的平民文學色彩。配合題材的平民性，新時期小說敘事也非常平民化，不以扣人心弦的故事懸念和起伏跌宕的情節布局取勝，而是以平實樸素、自然親切見長。這也使得新時期小說呈現出一定的自然主義色彩並為眾多普通讀者大眾所親近與喜愛。

　　自然主義文學的平民化傾向，引導作家消解了傳統文學對宏大敘事、提煉典型，以及文學政治、社會和道德功效的過分關注，轉而注重對細小瑣碎的生活細節的細膩描繪。在自然主義文學這一做法的影響下，中國現當代文學也明顯地呈現出生活化、日常化、瑣碎化、平面化、細節化的特點。

（一）周作人的「平民文學」

　　周作人在「人的文學」基礎上，又進一步提出「平民文學」的口號，極大豐富了「人學」的社會內涵。他指出：平民文學看重的是文學的精神，與貴族文學相反的地方在於內容充實，具體地說，「就是普遍與真摯兩件事」。具有兩點涵義：第一，「應以普通的文體，寫普遍的思想與事實」，為了做到這一點，文學應該不歌頌英雄豪傑的豐功偉績，不渲染才子佳人的幸福美滿，而「只應記載世間普通男女的悲歡成敗」。因為普通人才是大多數，「其事更為普遍，也更為切己」；第二，「應以真摯的文體，記真摯的思想與事實」。為此，

平民文學作家們既不能高高在上，自命為拯救者、統治者，又不能卑躬屈膝，一味頌揚英雄豪傑，而應該持平民中普通一員的身份，「自認是人類中的一個單體，渾在人類中間，人類的事，便也是我的事。我們說及切己的事，那時心急口忙。只想表出我的真意實感，自然不暇顧及那些雕章琢句了」。所以，周作人強調：平民文學「只須以真為主，美即在其中，這便是人生的藝術派的主張，與以美為主的純藝術派，所以有別。」〔註167〕主張文學轉向普通人的社會，關注社會底層平凡瑣碎的生活。他說：「我們不必記英雄豪傑的事業，才子佳人的幸福，只應記載世間普通男女的悲歡成敗。因為英雄豪傑，才子佳人，是世間不常見的人，普通的男女是大多數，我們便也是其中的一人。」為了避免誤解，周作人還特意指出，平民文學的目的「並非要想將人類的思想趣味，竭力按下，同平民一樣，乃是想將平民的生活提高，得到適應的一個地位」〔註168〕。

總而言之，周作人的「平民」是一種文學精神，是受西方人道主義精神、以自然主義為代表的現代文學理念對中國現代文學影響的產物。其平民文學所蘊含的諸如對文學內容、創作傾向和描述視角的平民化、以平民取代英雄、以真實為文學第一要義，為此可以不顧及謀篇布局、遣詞造句等主張，都顯示出與自然主義文學觀念相一致的地方。

（二）郁達夫的「農民文藝」「煙花世界」

郁達夫認為文藝應該多角度、多側面反映生活：「文藝是人生的表現，就應當將人生的各個方面全部都表現出來」，他不但在作品中大量刻畫處於社會邊緣的「零餘人」形象，再現自己熟悉的落魄的知識分子的真實生活，而且出於對中國傳統文學侷限於描寫所謂「上層社會」的反抗，強調文學反映下層人民的生活，特別提倡農民文藝。為此他專門撰寫了兩篇文章《農民文藝的提倡》《農民文藝的實質》，強調發展農民文藝的必要性：「農民階級占最大最多，最大優勢。而我們中國的新文藝……對於農民的生活，農民的感情，農民的苦楚，卻不見有人出來描寫過，我覺得這一點是我們的新文藝的恥辱。」〔註169〕郁達夫同樣提倡描寫無產階級的文學，撰寫了《文學上的階級鬥爭》《無產階級專政和無產階級的文學》等文章，呼籲應該提倡無產階級的文學。

〔註167〕周作人：《平民的文學》，河北教育出版社，2002 年，第 42 頁。
〔註168〕周作人：《人的文學》，《周作人集》，花城出版社，2003 年，第 7 頁。
〔註169〕郁達夫：《郁達夫文集：第 5 卷》，花城出版社，1982 年，第 282 頁。

郁達夫作品中的平民傾向，除了對知識分子落魄、潦倒的生活現狀和苦悶、壓抑的內心世界的真實再現、對普通勞動人民苦難、悲慘的生存狀況的客觀描寫之外，還表現在他花費很多篇幅描寫妓女被侮辱與被損害的賣笑生活，這顯然受到了左拉等自然主義作家中大量描寫妓女生活的做法的影響。在中國，「在現代作家中，郁達夫是第一個用同情的筆調描寫刻畫煙花女子的作家」，他因此招致了眾多非難和指責，這也同左拉等自然主義作家的遭遇相似。郁達夫面對指責和非難，坦然回應：「勞動者可以被我們描寫，男女學生可以被我們描寫，家庭關係可以被我們描寫，那為什麼獨有這一個煙花世界，我們不應當描寫呢？」〔註170〕他的觀點與自然主義文學的主張一樣，認為只要是真實存在的，都有進入文學殿堂的資格，都可以成為文學的審美對象，所以他勇敢地通過文學作品真實地呈現這些妓女的苦難生活。

（三）無限接近自然的「鄉下人」沈從文

如前文所言，沈從文作品與自然主義文學的契合之處在於「自然」。「自然」二字是自然主義文學、沈從文作品具有平民化傾向的共同基礎。沈從文作品中的人物，絕少高官顯貴，也無英雄豪傑，有的只是茶峒小鎮的平民百姓、邊城內外的苗寨鄉民。沈從文出生於農村，從小在湘西鄉下長大，是個「鄉下人」，這使得他習慣於用「鄉下人」的眼光打量生活，用與鄉村生活相適應的平淡舒緩的語調描摹「優美、健康、自然而又不悖乎人性」的「鄉下人」的人生，自然平靜地表述自己對平凡人生的體驗和感悟，從而使自己的作品顯露出明顯的平民化色彩。沈從文的作品基本上都以他所熟悉、保持著自然狀態的湘西邊陲為背景，是對自己曾經歷過的農村生活的真實再現，《夜漁》《獵野豬的故事》等小說就是對他童年時代無數生動有趣的鄉村生活的美好回憶。

沈從文早期作品，保持了真正意義上的平民立場和視角。受自然主義文學保持客觀中立的立場的影響，沈從文總是以平民的思維看事待人與事。比如，他以普通平民百姓眼光看待江邊弔腳樓裏的妓女，認為妓女與他們一樣，憑自己的能力賺錢吃飯，過自己的日子，只不過從事的職業有別而已，沒有地位的貴賤之分，沒有道德的高下之別，顯示出平民百姓，特別是「鄉下人」特有的寬厚平和。沈從文像刻畫其他人物一樣刻畫妓女形象，不醜化、不批

〔註170〕郁達夫：《郁達夫文集：第5卷》，花城出版社，1982年，第197頁。

判，只是平淡自然地描繪她們的生活常態與喜怒哀樂。同樣，出現在沈從文作品中的「嫖客」，也絕對沒有城裏淫徒們那樣的淫蕩嘴臉、「流氓」氣息，他們大多是平日裏在水上累死受活、寂寞孤獨的水手，只是在停船靠岸的短暫時間裏，用辛苦賺來的有限的錢財換取欲望的發洩和短暫的柔情，為了這樣短暫而歡樂的時刻，他們寧願支付十倍、百倍的孤寂和辛勞來換取。對下層人們的同情關注和客觀書寫，是沈從文小說與自然主義文學共有的特色。

（四）張天翼的平民世界

現實生活中的左拉經歷過生活的磨難，喜歡和生活在社會底層的小人物交朋友，傾聽他們的心聲，瞭解他們的疾苦，這是他的作品具有平民傾向的基礎。張天翼也是如此。為了生存，張天翼從五歲起就跟隨父親走南闖北，為了維持生計而苦苦掙扎，這種經歷使他熟悉平民的艱辛，並且同他們感情深厚，他「喜歡跟各種社會底層的人交朋友，八府塘門口拉洋車的，機關小職員、街上殺豬的，闊人家的大司務，店裏的小夥計，公所看門的，走投無路的失業者，從湖南老家出來的老鄉，七七八八，沾親帶故的各色人等，他都跟他們要好，一塊喝酒抽煙，談個沒完」〔註171〕，這樣的生活經歷，再加上包括自然主義文學在內的外國文學的影響，使得張天翼沒有沾染上所謂的知識分子的架子，而是形成明顯的平民意識。在後來開始創作時，張天翼有意識地選擇包括小知識分子在內的中下層勞動人民作為作品描述的主要對象，小說裏充滿著小商人、小職員、小高利貸者、城市流浪漢、苦力、小市民、小知識分子、小官僚等普通平凡的小人物形象。平民意識不但使張天翼免除了同時代某些「革命文學倡導者」作品中那種高高在上的救世主心態，也使他能真正以一種平等的觀念全身心去體味社會各階層人士的辛酸與痛苦，使他能夠脫離舊文學的窠臼，學習到自然主義文學中蘊含的人道主義精神。

張天翼說過；「一篇作品，那最基本的要素是——真實，並不是不平常。我們倒是在平常的生活裏可以取得無窮真實的材料」，「一段生活，一種人物，不嫌他事情小，不怕他平常，只要表現著真實，我們就可以學著寫出像樣點的作品來，而同時這也就是工作。」〔註172〕可以說，張天翼的創作旨趣就在於著力刻畫那些簡單、平常的人事物象，以及那些足以暴露社會矛盾的「市

〔註171〕童真、胡葆華：《張天翼與狄更斯》，《湖南大學學報》，2008年第4期。
〔註172〕張天翼：《題材的「平常」》，《觀察日報》，1939年1月8日。

井卑污齷齪之事」。因此，他的小說，大多從小處著眼，幾乎沒有驚天動地的重大題材，沒有反映「時代的暴風雨」的宏偉目標，取而代之的，是平民小人物們平凡、簡單、真實的日常生活，卑微的人生經歷和尋常的情感體驗。

（五）新寫實小說——庸常瑣碎的平民世界

　　自然主義文學認為普通的平民階層最能反映現實社會的本真狀態，所以將平民作為主要審美對象，新寫實小說承襲了自然主義文學的做法，以真實揭示當代生活境況下普通人的生活實態，充分表現當代平民的精神世界和生存意識為己任，其最典型的特徵「就是把視線移向普通中國人的現實處境、移向社會存在、真切體察、真實反映普通平民在現時代的生存狀況」〔註173〕，從而在題材上顯示出鮮明的平民性。與作品的平民主題相適應，新寫實小說不再刻意探索、追問人的生存意義等形而上的東西，轉向形而下，將目光從此前文學熱衷的歷史進程和宏大敘事，拉低並落實到社會底層普通人這一弱勢群體上，讓庸庸碌碌的小市民、小職員、小官員、農民、士兵、小知識分子等小人物成為文學主要的審美對象。為此，新寫實小說摒棄了傳統意義上的戲劇化的情節構成及典型人物塑造，並將情節庸常化、瑣碎化、生活化，原生態地描摹這些小人物日常生活中的衣食住行、生老病死、喜怒哀樂、悲歡離合，真實再現他們為了改變自己的生存境況、實現自己卑微的生命欲望所做出的種種努力。普通人繁瑣庸碌的日常生活、平凡卑微的生存本相，被作家原汁原味地還原成一幅幅小人物的灰色人生圖景，力求通過對平民階層瑣屑生活原生態的真實再現，昭示社會環境對人的影響與制約，從而達到對生活本質的揭示與把握。

　　新寫實文學特別關注農民和小市民這兩個長期被忽視的底層弱勢群體，使之成為作品的「主流」群體，因為他們才是中國最普通的大多數，才最有資格成為中國人的代表，他們身上體現著最普遍的生存狀態，他們的生活代表了大多數中國人的真實生存現狀，因此，他們的凡俗人生，才真正能體現中國人的生命質量。誠如池莉所說：「普通人身上蘊藏著巨大的堅韌的生活力量。」（《煩惱人生》）正是通過對印家厚、來雙揚、貓子、陸武橋等普通人的瑣屑人生的如實書寫，池莉向讀者展示了中華民族生生不息、頑強堅韌的生

〔註173〕張德祥：《「走向寫實」：世紀末的文學主流》，《社會科學戰線》，1994 年第 6 期。

命活力，因此，她可以說：「我以為我的作品是在寫當代的一種不屈不撓的生活；是在寫一瓣瓣浪花，而它們彙集起來便體現大海的精神。」(《我坦率說》)

池莉作品很能代表新寫實小說的平民傾向。她的一系列作品，從1980年代末的《煩惱人生》開始，在題材的選擇上始終凸顯鮮明的平民傾向。她的「煩惱三部曲」《煩惱人生》《不談愛情》《太陽出世》，以及《熱也好冷也好活著就好》《你是一條河》《白雲蒼狗謠》《預謀殺人》《凝眸》《金手》《高山流水》等中短篇小說，主人公都是現實生活中再尋常不過的芸芸眾生，作品的主題就是如實再現他們的日常生活，主要內容就是他們的吃喝拉撒、喜怒哀樂、家長里短等。像《煩惱人生》，就是描述武漢市一名普通工人印家厚無數個瑣碎日子中的普通一天。小說以一個非常簡單的句子「早晨是從深夜開始的」開篇，然後就以記流水帳一般的形式，敘述了印家厚從早晨上廁所開始的忙碌而煩惱的一天，小說在午夜時分印家厚為了暫時借住的平房即將拆遷、妻子的弟弟卻又打算前來度假的煩惱中平淡收場，完全是對日常生活、市井百態的本來面目的本色呈現。《熱也好冷也好活著就好》的主人公貓子，只是武漢市眾多普通社會青年中的一員，故事就是講述這個普普通通的青年在武漢「炎熱」氣候下的尋常一天，作者就像拉家常一樣將貓子瑣碎的生活絮叨出來，完全沒有跌宕起伏的情節，而在細枝末節上作者反倒不惜筆墨，因此顯得有些平淡甚至散亂，但這卻恰恰就是生活的原態。《太陽出世》對普通市民趙家勝夫婦的婚禮、孕育、撫育孩子的全過程進行了日常生活式的平實敘述，等等，所呈現的全是普通平民的凡俗人生。

池莉曾說：「每當我深入地瞭解著體驗著大馬路上趕去上班的印家厚們；……每當我在注視著在酷暑中樂觀幽默的小職員貓子們；我心中便會對毛主席的話產生強烈的共鳴。『群眾是真正的英雄，而我們自己則往往是幼稚可笑的』」〔註174〕。她充分意識到普通人身上蘊蓄著的強大力量，所以希望自己能夠「具備世俗的感受能力和世俗的眼光，還有世俗的語言，以便我與人們進行毫無障礙的交流，以便我找到一個比較好的觀察生命的視點。我尊重、喜歡和敬畏在人們身上正發生的一切和正存在的一切。這一切皆是生命的掙扎與奮鬥，它們看起來是我們熟悉的日常生活，是生老病死，但它們的本質驚心動魄，引人共鳴和令人感動。」〔註175〕為了真實描摹普通人物的普通生活，池莉往往選

〔註174〕池莉：《總在異鄉》，江蘇文藝出版社，1995年，第214頁。
〔註175〕池莉：《我》，《花城》，1997年第5期，第5頁。

用平淡舒緩的敘述節奏、平實自然有時甚至粗俗的日常語言，忠實記錄發生在我們身邊的一些極其平常，每天都在上演著的日常生活片段，展示最通俗、最廣泛、原生態的市井百態，表現社會底層百姓的生活壓力和精神心理，自然流露出作者對市民生活方式、生存態度、文化心理的充分理解和尊重。正因為在創作中池莉是以普通人的，而非高高在上的、救世主般的身份，真實誠懇地表現普通人的普通生活，她的作品才能深深打動許多讀者，引起讀者的廣泛共鳴。

以池莉作品為代表的新寫實小說的平民化，主要包含三方面內容：

首先，題材或主題是關於平民的。作品的主人公是普普通通的平民百姓，他們瑣屑庸俗的日常生活、平淡晦澀的人生經歷、樸實粗糲的情感世界就是作品傾力描述的全部內容。

其次，平民化創作態度。作者不高高在上、悲天憫人、指手畫腳，而是將自己完全融入平民生活。作者就是平民中的一員，因此能以平民的態度關照生活，以平民的語言描寫生活。池莉曾說過：「『印家厚』是小市民，『莊建非』是小市民，我也是小市民」，她接著解釋說，所謂的「小市民」就是指「普通一市民」〔註176〕。採取這種平民化的態度進行創作，即便是描寫權貴，也同樣選取芸芸眾生的視角進行寫人敘事，比如在《綠水長流》中，池莉在描寫「美廬」時，僅僅將其看成是蔣介石送給宋美齡的愛情禮物，並從中看到了蔣宋的美好愛情，這樣的視角，「不是政治家的眼光，不是超塵拔俗的知識分子的眼光，不是純情或浪漫女作家的眼光，而是沉於世俗人生中芸芸眾生的眼光，其間滲透了對於愛情或事物的平民化理解。」〔註177〕

新寫實小說中的人物七哥、印家厚、小林等，正是日常生活中隨處可見、數量眾多的普通人群中的一員，唯其普通，方能代表普通生存狀態、反饋生活的底蘊，並且因此顯得平實而真誠。在談到創作《煩惱人生》體會時，池莉說：「舉目看看中國大地上的人流吧，絕大多數是『印家厚』這樣的普通人，我也是。用『我們不可能主宰生活中的一切，但將竭盡全力去做』的信條來面對煩惱，是一種達觀而質樸的生活觀，是當今之世我們在貧窮落後之中要改善自己生活的一種民族性格。從許許多多的人身上我看到了這種性格，因此我就讚美了它。」〔註178〕方方在談《風景》時也說：「對於七哥，我想我不

〔註176〕池莉：《池莉文集（4）》，江蘇文藝出版社，1995年，第223頁。
〔註177〕王緋：《池莉：存在仿真與平民故事》，《當代作家評論》，1998年第1期。
〔註178〕池莉：《也算一封回信》，《中篇小說選刊》，1988年第4期。

過是從許許多多與之相同的人中隨手拈來的一個。」確切地點明了「七哥」的平民性、普通性、真實性。為了體現作品的普適性，劉震雲將《單位》裏的人物，乾脆就起為「男小林」「女老喬」「女小彭」之類標誌著普通人身份的名字，非常明確地顯現作者描寫普通人的態度。印家厚、七哥、小林等人物形象都極其普通，就如同生活在我們的周圍一樣，由於作者只是充當了生活的觀察者、體驗者，因而在對世俗人生進行審美觀照的過程中，不是以居高臨下的姿態遠距離掃描，而是採取身在其中的近距離透視，以自己的生命感受和體驗，將生活的原生形態真實的展露出來。

再次，平民化創作手法。為了達到高度的客觀中立，自然主義作品在語言上強調平實自然，採用工人、農民等下層人所使用的口語化語言描寫下層人，新寫實小說同樣追求語言表達的平和自然、生活化、日常化，讓人感到親切、自然，因而作家筆下的世界能自然而然地展現在讀者面前，並因為其來源於真實的生活而能引起讀者共鳴。在結構上，與作品題材的平民化傾向相一致，自然主義和新寫實小說都力求避免傳統小說結構嚴謹的特點，而採取日常敘事方式，導致小說的敘述往往漫無節制，作品中也會時常出現許多與情節無關的敘述，如左拉在《盧貢家族的發跡》中，竟花了 143 頁的篇幅離開情節去對普拉桑鎮和馬卡爾家族的起源作極其詳盡煩瑣的描述和考證。新寫實小說同樣如此。為了凸顯作品的平民性，新寫實小說常常放棄現實主義文學極為關注的作品的價值和意義的追求，不再追求典型環境的渲染和典型人物的刻畫，也不再刻意追問生活的意義、生存的價值，而只是通過平實自然、客觀中立的原生態描述，自然流露出作者對人的生存環境和生存方式的關注、對人的生存狀態和生命質量的關懷。比如方方《風景》，以物質與文化都極端貧乏的武漢漢口河南棚子為背景，通過自然主義式原生態描摹，真實地再現了當地底層市民日常生活的貧窮、齷齪的本真狀態，但作者並沒有像現實主義作家那樣把貧窮落後的漢口棚區作為一種典型的環境加以渲染，而是一如自然主義者那樣，如實客觀地描寫了一個生活在十三平方米屋簷下的十一口之家幾十年的生活狀貌，讓讀者從對這個普通家庭的日常生活瑣事的細緻描寫中感受到這家人的喜怒哀樂，進而感悟到生存的苦澀和艱辛。

（六）貫注「平民歷史」理念的紀實文學

自然主義文學的平民化，對中國當代的紀實文學產生了很大的影響。在《北京人》《一百個人的十年》《絕對隱私》等口述實錄文學中，在《哥德巴赫

猜想》《長江三峽：中國的史詩》《中國農民調查報告》等報告文學中，始終貫注著「平民歷史」的理念、精神和方法。

所謂「平民歷史」理念，包含三個方面：

第一，題材選取的平民化。當代中國紀實文學以平民百姓作為主要審美對象，以芸芸眾生為了生存而與命運抗爭的缺少驚濤駭浪但真實感人的歷史進程為主要抒寫內容；以反映社會底層小人物的日常生活常態、弱勢群體的本真生存狀態為己任。作品刻畫的不是達官顯貴、名人要角、英雄豪傑，而是現實生活中再普通不過的農民、工人、小知識分子等普通小人物，貧困山區的農民、鄉村教師、城市下崗職工和貧困大學生等底層或弱勢群體成為紀實文學作品中最常見的審美對象。作品關注的不是國家大事或重要的歷史事件，而是普通平民生活中日復一日的日常瑣屑和喜怒哀樂，農村剩餘勞動力問題、城市打工人問題、留守兒童問題、婚姻家庭問題、城市交通、供水、住房等細微瑣碎的生活化問題成為當代紀實文學著力抒寫的主題。

第二，敘述視角的平民化。一方面，當代紀實文學衝破以往侷限於以領袖人物或傑出人物為描述對象的侷限、摒棄「英雄形象」「典型人物」，而將普通平民百姓引入神聖的文學殿堂，作品所揭示的不是崇高和偉大，而是通過對普通人、尋常事的自然主義式再現凸顯人性真偽和人格優劣；另一方面，即便審美對象是領袖人物、達官顯貴或英雄豪傑領袖，當代紀實文學也將自己的敘述視角由過去的「仰視」調整為如今的「平視」，以平等的心態、平常的語調來寫人敘事，讓以往被「神化」的人物走下「神壇」，復歸平凡。

第三，敘述態度的平民化。當代紀實文學作家們反感過去傳統傳記作家人為賦予自身的神聖職責，他們不願做高高在上的上帝、悲天憫人的救世主，拒絕對作品的意義和功效刻意追求，而只願純粹敘事，客觀如實地呈現普通平民的真實生活現狀，不露聲色地敘述他們的愛恨情仇，展示他們本真的情感世界。紀實文學的這些特點，彰顯出與自然主義文學平民化傾向的一致性。

紀實文學以普通人、平民百姓的視角打量生活、觀照社會，著力描寫普通老百姓的日常生活狀態和內心情感世界，顯現出與普通老百姓尋常生活的高度一致性，滿足了讀者「從文學作品中更多地獲得社會生活信息」的渴望與對關乎自身的現實問題的審視和思考，因此能夠引起讀者的強烈共鳴。周同賓《皇天后土》通篇就是讓 99 個農民「自說自話，說出原生態的農民自己」

〔註179〕。陳桂棣、春桃《中國農民調查報告》《小崗村的故事》，直接從書名上就彰顯了作品的平民性，作品以農民為主角，真實客觀地描述當代農民的生活現狀，嚴肅深刻地挖掘農村變革諸多鮮為人知的內幕，無所顧忌地揭露「三農問題」的複雜性、迫切性、嚴峻性的紀實佳作。趙瑜《革命百里洲》是對偏僻、貧窮的百里洲農民的現實生活狀貌的真實再現。楊文學《蒼山三農》描寫了 20 萬平凡普通的山東蒼山農民 30 年來為夢想而不斷付出艱辛努力、最終將蔬菜產業做大做強的真實事蹟。郝敬堂《都市尋夢人》則以寧波市 380 多萬進城務工農民為主角，書寫他們打拼在城市中的酸甜苦辣，揭示農民工和城市之間從排斥到融合的關係。王樹增近 70 萬字的《解放戰爭》，一改過去同類題材作品只關注偉大人物的做法，將平民階層作為抒寫主要對象，凸顯新中國成立的歷史進程中諸多普通人的命運。

（七）「作為老百姓寫作」的莫言

莫言農村出生，擁有 21 年的農村生活經歷，這是莫言的創作源泉，正如他自己所說：「這段農村生活其實就是我的創作基礎。我所寫的故事和我塑造的人物，我使用的語言都與這段生活密切相關。如果我的小說有一個出發點的話，那就是高密東北鄉，當然它也是我的人生那個出發點」〔註180〕。正是農村生活的影響，導致莫言作品呈現出鮮明的平民性：絕大多數都為農村題材，主題大多是他的家鄉山東高密東北鄉的人和事。因為對農村真實生活的切身感受，基於文學真實觀，莫言採納的創作策略是盡情剝離「鄉村的詩意浪漫色彩」，原生態還原其「困苦、貧乏、骯髒、污穢的真實生活景觀」。〔註181〕

在一次關於《文學創作的民間資源》演講中，莫言明確指出了自己創作中的平民文學傾向，首次提出「作為老百姓寫作」的文學主張〔註182〕。在演講中，莫言首先將民間寫作歸結為作家創作心態問題，並將之區分為「為老百姓寫作」和「作為老百姓的寫作」兩類。莫言認為：所謂「為老百姓寫作」，作家確乎是有為老百姓說話，表現老百姓疾苦的心態，其作品也確乎能在客

〔註179〕周同賓：《皇天后土：自序》，《周同賓散文自選集》，河南文藝出版社，1998年，503 頁。

〔註180〕莫言：《尋找紅高粱故鄉·小說的氣味》，春風文藝出版社，2002，第 124 頁。

〔註181〕曹金合：《莫言八九十年代的鄉土小說的敘事策略——農村真相的還原與淡化》，《唐山師範學院學報》，2020 年第 5 期。

〔註182〕《莫言提出：關注文學創作的民間資源》，http://newspaper.lndaily.com.cn/lnrb/200111/12/whzht1.asp。

觀上反映老百姓的生活和情感，但這並不是真正的民間立場，依然是居高臨下、高姿態的知識分子寫作，創作主體依然凌駕於老百姓之上。而「作為老百姓寫作」，實際上就是身份同為老百姓的作者，用文學作品表現老百姓自己的生活，是「寫自我的自我寫作」。這樣，小說家就不會居高臨下地對待小說中人物，而是成為小說人物中的一員，從民間立場出發，用平民眼光打量生活，用老百姓思維思考人生，用樸實的語言描繪平民百姓的日常生活，將自己真實的民間體驗和情感經歷如實呈現給與作家地位相當的老百姓讀者。以這種態度創作出來的作品才是真正的平民文學。

「作為老百姓寫作」的立場和態度讓莫言作品成為真正的平民文學，《透明的紅蘿蔔》《紅高粱家族》《紅蝗》《豐乳肥臀》等都是如此，它們以「高密東北鄉」──一個真正本土化的鄉村世界，作為作品人物的活動背景，採用自然主義描寫方式，生動自然地描繪生活在這塊黑土地上的一群同作者一樣熱愛生活、眷戀家鄉、敢愛敢恨、恣意綻放原始本能和生命力的農民們的飲食起居、尋常故事、兒女情仇、悲歡離合。

莫言作品中鮮明的平民性還被一些研究者評價為「賤民意識」：「《檀香刑》的世界滿眼望去盡是賤民，劊子手、戲子、乞丐、屠夫、太監、轎夫等等。」〔註183〕莫言小說就是如實地展現這些「賤民」吃喝拉撒睡的瑣碎生活，展現這些生活在社會最底層小人物的凡俗人生、愛恨情仇。這個「賤民」群體，龐大而散漫，良莠不齊甚至藏污納垢，這些「賤民」，愚昧落後、狂野粗鄙，但卻純樸善良、真實自然，正是構成中國社會的主要成分、最能夠體現中華民族乃至整個人類的原始人性和本真狀態。

為了適應題材上的平民化傾向，莫言在語言上也同樣奉行「作為老百姓寫作」的立場和態度，像自然主義者那樣，放棄傳統文學使用的高雅莊重然而不免生硬造作的書面語，改用平實樸素甚至鄙俚淺陋的日常口語進行小說創作。莫言小說中人物的語言特色，就是大量使用方言俚語，夾雜「屎尿橫飛」的粗話、髒話、葷話等，完全符合地地道道的農民身份和特徵，形象生動地呈現農村生活的簡單粗糙、天馬行空，勾勒高密鄉農民特有的粗野、淳樸、狂放、恣肆、苦中作樂的性格特徵。一切從真實出發，莫言不會像一些脫離農村的知識分子那樣對農村生活表示厭惡，或者上升到理性高度批判農村的

〔註183〕李兵、張昌濤：《純粹感覺下的原初世界──對莫言〈檀香刑〉的一種解讀》，《當代小說》，2009 年第 4 期。

愚昧落後、農民的劣根性；他也不會因為對農村的眷戀而人為拔高、美化它，他會如實呈現農村生活的艱苦辛酸、愚昧落後、畸形變態，也會盡情渲染其遠離城市喧囂，依然保持原始風貌的自然和諧、狂放恣肆。為了保持作品的平民傾向、民間氣息，莫言甚至不惜「減弱作品的豐富性」，犧牲一些情節，而且他也明確地表示自己的作品「只能被對民間文化持比較親和態度的讀者閱讀」〔註 184〕。

　　總起而言，自然主義文學的平民傾向，對中國現當代文學產生了深遠影響：中國現當代文學許多作品將日常生活中的普通人作為主要的審美對象，活躍在作品中的，是一群忙於世俗生活的凡夫俗子，絕少崇高的社會政治理想。作家們力圖通過對這些凡夫俗子日常生活流程的自然主義式的如實展示，再現普通人物的真實生存狀態；他們摒棄了現實主義文學對作品政治、社會、道德意義的注重，排斥其將人物形象英雄化、典型化、理想化和極端化的做法，消解了英雄人物和典型形象，將「超人」降低為「俗人」、將「英雄」還原為「平民」。「五四」以來的現代文學在題材上對平民文學的高度重視，以「新寫實小說」和口述實錄文學為代表的新時期文學為反抗「革命敘事」「宏大敘事」而從題材、視角、語言等各個方面極力渲染平凡人的平凡事等，都明顯體現出對自然主義文學平民性的充分借鑒。

〔註 184〕莫言：《檀香刑・後記》，作家出版社，2005 年，第 566 頁。

第六章　自然主義對中國文學創作方法的影響

第一節　科學實證，客觀寫實

一、「實地觀察」「客觀描寫」

建立在科學主義精神之上的實證主義是自然主義文學的哲學基礎。自然主義文學對科學精神和真實觀念的高度重視，使得追求實證與寫實成為其創作方法的根本出發點和基本原則。在泰納首次對自然主義作出的界定中就明確表明了自然主義文學對科學實證與客觀寫實的高度追求：「自然主義，就是根據觀察、按照科學的方法對生活的描寫」。這就要求作家運用科學方法和態度進行文學創作：在創作之前，作家必須走進社會，深入生活，運用科學方法觀察現實世界、體驗生活，採集真實而詳盡的材料，即「實地觀察」；在創作過程中，同樣要秉承科學態度和方法，對採集到的真材實料進行研究、整理、歸納、概括，然後照實記錄、「客觀描寫」。自然主義小說家們認為動筆創作前的「實地觀察」至關重要，一旦有了實地觀察得到的真實素材，作家只消按照邏輯要求將材料分門別類，然後「照實描寫」，將材料轉化為藝術內容即可。他們不僅強調觀察是創作的前提，實證是創作的基礎，同時還認為觀察直接構成了藝術創作最重要的環節：自然主義創作理論強調「尊重事實」，反對對生活材料進行「詩意」加工，要求作家如實客觀地對生活進行「攝影」，這就必然大大抬高觀察和描寫在藝術創作中的地位和作用。自然主義文學對

實證性的高度追求，使得傳統文學慣用的直覺、想像、虛構等創作方法為觀察、實驗所代替，「科學實證」成為自然主義作為文學流派的鮮明特徵之一。

左拉的理論言說和創作實踐最能體現自然主義文學的科學精神和實證方法：他曾非常詳細地解讀過自然主義小說家創作一部戲劇界小說的過程：小說家擁有了創作意圖之後，首先匯總他對自己要描寫的領域所知道的一切知識，比如他結識的演員、看過的演出等，這是小說的原始材料；接著，要和最內行的人交談，收集有關的詞彙、故事和肖像，閱讀一切對他有用的東西；然後，得「實地觀察」，參觀故事發生的地點，看清各個細小的角落，在劇院裏住上幾天，在女演員的化粧室呆上幾晚，盡可能沉浸在戲院的環境和氣氛中。一旦材料齊全，他的小說就自動安排妥帖了。〔註1〕左拉的解讀簡明生動地表明了一部自然主義小說的產生就是作家秉承科學的精神，運用實證方法的過程。

左拉是這樣說的，也是這樣進行創作實踐的。寫作《巴黎之腹》時，為了收集資料，他定時去巴黎大菜市場調查，觀察菜市場運營的各方狀況，瞭解各種時蔬、肉類、魚類運輸到巴黎的過程，為了深入瞭解，他還「下到巴黎中央菜市場的地下室，那裡堆滿了小雞。他的鼻子裏盡是這種堆積在一起的家禽的氣味，整整一個月，他都能聞到這種味道」。為了追求真實，他甚至還不厭其煩地把警察局的管理規章以及公布的命令都抄錄下來。為了寫《小酒店》，他經常去下等酒館，並和酒客們混得廝熟，他調查商店和洗衣房，主動深入下層生活，和下層勞動人民交朋友，熟悉了泥水匠、鏈條工人、鐵釘工人、洗衣女人勞動情況，並且學會了巴黎工人的行話俚語；為了寫《娜娜》，他不懼危險，親自找流氓瞭解情況，熟悉黑社會生活。他還去遊樂場和賽馬場作實地觀察，和高級妓女一道吃飯。這樣，左拉收集了許多關於第二帝國時代末期的第一手生活材料；為了寫《萌芽》，他跑遍礦區，與礦工一道喝酒聊天，他參加集會，結識工會領導，密切關注大小罷工事件，獲得了許多關於工人階級運動的寶貴資料。正是這些通過實證獲得的詳實豐厚的材料，為左拉提供了創作源泉，這是他的自然主義文學作品獲得成功的基石，是他實現高度的文學真實觀念的前提和保證。

其他自然主義作家也都非常注重作品的實證性。

〔註1〕左拉：《小說論》，柳鳴九《自然主義》，中國社會科學出版社，1988 年，第 500～501 頁。

　　龔古爾兄弟極力強調用科學實證的方法進行小說創作。他們把文學作品當作「人的資料」，把現實生活當作小說所依據的文獻，強調小說的實證性、科學性：「從巴爾扎克以來的小說與我們先輩對小說的理解已大相徑庭。眼下的小說要以敘述出來的材料寫成，或者寫實地記錄下來，就像歷史是以書寫下來的材料寫成的那樣。」〔註2〕他們的作品因為高度的實證性而被稱為「文獻小說」。

　　龔古爾兄弟非常注重搜集材料，他們認為「小說的材料就是生活」，「只有人的材料才能構成好書」〔註3〕，因此主張小說家必須拿出「歷史學家的耐心和勇氣」，「不懈地從各方面搜集作品的因素，這些因素就像作品本身一樣五花八門」，如果小說家「想活生生地抓住他的時代，熱辣辣地描繪出來」〔註4〕，單單只閱讀書本是遠遠不夠的，他還必須超越印刷的書面文件的侷限，深入生活，「眼見為實」，實地觀察，搜集材料。他們正是在高度注重實證的文學觀念的引導之下進行創作實踐的，正如前文所言，他們小說的人物幾乎全都來自現實生活中他們所熟悉的真人真事，雖然他們對這些人和事有著很深入的瞭解，但為了達到高度真實，他們還是會在創作之前親赴實地認真調查，仔細觀察，以搜集第一手感性材料。他們曾為了體驗病人的真實心態而在醫院裏過夜，到郊外小旅館感受失敗者的心態，還親自到監獄觀察犯人的生存本真狀態。為了達到作品的高度真實性，他們甚至克服擔憂和恐懼心理到國外旅行，他們如是評價自己所作的旅行：「雖然令我們擔心，但我們是出於良心，出於對文學的忠誠而作的。」〔註5〕

　　福樓拜也極為注重實地觀察等實證性創作方法。莫泊桑向他請教如何使自己的文章生動起來，福樓拜教授給他的技巧就是讓他做「注視者」，對生活進行仔細觀察、認真思考，並且不斷地練習如實記錄、客觀寫實的方法：「對你所要表現的東西，要長時間地用心觀察它，以便能發現別人沒有發現過和沒有寫過的特點。」茅盾曾專門論及福樓拜作品中的自然主義創作方法，他

〔註2〕米歇爾·雷蒙：《大革命以來的小說》，阿爾芒·柯蘭出版社，1967年，第98頁。
〔註3〕曼德蒙·臧加諾《兄弟：序》，朱雯等《文學中的自然主義》，上海文藝出版社，1992年，第300頁。
〔註4〕馬爾丁諾：《第二帝國時期的現實主義小說》，斯拉特金·雷普蘭出版社，1972年，第230頁。
〔註5〕馬爾丁諾：《第二帝國時期的現實主義小說》，斯拉特金·雷普蘭出版社，1972年，第244頁。

評價《薩蘭波》，認為作者為了避免「自然派所力持的日常生活」，而選取了
這個極浪漫的題材——描寫第一次貝尼克（Punic，也譯作布匿）戰爭後的卡
柴其（Qrthdst，也譯作迦太基），但創作實踐中，「他身中的寫實的力卻驅使
他離開浪漫」，而「採用自然主義的描寫方法去描寫」：為了真實再現 2000 年
前的卡柴其，「他不但搜羅一切關於卡柴其風化習慣的材料，讀盡一切關於卡
柴其的書，並且親自到丟尼斯（Tunis）一趟，探看『地方色』」，通過自然主
義式的實證和寫實，《薩蘭波》顯得「真實而且活現，正和佐拉寫巴黎的『酒
店』一般。」〔註6〕

　　因為對文學真實性的追求，對實地觀察和客觀描寫的強調，都德與自然
主義之間擁有了一致性，「他注重搜集材料和準確性，不斷在筆記本上記下自
己的觀察、人物的身影和評語，這一點與左拉相近。」此外，還有於勒·列那
爾和若里斯－卡爾·于依思芒斯也常因為對文學作品實證性的高度追求而被
歸入自然主義陣營。

二、「五四」時期對自然主義科學實證創作方法的宣揚和借鑒

　　自然主義文學對科學、實證的高度重視，對「實地觀察」「照實描寫」等
創作方法的熱烈推崇，深刻影響了中國現當代文學。正如前文所言，「五四」
時期，以茅盾為代表的人生派之所以會宣揚自然主義文學，正是因為他們對
其「實地觀察」「客觀描寫」等高度注重科學實證的創作方法非常讚賞，認為
其可以幫助扭轉當時中國文壇創作不真實的大毛病，是糾正當時中國文學作
品失真和虛偽的描寫傾向的良藥。可以說，「五四」時期對自然主義文學的宣
揚和借鑒，在很大程度上指的就是自然主義科學實證的創作態度和方法。通
過對自然主義文學的宣揚和學習，「寫實」「實地觀察」「客觀描寫」成為「五
四」文學創作方法上的最基本要求。

　　正如前文所述，胡愈之在《近代文學上的寫實主義》中著重指出了自然
主義文學科學實證的創作方法，認為自然主義文學同科學一樣注重實證的觀
察手段，注重來自生活的直接經驗，作家動筆之前，「必須把所描寫的人物和
環境，一一的實地考查；若不是自己經歷過的，便不算得真切」；創作過程中，
作家同樣還是使用科學方法來進行客觀描寫和精準剖析：作家就是科學家，

〔註6〕沈雁冰：《紀念佛羅貝爾的百年生日》，賈植芳、陳思和《中外文學關係史資
　　　　料彙編（1897～1937）》，廣西師範大學出版社，2004 年，第 297 頁。

他們「對於個人和社會的病的現象，都用著分析法解剖法細細的描寫；彷彿同礦物學者分析礦石，解剖學者解剖人體一樣，全然是一種科學的方法。」胡愈之還指出，中國文學因為「沒有寫實的手段」，所以「始終被形式束縛著，沒一點振作的氣象」，因此，他總結到：中國文學「要走向新文藝的路上去，這寫實主義的擺渡船，卻不能不坐。」明確呼籲對寫實主義（自然主義）的科學實證的創作方法的學習和借鑒。

在《自然派小說》一文中，謝六逸指出：受實證科學的影響，自然派用科學的方法著作，「第一步驟是分解材料，和科學家用顯微鏡檢查黴菌相同」，「第二步驟是求真：實驗。因為求真，所以描寫沒有顧忌」，「盡將近代人類各方面的生活完全暴露。」謝六逸在文章結尾指出，自然主義科學實證的創作方法，很值得中國新文學借鑒：「中國最需要自然派小說」，對於自然主義文學，中國學界應該「努力的介紹，漸漸的去創作。」

茅盾對自然主義文學的科學實證的創作方法極為贊同。在《近代文學體系的研究》一文中，談及歐洲「寫實派」「自然派」文學時，茅盾對它們的科學客觀的創作方法相當讚賞：「寫實派用客觀的眼光，科學的方法做長篇小說和短篇小說，叫人讀了猶如親歷。他不必言悲言歡，而讀者自能在事實中感到悲歡」。他還高度讚揚巴爾扎克、福樓拜等人「更注意於實地觀察，描寫的社會至少是親身經歷過的，描寫的人物一定是實有其人的。這種實地觀察的精神，到自然派便達到極點。」〔註7〕在自然主義科學實證的創作方法的影響下，茅盾呼籲作家在創作中「必須事事實地觀察」，然後「把觀察的照實描寫出來」。在關於自然主義的論爭中，茅盾曾明確指出，當時中國對自然主義文學的借鑒，不是全盤照搬，而是有選擇的吸收，是揚棄，他們要「棄」的，是自然主義文學消極的「人生觀」，而要「揚」的，正是「自然派技術上的長處」，強調是用自然主義的技術醫治中國當時創作界的毛病，而所謂「自然派技術」，即指其創作方法，茅盾對自然主義文學的大力宣揚，主要就是想通過對自然主義所注重的「實地觀察」「客觀描寫」的創作方法的學習借鑒，來根治當時的創作界普遍存在的「不真實」的毛病。正如他在《一年來的感想與明年的計劃》中所說：「以文學為遊戲為消遣，這是國人歷來對於文學的觀念；但憑想當然，不求實地觀察，這是國人歷來相傳的描寫方法；這兩者實是中國文

〔註7〕茅盾：《自然主義與中國現代小說》，《茅盾全集：18》，人民文學出版社，1989年，第236頁。

學不能進步的主要原因。而要校正這兩個毛病,自然主義文學的輸進似乎是對症藥」,因為,自然主義重視實地觀察,自然主義文學家「以自己的眼觀察人生的姿態,以自己的耳聽人生之聲,以自己的觸覺觸人生之體」,這種「事事必先實地觀察的精神是我們所當引為『指南針』的」。

在文學批評實踐中,茅盾也將作品是否真實、是否具有實證性作為評判優劣的標準:「這一些『事實』,倘若不是作者從生活觀察而積累得來的結論,而是僅憑耳食,則作者縱使有更高的技巧亦不能完成比《窯場》更真實些的作品。」〔註8〕同樣的原因,他批評《黃河北岸》僅憑印象,不夠真實:「這部書有一般的同類作品的好處,但也有一般同類作品尚不能避免的缺點;……缺點是『印象』多於『觀察』。」〔註9〕即便是經歷了文革長期的嚴酷打壓,一當環境稍微寬鬆,茅盾依然敢於堅持自然主義式的文學真實觀念和科學方法:文革剛結束不久,茅盾就對極力提倡自然主義文學一貫注重的「實地觀察」等方法:「建國以後,專業作家有因立意寫某一題材(例如寫煉鋼,寫水庫等)而到某地長期生活,參加勞動,實行『三同』,熟悉了生活以後,然後開始寫作,此之謂建立『生活根據地』。這種體驗生活的方式是符合於上引的毛主席的教導的……」〔註10〕。

正是在自然主義文學科學實證的創作方法的啟迪下,茅盾在創作中有意識地將人生經驗與有意觀察結合起來,經驗與觀察成為茅盾小說題材上的直接來源,構成其小說的客觀真實性的基礎。《蝕》三部曲、《子夜》《春蠶》都是這麼創作而成的。在創作《子夜》時,有感於生活積累的不夠豐厚堅實,茅盾「又訪問了從前在盧公館所遇到並曾和他們長談過的同鄉親戚故舊」,並且「再一次參觀了絲廠和火柴廠」,還設法參觀了上海華南證券交易所等地〔註11〕。每次動筆寫新作之前,茅盾總是先通過「實地觀察」掌握大量第一手資料,並在此基礎上,定下寫作計劃,列出詳細大綱,在對社會現象分析研究得非常清楚之後,才動筆「照實描寫」。這些積累、搜集、佔有生活素材,歸納、整理、提煉大綱等創作前的一系列準備活動,所體現的正是科

〔註8〕茅盾:《〈窯場〉及其他》,《茅盾全集:21》,人民文學出版社,1991年,第306頁。
〔註9〕茅盾:《茅盾全集:21》,人民文學出版社,1991年,第496頁。
〔註10〕茅盾:《漫談文藝創作》,《茅盾全集:27》,人民文學出版社,1996年,第256頁。
〔註11〕茅盾:《茅盾全集:19》,人民文學出版社,1989年,第199頁。

學家做科研論文般的科學研究精神，以及對文學實證性的高度追求。這種科學精神和實證方法為茅盾的小說創作帶來了好處：《子夜》描繪了極其宏闊的社會生活畫卷，涵蓋了紛繁複雜的社會內容，頭緒繁雜，人物眾多，但作者科學理性的創作態度和實證方法，卻大大拉近了藝術和生活的距離，使得小說真實感十足，能夠引起讀者的認可和共鳴，同時使得小說結構脈絡清晰，繁而不亂，雜而有章，成為中國現代長篇小說結構的典範。

　　李劼人的實際生活經歷與法國自然主義作家們有相同之處，他擁有豐富的人生經歷，幼年喪父，家境貧困，為生存計，他做過記者和編輯，留過洋，教過書，辦過實業，當過民生機器廠廠長，也參加過愛國政治運動，這為他積累了豐富的生活經驗，使他能透徹地看清各色人等的本相，更成為他接受注重實證和科學的自然主義文學的基礎。

　　法國自然主義文學的科學的創作態度和方法，也對李劼人的創作產生了深刻的影響。他對左拉的「實地觀察」主張備加推崇，認為這是「照實描寫」的基礎。在學習了法國自然主義的科學實證的創作態度和方法後，他一改過去向壁虛構的毛病，以收集第一手資料為己任。在描述有關辛亥革命的內容時，雖然他自己親身經歷過辛亥革命，而且還掌握了許多直接的見聞，但為了資料更具真實性，他依然竭盡全力通過各種方式搜集檔案、公牘、報章雜誌、府州縣志、筆記小說、墓誌碑刻和私人詩集等具體資料。有時僅僅為了證實一句話，李劼人竟要訪問十幾個人，查閱十幾萬字的材料，待把一切都親自核查證實之後，才去「照實描寫」，這是他的「大河小說」三部曲獲得成功的關鍵。

三、強調實證的當代寫實文學

　　自然主義文學堅持文學的真實觀，要求作家在創作之前要深入生活，仔細觀察生活，積累生活經驗，進行創作積澱。新寫實小說同樣如此。池莉在其創作日記中談及《有了快感你就喊》中主人公卞容大的塑造時，說到：「雖然每一個作家每寫一部作品都在尋找新的形象、新的刺激，但這種刺激絕不是表面上的，而在於內心。我不是為了寫一個男人，才去寫男人的。其實十幾年裏，我一直在觀察中年人。」〔註12〕可見，這個人物形象的成功刻畫是

〔註12〕池莉：《有了快感你就喊》，http://www.chinawriter.com.cn/2007/2007-01-19/47058.html。

作家十幾年認真觀察生活，努力積累生活經驗的結果。這樣的做法，使得小說成為對生活的忠實記錄，充滿濃厚的生活氣息，從而給讀者留下真實可信的印象，讓讀者產生真實感、親切感，並引起他們的強烈共鳴。

王安憶的小說同樣注重實證性、科學性，她反覆強調要用紀實的材料創作小說：「好的小說，無不以實在、具體、準確的材料做基礎。沒有這些細節和材料，小說就不容易有實感」，她的不少小說都是來源於現實生活，是她長期「實地觀察」現實生活，積累創作素材，然後再「照實描寫」的結果，因此被認為具有「自傳的味道」，甚至有評論者認為王安憶的小說「實證的氣味濃了一些」〔註 13〕。

20 世紀末的寫實文學，從文學創作的真實觀出發，遵從科學精神和方法，強調實證，在創作中注重「人物與事物描述的實證性」，即「在文本中描述與現實可以對應的確指的地域性事物、人物和其他人文景觀」，這與自然主義小說的做法是一致的。以報告文學為代表的紀實文學對這一原則的體現尤為明顯──它的創作宗旨就是對現實中實際存在的人物和事件進行實證性描繪，這是紀實文學「非虛構性」得以實現的必要條件。在這一點上，我們可以稱紀實文學為「行動文學」「行動藝術」。為了作品的實證性，紀實文學作家總是深入生活，以「目擊者」「親歷者」「訪談者」等身份直接介入生活，獲取大量第一手素材，作為創作的依據。紀實文學作家周同賓為了採訪農民，「翻山越嶺，走村串戶，吃苦受累，自不待說。千方百計和農民套近乎，啟發被採訪者無遮攔地開口說話，無顧忌地袒露心跡，則更不容易。」〔註 14〕歷經千辛萬苦之後，周同賓最終收集到了大量翔實的採訪材料，並依據這些第一手資料，完成了讓 99 個農民「自說自話」的《皇天后土》。為了創作《一百個人的十年》，記錄在十年「文革」中各色人等親身遭遇，馮驥才「使用社會學家進行社會調查的方式」進行創作。他在《今晚報》上刊登啟事，徵集「文革」親歷者的受難經歷；在收集並仔細閱讀了 400 多位讀者的來信，採訪了 200 多名各個行業的「文革」親歷者的基礎上，將被採訪者的敘述實錄直接寫進作品，使得作品成為一百個普通中國人在「文革」中心靈歷程的真實記錄，極具實證性地展現了那場曠古未聞的劫難的真相。從嚴格意義上講，「這不是

〔註 13〕白燁：《期望更高更多的美學享受》，《文匯報》，1986 年 10 月 7 日。
〔註 14〕周同賓：《皇天后土‧自序》，《周同賓散文自選集》，河南文藝出版社，1998年，第 503 頁。

一部文學作品，而是社會學著作」〔註 15〕。

　　創作中，自然主義者依然秉承真實第一的原則，運用科學的方法和態度，對採集來的事實材料進行研究、整理、歸納、概括，然後「客觀描寫」，將採集來的材料保持原有面貌，直接再現到文學作品中。紀實文學同樣極為重視「客觀描寫」。作家們採取「實錄直書」的方式，在保留現實社會生活的真實面目的前提下，將目擊、親歷、訪談得到的生活素材不加修飾、不做增刪地直接搬入文學作品。他們只向讀者提供生活的紀錄，而不進行任何藝術粉飾。為了保留所搜集的材料的原貌，他們甚至將採訪對象「口述」的材料，採訪現場的本真情景，原原本本地直接「實錄」進作品中。這樣，文學的創作變成了「有證可查」的實證報告，極具現場感和實證意味。紀實文學對人物語言的處理愈發顯露出自然主義文學的實證性：被採訪者大多是沒有太多文化的普通平民百姓，他們的語言、敘述自然會缺少「邏輯」，沒有「文采」，更無法顧及結構，所以這些採訪材料中的語言基本比較粗糙甚至粗俗，與文學語言相去甚遠，語句也都不是非常通順，但紀實文學作家們為了保證作品的真實性，不對這些語言進行加工潤色，而是力求保持語言與敘述的個性與地域特色，甚至將它們原汁原味地搬進文學作品中，這樣，反而使作品顯得更為生動自然，呈現出鮮明的真實感。

　　與自然主義文學強調創作之前必須進行「實地觀察」一樣，報告文學也力求擁有真實精確的寫作素材。何建明《落淚是金》《根本利益》《中國高考報告》，陳桂棣、春桃《中國農民調查》，鄧賢《中國知青終結》，趙瑜《馬家軍調查》，徐剛《守望家園》《國難》，盧躍剛《大國寡民》，梅潔《西部的傾訴》《大江北去》等作品，都是作者紮實深入生活，「實地觀察」，辛勤採集素材的勞動成果。許多報告文學作者都說自己「將百分之七十的工夫都用在了採訪上了」：為了寫《中國「希望工程」紀實》，黃傳會幾年時間內「深入到二十一個省（區）的六十三個縣」進行採訪。為了寫《革命百里洲》，趙瑜前後三次共花了半年多時間，扎根在偏僻、寒冷、潮濕的百里洲，對當地農民進行詳細的訪問。為了創作《中國農民調查》，陳桂棣和春桃夫婦對安徽省 50 多個縣市的農村作了「地毯式」的採訪，採訪了多位政要和學者，收集、研究了大量有關文獻資料，前後歷時 3 年之久。作者在接受記者採訪時透露：「在寫

〔註 15〕馮驥才：《作家馮驥才自薦書〈100 的十年〉》，https://www.sohu.com/a/124496
　　　　350_497976。

作《中國農民調查》的過程中，我們收集的材料和廢棄的手稿，幾近等身。對採用的資料，每發現一處疑點，就要極力消除，儘量做到萬無一失。有時候為了核實一個細節，我們要分頭打幾個電話，實地跑三四趟。文章裏每一件事情都要有證據。對於同一事件，要找不同的對象反覆核實，深入調查，力求精確到每一個細節。」〔註16〕他們與左拉等自然主義者的創作經歷何其相似！

第二節　淡化情節，注重細節

一、自然主義作品中的情節與細節

自然主義之前的西方敘事文學，一直非常注重情節，絕大多數敘事文學都是通過一個個離奇曲折、跌宕起伏、引人入勝、扣人心弦的故事的敘述和情節的鋪設展開的。亞里士多德在《詩學》中就強調：在悲劇藝術的六個成分中，「最重要的是情節，即事件的安排」，「情節乃悲劇的基礎，有似悲劇的靈魂」。〔註17〕

而自然主義文學一經出現，就著手消解傳統文學頗為倚重的情節，拉開了現代敘事文學輕情節、重細節的序幕，這是由自然主義文學的基本觀念決定的：自然主義文學將科學精神和方法植入文學，視真實、客觀為文學的生命和根本出發點，基於文學的真實觀，自然主義作家認為生活本身就是平凡、瑣碎的，文學作品應該對此進行如實呈現，而不應該加以粉飾，更不能進行想像虛構、人工安排，因此，離不開虛構想像與人為安排的情節，顯然與自然主義最根本的文學觀念與創作原則背離，自然遭到自然主義文學的捨棄。另一方面，自然主義的出現，本身就是對浪漫主義的反駁，所以本能地反對浪漫主義作品對離奇情節的倚重。龔古爾明確指出，自然主義作家有意讓小說「缺乏插曲、曲折、情節」，因為他們就是「要把小說寫成像大多數生活中的內心慘劇那樣毫不複雜，把愛情的結局寫成像我們大家經歷過的愛情那樣不會自殺」。〔註18〕

〔註16〕羅四鴒：《震撼源於真實——訪中國農民調查》，http://gzs2.tougao.com/ddwx/list.asp?id=204。
〔註17〕亞里斯多德：《詩學》，羅念生譯，人民文學出版社，1962年，第22～23頁。
〔註18〕愛德蒙·德·龔古爾：《〈親愛的〉序》，朱雯等《文學中的自然主義》，上海文藝出版社，1992年，第304頁。

　　基於文學真實觀，自然主義文學更為關注佔據人口大多數的平民階層的平凡但真實的日常生活。日常生活決非浪漫主義作品所描述的那樣離奇曲折，富於戲劇性，也不像現實主義作品那樣凝練整齊，具有典型性和深長意味，雖然現實生活中不乏特立獨行的人物、出乎意料的偶然事件，但總體而言，現實生活是零散瑣碎、平庸單調的。於是，出於對作品真實感的高度追求，自然主義作家忠實於現實生活的本真面目，從「充滿著偶然的瑣事的生活中採擷一些對他的主旨有用的特殊的細節，而把所有其他的一切扔在一邊」，用瑣碎但真實的「細節」取代傳統敘事文學中責任重大的「情節」，摒棄傳統敘事文學中那種具有歷史意味和意識形態色彩的情節衝突，通過對平凡普通的「細小的事實」「生活的片段」的如實描述，真實客觀地再現無情的事實，揭露現實生活的黑暗。正如左拉所言：「當代小說越來越趨向於情節淡化，只滿足於一個事實，排除了我們的故事作家那種複雜想像」，「現代小說由於憎惡複雜和虛假的情節而變得越來越簡單；這是對冒險故事、傳奇性、令人昏昏欲睡的荒誕故事的一種反撥」，主張小說只需要按照現實生活的本來面目如實描寫即可：「人類生活的一頁，這就足以引起興味，引起深深的持久的激動。一點兒人的材料便比任何想像的情節更強烈地掀動你的肺腑。作家只要做出簡單的研究，沒有曲折的情節，也沒有結尾，只有對某個年代生活的分析」，「小說家滿足於展現他從日常生活擷取的圖景，在對細節的描繪中確立文本的整體感，從而讓讀者獲得真切的感受，並由此開啟他們的反思。自然主義的方法全在這裡。作品只不過是對人和自然的強有力的追敘。」〔註19〕

　　為了達到真實、客觀，自然主義作品常常著意追求細節的真實，對生活細節、環境場景、人物外貌等，做全面詳盡的描摹刻畫，不管它們是否與情節的發展有直接關聯。例如《小酒店》裏對綺爾維絲洗衣店的環境及工作時的情況、衣服的污點、氣味、女工的皮膚、汗水等描寫，細緻入微，纖毫畢現。盧卡契曾在《敘述與描寫》一文中，將左拉《娜娜》與巴爾扎克《幻滅》的細節描寫進行了比較：二者都有一場劇院演出的場面描寫，但左拉作品中的「這種客觀的、資料式的完整性在巴爾扎克的作品中是沒有的」。〔註20〕

〔註19〕左拉：《論小說》，朱雯等《文學中的自然主義》，上海文藝出版社，1992年，第227～228頁。
〔註20〕盧卡契：《盧卡契文學論文集：1》，中國社會科學出版社，1981年，第41～42頁。

盧卡契認為：巴爾扎克作品的細節是整個故事情節的有機組成部分，少了其中之一，整個故事的發展就會失去完整性。而左拉的細節描寫則不然，細節和細節之間的關係不那麼緊密，有些細節對整個故事的發展也並非必不可少，顯得多餘冗贅。左拉與巴爾扎克在細節處理上的區別顯示了自然主義與現實主義對真實的不同理解：前者強調還原現實生活的原生態，將真實生活中人事物象不加增刪、原封不動地再現到文學中，而後者則注重對社會現象按照作者的寫作需要進行提煉、概括、潤飾。事實上，左拉等自然主義者並非沒有對細節進行選擇，否則那就不是小說，不是文學作品，而只能是流水帳。〔註 21〕

自然主義文學重視細節、輕視情節的創作態度和方式，實際上是出於對文學真實的高度追求，生活本身充滿著一個個「毛茸茸」的、粗糙隨意的細節，不可能有事先安排好的情節，也不會任由人們「謀篇布局」，所以「情節對小說家來說無關緊要了」，小說家們只須「像作日記一樣地老老實實」地將所見所聞寫出來，「忠實地記載」生活場景、日常瑣事以及人物大量的、細微的行為舉止、心理活動等細節即可。

自然主義作品開啟了現代敘事文學重細節、輕情節的先例，對以後的文學流派產生了深遠的影響，「現代主義作家在否定情節時所憑依的精神武器仍然是自然主義作家的那條最高原則——『真實感』。對『真實感』的追求，瓦解了『情節』這一為傳統作家最為倚重的敘事元素，代之而起的則是『細節』在文本中的沛然綻放。」〔註 22〕

二、追求細節真實的中國現代文學

自然主義文學淡化情節、注重細節的創作方法，對中國現代文學產生了深遠的影響。下面以具體作家為例，詳細解讀這些影響。

（一）追求細膩嚴密的細節真實

這方面，以茅盾和張天翼的作品最具代表性。

自然主義對茅盾的創作產生的影響也體現在細節的真實描寫上。對於已獲取的現實生活素材的處理，茅盾效法了左拉「對自然的誠實的研究」與

〔註 21〕高建為：《自然主義詩學及其在世界各國的傳播與影響》，江西教育出版社，2004 年，第 83 頁。

〔註 22〕曾繁亭：《文學自然主義研究》，中國社會科學出版社，2008 年，第 279 頁。

「對真實和準確的高度追求」的經驗，比較注重對瑣碎事物的精細描寫，以增強小說的真實感。茅盾對「真實」的追求使他的作品在細節方面細膩嚴密，絲絲入扣，達到了很高的真實，成為作品最引人入勝的部分，極大地增強了作品的藝術感染力。比如在《春蠶》中，作者以近四分之三的篇幅對蠶農養蠶的整個過程做了細緻詳盡的描寫，真實客觀地呈現了老通寶等蠶農養蠶過程的每一步艱辛勞動、他們為預期的收穫而無比緊張激動以及豐收後喜悅欣慰的心情。這些艱辛、緊張、激動、喜悅與文章的悲劇結局形成鮮明對比，有力揭示了老通寶們的付出與所得之間的巨大反差，極大地渲染了小說的悲劇色彩，強化了作品的藝術感染力。再如《創造》，一開篇就用了好幾頁紙的篇幅描寫嫻嫻臥室內的陳設，描摹她慵懶的姿態，這些精細詳盡的描繪，看起來瑣細甚至囉嗦，卻處處使人想起城市資產階級家庭少婦的身份、教養，有助於讀者把握女主人的身份、地位、性格、感情。這些真實而傳神的筆墨，自然讓我們想起《貝姨》《娜娜》中那些類似的經典場面的描寫。

　　從自然主義大師那裡，茅盾學習到了對作品細節真實的重視，借鑒到了刻畫細節的技巧，但同時他在細節描寫中往往又並不只追求真實的再現，而且在其中注入了象徵、寓意的內涵，從而使作品達到細節描寫的真實與象徵寓意的有機統一，這是茅盾對自然主義創作方法的超越。他或者用局部性情節構思對整部作品的基本衝突產生暗示作用，比如《子夜》開頭吳老太爺進城的描寫，他的從「頂括括的維新黨」，到「半身不遂」，最終「僵屍風化」的命運，暗示著吳蓀甫的結局，同時這一局部性情節也可以看作是小說整體衝突的一種象徵；他或者把場景、人物的細緻具體刻畫納入一個象徵的框架而表達哲理性的主題。比如《創造》的場景、人物裝束、言談舉止都達到了栩栩如生的效果，但是作者卻把這些真實的細節描寫納入了一個有思想高度的理性框架：「革命既經發動，就會一發而不可收，它要一往無前，儘管中間要經過許多挫折，但它的前進是任何力量阻擋不住的」〔註23〕，從而收到一舉兩得的效果。另外，茅盾還通過細節描寫暗示書中人物的特定心境、情緒。比如《子夜》第十二章關於吳公館夜間陰森慘淡的景象描寫，恰當地映襯了吳蓀甫狂躁不安的心情。其他的場景描寫和社會環境描寫，對於營造氛圍、增加事件的真實感都是十分必要的。

〔註23〕茅盾：《茅盾全集：19》，人民文學出版社，1989年，第201頁。

　　另一方面，過分注重細節描寫也給茅盾作品帶來了一些消極因素，使得這些作品不可避免地表現出了自然主義創作慣有的通病：繁瑣、拖沓、單調。因為細節描寫過於細緻、敘述過於瑣碎，就容易造成作品篇幅冗長、基調沉悶、節奏拖沓，破壞敘述應有的流暢性和連貫性，影響閱讀效果，導致作品呈現出細節壓倒情節、描寫重於敘述的自然主義式創作傾向。如《幻滅》《動搖》中對「蒼蠅」「蜘蛛」的描寫，顯得繁瑣而沒有必要；《陀螺》中描寫主人公五小姐從早到晚一天的生活，過於平淡，讀來沉悶單調；《虹》中對梅行素在上海的生活的描寫也顯得過於拖沓；《子夜》中過多的諸如「弔喪」「交易所」等大場面的細緻描寫使得作品的敘事略顯滯重沉悶。這些給茅盾的作品帶來了一些負面評價：「茅盾的興趣首先在某種特定的環境，某種特定的典型現象，而不在個人的遭遇或故事，他是在描寫，而不是在敘述。」〔註 24〕胡風在《回憶錄》中談到當年他讀《虹》的感受時說：「接到書後，讀了幾天，那風格和作者的感情使我讀不下去。過了一兩天硬讀了幾十頁，還是無法讀下去。」〔註 25〕

　　在《創作的故事》中，張天翼把自己的創作經驗總結為：直接而不彎曲、質樸自然而非雅馴、簡練而非冗贅。的確，張天翼小說不太重視故事，「故事進展簡單明快，寫對話和敘述一句一行，鮮明跳動，筆姿活潑」；張天翼小說重細節不重情節，「多是淡筆勾勒，重點皴染，抓住幾個瑣屑項目反覆刻畫」〔註 26〕。比如《華威先生》，基本沒有跌宕起伏的故事，僅僅是工筆白描了主人公匆匆趕赴幾個會議的片段，就栩栩如生地勾勒出了抗戰官僚華威先生的醜惡嘴臉。再如《笑》，完全沒有扣人心弦的情節發展，只是反覆渲染九爺三次強迫發新嫂笑的細節，逼真地凸現出九爺的殘忍、狡詐、陰暗與發新嫂被侮辱的屈辱與淒涼。張天翼作品中重視細節輕視情節的自然主義式敘事方法，導致了一些批評，有研究者認為其長篇小說一味地平鋪直敘，缺乏情節的跌宕起伏，「欠曲折性與連綿性」；不注重謀篇布局，而熱衷細節的精雕細琢，從而導致「結構大多鬆散」，呈現出與自然主義文學敘事方法上的高度一致性。

〔註 24〕普實克：《論茅盾和郁達夫》，《抒情詩與史詩》，美國印第安那大學出版社，1980 年，第 55 頁。

〔註 25〕胡風：《胡風回憶錄》，人民文學出版社，1997 年，第 21 頁。

〔註 26〕沈承寬，黃侯興，吳福輝編：《張天翼研究資料》，知識產權出版社，2010 年，第 68 頁。

（二）講究情感細節的「精細與準確」

郁達夫的作品突出顯現了來自自然主義這一創作方法的影響。

郁達夫接受、發展了自然主義文學中客觀、逼真、細膩的細節寫實方法。為了創作的真實、描寫的客觀，郁達夫在表現人物情緒、心境時，常常刻意追求諸如生活場景、日常瑣事以及人物大量碎屑的行為舉止、細微的心理活動等細節描寫，其中有些描寫甚至是無關緊要的。

郁達夫借鑒自然主義文學的客觀寫實技巧，在作品中不惜筆墨和篇幅，非常耐心、細膩、講究地處理那些事實上已經經過他自己情感選擇的細節，努力讓它們自然寫實到似乎不曾經過作者提煉過一樣，從而達到栩栩如生、毫髮畢現的藝術效果。為了這些細枝末節、雜念瑣感的再現，他有時候甚至可以放棄社會事件、環境背景的描寫。特別在表現情慾時，他不僅不迴避人的生理因素，而且還細膩而刻意地追求所謂「一無掩飾，一絲不掛」的效果。可以說，情感和細節是構成郁達夫作品的兩個支撐點。郁達夫對情感細節「精細與準確」的苛求，是學習與借鑒自然主義文學，特別是日本自然主義小說的結果。比如《沉淪》中對主人公大量性苦悶、性壓抑、性變態細節的渲染，就被評價為是受《棉被》中細節描寫的影響。郁達夫還將自己熱烈追求王映霞的過程，與王熱戀的情感經歷如實寫進作品，並公開發表，即為《郁達夫日記九種》，其中對處於熱戀中的自己內心情感的細節描寫，真實、細膩、率直、大膽，相比日本自然主義文學對人的內面情感赤裸裸的暴露有過之而無不及。

李歐梵曾認為：「郁達夫小說的特點是感情、觀察和事件的自然展開，並沒有壓縮到首尾相連的結構之中；過去和現在都被印象主義式地交織在一起，幾乎全憑自傳中主人公隨心所欲；喚起各種情緒和回憶，不是為了促進情節的發展，而是為了創造某種激越的感情。郁達夫在寫作最成功的地方，往往能表達出真實而強烈的感情；其敗筆則會給讀者以漫不經心和支離破碎的印象」，對情感細節的過分重視削弱了作品的情節和結構，使得「郁達夫有的短篇小說讀起來像是抒情的散文，並不像結構嚴謹的小說。」〔註27〕

郁達夫還常常在小說中進行大量細緻的景色描寫，使得小說猶如優美的散文一般。這樣做，一方面沖淡了小說的故事性，增添了小說的散文化，另一方面，為故事情節的展開營造出淒冷憂傷的氛圍，有助於刻畫主人公頹廢

〔註27〕夏志清：《劍橋中華民國史》，中國社會科學出版社，1994 年，第 471 頁。

感傷的心境。比如《茫茫夜》中對上海夜景的描繪，不僅逼真地反映了夜深人靜之時上海外灘的寧靜寂寥，而且為小說奠定了清冷淒涼的情境，有助於刻畫主人公孤獨、寂寞、鬱悶、悲苦內心世界，有效地推動故事情節的發展。

（三）細緻、詳盡地描寫地理環境和民風習俗

這方面以李劼人和沈從文的作品最為典型。

法國自然主義文學往往注重描寫環境，突出背景，李劼人的作品也往往從環境描寫入手，有時極其細緻、詳盡，乃至繁瑣、冗長。《死水微瀾》中就有不少篇幅頗大的環境、場景描繪：比如關於郝家到青羊宮去遊玩這一部分，作者在敘述遊玩情形之前就用了很長篇幅描寫青羊宮的建築樣式、建造歷史、相關傳說等，這些細節事實上與小說情節並無多大關聯，而且於文章主題的表現也沒有多大意義。再如描述天回鎮趕場的盛況，作者不惜筆墨，娓娓道來，從活豬市、米市、家禽市到各色小市攤子，逐一生動準確地進行描述，將趕集的人流、人們交談的表情語氣、整體的場景和音響全部一一展現出來，前後三千餘言，酣暢淋漓地再現了四川普通鄉鎮集市的熱鬧與喧囂。一部《死水微瀾》，從社會風俗習慣到日常生活起居，從地理風貌到特色小吃、從服飾打扮到家居擺設等方面，極盡環境、細節方面的細膩描寫、詳盡敘述之能事，為讀者真實清晰地呈現成都近郊小鎮的風土人情之原貌。《暴風雨前》中，作者詳盡細緻、生動形象地介紹了四川茶文化的全貌，當地婚喪儀式的全部過程和細枝末節。在《大波》中，作者仔細記錄了龍泉山的地理特徵、植被和出產，詳細考證了皇城的歷史沿革。李劼人小說裏的許多地名、街名、建築，如春熙路、文殊坊、勸業場、少城公園等，都是真實的，甚至「連街道之間的距離、路徑都是真實的」，有研究者稱「百年老街風情，活在他的筆下」〔註28〕。此外，他對宮保雞丁、麻婆豆腐、夫妻肺片等四川美食的歷史由來、製作方式、色香味美的描述，對文殊院的茶館、九眼橋的賭場、武侯祠的廟會與燈會的介紹，真實生動，讓人過目難忘。李劼人對四川歷史、地理、特有的文化現象、風俗習慣「不惜筆墨」地進行細節渲染，為此「甚至暫時忘了故事的推進，把故事中人也稍稍的『涼』在了一邊。

同自然主義作家一樣，沈從文對作品的關注從故事情節、謀篇布局轉移到細節描寫上。因對細節的關注他被認為是中國現代文學史上對「對中國鄉

〔註28〕李貴平：《百年老街風情 活在他的筆下》，《華西新聞》，2013 年 1 月 27 日。

土風俗描寫得最細緻、最充分的」的作家〔註29〕。在作品中，沈從文就如一位無所不知的民俗學家，通過細膩充分，有時候甚至是冗長的細節描摹，不厭其煩地為讀者展示湘西苗寨特有的民俗民風：《鳳凰》中「放蠱」「行巫」「落洞」「墮潭」等風俗；《長河》中當地農民日常生活中的禁忌和四時八節的儀式內容；《蕭蕭》《邊城》中的婚喪儀式、求愛儀式；《長河》中當地農民日常生活中的禁忌和四時八節的儀式內容等，都非常細膩、生動、真實、自然。

對風土人情等細節描寫的注重，勢必導致沈從文進行創作時，像自然主義文學家那樣，摒棄傳統文學極為重視的小說的情節和結構布局，不大注意小說的整體「結構」，而專注於對細節的描寫與「組織」，正如深受其影響的汪曾祺所說：「『結構』過於理智，『組織』更帶感情，較多作者的主觀」〔註30〕，所以，沈從文的小說不以離奇曲折的情節見長，而以平實細膩的細節描寫取勝，從而呈現出一定的自然主義色彩。

三、將故事日常化、細節化的當代文學

王安憶在一次記者的採訪中曾明確承認自己的創作手法「比較自然主義」：她不認可倚重懸念和跌宕起伏、錯綜複雜的情節的推理小說，因為「推理小說還是需要有個極大的懸念並負責把它解決，這種手法不是我所擅長的。我還是比較自然主義的。」〔註31〕她正是以這種「比較自然主義」的方式盡情發揮小說中的細節描寫的。一部《遍地梟雄》，洋洋灑灑240多頁，卻只寫了一個出租車司機遭遇搶劫的簡單事件。可以說，小說的故事情節極其簡單，若在新聞稿件裏，大約百十來字就能交代清楚了，王安憶卻寫出了十五萬字，支撐其小說的，就是她一貫鋪陳的細節，小說中，不厭其煩的細節描寫，大段大段的對話，鮮明地體現出了作者對細節的執著。

賈平凹的作品同樣具有自然主義式重視細節、輕視情節的特點。在小說《高興》後記中，賈平凹談及自己和兒時夥伴劉高興交往時，曾說：「我喜

〔註29〕張燕瑾、呂薇芬：《20世紀中國文學研究‧現代文學研究》，北京出版社，2001年，第450頁。

〔註30〕蔣泥、甲一：《速讀中國現當代文學大師與名家叢書：沈從文卷》，藍天出版社，2003年，第66頁。

〔註31〕王安憶：《我大概是那種象牙塔裏的作家》，http://www.cul-studies.com/Article/essay/200611/4711.html。

歡和他說話，因為他說話有細節。」〔註 32〕短短一句話，足可見其對細節
的偏愛。賈平凹曾明確表露過自己輕情節重細節的創作態度：「我盡一切努
力去抑制那種似乎讀起來痛快的極其誇張變形的虛空高蹈的敘述，使故事
更加生活化，細節化，變得柔軟和溫和。因為情節和人物過於簡單，在寫作
的過程中就常常亂了節奏而顯得順溜，就故意拙笨，讓它發澀發滯……」
〔註 33〕。賈平凹一向非常注重通過細節凸顯作品的真實，曾指出過自己以
《秦腔》為代表的小說一貫的重細節、輕情節的創作傾向。在《秦腔》出版
後不久進行的「捍衛長篇小說的尊嚴」的筆談中，他特別重申了兩句「老
話」：第一，長篇小說要為歷史負責，成為一面鏡子；第二，「要生活，要深
切的生命體驗」，「生活會給我們提供豐富的細節，細節的豐腴和典型可以
消除觀念化帶給作品的虛張，使作品柔軟而鮮活。」他強調重細節輕情節的
做法是基於文學真實觀念而做出的有意識的選擇與嘗試：「《秦腔》寫的是
一堆雞零狗碎的潑煩日子，是還原了農村真實生活的原生態作品，甚至取
消了長篇小說慣常所需的一些敘事元素，對於這種寫法，作家是要冒一定
風險的。我不敢說這是一種新的文本，但這種行文法我一直在試驗，以前的
《高老莊》就是這樣，只是到了《秦腔》做得更極致了些。這樣寫難度是加
大了，必須對所寫的生活要熟悉，細節要真實生動，節奏要能控制，還要好
讀。弄不好，是一堆沒骨頭的肉；弄好了，它能更逼真地還原生活，使作品
褪去浮華和造作。」〔註 34〕

　　賈平凹的小說重視細節、輕視情節的特點已為學界所注意。謝有順以茅
盾文學獎終審評委的身份對賈平凹獲獎作品《秦腔》給出評審意見：「他在《秦
腔》中一反過去用情節結構小說的寫作路子，而是用瑣碎的細節、語言來推
動整個敘事，這是一種藝術的冒險，我很高興，評委們用睿智的眼光，肯定
了這種藝術冒險的重要價值。」《秦腔》「以精微的敘事，綿密的細節，成功地
仿寫了一種日常生活的本真狀態」。還有研究者指出並肯定賈平凹小說中自然
主義式細節描寫：「有人認為《秦腔》中自然主義的描寫太過泛濫，好多與故
事情節、內容思想都沒有關係。我以為，這種自然主義的記錄與描寫是作者
對其描寫的農村生活的眷戀，並以為這種粗俗的不能被忽略的農村現象都是

〔註 32〕賈平凹：《高興：後記》，作家出版社，2007 年，第 434 頁。
〔註 33〕賈平凹：《高興：後記》，作家出版社，2007 年，第 450～451 頁。
〔註 34〕賈平凹：《生活會給我們提供豐富的細節》，《當代作家評論》，2006 年第 1 期。

一種特殊的文化現象。」〔註35〕

　　另一方面，以《秦腔》為代表的賈平凹小說中的細節描寫也為作者帶來了批評的聲音。評論家雷達說：「由於書中細節描寫繁瑣，有引生、夏天智等人物多達30餘眾，而且人與人關係複雜，使得我常將人物張冠李戴，通常要將前後文反覆對照才知所以。此外，大面積的鄉村雞零狗碎的瑣事，讓人讀來感到厭煩。」〔註36〕有研究者直接點明了賈平凹作品中的細節描寫與自然主義的關聯：李建軍認為《秦腔》「從細枝末節、雞毛蒜皮的日常人事入手的描寫」，批評該小說通篇充滿「粗糙的」「無節制的」「自然主義描寫」，顯示了「意義的沉淪與自然主義描寫的泛濫」。〔註37〕于仲達指出賈平凹「取消了」那些對小說來講至關重要的「敘事元素」，而「採取自然主義的描寫方法，放棄小說敘事的巨大的總攬能力和全知能力……羅列了大量瑣碎的事情」，並批評這「只是平面的展露現實，屬於自然主義的一路」，「顯然是一種失敗的嘗試」。〔註38〕

　　賈平凹對此沒有否認，而是明確肯定了作品具有一定的自然主義傾向，他說：「對於《秦腔》，對於『自然主義』的寫法，我確實也有這種傾向」，他認為作品採用自然主義方法是合適、有效的，它合乎作品的平民題材：「我覺得這種題材用這種寫法更適宜一點，因為這是一個長篇，沒什麼大的情節，沒什麼故事，就是寫日常瑣事的，要寫日常瑣事必然就得採取一種呈現的辦法，必然就會寫得很瑣碎，什麼都寫進去了。『自然主義』的寫法就像時間一樣，時間的流淌是不知不覺的。早上起來不知道什麼時候就到中午了，不知不覺就到晚上了，時間是在慢慢地積累，到一定的程度就會呈現出來。」〔註39〕他還強調：之所以採取「這種不分章節，囉裏囉嗦的寫法，是因為那種生活形態只能這樣寫。我就是不想用任何方式，寓言啊，哲學啊，來提升那麼一下。」指出自己是尊重事實，為了如實描繪「那種生活形態」，就只能這麼進行繁瑣詳盡的細節描寫。為了達到高度的真實，賈平凹拒絕對描述

〔註35〕古陶客：《粗俗的自然主義》，http://www.stnn.cc:82/books/book_sp/t20051025_26912.html。

〔註36〕唐小林：《一些「著名作家」玩弄的怪圈》，《文學自由談》，2013 年第 1 期。

〔註37〕李建軍：《是高峰，還是低谷──評長篇小說《秦腔》》，《文藝爭鳴》，2005 年第 4 期。

〔註38〕于仲達：《無路的絕望和精神的匱乏──賈平凹病象觀察》，http://bbs.zjol.com.cn/thread-3209384-1-1.html。

〔註39〕《賈平凹畢飛宇大談文學的魅力》，http://tieba.baidu.com/f?kz=21962483。

對象進行提煉加工，拒絕通過寫作技巧進行潤飾，一切就如實描寫，僅此而已。這正是自然主義作家們的態度和方法。賈平凹出身農門，他不只一次地說「我是農民」，他的生活經歷，導致他對曾經朝夕相處的農民父老鄉親無法割捨，對曾經熟悉至極的農村生活難以忘懷，這就決定其創作不能不關注農民這一特殊群體。他的小說大多以農民生活為題材，真實自然、原汁原味地將農村粗糙、落後的生活狀貌呈現出來。農村生活的雞零狗碎，隨意率性，導致他傾向於選擇自然主義輕視情節、重視細節的創作方法，以順應農村的本真生活形態。

莫言也非常注重細節的刻畫，小說中存在著大量精雕細刻的細節描寫。他還特別注重對景物和場景的細節描寫，常常大段大段、不厭其煩地描寫一些對故事情節的發展、人物性格的刻畫並無太多幫助的細枝末節。如《紅蝗》中對蝗蟲的生動細緻的擬人化描寫，《檀香刑》中對趙甲殺死錢雄飛那段恐怖殘忍的刑罰過程的細膩描繪，對孫丙之死場面的極力渲染等，逼真地為讀者呈現血腥可怕的殺人場面，讓讀者如臨其境，為劊子手的冷血、殘忍不寒而慄。不過，莫言過於注重細節描寫的完整性、全面性、瑣細化、逼真感，而忽視甚至割裂了細節與作品整體的關聯，造成了細節和作品主題的脫節，破壞了作品整體敘述的流暢性、整體性，常常人為地增設作品的滯澀，中斷了讀者閱讀的一氣呵成感。因此他被一些研究者批評為「玩賞細節」，過分炫耀細節，認為他的作品和左拉的《娜娜》一樣，存在著「細節的肥大症」〔註40〕。

第三節　淡化寫作技巧，小說敘事散文化

從文學真實觀出發，自然主義文學注重按照審美對象的本來面目進行原生態描寫，因此在小說結構方面，不特別講究作品布局的精心剪裁、故事情節的巧妙安排，而只是「像作日記一樣地老老實實」地將所見所聞再現出來。對於寫作技巧，他們更是極力淡化，不僅浪漫主義文學極為倚重的想像、誇張、象徵等非寫實的創作方法為他們堅決摒棄，即便一般文學都採用的寫作技巧，自然主義作家也極力淡化，主張依據人、物、事件的原貌，進行原生態的描寫與敘述，從而使得小說常常呈現出散文化趨勢。

〔註40〕盧卡契：《敘述與描寫》，《盧卡契文學論文集：1》，中國社會科學出版社，1980年，第44頁。

　　如前文所言，前期創造社的作品深受日本自然主義文學影響，日本自然主義作家們大多在進行小說創作的同時，兼寫詩歌，夏丏尊就曾說國木田獨步「雖作小說，但根底上卻是詩人」〔註41〕。他們身上的詩人氣質對小說創作產生了一定影響，他們常常以寫詩歌、散文的方式進行小說創作，這也是日本自然主義文學具有明顯的主情因素的一個原因。這一點，對創作社的作家們產生了一定的影響，致使他們將「情」引進小說，削弱了小說的敘事成分。他們的小說，不以曲折的情節和周致的構思取勝，而以情緒的抒寫、細節的周密見長。正如郁達夫自己在《懺餘獨白》中介紹《沉淪》創作情形時所說：「我只覺得不得不寫，又覺得只能照那麼地寫，什麼技巧不技巧，詞句不詞句，都一概不管，正如人到了痛苦的時候，不得不叫一聲一樣，又哪能顧得這叫出來的一聲，是低音還是高音？或者和那些在旁吹打著的樂器之音和恰不和恰呢？」〔註42〕點明了作品只管發乎自然，基於真實，而無暇也不願人為地考慮寫作技巧、遣詞造句或謀篇布局，這樣的創作思維和方式，勢必會導致小說結構的鬆散與不嚴密。這與中國傳統小說的創作方法大相徑庭。中國傳統小說非常強調以完整的故事情節作為小說結構的主體，有頭有尾、上下銜接，具有強烈的故事性，重視情節的跌宕起伏，強調在複雜尖銳的矛盾衝突中顯示人物的性格特徵。可見，前期創造社的小說創作方式不是對中國傳統小說的沿襲，而是對日本自然主義文學的借鑒。

　　日本自然主義作品及其本土化產物──「私小說」，以表現自我心境為主，不強調像傳統小說那樣虛構驚險傳奇的情節、架設巧妙周致的結構以增強小說的吸引力，他們所看重的是要把作者自己體驗的生活直接描寫出來，將人物的心理和感情直接抒發出來，所以日本自然主義作品及「私小說」的情節、結構都較簡單，不重技巧，筆法趨於散文化。正如西鄉信綱所說：「日本自我小說表現手法的特點，是沒有變化多端的情節，結構平淡，語言素樸，但要求毫不掩飾地描寫」〔註43〕；田山花袋也強調自然主義小說要「排斥技巧」；日本「私小說」的代表作品之一，佐藤春夫的小說《田園的憂鬱》就很像一首散文詩，內容描寫的正是作者自己的經歷，小說沒有試圖塑造一個

〔註41〕夏丏尊：《關於國木田獨步》，《文學週報》，1927 年第 5 卷第 2 期。
〔註42〕郁達夫：《懺餘獨白‧〈懺餘集〉代序》，王自立、陳子善《郁達夫研究資料：上》，天津人民出版社，1982 年，第 217 頁。
〔註43〕西鄉信綱：《日本文學史》，佩珊譯，人民文學出版社，1978 年，第 65 頁。

完整的人物形象,也沒有呈現什麼連貫的情節,作品優雅的筆調,淡淡的抒情,讓讀者感覺所讀的更像是一篇散文,而不是小說。

郁達夫等前期創造社作家,在日本自然主義文學的影響下,往往也不花費心思考慮寫作技巧,而是簡單選取第一人稱的敘事角度,讓作者直接站出來「自我告白」。即便偶而使用第三人稱敘事,也常寫自己身邊的景,熟悉的人,或借人物之口抒情,而這些本身就是散文的功能。這些小說在藝術上,同樣不重視設計複雜的情節、沒有刻意地謀篇布局,而是側重主觀抒情,更多的是將情感當作主線及作品結構的支柱,因此小說散文化傾向比較明顯。這種創作方法,打破了中國傳統小說以故事情節為核心,靠離奇曲折的情節取悅讀者的禁錮,開闢了一條以人物、環境、情緒、心理、意境等散文化的因素作為結構中心來創作小說的新路,這是小說追求自身現代性的一個體現。

《沉淪》之所以常被拿來與《田園的憂鬱》相比較,二者共同具有的散文化傾向是一個主要原因。初看之下,《沉淪》的結構非常平淡鬆散,完全不同於傳統小說的跌宕起伏,但仔細讀來,你會發現,這些平淡鬆散的敘述都圍繞著一條中軸線,這就是作品開篇就點出且貫穿始終的主人公「孤冷陰鬱」的情緒,作品採用舒緩的節奏,將主人公的經歷娓娓道來,讓感情在敘述中自然流露,使藝術和生活渾然一體,讀者在閱讀小說的過程中可以體會到欣賞散文、吟誦詩歌般的享受。這些都說明郁達夫小說和日本自然主義小說有異曲同工之妙。

郁達夫小說摒棄了傳統小說中常見的巧合和離奇,一般沒有曲折完整的情節,轉而以抒情為小說的軸線,將生活片斷或場景、人物心情串聯起來,通過平實細膩的細節描寫,展示人物的生活經歷和內心感情,形成一種自然清新的小說自由體式,又由於語言的優美而帶有散文詩的傾向。陳西瀅曾指出郁達夫的小說缺乏故事敘述和情節安排,沒有完整事件的開端、發展、高潮和結尾,呈現散文化趨勢:「郁先生的作品,嚴格的說起來,簡直是生活的片斷,並沒有多少短篇小說的格式。」〔註44〕遭遇這種評價的還有郭沫若,攝生在《讀了〈創造〉第二期後的感想》一文中,曾批評郭沫若的小說《殘春》「不過在每章每節裏發表他的紀實與感想」,「簡直不知道全篇的 Climax(頂點)在什麼地方」。

與自然主義創作方法一致,魯迅的小說打破了中國古典小說以故事、情

〔註44〕陳西瀅:《閒話》,《現代評論》,1926 年第 3 卷第 71 期。

節取勝的模式，呈現出明顯的散文化特點。成仿吾對小說集《吶喊》的批評也主要集中在作品缺乏完整的情節這個方面：他認為《孔乙己》《阿Q正傳》是「淺薄的紀實的傳記」，《風波》「亦不外是事實的紀錄」——它們共同的特點就是不具備傳統小說所倚重的故事情節。成仿吾的觀點不無道理，《吶喊》《彷徨》中的一系列小說，如《一件小事》《頭髮的故事》《故鄉》《兔和貓》《鴨的喜劇》《社戲》等，的確缺少過程完整的故事情節，情節的連續性常常中斷，作者以細節代替情節，往往只是截取幾個特徵鮮明的生活片斷來展示人物的精神風貌和性格特徵，形成了一種散文化的短篇小說文體。可以說，魯迅的小說，有意識地淡化情節，簡練敘事，省略交代，將重點集中在「人物特寫」和「場面特寫」上，使得小說與隨筆的界限不很分明，以至有學者認為，應該將《一件小事》《頭髮的故事》《兔和貓》《鴨的喜劇》《社戲》等作品歸入散文的範疇〔註45〕。天用在評價《吶喊》一文時說：「作者的這十五篇小說本來都是些雜感，與周作人君譯的《日本現代小說集》中許多篇的體裁相通，並不在結構，發展上用力，只是將作者所有過的見聞，所遇見的人物之中不得已於言的敘寫下來罷了。」〔註46〕明確指出了魯迅在描寫技巧上的「不用力」。魯迅不追求寫作技巧，不強調謀篇布局，而多用「白描」手法，力求作品簡潔傳神，這與自然主義小說摒棄技巧，淡化故事情節，講求「平面描寫」的創作手法是一致的。

同許多自然主義作品一樣，沈從文小說不在故事情節和篇章結構方面下工夫。他說自己的小說「更近於小品散文，與描寫雖同樣盡力，於結構更疏忽了」，因為他「不想在章法內得到成功」〔註47〕。沈從文大部分小說，雖然以敘事為中心，但情節的演繹方式卻根本不複雜，我們在他的作品中很難看到作者謀篇布局的處心積慮、語句段落的刻意雕琢。沈從文總是以淡然從容的語調、自然生動的語言，原原本本地敘述芸芸眾生的生活細節、人生片段，記錄他們本真自然的生存狀態。為了避免破壞內容的自在性和原生態，沈從文總是採取平鋪直敘的方式，將事件，場景，人生，原原本本、平淡自然地娓娓道來，傳統敘事文學常常採用的倒敘、插敘、補敘等手段，在他的作品中

〔註45〕林非：《〈吶喊〉中的散文——〈論魯迅的小說創作〉》，《中國現代文學研究叢刊》，1983年第2期。

〔註46〕天用：《〈吶喊〉》，見李煜昆《魯迅小說研究述評》，西南交通大學出版社，1989年，第11頁。

〔註47〕沈從文：《沈從文文集：三》，花城出版社，1984年，第89頁。

並不多見，他也不在作品中人為地設置戲劇性衝突，而是如實平淡地描摹人物的日常生活、命運的自然變化、生命的輪迴過程，這樣的處理，使得他的小說具有了散文化傾向。

王安憶的小說敘事沒有扣人心弦的故事懸念和起伏跌宕的情節設置，而是如行水流水般的自然而然與水到渠成。《長恨歌》敘述舊日上海小姐王琦瑤漫長而坎坷的一生，依照中國傳統小說的做法，完全可以將之處理成具有濃鬱傳奇色彩和浪漫氣息的引人入勝的故事，但王安憶卻放棄了那些寫作技巧，把主人公放置在上海普通市民的行列，用平淡舒緩的語調、平淡自然的語言，描述其普通平凡的日常生活。在王安憶筆下，王琦瑤不是充滿傳奇色彩的上海小姐，而是上海普通弄堂裏姑娘群中的一個，和她們一樣居家過日子，體味人生的酸甜苦辣、悲歡離合。在《小鮑莊》中，作者敘述了許多事件，描述了眾多人物，但由於有意識的散文化處理，使得這些事件中沒有一件事顯得特殊、典型，沒有一個人物稱得上焦點或中心。作者的平鋪直敘、對情節的消解、對細節的關注，使得作品有意識地避免對人物、事件進行好壞之分、主次之別。

曹禺的《原野》也被評價為「在情節的具體描寫方式上是自然主義的」，因為作者的興趣「全在於像觀察標本一樣精細、真切地單純描繪事件的過程」，中外戲劇從來都有意淡化「如何寫殺人」的原則，可是《原野》卻用整整一幕寫殺人，「寫得仔細、寫得真切、寫得氣氛濃烈」，從而產生了真切撼人的力量，「這正是自然主義描寫所達到的效果。」〔註48〕

〔註48〕陸煒：《〈原野〉中的浪漫主義和自然主義──〈原野〉新釋》，《首都師範大學學報》，2004 年第 2 期。

第七章　自然主義對中國文學審美態度的影響

第一節　「零度情感」

一、「零度情感」和「非個人化」

現實主義者認為作家在創作中應該以固定的道德標準教育大眾，而自然主義者出於對文學真實觀的高度遵從，倡導客觀中立的審美觀念，有意淡化作品的傾向性，淡化甚至遮蔽作者的作用，強調作家創作時要奉行「零度情感」「非個人化」的創作態度，反對作家在塑造人物形象時，攙雜自己的主觀情感，使人物的真實性注入「水分」。詩人安德烈・杜馬（Andre Dumas）曾這樣評價自然主義這種中立客觀的創作觀念：「自然主義者本人並不登臺表演，他只是探求對人類進化起決定性作用的那些連續性反應。」〔註1〕

在法國文學史上，福樓拜以「客觀而無動於衷」的創作理念著稱，他主張在文藝作品中淡化作者的地位，盡可能消除「作者的痕跡」，達到作者無所不在，又無跡可尋的境界。他說：「說到底，我對於藝術的理想，我認為就是不應該暴露自己，藝術家不應該在他的作品裏露面，就像上帝不應該在生活裏露面一樣」〔註2〕，「一個小說家沒有權利說出他對人事的意見。在他的創

〔註1〕德尼絲・勒布隆－左拉著，李焰明譯：《我的父親左拉》，廣西師範大學出版社，2002年，第47頁。
〔註2〕福樓拜：《致喬治・桑》，伍蠡甫《西方古今文論選》，復旦大學出版社，1984年，第250頁。

作中,他應該模擬上帝,這就是說,製作,然後沉默。」〔註3〕

　　莫泊桑同樣強調作家在作品中零度情感的投入,以保證作品的非傾向性。他認為:「作家必須保持無動於衷」,雖然他也意識到文學創作不可能不沾染作者的個性和氣質,但依然堅持:作家必須「不著痕跡,看上去十分簡單,使人看不出也指不出作品的構思,發現不了他的意圖」,「小說家的能耐就在於不讓讀者認出藏在面具後面的自己」〔註4〕,主張作家通過客觀化的描寫敘述,自然地而非人為地在結構、詞句中展現自己的個性氣質和思想傾向,而給讀者留下自由思考的空間,讓讀者在字裏行間自主地發覺作家的個性氣質和思想傾向。對於文學批評,莫泊桑也主張要採取中立客觀的態度,「一個真正名實相符的批評家,就只該是一個無傾向、無偏愛、無私見的分析者」〔註5〕,指出文學批評的核心只在於發掘文學史實、探討文學發展當中的各種制約性因素。

　　意大利自然主義代表作家路易吉·卡普安納說:「一個小說家的職責就是忘記自己,磨掉自己的個性。」〔註6〕于斯曼也說:「我們的小說不支持任何論點,而且在大多數情況下,它們甚至連結論都沒有。」〔註7〕

　　在左拉關於自然主義原則的論述中,客觀性佔據著非常重要的位置。他常常用「非個人化」等詞語指代作品的客觀性原則:「我轉到自然主義小說的另一個原則。這就是非個人。我想說小說家只能做記錄員,他被禁止判斷和做結論。一個學者的嚴格任務就是揭露事實,將分析進行到底而不做綜合;事實就是這些,在這樣的條件下嘗試的實驗給出了這樣的結果;他固守在這一點上,因為假如他想走出現象,他就可能進入到假設之中;而這只會是一些可能性,不會是科學」,「自然主義小說的特點之一就是他的非個人化。我的意思是說,小說家只是一名記錄員,他必須嚴禁自己做評判,下結論。……所以他本人就消失了,他把他的情緒留給自己,他僅僅陳述他所見到的東西。

〔註3〕翁義欽:《歐美近代小說理論史稿》,黑龍江人民出版社,1994年,第164頁。

〔註4〕莫泊桑著,王振孫譯:《論小說》,《漂亮朋友》,上海譯文出版社,1993年,第410頁。

〔註5〕左拉:《實驗小說論》,柳鳴九《自然主義》,中國社會科學出版社,1988年,第479頁。

〔註6〕路易吉·卡普安納:《當代文學研究》,柳鳴九《自然主義》,中國社會科學出版社,1988年,第546頁。

〔註7〕于斯曼:《試論自然主義的定義》,朱雯等《文學中的自然主義》,上海文藝出版社,1992年,第324頁。

接受現實而不是逃避現實是一切的前提；作為一個人，他當然可以在事實面前顫抖，歡笑，也可以從中得出隨便怎樣的一個教訓；但作為一個作家，他唯一的工作是把真實的材料放在讀者的眼前」〔註8〕，「因此自然主義小說家不比學者干預得更多。這種作品道德上的非個人化是首要的，因為它在小說中提出了道德的問題。人們猛烈地指責我們不道德，因為我們讓壞蛋和好人表演而不評判他們，對兩者誰也不多評判。」最後他總結到：「自然主義者宣布在真實之外不可能有道德」〔註9〕，極力主張作家在創作中摒棄自己的主觀思想感情，只負責將生活現象作為一種實驗材料客觀真實地復現出來，不加評論，不作引導，將思考和評判的空間完全留給讀者，從而開創一種客觀、冷靜的敘述文體。

正是因為在作品非傾向性上的一致性，左拉將福樓拜視為自然主義小說家傑出代表，在盛讚《包法利夫人》等作品的客觀性時，左拉說：「自然主義小說家喜歡完全消失在他所描繪的行動後面。他是藏在戲劇之後的導演。他決不在一個句子的末尾出現。……至於小說家，他堅持站在一邊，尤其是出於一種藝術的動機，為了給他的作品留下非個人的一致性。」〔註10〕由此，自然主義者明確地表明自己在創作中的身份和任務：「正因為我們是實驗者而不是實踐者，我們就應當滿足於探討社會現象的決定論，我們就應當把這樣的工作，即操心什麼時候去支配這些現象，使它們根據人類利益的觀點來發揚善、剪除惡，留給立法者與實幹家去做。」作為實驗者的小說家，在作品中「不加主觀評價地將壞蛋和老實人一視同仁地放在同一個場景裏，既不偏向這個，也不鄙薄那個」〔註11〕。為了保持作品的非傾向性，自然主義文學要求作家在創作中使用客觀性話語，也即「非個人敘事方法」，將作者自身高度隱蔽，大量使用自由間接話語，以便使描寫、敘述達到高度冷靜、客觀而中立的效果。

〔註 8〕Emile Zola, Naturalism in the Theatre, in George J. Becker (ed.), Documents of Modern Literary Realism, Princeton, New Jersey: Princeton University Press, 1963, p. 208.

〔註 9〕愛彌爾・左拉：《實驗小說》（法文版），夏邦蒂出版社，1923 年，第 126～127 頁。

〔註10〕愛彌爾・左拉：《自然主義小說家》（法文版），弗朗索瓦・拜努阿爾出版社，1928 年，第 109～110 頁。

〔註11〕左拉：《戲劇中的自然主義》，朱雯等《文學中的自然主義》，上海文藝出版社，1992 年，第 177～178 頁。

　　日本自然主義文學同樣主張文學的非傾向性。其「無理想、無解決」的「平面描寫」主張，正是在法國自然主義作家和理論家的闡述啟發下提出來的，所謂「無理想」「無解決」實質上就是左拉提倡的不做結論，不表態度：「不要對任何理想下判斷，不要作任何解決，如實地凝視現實就夠了」，所謂「平面描寫」實質上就是福樓拜、左拉等提出並付諸實踐的客觀化或者「非個人」的創作原則。在非傾向性創作態度的指引下，作家要「破理顯實」，對人生始終採取靜觀的態度，不摻雜絲毫的主觀，不試圖解決任何人生問題，避免對人生問題提出批判或做出解釋，僅僅將所見所聞的日常生活細節原原本本地記錄下來就夠了。

　　自然主義者不僅主張文學面對現實應當保持絕對的中立和客觀，強調作家不能向政治家或哲學家看齊，而應該去做個科學家，成為單純的事實記錄員，對現實生活作普遍性的而非典型化的觀察，然後用類似醫生解剖的手法，如實地反映生活，塑造人物，而且還強調運用自然科學和實證主義來研究文藝現象，主張文藝批評家們在文藝研究中保持客觀冷靜的科學態度，不以個人的喜好對研究對象作出有失公允的評價或取捨。

　　誠然，從實踐論的角度來說，任何實踐對象，都必然帶有主體的主觀色彩和意圖，自然主義文學創作實踐也不例外。作品中的生活描寫和人物塑造，作為創作主體實踐對象，必然會留下作家的個性氣質、思想情感、主觀意念的痕跡。所以，自然主義文學在強調盡可能真實地反映生活、表現人生的同時，也十分重視和積極提倡作家的創作個性與文學的獨創性。左拉坦言：「藝術像一切其他事物一樣，是人類的產物，是人類的分泌物；我們的作品是從我們身體裏分泌出來的。……藝術作品只是通過某一種氣質所看到的自然。」〔註 12〕他承認創作主體的獨創性對文學具有重要意義：「文學只是由具有獨創精神的作家來作出的對人和事物的調查研究」〔註 13〕，所以他強調作者與作品之間要做到相互融合：「把自己融化在作品，而又在作品裏獲得了再生。」〔註 14〕他還反駁那些認為自然主義作家沒有感情的錯

〔註 12〕左拉：《我的恨》，《當代藝術》，法朗斯瓦·貝爾諾阿爾全集版，第 213 頁。

〔註 13〕左拉：《戲劇中的自然主義》，朱雯等《文學中的自然主義》，上海文藝出版社，1992 年，第 178 頁。

〔註 14〕左拉：《論小說》，朱雯等《文學中的自然主義》，上海文藝出版社，1992 年，第 210 頁。

誤說法：「誰告訴您我是個無動於衷的人？……我只是認為感情應該自動地從一部作品中流露出來。一位作家哭泣或讓人哭泣都毫無用處。那些『哦！』和『啊！』絲毫增加不了一本書的感染力。自己出頭露面，自作多情，對他的人物說話，自己插進來或笑或哭，我認為這些都是一位莊重的藝術家不該採用的花招。當然，這只是個美學問題；實際上，我為自己是一個熱情的人而自豪。」〔註15〕可見，自然主義文學關於作品非傾向性的主張，更確切地說是要求作家以自己獨特的個性氣質、美學特徵來表現人物的真實，主張作家要通過自己的心理、性格、教養等本色的滲透來感染讀者，而不是在作品中主觀、人為地介入自己的見解、意圖。

　　自然主義對文學非傾向性的強調，是對以往現實主義等沾染上過多的意識形態色彩、政治功利性質的做法的反駁，不僅體現了作家對文學真實觀念的絕對遵從，更反映了作家對文學獨立性的主動追求，彰顯了自然主義作家的現代意識。事實上，自然主義作家們的創作實踐恰恰證實了文學這種「無為而有大為」的特殊魅力。從整體上看，自然主義作品並非沒有傾向性和思想性。與巴爾扎克相比，左拉的政治思想立場就遠為激進，他是當時法國著名的社會活動家之一。他在創作上的成功也是和共和國的勝利聯繫在一起的。他的作品之所以總是招致反動的統治階級的敵視甚至禁燬，正是因為它們彰顯出來的明顯的政治意義。即便是對左拉及自然主義一直持否定態度的俄國評論家也主動承認左拉的作品所體現出來的正義感。愛亨霍爾茨的《愛彌兒·左拉的文學遺產》一文的結尾足以說明這一點：「我們自然就不能不涉及到左拉文學遺產的所有方面，特別是不能不提到一個範例，這就是左拉參與的德雷福斯事件，這體現在他的文集《真理在遊行》（1901）中。左拉最著名的舉動就是向法國總理遞交了《我控訴》的抗議書，這是激進的民主主義的小資產階級反對金融寡頭、保皇黨、軍閥、教權主義者以及附庸其後的反動小資產階級這些聯合反動勢力的鬥爭。左拉文章的發表具有直接的政治意義。正因為此，反動者在左拉的生前、身後都對其展開迫害。……左拉的文學作品，正如我們在其手稿中所發現的和論述的那些作品，它們很多都是政論性的。因此，很自然的結論就是，左拉在自己時代的文藝社會鬥爭中發揮了顯著作用。這在當時的報刊中有生動反映。左

〔註15〕左拉著，吳岳添譯：《致路易·布塞·富爾科》，《左拉文學書簡》，安徽文藝出版社，1995 年，第 198 頁。

拉的每一部小說問世，對反動的資產階級文化思想界而言，都意味著新的醜事被揭露。」〔註16〕

　　事實上，我們可以將自然主義的文學價值觀歸結為康德所言的「美的無目的的合目的性」，即「無為而為」，通過創作主體客觀中立、不帶價值或情感判斷的描摹與再現，讓讀者自發地感悟到文學自身的魅力、自主地進行價值情感判斷，從而實現文學的社會功效。左拉在《實驗小說論》一文中，曾對自然主義文學的審美價值觀作了如下闡述：「我們是實驗論的道德學家，我們以實驗指出，在某種社會環境中，某種激情會以何種方式表現出來。我們一旦能掌握這種激情的機理，我們就能處置它、約束它，或至少使它盡可能地無害。這就是我們自然主義作品的實用意義和高尚道德。……在人們掌握了法則之後，我們只要左右個人與環境，就能達到更好的社會形態。……做善與惡的主宰，支配生活，治理社會，逐步解決社會正義的一切問題……重建了社會軀體的健康。」〔註17〕

二、「五四」時期對自然主義文學「零度情感」的評論

　　從介紹和宣揚伊始，自然主義文學作品中所彰顯的創作主體家零度情感的介入、客觀中立的立場、非個人化的傾向就為「五四」時期的中國學界所注意到。陳獨秀在《答胡適之〈文學革命〉》一文中曾明確表明自然主義優越於現實主義之處就在於前者對文學作品中作家「零度情感」和客觀中立的創作態度的高度重視：「自然派文學，義在如實描寫社會，不許別有寄託，自墮理障。蓋寫實主義之與理想主義不仍也以此。」

　　胡愈之也曾明確表示對審美對象平淡而直接的描寫是自然主義（寫實主義）文學的一個顯著特點：「他把人世一切的事情，都看作必然的結果，所以都是平平淡淡，並沒一點奇異的地方」，「不管悲的、喜的、好的、歹的、美的、醜的，他只把真相切切實實的寫來，好像作者是一個鐵鑄的人，全沒有感覺似的」。胡愈之還因此批評自然主義文學「太偏於客觀方面，缺乏慰藉的作用」，但同時也準確指出：雖然自然主義文學高度強調「零度情感」，但並

〔註16〕愛亨霍爾茨：《愛彌兒・左拉的文學遺產》，《文學遺產》（蘇聯），1982年第2期。

〔註17〕左拉：《實驗小說論》，柳鳴九《自然主義》，中國社會科學出版社，1988年，第481頁。

不意味著其社會價值的缺失，事實上，這是無為而為，因為「近代的寫實文學最注重所描寫的，總不脫人生的問題」。在這個意義上，胡愈之將自然主義稱作『為人生之藝術』」。

「五四」時期關於自然主義的論爭的一個主要方面就關涉自然主義作品的「零度情感」和非傾向性。在周贊襄致沈雁冰的信中，對自然主義非傾向性提出質疑：「自然主義者描寫了人間的悲哀，不會給人間解決悲哀，不會把人間悲哀化嗎？」這一質疑代表了當時大多數人對自然主義文學「零度情感」的批判。梁啟超在《國性與民德》中也曾對此進行評價：「那些名著，就是極翔實極明暸的試驗成績報告，又像在解剖室，將人類心理層層解剖，純用極嚴格極冷靜的客觀分析，不含分毫的感情作用。」對自然主義文學非傾向性持否定態度的還有創造社成員，他們認為自然主義純粹客觀、冷冰冰的描述，無法使其作品達到藝術真實境界。王獨清因為自然主義「只知道寫人間底痛苦」，但是卻沒有給出解決的辦法，因此批評它沒有盡到責任。成仿吾稱自然主義文學作品「觀察不出乎外面的色彩，表現不出乎部分的形骸。他們作的只是一些原色寫真與一些留聲機片。」〔註18〕郁達夫在《文學上的階級鬥爭》《文學概說》等文章中，也多次批評自然主義文學「沒有進取的態度」，拋卻主體價值判斷，對表現對象採取純客觀的態度，只是將醜惡、黑暗的現象無法選擇地、赤裸裸地展示在讀者面前，不僅造成人的靈性、人的自由意志的欠缺，而且也是在實際的文學創作中無法實現的。正如前文分析的那樣，其實這是對自然主義文學作品非傾向性觀念的誤解。

但是也有不少作家、學者對自然主義文學的「零度情感」、無傾向性持贊成態度，周作人曾評價過作品有無傾向性的差別，認為沾染意識形態的作品喪失了文學自身的價值。他說：「在朝廷強盛，政教統一的時代，載道主義一定占勢力，文學大盛，可是又就『差不多總是一堆垃圾，讀之昏昏欲睡』的東西。一到了頹廢時代，皇帝祖師等人沒有多大力量了，處士橫議，百家爭鳴，正統家大歎其人心不古，可是我們覺得有許多新思想好文章都在這個時代發生，這自然因為我們是詩言志派的。」周作人還說：「有些本來能夠寫小說戲曲的，當初不要名利所以可以自由說話，後來把握住了一種主義，文藝的理論與政策弄得頭頭是道了，創作便永遠再也不出來，這是常見的事實，也是

〔註18〕成仿吾：《寫實主義與庸俗主義》，《成仿吾文集》，山東大學出版社，1985年，第122頁。

一個很可怕的教訓」〔註19〕。顯然，周作人把文藝與政治直接對立起來，認為政治有礙於文學的自由精神。

如同自然主義因為客觀冷靜的創作態度常招致批評一樣，周作人對文學無傾向性的堅持，同樣遭到了有著鮮明政治色彩的左翼聯盟的批評，認為這是自由主義散漫的、個人自由主義的文藝觀。面對來自左翼進步作家的批評與責難，周作人辯解到：「我個人卻的確是相信文學是無用論的，我覺得文學好像是一個香爐，他的兩旁邊還有一對蠟燭臺，左派和右派。無論哪一邊是左是右，都沒有什麼關係，總之有兩位，即是禪宗與迷宗，假如容我借用佛教的兩個名稱。文學無用，而這左右兩位是有用有能力的。」〔註20〕

如前文所言，雖然郭沫若等創造社早期成員曾撰文批評自然主義文學「半熱不冷」「只徒看病不開方」的冷靜客觀的創作態度，實際上他們同樣注重文學的無傾向性、非功利性。提倡藝術家要「能夠置功名、富貴、成敗、利害於不顧」，不帶主觀傾向性地記錄人生事實。郁達夫認為，「文藝是天才的創造物，不可以規矩來測量的。」〔註21〕他對文學作品「唯真唯美」的追求，勢必導致他排斥文藝作品的社會功利目的，轉而強調文藝的非功利性和獨立性。因此，他主張作家創作時保持客觀中立的態度，摒棄道德、價值判斷：「社會的價值，及倫理的價值，作者在創作的時候，盡可以不管」，「我們在創作的時候，總不該先把人生放在心裏。藝術家在創造之後，他的藝術的影響及於人生，乃是間接的結果，並非作家在創作的時候，先把結果評量定了，然後再下筆的。」他在論及自己的創作經驗時，一再強調對文學社會功利的排斥：「『這篇東西發表之後，對於人生社會的影響如何？』『這篇東西發表之後，一般人的批評若何？』那些事情，全不顧著，只曉得我有這樣的材料，我不得不如此的寫出而已。」「我的創作並非帶有宣傳的性質的。」〔註22〕這些言談與左拉關於文藝作品非傾向性的觀點如出一轍。

文藝理論家蘇汶曾非常精準地將「寫實主義」（即「自然主義」）解釋為「客觀主義」，並強調：「其實，只要作者是表現了社會的真實，沒有粉飾的

〔註19〕周作人：《〈近代散文抄〉序》，見鍾叔河編《周作人文類編·本色》，湖南文藝出版社，1998年，第388～389頁。
〔註20〕周作人：《知堂序跋》，嶽麓書社，1987年，第211頁。
〔註21〕郁達夫：《藝術私見》，《郁達夫文論集》，浙江文藝出版社，1985年，第121頁。
〔註22〕郁達夫：《〈茫茫夜〉發表以後》，《郁達夫文論集》，浙江文藝出版社，1985年，第21頁。

真實，那便即使毫無煽動的意義也都決不會是對於新興階級的發展有害的，他必然地呈現了舊社會的矛盾的狀態，而且必然地暗示了解決這矛盾的出路在於這社會的毀滅，因為這才是唯一的真實」〔註23〕。他還說，「如果我們認定了文學的永久的任務是表露社會的真相以指出他的矛盾來之所在，那麼我們一定斷言地反對那種無條件的當政治的留聲機的文學理論，反對干涉主義，要是這種干涉會損壞了文學的真實性的話」。〔註24〕蘇汶的觀點，表明了對文學客觀真實原則的遵從，對政治意識形態因素粗魯干預文學的抗議，對文學獨立性、非功利性的堅持。

三、自然主義非傾向性主張對中國文學的影響

自然主義所強調的「客觀中立」「零度情感」「非個人化」等創作原則，影響了中國現當代作家的創作觀念，引導他們背離中國文學「文以載道」的傳統，背離文學長期以來背負的社會、政治任務和意識形態色彩，反對作家在作品中以直接的議論或者情節的編造而對讀者進行說教或在作品中通過自己直露的感情傾向影響讀者，轉而像自然主義作者那樣，追求文學的獨立性，主張在文學創作中採取中立超脫的立場，保持客觀冷靜的態度，選擇非個人化的敘事話語，客觀真實地進行描寫、敘述。

（一）「五四」文學及稍後作品「零度情感」的體現

1. 雖追求「為人生」但仍不失冷靜客觀的茅盾

宣揚自然主義文學最用力的茅盾，起初對自然主義文學「零度情感」和非傾向性卻是反對的：「自然派只是用分析的方法去觀察人生、表現人生，以至見的都是罪惡」〔註25〕；「自然主義專一揭破社會醜相，而不開個希望之門給青年，在理論上誠然難免有意外之惡果——青年的悲觀。」他認為自然主義作品往往「使人憤懣而不知所自處，而終至於消極失望」〔註26〕，但是，

〔註23〕蘇汶：《「第三種人」的出路》，《文藝自由辯論集》，上海現代書局，1933年，第117頁。
〔註24〕蘇汶：《論文學上的干涉主義》，《文藝自由辯論集》，上海現代書局，1933年，第191頁。
〔註25〕茅盾：《為新文學研究者進一解》，《茅盾全集：18》，人民文學出版社，1989年，第38頁。
〔註26〕茅盾：《〈歐美新文學最近之趨勢〉書後》，《茅盾全集：18》，人民文學出版社，1989年，第46頁。

在對自然主義文學有了清楚的認識後，茅盾的態度轉變了。他視客觀中立、非傾向性為自然主義文學的一大特色，他曾因為福樓拜雖然「想極力做出不偏不倚的樣子，到底流露出一些憐憫的意思」，而認定《包法利夫人》「不得算是純粹的自然主義作品。」〔註27〕

茅盾的文學主張是「為人生」的，他的作品因此注重表現理想。在對 19 世紀歐洲各種文藝思潮進行介紹時，他之所以曾對「新浪漫主義」表示過極大的興趣，就是其在表現理想上顯示了很大的優勢。但是到開始創作的時候，自然主義文學賦予他的深遠影響立刻強烈地顯現出來：對比於理想，他更為注重的還是「真實」「客觀」——「忠實」於當時的客觀情形，「忠實」於人生的本來面目，他不把生活理想化，為了真實客觀，他有意迴避在作品中豎立光明的尾巴，他的一些作品也因此引起了世人的詬病。對此，茅盾曾不無感慨地說：「從《幻滅》至《追求》這一段時間正的中國多事之秋，作者當然有許多新感慨，沒有法子不流露出來。我也知道，如果我嘴上說得勇敢些，像一個慷慨激昂之士，大概我的讚美者還要多些罷；……所以，《幻滅》等三篇只是時代的描寫，是自己想能夠如何忠實便如何忠實的時代描寫。」

茅盾在談到自己的早期創作時曾經說過：「我是用了『追憶』的氣氛去寫《幻滅》和《動搖》；我只注意一點：不把個人的主觀混進去，並且要使《幻滅》和《動搖》中的人物對於革命的感應是合於當時的客觀情形。」〔註28〕從整體上考察茅盾的小說，我們可以發現充分的「客觀」性是其基本、穩定的特質。這一特質，當其小說剛在文壇上出現，就為讀者和評論家所注意。羅美（沈澤民）在給茅盾的信中曾這樣評價：「你是很客觀的敘述自武漢以至南昌時期中的某一部分的現象。中間的人物慧、靜、王女士、李克，等等，個人有各自的觀點，而你對他們不加絲毫主觀的批評，將他們寫下來。」〔註29〕有研究者因為其作品的非傾向性，批評「為人生」的茅盾是「不革命的」：錢杏邨在《茅盾與現實》中就尖銳指出：「他不能把握住革命的內在精神，雖然作品上抹著極濃厚的時代色彩，雖然盡了『描寫』的能事，可是，這種作品是

〔註27〕茅盾：《紀念佛羅貝爾的百年生日》，《茅盾全集：32》，人民文學出版社，2001 年，第 444 頁。

〔註28〕茅盾：《從牯嶺到東京》，《茅盾全集：19》，人民文學出版社，1991 年，第 177 頁。

〔註29〕《關於〈幻滅〉——茅盾收到的一封信》，伏志英編《茅盾評傳》，現代書局，1936 年，第 214 頁。

我們不需要的，是不革命的，無論他的自信為何如。」〔註30〕

　　基於科學理性的創作心態，茅盾採用冷靜、客觀的科學態度真實地設計、描寫作品中的人物的各個方面，不帶主觀感情地引導讀者研究、分析這些人物在社會環境的裹脅與壓迫之下，怎樣艱難地或前進或頹廢或滅亡，並且讓讀者從中得到啟迪與借鑒。作者科學理性的創作心態，為讀者和作品人物之間設置了一定的「審美距離」，使得讀者不會輕易地為作品人物的遭遇命運而激動，而是客觀冷靜地審視、瞭解人物，分析、研究他們的個性、美醜和命運等，並在此基礎上思考、探討作品以外更加廣泛、深刻的東西，從而真正實現作者「表現人生」「指導人生」的創作目的。

2. 不摻加價值，不估定愛憎的沈從文

　　忠實於文學創作的真實觀，沈從文主張作品的「零度情感」、無傾向性。左拉認為「作家不是一位道德家」，要求作家在創作中保持中立，不對「邪惡表示憤怒」，不對「美德大加讚賞」〔註31〕，日本田山花袋、長谷川天溪提倡作家進行「無理想、無解決」的「平面描寫」。沈從文同樣主張在作品中不作政治、社會、階級、道德的或其他主觀性的評判和分析。他說：「接近人生時，我永遠是個藝術家的感情，卻絕不是所謂道德君子的感情」〔註32〕，「我看一切，卻並不把那個社會的價值摻加進去，估定我的愛憎」〔註33〕，「我不輕視左傾，卻也不鄙視右傾，我只信仰『真實』」〔註34〕，他對待生活中的人和事絲毫不加入自己個人的主觀看法和好惡，而只是「經耳目攝來，不上頭腦，一直下到心田」〔註35〕，然後將它們原汁原味地再現到作品中。他不分析人物是邪惡抑或善良，是革命還是反動，只是站在中立的立場上，真實地描寫。沈從文曾經明確說過：「我對於政治缺乏應有理解，也並無興趣」，所以，當時文學作品中著力渲染的政治風雲、社會矛盾和階級鬥爭，幾乎從來不曾正

〔註30〕錢杏邨：《茅盾與現實》，《中國當代文學研究資料・茅盾專集》（第二卷・上冊），福建人民出版社，1985年，第78頁。

〔註31〕左拉：《戲劇中的自然主義》，朱雯等《文學中的自然主義》，上海文藝出版社，1992年，第167頁。

〔註32〕沈從文：《女難》，《沈從文文集：第9卷》，北嶽文藝出版社，2002年，第175頁。

〔註33〕沈從文：《從文自傳：女難》，《沈從文散文集》，湖南人民出版社，1981年，第81頁。

〔註34〕賀興安：《楚天鳳凰不死鳥》，成都出版社，1991年，第81頁。

〔註35〕劉西渭：《咀華集：畫夢錄》，花城出版社，1984年，第151頁。

面出現在他所描繪的湘西社會裏。正如一位評論家所說：「讀者如同這位作家之間沒有這種理解或默契，而去尋找獨立的政治性、社會性以及其他的各種意義，那大約就找偏了。」〔註36〕

　　沈從文認為作者在創作中保持客觀、冷靜的態度非常重要：「作家在寫作過程中，『天才』與『熱情』都不可避免地成為毫無意義的名詞」〔註37〕。他主張作家創作時要極力節制乃至排除主觀熱情：「更值得注意處，是應當極力避去文字表面的熱情」（《廢郵存底‧給一個寫信的》），「把哀樂愛憎看得清楚一些，能分析它，也能節制它。」（《廢郵存底‧給某作家》）在實際創作中，沈從文確是做到了對熱情的節制、對主觀的迴避，他的作品，尤其是早期大量作品，極少作者主觀評判的介入，鮮見是非、善惡、美醜的判斷與甄別。他認為：「道德既隨人隨事而有變，它即或與罪惡是兩個名詞，事實上就無時不可以隨時對調或混淆。」〔註38〕沈從文在創作中始終堅持這種客觀冷靜、不加情感的態度，他不分析人物的邪惡抑或善良，不評判人物的行為是革命還是反動，而只是始終一視同仁、平實冷靜地刻畫人物形象，描摹他們的言行舉止。強搶民女的土匪團長，在被搶的周天妹眼裏，非但不兇惡可怕，反而「人物實在英俊標緻，比成衣匠學徒強多了」。於是，一句「人到什麼地方都是吃飯，我跟你走」，順從地被「搶」去了；成親後，土匪團長居然還派人送平安信和禮物給岳父母，而且信箋講究，「詞句華而愜，師爺的手筆」。這樣野蠻粗魯而又知書達理的土匪實在與我們的道德常識大相徑庭，但是卻又非常自然真實。對於一直被控訴為「束縛、摧殘兒童身心健康」的舊式私塾，沈從文同樣不作價值評判，「我並且不要你同情似的說舊式私塾怎樣怎樣的。我倒並不曾感覺到這私塾不良待遇阻遏了我什麼性靈的營養」，他只是客觀平靜地寫「我是怎樣的讀書，怎樣的逃學。」〔註39〕他將婦人在船上賣淫的行為稱為「做生意」，「在名分上，那名稱與別的工作，同樣不與道德相衝突，也並不違反健康。」在《丈夫》中，他以極盡平淡冷靜的文字敘述鄉下「丈夫」去探視作妓女的妻子的所見所聞。面對妻子在前艙做皮肉生意，躺在後艙的丈夫內心該是何等痛苦？然而，作者一點也沒有對此進行渲染，沒有進行細膩

〔註36〕黃獻文：《沈從文創作新論》，華中理工大學出版社，1996 年，第 127 頁。
〔註37〕賀興安：《楚天鳳凰不死鳥》，成都出版社，1991 年，第 129 頁。
〔註38〕沈從文：《沉默》，《文季月刊》，1936 年 11 月第 1 卷第 6 期。
〔註39〕沈從文：《在私塾》，《沈從文早期作品選》，花城出版社，1983 年，第 148 頁。

的心理描寫，而是依舊一貫的平淡筆調，冷靜敘述丈夫的沉默，木訥，居然「盡她在前艙陪客，自己仍然很和平地睡覺了。」〔註40〕但正是這平靜似水的敘述，讓讀者強烈感受到了丈夫內心深處絕望的隱忍與無奈、無以言表的悲涼與痛苦，以及苦難的現實生活對人的打擊與摧殘。在《蕭蕭》中，作者是這樣為遭人誘姦並生下私生子的童養媳蕭蕭安排故事結尾的：「這一天，蕭蕭抱了自己新生的月毛毛，卻在屋前榆蠟樹籬笆看熱鬧，同十年前抱丈夫一個樣子。」依然是一貫的平淡口吻，依然沒有一句主觀評判的話語。但正是這樣的平淡，卻給讀者留下了無限的思索空間，他們可能會從中感受到蕭蕭們的無知蒙昧及悲慘命運，對其產生同情憐憫；也可能會由人及己，感悟到如死水般平靜無瀾的生活帶給人的無奈與絕望；當然也可能會讚歎湘西雖然蒙昧落後但卻淳樸開放的民風，讚賞他們胸襟開闊，待人寬厚。

面對悲慘或醜惡，沈從文依然保持客觀冷靜，只以平淡漠然，有時甚至是近乎冷酷的語調不露聲色地進行描寫敘述，他「能夠毫無興趣的神氣，來同一些人說及關於我說見到的一切野蠻荒唐故事。」〔註41〕在《菜園》裏，描寫母親遭遇兒子兒媳暴死郊外的不幸，作者的筆調依然平淡甚至冷漠：「做母親的為這種意外不幸暈過去數次」，「兒子雖然死了，辦理善後、罰款、具結，她還有許多事得做。」在《夜》裏，他以令人吃驚的冷靜寫「吃人」：「吃人並不算是稀奇事，雖然這些事到現在一同到城市中人說及時，總好像很容易生出一種野蠻民族的聯想，城市中人就那樣容易感動，而且那樣可憐的淺陋，以及對中國情形的疏忽。其實那不過是吃的方法不同罷了。」作者還不厭其煩地描寫野蠻荒唐的殺人場景，將割心肝、下鍋炒心肝、鉤婦人舌頭並用之下酒、做人肉包子迷魂湯等諸多殺人、吃人場景，細膩而又不露聲色地逐一描摹，令人不忍卒讀。這樣客觀冷靜、細緻從容地描寫醜陋、罪惡的做法，與自然主義如出一轍。

同自然主義作家們一樣，沈從文對文學非傾向性的注重，源自對當時文學作品沾染過多的意識形態色彩和政治功利性質這一狀況的反感和抗議，凸顯了作者對純文學的孜孜追求。沈從文通過不動聲色、不加判斷的客觀描述，讓讀者在領略田園山水的樸素安謐、鄉風民俗的純樸和諧、自然人性的美好和順的同時，通過鮮明的對比，自然而然地發現代表著文明、先進的都市生

〔註40〕沈從文：《丈夫》，《沈從文集》，花城出版社，2007年，第163頁。
〔註41〕沈從文：《夜》，《沈從文小說選》，人民文學出版社，2004年，第261頁。

活畸形發展所帶來的骯髒、浮躁、虛偽、冷酷，從而和作者產生共鳴，一起憎惡現實社會的冷酷醜陋，痛恨物慾泛濫的城市文明造成的美好生命的沉淪墮落，惋惜人與自然之間的日漸疏離、人與人之間的日趨冷漠、中華民族優良傳統的逐漸喪失。這樣，沈從文的作品便顯示了鮮明的反現代性色彩，這正是其作品歷經風雨考驗而生命力依舊的主要原因之一。

3. 冷靜無情的解剖醫生——魯迅

在中國文學史上，魯迅向來以冷峻寫實的創作風格著稱，他一般不在作品中顯露自己的情感意向及觀念態度，而是像執手術刀正在進行解剖的醫生一樣冷靜、執著而又一絲不苟、無情地解剖現實，冷酷地揭露黑暗。張定璜曾在《魯迅先生》中精準指出了魯迅創作有三個特色，「第一個，冷靜，第二個，還是冷靜，第三個，還是冷靜。」的確，「冷靜」是概括魯迅審美態度的最合適詞語。魯迅冷靜、客觀的審美態度和左拉、田山花袋等人的倡導是相通的。左拉要求作家在創作摒棄主觀情感，充當「真實的工匠、解剖學家，……有關人的文獻的編者」〔註42〕；田山花袋則提出「迫近自然論」，要求作家忠實客觀地描寫現實生活。

魯迅作品中對現實的無情解剖，也常常引起部分樂觀讀者的不贊成。茅盾曾這樣評價：「中國歷史上的一件大事，辛亥革命，反映在《阿Q正傳》中，是怎樣叫人氣短啊！」但是，茅盾也承認：那些「曾親身在『縣裏』遇到這大事的，一定覺得《阿Q正傳》裏的描寫是寫實的」，因為作者的描寫是客觀寫實的，「不曾把最近的感想加進他的回憶裏去」，「這正是一副極忠實的寫照，極準確地依著當時的印象寫出來的」。〔註43〕

4. 沉靜客觀的李劼人

李劼人對作品無傾向性的追求在其代表作《死水微瀾》人物塑造上體現得最明顯。作者表現得相當「沉靜」，在很大程度上實現了自然主義的客觀或「非個人」準則，作者只負責以客觀、冷靜的筆調忠實地呈現人物性格的成長歷程，任由人物自身表現自己的美或醜、高尚或卑賤，而作家不置任何評判之詞。因為無需遷就作品的傾向性，無需顧及正面或反面人物的固有模式，李劼人作品中的人物性格鮮明，形象豐滿，他塑造的人物都不是好人全好，

〔註42〕左拉：《戲劇中的自然主義》，朱雯等《文學中的自然主義》，上海文藝出版社，1992年，第165頁。
〔註43〕茅盾：《讀〈吶喊〉》，《茅盾全集：18》，人民文學出版社，1989年，第396頁。

壞人全壞，而是好人也有缺陷，壞人也有可取之處，這樣的人物形象才真實、可信、豐滿、複雜。比如羅歪嘴，他身上有邪惡的一面：開賭場，「剔人毛子」，玩娼妓，霸佔人妻等，同時也有豪爽、仗義、打抱不平等善良的一面。作者通過一系列這樣的描寫，達到了「所描寫的人物，是世上應有的人」的自然主義文學刻畫人物所要求的絕對真實。因而顯得真實可信。李劼人成功塑造了中國現代文學史上一個特殊的藝術形象——可愛又可厭的蔡大嫂。蔡大嫂有可愛之處：美麗、聰明、善良、有才幹、有豪俠之氣和仁愛之心，不屈從命運的安排，大膽追求自己的幸福和愛情，具有反封建的叛逆精神，她也不做丈夫或情人的奴隸，不以男性的價值觀關照、委屈自己，體現了女人的自立自強。但蔡大嫂同時又是個現實、虛榮心極強，追求金錢享受的女人。正是這種不使用主觀褒貶色彩的審美態度和描述方式，才使得蔡大嫂形象豐滿、富有特色，成為中國現代文學史上的獨一個。因為客觀沉靜、無傾向性的創作態度，李劼人的歷史小說也被評為：「以絕不譏諷，亦絕不將現代思想強古人有之的客觀書寫盡可能地還原歷史的原貌」〔註44〕。

5.「不動於中」的張天翼

　　同樣基於文學的真實觀，張天翼的作品具有「零度情感」、無傾向性特徵，作家在作品中不流露主觀情感，不美醜是非的判斷，其地位是旁觀者，立場是客觀中立的，態度是冷靜甚至冷酷無情的。正如胡風所評價的，張天翼作品給人的感覺是「似乎他和他的人物之間隔著一個很遠的距離。他指給讀者看，那個怎樣，這個怎樣……他自己卻『超然物外』，不動於中……只是說出『公平』的觀感。」〔註45〕在短篇小說《三太爺與桂生》中，作者對三太爺這個充滿獸性的吸血動物極其卑鄙殘忍的野蠻行徑，始終「是以一副極度冷靜的、客觀的神情遠遠地眺望，淡淡地描寫，而不流露出任何主觀感情的色彩」〔註46〕，給人留下冷淡甚至冷酷無情的感覺。面對桂生姐弟的悲慘遭遇，作者同樣表現得不動聲色、無動於衷，好像這些人的死活和他毫無關係，他只是一個沒有情感的攝相機而已。甚至對劊子手要不要給予懲罰，他也是漫不經心、事不關己的態度：「那麼三太爺他們要不要吃人命官司呢？……我可說不上。」

〔註44〕何英，高昌杰：《地域文化與近代思想的融合：李劼人作品中的四川歷史變革要素研究》，《中華詩詞文壇》，2015年第5期。
〔註45〕枕承寬等：《張天翼研究資料》，中國社會科學出版，1982年，第287頁。
〔註46〕黃侯興：《張天翼的文學道路》，上海文藝出版社，1993年，第47頁。

因為這種客觀冷靜的中立態度，張天翼招致了不少批評：其代表作《華威先生》一經發表，即招致一些文論家批評其立場是「旁觀」的、態度是「冷淡」甚而「冷酷無情」的。汪華直接批評他「沒有固定的傾向，缺少現實主義作家應有的一種「有力量的情緒」〔註47〕。胡風也批評他對審美對象、「對歷史對人民」採取「冷眼旁觀的玩世不恭的態度」。不過，夏志清在《中國現代小說史》中則對他的客觀中立進行了讚揚：「張天翼最好的小說，屬於諷刺的範疇。在這些小說裏，他不大分辨階級和個人，不論鄉紳、小資產階級，或者普羅階級，都一視同仁，成為他諷刺的題材。……這也就是說，張是一個這樣的作家，他拒絕將他對於社會的寫實觀察，跟共產主義樂觀派的教條結合在一起。然而，就在他這種拒絕劃清善和惡、希望和腐化的上面，隱藏了作者的諷刺的力量。」

（二）新寫實對自然主義文學「零度情感」的傳承

在「新寫實小說大聯展」欄目的卷首語中，新寫實小說的創作特點被概括為「特別注重現實生活原生形態的還原，真誠直面現實、直面人生」，準確地道明了它對作品「零度情感」的堅持。新寫實作家們通常被認為具有旁觀者的立場和保守中立的態度。在文本中，小說家們高度隱形，不帶情感、沒有色彩地進行原生態的細節描述、再現瑣碎生活的本真狀態。他們只專注於文本敘事的功能，而放棄了分析、判斷等主體性功能的滲透。

保持客觀化的敘述態度，是新寫實小說與自然主義的共通之處。由文學應具有科學性出發，左拉將小說定位為「只是小說家在觀眾眼前所作出的一份實驗報告而已」〔註48〕，強調作家必須不動感情、不帶個人色彩地觀察，絕對中立和客觀如實地「記錄」生活實況。新寫實作家們承襲了自然主義者的做法，多以客觀、冷漠的態度，超然、淡泊的姿態進行創作，面對現實生活中的生老病死、悲歡離合，新寫實小說不做任何觀念性昇華，而只是冷靜地客觀照錄，盡可能真實地表現出人的自然生活形態。新寫實小說盡力消解敘述者的傾向性，不進行情感、是非、道德的判斷或引導，一切交給讀者自己加以評判。作者一般都是不著感情色彩的冷靜的敘述者，與描述對象保持一定的情感距離。新寫實小說往往著意避免人為地附加文學作品以一定的政治

〔註47〕汪華：《評畸人集》，枕承寬等《張天翼研究資料》，中國社會科學出版社，1982年，第299頁。
〔註48〕伍蠡甫：《西方文論選：下卷》，上海譯文出版社，1979年，第251頁。

目的和社會任務，不人為設置「典型環境」、不著意突出政治因素和重大事件，而是執著於平常平淡、司空見慣的世俗生活與生命常態。在小說敘述中，盡力消解作者的主觀傾向性，不進行情感、是非、道德的判斷或引導，一切交給讀者自己加以評判。

在敘事上，為了更大限度地做到以局外人的眼光審視、再現生活，新寫實小說多用第三人稱，摒棄個人情感，力求最大程度的客觀中立，「以純粹的客觀對生活原始發生狀態進行完滿的還原」，「盡力保留生活的色蘊」〔註49〕。劉震雲曾說：「新寫實真正體現寫實，它不要指導人們幹什麼，而是給讀者以感受。作者代表了時代的自我表達能力，作家就是要寫生活中人們說不清的東西，作家的思想反映在對生活的獨特的體驗上。」〔註50〕他的小說《故鄉天下黃花》講述了一個發生在抗日戰爭時期敵後戰場上的故事。殘酷慘烈的戰爭之後，村莊被血洗一空：三十二個村民被打死，二十三個婦女被姦淫，村子也被放火燒了，但如此淒慘的場景卻是作者不露聲色、不著痕跡地客觀敘述出來的，作者始終置身度外，不進行是非評判、不流露情感傾向。不僅作者無情感傾向，故事中的人物，也同樣不去區分敵我：村長面對劫難後的村莊，跺著腳高聲咒罵：「老日本、李小武（中央軍連長）、孫屎根（八路軍中隊長）、路小禿（土匪頭目），我都 X 你們活媽。」──把原本處於敵對勢力的日軍、國軍、共軍、土匪全部裹在一起罵了個遍，明確體現了作者不帶政治傾向的中立立場。劉恒「很少把自我的情緒同化在人物那裡」，始終與描寫對象保持一定距離，始終保持一種冰冷的敘述者的姿態，即便是以旁白身份出現的「我」，也一直與小說中的人物保持著距離，「一面是無邊的苦海，一面是冰冷的『我』，構成一個互為反差的二元世界。」正是這種距離感，使得劉恒的小說越發「顯得冷酷、殘忍、慘烈，以至令人窒息」，《狗日的糧食》因此被評為「新時期最為典型、最成熟的自然主義小說範本」〔註51〕。方方以《風景》為代表的小說，極其冷靜客觀、「不動聲色」，作品「陰冷的敘述底色」「冷靜客觀的闡述」〔註52〕，的確客觀真實地再現了生活的原汁原味，但

〔註49〕劉納：《無奈的現實與無奈的小說──也談新寫實》，《文學評論》，1993 年第4 期。

〔註50〕丁國強：《新寫實作家、評論家談新寫實》，《小說評論》，1991 第 3 期。

〔註51〕沈夢瀛：《劉恒的殘酷：透視自然本能》，《雁北師範學院學報》，1999 年第 4期。

〔註52〕劉爽：《論風景中的人性惡》，《北方文學》，2015 年第 12 期。

置身其間我們無法不感受到涼氣逼人，甚至讓人不寒而慄。作品將小市民的生活及生存方式不加掩飾地呈現給讀者，任何人面對如此原始、簡陋、粗鄙、卑污的一幅風景，都會不寒而慄，並因為震撼而警醒與思考。

評論界對新寫實小說採用的「零度情感」的介入，客觀冷靜的創作態度評價紛紜，有類似「還原生活本相」「從情感的零度開始寫作」〔註53〕，「消解政治意識形態、回歸到文學自身」〔註54〕之類的褒獎之詞，更有不少批評意見：有人認為新寫實小說刻意以一種「零度情感」來反映現實，使作品大多只停留在對現實表象的展現上，沒有顯示出作家的主體觀念、情感態度、判斷傾向，導致創作主體成為現實生活的單純旁觀者，這樣就消弱了作品的社會、道德功效。也有人認為新寫實小說致力於刻畫現實生活的「原生態」，從而消解了理想，解構了崇高，並對困境採取「無奈地妥協」的態度，「無助於當代精神生活的提升」「無益於社會的整體發展」。還有人批評新寫實小說在「原生態」還原生活的時候，缺乏對人物和環境的深層矛盾及其積極光明的一面的開掘，導致作品給人以膚淺、消極之感，並認為這種創作觀念顯示了作家們「對於現代性話語的懷疑和厭倦」「批判精神的缺失」〔註55〕。有人批評其「消解激情」「對所描繪的那種平庸無奈的現實生存狀況逐漸喪失了批判的能力，所有改變現實的理想因素都被消解，最後存留下來的潛在態度無非就是遷就、認同於這種本來極需改變的現狀」〔註56〕；更有人指責新寫實小說「人物性格模模糊糊，好壞難分，忠奸難辨」「性格也善惡難分，既非奸惡之徒，也非英雄烈士」「在敘述的『冷靜』之中也透出些許『冷漠』，似乎少了一種潛在的『人間情懷』，一些作品在語言上追求『通俗』時有失控制，顯得有些『粗俗』等等。」〔註57〕其實，這恰恰是新寫實小說從自然主義文學那裡傳承來的獨特之處：努力突破傳統現實主義人物塑造的類型化模式，將以往蒼白單一的扁形人物豐滿、多樣化，這不僅真實反映了人性的豐富性、複雜性，更是文學真實觀的忠貞體現——生活本身就是複雜多樣的，現實生

〔註53〕王干：《「後現代主義」的誕生》，《鍾山》，1989年第3期。
〔註54〕陳思和：《中國當代文學史教程》，復旦大學出版社，1999年，第310頁。
〔註55〕許志英、丁帆：《中國新時期小說主潮》，人民文學出版社，2002年，第495頁。
〔註56〕陳思和：《中國當代文學史教程》，復旦大學出版社，1999年，第308～309頁。
〔註57〕湯學智：《新寫實：現實主義的新天地》，《文藝理論研究》，1994年第5期。

活中至善至惡之人、大奸大惡之人、偉人英雄烈士或窮兇惡極之徒畢竟只是少數，更多的是性格含混模糊、優缺點兼具的人，他們才是常態生活的體現者。同自然主義一樣，新寫實小說中那些看上去瑣屑、冷漠的描寫正是作者遵從文學真實性原則的體現，他們不希望作者人為地介入作品，並以自身的是非觀、價值觀生硬地引導讀者，而是要通過真實客觀的描述，字裏行間自然流露出作家的主體價值觀念，這樣避免了生拉硬套，人為造作，所以更加真實自然，更能讓讀者在不知不覺中和作者、作品產生共鳴，收穫強烈的感染效果。比如池莉《煩惱人生》《不談愛情》等作品，通過對主人公日常生活中所遭遇的各種曲折磨難、失敗成功、歡樂痛苦的真實敘述，自然地讓讀者感受到生活的複雜和艱辛，也提示人們建立正確的價值觀的必要性。再如方方《風景》中通過對生活在漢口棚區物質與文化都極端貧乏的底層市民一家的生活狀態和情感內面的如實描述，揭示了惡劣的生存環境對人的精神、靈魂的扭曲。《祖父在父親心中》通過率真和冷漠得近乎殘酷的敘述，不動聲色地展現城市貧民階層的生存景觀，揭示人性深處赤裸裸的「惡」。劉震雲《單位》《官人》《一地雞毛》等則通過對新時期社會風俗、人事物象不含感情的白描，入木三分地揭露了商品化社會裏膨脹、扭曲的權慾、物慾對整個社會及個人的工作、生活、精神的嚴重毒害，具有強烈的批判意義。而且因為這種揭露和批判不是通過作者的人為說教強加給讀者，而是讀者自己於閱讀中自發獲得的，因此效果更加強烈。

　　事實上，在新寫實作家們冷靜、淡漠、幾乎不含感情色彩的敘述中，我們看到的是作家對現實清醒的認知和理解，是作家對文學真實觀念的高度追求，他們把人從理想中拉回現實──不美，甚至醜惡，但真實客觀的現實。正如劉震雲所說：「生活是嚴峻的，那嚴峻不是要你去上刀山下火海，上刀山下火海並不嚴峻。嚴峻的是那個日復一日、年復一年的日常生活瑣事。」〔註58〕因此，作家的任務就是將「一切實在的真實轉化為寫在文本中的真實」〔註59〕。新寫實作品正是這一理念的注解。他們反感曾獨霸中國文壇多年的現實主義作家那種以愛憎分明的批判、高昂的激情來產生力量、引導讀者，從而發揮文學的社會、政治、道德功效的做法，只想清醒、冷靜地把現

〔註58〕劉震雲：《磨損與喪失》，《中篇小說選刊》，1991 年第 2 期。
〔註59〕樸素：《劉震雲的一地雞毛》，http://www.tianya.cn/publicforum/Content/no16/1/23482.shtml。

實原原本本地呈現給讀者，於是他們自覺主動地選取自然主義的方式，放棄對文學功利性、啟蒙性的追求，轉而把目光聚焦到長期被忽略的小人物的生存狀況上，「直面現實、直面人生」，客觀誠實地反映這些小人物的日常生活常態，揭示普通人生存的困窘、無奈和悲哀。他們很少在作品中投入感情色彩或作出是非判斷，而往往從注視者、旁觀者的角度，不露聲色的敘述語調、平淡冷漠的敘事方式寫人敘事，在取消了作家的情感介入的同時，給讀者留下了更廣闊的思索和發揮的空間，讓讀者不受影響地、自由地感受和判斷。因此，雖然新寫實小說作者的態度冷靜客觀，甚至給人冷漠無情的印象，但因為其講述的是讀者身邊隨時隨地都在發生著的尋常故事，呈現的是他們日復一日的生活常態，而且新寫實小說是以事實說話，以事實的陳述代替高高在上的訓導和說教，所以更容易打動讀者，引起讀者情感的共鳴。同自然主義文學家一樣，新寫實作家們看起來不動聲色、無動於衷，實際上充滿對現實的關照和憂患意識。但這不是生硬直接的道德說教，而是以現實事實來說話，讓讀者自己發掘作品深處蘊含的意味。另一方面，新寫實作家們在文本中保持沉默，並不代表他們放棄了對現實的批判。恰恰相反，他們並未放棄對不合理事物和社會現實的否定與批判，不過他們是在不動聲色中，通過對生活中醜、惡一面的無情暴露，自然而有效地傳達了作家的人文意圖和批判精神。

（三）堅持「零度敘述手法」的余華

余華在《現實一種》《活著》《許三觀賣血記》《呼喊與細雨》等小說中，非常鮮明地運用了客觀冷靜、不動聲色的敘述方法——零度敘述手法。余華曾在《許三觀賣血記》一書的自序中對「零度敘述手法」進行解讀：「作者不再是一位敘述上的侵略者……在敘述的時候，他試圖取消自己作者的身份，他覺得自己應該是一位讀者……」。這樣的解讀與自然主義文學要求作家高度隱藏自己的主張異曲同工。

余華之所以會選擇自然主義式的「零度情感」敘述手法進行創作，與其曾經行醫的經歷有關。余華父母皆為牙醫，家庭長期的薰陶、自己在嘉興一家小醫院做過 5 年牙醫的經歷，使得他在著手小說創作時，很明顯地傾向於選取自然主義式冷靜客觀的審美態度與科學寫實的創作方法。他以冰冷殘酷的語言，不帶感情、不動聲色的敘事風格，冷靜甚至冷酷地書寫殘酷的主題，發掘「人性惡」。冷漠甚至冷酷的風格、零度情感的投入是余華小說給人的整

體印象，這使得他初入文壇便以「零度情感敘述」而聞名。因為諸多作品裏
對瘋狂、暴力、血腥、死亡的冷靜甚至冷酷的大量敘述，有研究者認為余華
血管裏流淌的不是血，而是冰碴子。在許多人眼裏，余華是冷酷的，有人曾
說：「余華的意義在於：他在直面人生的當代文藝思潮中將冷漠之潮推到了冷
酷的深處。」〔註60〕事實上，儘管余華堅持「零度情感」創作，使用冷靜乃
至冷漠的話語、客觀乃至無情的態度來展示現實，但是，余華之所以採取冷
靜的、無涉情感的態度進行苦難和血腥的書寫，是為了達到文學高度的真實
性，其背後隱藏著的其實是作家對現實和人生的密切關注、嚴肅反思：如果
真是冷漠無情的話，就不會關注，更不會思考，而不去關注與思索，也就不
會產生如此嚴厲的拷問。

（四）「將主體意志降低為零」的賈平凹

　　賈平凹的作品，尤其是 20 世紀後期的作品，常常背離傳統現實主義提
煉生活的做法，追求自然主義那種對生活原生態的再現。他說：「原來的寫
法一直講究源於生活，高於生活，慢慢形成了一種思維方式，現在再按那一
套程序就沒法操作了。我在寫的過程中一直是矛盾、痛苦的，不知道該怎麼
辦，是歌頌，還是批判？是光明，還是陰暗？以前的觀念沒有辦法再套用。
我並不覺得我能站得更高來俯視生活，解釋生活，我完全沒有這個能力了。」
〔註61〕於是，賈平凹取消了對審美客體的價值與情感判斷，在小說裏「將主
體意志降低為零」，力求做到「完全沉默」〔註62〕，只負責用筆將耳聞目睹
的一切「原生態」地呈現出來，這越來越成為賈平凹對作品最基本的要求：
「我的小說越來越無法用幾句話回答到底寫的什麼，我的初衷裏是要求我儘
量原生態地寫出生活的流動，行文越實越好，但整體上卻極力張揚我的意
象。」（《高老莊·後記》）。

　　賈平凹的這一做法招致不少批評，有批評者認為「賈平凹在精神上處於
一種消極被動狀態，在價值上是虛無的，在情感上是『中立』的，對喜歡的人
物不敢同情，對討厭的人物不敢厭棄，為了『原生態』的真實，他拼命壓抑自

〔註60〕樊星：《人性惡的證明——余華小說論（1984～1988）》，《當代作家評論》，1989
　　　　年第 2 期。

〔註61〕賈平凹、郜元寶：《〈秦腔〉痛苦的創作和鄉土文學的未來》，《文匯報》，2005
　　　　年 4 月 28 日。

〔註62〕李靜：《未曾離家的懷鄉人——一個文學愛好者對賈平凹的不規則看法》，《當
　　　　代作家評論》，2006 年第 3 期。

己，對他知其然而不知其所以然的生活採取幾乎逆來順受的全盤接受姿態。
而在一個複雜的世界中，一個沒有明確意願的作家並不能傳達真正的眾聲喧
嘩，他能傳達的只是一片嘈雜。這樣的『原生態』，只是打開了某些被遮蔽的
面相，但卻把整個世界壓向了另一種單面化。」〔註63〕有人批評《秦腔》是
「粗俗的自然主義」，認為該小說「不是那種富有典型性和表現力的描寫，而
是一種瑣碎、蕪雜、混亂的自然主義描寫。表面上看，這樣的描寫確實生動
地『逼真』地『還原』了日常生活的『原生態』，但是，這種徒有形式的『還
原』是粗糙瑣碎的，是粗俗無聊的。」〔註64〕

（五）主張「平面化」書寫的莫言

法國自然主義文學強調「零度情感」的客觀敘述，日本自然主義文學主張
「無理想」「無解決」的「平面描寫」，莫言在作品中也常常採取平面化書寫以
迴避作品的傾向性和功利目的，不做主觀的評估或判斷，而只是進行不設深度
的「平面描寫」和簡單敘事。莫言作品中的人物，「從不思考」，「他們只是感受、
行動，他們的世界是被呈現的、而不是被闡述、被評估」，他們凡事憑著本能、
順應自然，「在《狗道》中，『惡』僅是一種自然之力，是自然的屬性，狗道亦
是天道，天道亦是人道，人的掙扎和鬥爭不需要任何理由。」〔註65〕

莫言《檀香刑》等小說幾乎都不見作家情感的流露，被認為「沒有一絲溫
暖甚至一點悲壯」〔註66〕，在《檀香刑》後記中，莫言自己也坦陳作品的無功
利性、無傾向性：「在本書的創作過程中，每當朋友問起我在這本書裏寫了些什
麼時，我總是吞吞吐吐，感到很難回答。」〔註67〕事實上，《檀香刑》雖然寫的
是殘酷的刑罰，可是作家在創作時並沒有有意識地為文本預設任何意義和目
的，所以難以回答。莫言曾說過：「什麼『四人幫』，什麼『幫派文學』，這都是
十幾年後的事情，在那種社會環境下，除了像張志新這樣的極個別的清醒者，

〔註63〕邵燕君：《「宏大敘事」解體後如何進行「宏大的敘事」？——近年長篇創作
　　　　的「史詩化」追求及其困境》，《南方文壇》，2006 年第 6 期。

〔註64〕文夕：《從〈秦腔〉看農村的變遷》，http://blog.sina.com.cn/s/blog_49afb43e01
　　　　00076v.html。

〔註65〕李敬澤：《莫言和中國精神》，莫言《拇指銬》，江蘇文藝出版社，2003 年，第
　　　　291 頁。

〔註66〕李兵、張昌濤：《純粹感覺下的原初世界——對莫言〈檀香刑〉的一種解讀》，
　　　　《當代小說》，2009 年第 4 期。

〔註67〕莫言：《檀香刑·後記》，作家出版社，2005 年，第 561 頁。

大多數老百姓是牆頭的草，根本就沒有可能把是非判別清楚。」〔註68〕而莫言，身為老百姓的一員，所採取的是「作為老百姓寫作」的態度和方法，所以在作品中體現出自然主義文學的非傾向性和無功利性也就在情理之中了。在作品中，作者只是如實客觀、冷靜平淡地描繪各種刑罰、敘說幾段情愛，講述幾件往事，穿插幾句貓腔戲。作者通過自然主義的描寫，呈現給讀者這種人和事的最原初、未經任何知性加工修飾的本真面目和純粹感覺。

　　有一位學者說：「本世紀以來，文學始終沒有離開過意識形態的中心，始終圍繞著政治的興奮點旋轉，因而長久地曠廢了『寫實』的功能。當意識形態的中心被消解之後，文學必然要面對現實」，這「是一種適應表現當代生活的、適應當代審美需要的『新』的『寫實』」〔註69〕。因此，中國當代的寫實文學作家們從文學創作的真實觀出發，為了有意識地扭轉此前文學長期淪為政治意識形態傳聲筒的命運，努力消解文學的政治功利性和意識形態色彩，為此，他們主動借鑒自然主義文學迴避作家情感、避免作品傾向性、摒棄作品功利性和政治性的創作態度和方法，力求達到真正的寫實。他們強調：「批判現實是作家的使命，而解決社會問題，指望作家就太可笑了。作家不是思想家，更不能搶政治家的飯碗」〔註70〕。可以說，對於當下的歷史情境而言，中國當代新寫實文學的意義「就在於不掩醜也不溢美，無諱無飾的史實價值，在於它的客觀實在性和原生本色。如果說歷史只不過是大事件的堆積，那麼，文學才是真正的『歷史』，是特定歷史環境中人的生存狀態，是社會存在的復現。對於寫實文學來說，其價值恰恰體現在這一點上。」〔註71〕

第二節　審醜溢惡

一、自然主義文學的審醜溢惡傾向

　　古典美學認為：文學是用來表現美的，美是古典美學唯一的審美對象。

〔註68〕莫言、王堯：《從〈紅高粱〉到〈檀香刑〉》，孔範今、施戰軍《莫言研究資料》，山東文藝出版社，2006 年，第 46 頁。
〔註69〕張德祥：《「走向寫實」：世紀末的文學主流》，《社會科學戰線》，1994 年第 6 期。
〔註70〕王躍文：《我對官場腐敗已經留情（專訪）》，http://www.csonline.com.cn/hxml/mlwenh/mlwangyw/about/t20030826_7500.htm。
〔註71〕張德祥：《「走向寫實」：世紀末的文學主流》，《社會科學戰線》，1994 年第 6 期。

雖然，為了更好地突出美，古典美學也允許「醜」出現在文學作品中，但是只能作為「美」的陪襯或者對立面存在。到了浪漫主義和現實主義，為了更好地描述生活的複雜多樣，開始強調「醜」應該成為文學藝術作品描述的對象，肯定了「醜」在美學中應有屬於自己的地位。然而，他們的目的，主要還是通過瞭解「醜」而達到克服、摒棄「醜」的目的，換言之，「醜」還沒有在美學範疇獲得自己的獨立位置。只有到了自然主義時期，出於對文學真實性原則的絕對遵從，文學表現的禁區才被徹底打破。自然主義文學家們從文學真實觀念出發，認為現實生活中一切進入作家視野的人、事和場景，無分美醜，不論善惡，都是文學表現的對象，即使人的道德觀念所無法容忍的極端的醜、惡，只要是真實的，都有如實進入藝術領域的權利，都可以成為文學藝術的題材。因此他們對現實生活中任何範疇的事物都不做挑選和刪減，突破了傳統美學禁囿於「美」的侷限，開始更多地著筆於平凡瑣細，甚至猥褻、骯髒、醜惡、卑污的生活現象和畫面。更為重要的是，在自然主義文學中，「醜」不再以美的附庸或者對立面，而是作為獨立的審美對象存在，被作家用審美的眼光去關照、透視、解剖、評價、鞭撻，從而具有了審醜溢惡的特徵。

自然主義文學的審醜溢惡傾向，與當時的社會和時代背景有密切關聯。自然主義文學萌發、繁榮時期，社會現實醜陋污濁，委實是「醜」和「惡」的天下：資產階級已經喪失了其作為上升階級的進步性和先進性，他們在政治上反動腐朽、貪得無厭，對內殘酷剝削、壓榨無產階級，對外瘋狂殖民擴張，窮兵黷武；他們在生活上腐敗、糜爛，無節制地追求欲望和本能的享樂。資本主義帶來的貧窮、墮落和社會不公日趨嚴重，下層人民生活在水深火熱之中，物質上和精神上都極其匱乏。工業文明導致人的異化和人性的墮落退化，人性聖潔的一面基本被蠶食，動物性的一面則被無限放大。為了真實再現這樣醜陋的社會現實，揭露現實的陰暗面，自然主義文學家們有意識地用醜陋取代優美作為審美形態和審美範疇，主張從醜惡、可悲、可憐的方面觀察人生。在他們的作品中，現實醜陋腐敗，充滿罪惡、污濁、破爛、衰敗和貧窮；人性墮落邪惡，人類已經退化到原始野蠻的動物狀態，人與人之間爾虞我詐、勾心鬥角，完全喪失了憐憫、同情、關愛、互助等美好的關係，完全淪為本能的載體、遺傳的病兒、欲望與環境的奴隸。

因為對醜惡的無情暴露，自然主義作家被批評為「只看到壓抑的環境，因而只熱衷於選擇某些最沉悶的題材，如貧民窟或下層社會等。他們在這些

環境中往往記錄一些消沉的猥褻的生活細節。」〔註72〕左拉等自然主義作家的作品甚至被比作「糞坑」，作家們則被稱為「文學上掏陰溝的人」「清掃糞坑的人」〔註73〕。對此，自然主義者解釋到：他們之所以執著於對醜和惡的揭露，是因為現實生活原本如此，他們只是如實再現而已。莫泊桑說：「如果責難我把一切看得太陰暗，我注意的中心只是詭譎的人，那我可以有充分的理由回答：在我的小說人物活動的環境中很難找到大量誠實的、有益的人。」〔註74〕正是清醒地意識了現實生活中現代工業文明對人性的嚴重扭曲，莫泊桑才通過文學作品對此進行如實描繪，以揭露當時社會中統治階級的反動腐朽、金錢的罪惡、現代工業文明對人的異化，其中體現的是作家對黑暗現實的失望、對醜惡現象的憤懣，隱含的則是作家對美和善的渴求和呼喚。左拉將《我的仇恨》序言命名為「仇恨是神聖的」，正是對此最好的詮釋。對左拉等自然主義文學家而言，「恨就是愛，就是感受其熱烈豐富的情感，就是蔑視可恥而愚蠢的事物從而過著富足的生活。」〔註75〕

　　自然主義文學之所以會有意識地選取「醜」「惡」作為審美對象，是因為從文學的真實觀出發，他們發現，「醜」「惡」大面積地客觀存在於現實社會生活和人的精神世界中，因此他們認為真正嚴肅的藝術家就沒有理由將它逐出審美領域，而應該將表現醜惡作為自己的文學目標之一，否則將不能完整、真實、客觀地表現現實人生，必將削弱藝術作品的真實性、客觀性。另一方面，他們發現「醜」「惡」比「美」「善」複雜，更能體現人性和社會的複雜多樣性，更能揭示內在的真實，因而能帶來更深刻更震撼人心的美感。因此審醜溢惡是一種可行而有效的審美方式。

　　自然主義作品中的審醜溢惡傾向，著重體現在對人性中「惡」的一面的無情揭示。自然主義文學大膽地描寫赤裸裸的人性，注重對人物生物性一面的直接揭示，這必然導致對「醜」「惡」的大力挖掘。另一方面，自然主義文學的平民化傾向，促使其從文雅走向粗野，自然主義文學對故事情節、篇章結構的不重視，又使其從精巧轉向散漫，這些都成為自然主義文學中審醜溢

〔註72〕《簡明不列顛百科全書》，中國大百科全書出版社，1986年，第855頁。
〔註73〕莫泊桑：《愛米爾·左拉研究》，柳鳴九《自然主義》，中國社會科學出版社，1988年，252頁。
〔註74〕華宇清、毛信德編：《外國名作家談寫作》，北京出版社，1980年，第146頁。
〔註75〕德尼絲·勒布隆－左拉著，李焰明譯：《我的父親左拉》，廣西師範大學出版社，2002年，第27頁。

惡的獨特價值表現。柳鳴九正確地指出了這一點：「自然主義徹底打破了文學表現的禁區，真正做到了任何一切都可以進入文學作品，在文學史上留下了一些前所未有的、觸目驚心的、驚世駭俗的篇章。」〔註76〕同時，為了忠實再現生活的本真面目，自然主義文學的語言也由典雅而規範的書面語言還原為生動而樸實的口頭語言，這樣，導致語言也由所謂的優美高雅轉向平淡粗俗甚至醜陋卑污。許多學者都已經注意到了左拉作品中沒有古典主義的所謂「詩意」，相反其間大量充斥著日常生活中的粗言穢語。莫泊桑就曾對左拉作品的這一語言特色進行過如下評論：「他愛表現赤裸裸的真實，有時甚至做到挑戰的地步；他知道這樣要激怒讀者，就故意把粗俗的字眼硬塞給讀者，教會讀者明白這些字眼，不再表示厭惡。」〔註77〕

　　雖然自然主義作品中不乏醜陋物體和事態的場面描寫，但是因為其真實客觀，也因為在作品中經過了特殊的組織與處理，它們已經轉變為可供讀者欣賞的對象，所以在對黑暗現實無情而冷酷暴露的同時，同樣能引發讀者的美感，能讓讀者以自由人的身份，以審美欣賞方式看待作品對醜惡世界的揭露。正如亞里士多德在《詩學·詩藝》中所說的「事物本身看上去儘管引起痛感，但惟妙惟肖的圖像看上去卻能引起我們的快感，例如屍首或最可鄙的動物形象。」左拉在《自然主義小說家》一文中也說到：「在醫生的眼中沒有什麼髒病，在作家的眼中也沒有什麼禁止的情慾。我有權利也有義務把它寫出來。」審美本身就應該包含審醜在內，醜陋的事物一樣應該可以成為審美對象，這是現代藝術的總趨勢。所以在這一點上，自然主義非但沒有背離文學的本性，相反，從文學對生活的觀照來說，自然主義打破了傳統文學的審美禁忌，在審美價值方面獨具特色，極大地開拓了文學表現生活的領域和角度，開創了文學的審醜溢惡傾向，其後的現代文學開始把不對稱、不平衡、扭曲、變態、雜亂無章等不給人愉悅、反給人醜陋感的形態和情感當作審美對象，因此，可以說，自然主義文學在文學觀念上充當了從傳統向現代嬗變過程中一個不可或缺的中介環節。當然，左拉遵循自然主義這一創作原則，表現反常、特殊、極端的事例如病態、幻覺、神經錯亂、肉慾瘋狂等等的同時，也要求「避免過分的醜惡怪異」〔註78〕。

〔註76〕柳鳴九：《法國自然主義作品選》，天津人民出版社，1987年，第16頁。
〔註77〕莫泊桑：《愛彌爾·左拉》，加里《女性的光輝》，四川人民出版社，1988年，第438頁。
〔註78〕讓-弗萊維勒著，王道乾譯：《左拉》，新文藝出版社，1957年，第201頁。

二、自然主義審醜溢惡傾向對中國文學的影響

　　自然主義作品的審醜溢惡傾向，對中國現當代文學產生了深遠的影響。自然主義文學進入中國之初，其作品的審醜溢惡傾向就引起了當時文壇的密切關注和熱烈評判。早在 1904 年，《文學勇將阿密昭拉傳》就為左拉作品的審醜溢惡特點辯護：「昭拉氏之寫人真相，不啻裸體形骸，在於解剖臺上，使人見之不生不德之心。故其著作暴露人之秘事，深刻而不虛飾，招人嫌惡，招人嘲弄，而見其記事之人，必生潔白堅固之心。起嫌惡卑陋之念，而不至於墮落於惡途。要之彼之寫人罪惡，而其自身之與罪惡，則望望然去之。」陳嘏在譯作《基爾米里》「譯者識」中，準確指出了該作品的審醜溢惡傾向：「人生之最大欺騙，於以暴露，蓋直揭出人生無意義之問題。」胡愈之在《近代文學上的寫實主義》中，評價自然主義文學「可怕的醜惡描寫，很容易使人陷於悲觀，因此減少奮鬥的精神」。梁啟超在《歐遊心影錄》中，指出了自然主義文學為了達到真實而不惜對人的醜惡、獸性方面進行赤裸裸的描寫的特點，認為這樣「真固然真，但照這樣看來，人類的價值差不多到了零度了」。周無在《法蘭西近世文學的趨勢》中寫到：「左拿（今譯左拉）能一棄文人冥想意繪種種不確切的方法，專從事於實驗觀察，以為寫實的材料，而兼收唯物主義（Materialsme）的精神，又帶有性惡主義（Pessimisme）臭味，專能揭出人世的裏面，使自來人生的粉飾行為頓然失其效力」。1922 年以《小說月報》為平臺展開的「自然主義的論戰」中，自然主義文學的審醜溢惡傾向更成為論戰的主要內容之一。以周贊襄、胡先驌、王獨清等為代表的反對派批評自然主義對醜惡現象不加掩飾的揭露，是消極的、不思進取的，不值得提倡。郁達夫在《文學上的階級鬥爭》等文中，也表明了對自然主義審醜溢惡這一做法的不滿：「沒有進取的態度，不能令人痛快的發揚個性。」

　　雖然當時中國學界對自然主義的審醜溢惡傾向指責聲一片，但茅盾依然力排眾議，明確表明了自己的肯定和讚賞態度。他指出有些人之所以反對自然主義作品描寫醜惡，原因有二，一是怙惡，二是怕痛。茅盾明確指出「掩惡」等於「長過」，既然人世間是真實存在著這些醜惡的，則說明自然主義的審醜溢惡是對現實生活的如實描摹，體現的是對文學真實觀念的忠誠。接著他分析到：既然現實生活中確實既存在「惡」，如果自己也明知卻不肯直說，就等於自欺。而如果想改正這些人性的缺點、杜絕社會中的醜惡，就必須首先把醜惡展示出來，以尋求解決的途徑。正是意識到自然主義文學審醜溢惡

傾向對社會現實的黑暗和醜惡有著深刻的揭露意義，正好可以解決當時中國舊小說的遊戲消遣態度，粉飾現實及內容單薄、用意淺顯等毛病，給習慣於瞞和騙的舊文學以狠狠的打擊，從而有效發揮新文學對社會的監督和推進作用，有利於揭露當時中國的黑暗現實，喚起民眾的警醒，引起療效的作用，以茅盾為代表的「為人生派」才大力宣揚自然主義的。他們認為自然主義以極嚴肅、極真實的態度描寫「人類底醜惡，社會的病狀」，對黑暗現實進行無情的揭露，正是中國新文學應該學習和借鑒的。茅盾呼籲中國新文學效法自然主義，「用科學的精密觀察描寫中國底多方面的病的現象之真況中國的黑暗現狀」，學習、借鑒左拉等自然主義作家在作品中通過對黑暗現實、統治階級腐爛糜亂生活冷靜客觀的描寫來達到暴露黑暗、罪惡的做法，以完成他們「為人生」的文學創作任務。事實上，「五四」文學對自然主義文學審醜溢惡傾向的學習和借鑒，的確達到了針砭社會時弊、揭示人的本性的目的，更好地發揮了文學的啟蒙作用，推動了「五四」文學對封建制度、禮教的揭露，對愚昧、專制的對抗，對非人道主義的抨擊，從而達到以文學來批判落後的國民性，提升「五四」文學完成自己在特定歷史時期的啟蒙任務的步伐和力度等目的，並使之成為當時社會發生深刻變革的誘因之一。

茅盾曾分析過浪漫主義文學在 19 世紀後半葉日趨衰落的原因：「原因即在理想美化了的表面，終有一日要拉破，繡花枕裏的敗絮終有一日要露出來」。這正是浪漫主義文學被現實主義、自然主義取代的主要原因。茅盾還指出：「近代人想以理想美化人生的努力，在現實的醜惡跟前終不免要歸於失敗。生當世紀末的青年，本已覺悟，目光銳利，就是沒有自然主義文學的描寫，人間的醜惡也終究會看得清楚的。如果文學創造者強以掩醜而誇善的浪漫主義文學去矇騙他們，無非是在哄小孩罷了。」因而他認為自然主義客觀而毫不掩飾地描寫社會存在的醜惡的做法符合當時中國的時代需求，應該為中國文學所借用。正因為契合了時代的需求，自然主義文學流派及其創作主張在 20 世紀初受到了茅盾等中國學者、作家的讚賞與借鑒。1932 年在《子夜》完稿的第七天，茅盾寫作了《我們的文壇》一文，闡述了對當時文壇盛行的脫離現實生活的鴛鴦蝴蝶派文學、無病呻吟的感傷文學、不切實際的戀愛文學的不滿和批判，表述了自己通過創作暴露現實醜惡的文學觀念：「只有生活的悲壯的史詩能夠引起看客他們的傾聽，震動他們的心弦。」〔註79〕

〔註79〕茅盾：《茅盾散文集》，天馬書店，1933 年，第 9 頁。

　　茅盾對文學要忠於現實，不避諱醜惡與陰暗的主張，深刻影響了他的理論建構和創作實踐。在文藝必須服從於政治意識形態的大環境下，茅盾一直執著於緊跟時代與政治的步伐，這必然會削弱其文藝理論與創作的客觀性。但是即便如此，自然主義文學加諸他的影響依然頑強地發揮著一定作用：1940年代，在文藝必須宣揚光明的一面的大形勢之下，茅盾對於解放區的「歌頌與暴露」始終能夠保持著客觀態度，他說：「歌頌的固然要歌頌，而應該暴露的也應該要暴露。在抗戰的時期中，我們在『軍事第一』下，文藝僅有歌頌的『義務』而無暴露的『權利』。老實說，這對文藝本身是蒙受到極大的損失的。今後，我們要求的民主文藝，是忠實地歌頌、忠實地暴露的文藝。」〔註 80〕文革結束後，隨著文藝氛圍的日趨寬鬆，茅盾開始大膽公開表述自己的見解，重提對文學描寫醜惡現象的提倡：「我們當然要把重要題材作為文藝創作的主要、或至少是首要對象。同時我們也不應該因此而忽視重大題材以外的生活現象。」〔註 81〕「應該是什麼都可以寫。現實生活中有些不好的東西，我們自然可以寫，目的是暴露它，指出來讓大家注意它，改革它。如果意圖如此，那麼作品中暴露即使多了一點，也還是可以的。……一篇小說如果寫了中間人物，這也是現實生活的反映。社會上有這樣的人。」〔註 82〕

　　具體而言，自然主義文學的審醜溢惡傾向對中國現當代文學的影響體現在一下幾個方面：

（一）對人性惡的一面的大膽暴露

　　近代自然科學的發展使自然主義作家認識到：既然人是從動物發展而來的，則人就必然具有動物性的一面，自身就存在醜與惡的根源，人的本質力量就不可能全部都是美與善的，人身上還存在不可迴避的醜、惡的一面。因此他們放棄傳統文學一味宣揚人的美與善的片面做法，主張文學如實地反映生活，既反映美與善，同時也要如實地再現醜與惡。

　　在中國現代文壇上，魯迅可以說是從人性的視角探索人的性格弱點，大膽暴露人性惡的一面的第一人，他的作品體現出鮮明的審醜溢惡傾向。

　　受自然主義文學真實觀的影響，魯迅認為文學應該真實客觀地再現被描

〔註 80〕茅盾：《民主與文藝》，《茅盾全集：23》，人民文學出版社，1996 年，第 276 頁。
〔註 81〕茅盾：《茅盾全集：27》，人民文學出版社，1996 年，第 230 頁。
〔註 82〕茅盾：《在中長篇小說座談會上的講話》，《茅盾全集：27》，人民文學出版社，1996 年，第 332 頁。

述對象的原貌。他說:「即一切人,若去其面具,誠心以思。有純裏世所謂善性而無惡分者,果幾何人?遍觀眾生,必幾無有。」〔註83〕——既然「惡」是人性真實的一面,基於文學的真實觀,魯迅即以一個啟蒙主義思想者的身份,像一位醫者,執手術刀劃掉人的「面具」,冷靜審視並客觀再現人性醜惡的一面,以暴露「國民的劣根性」,警醒世人。正如魯迅自己所言:「我的取材,多採自病態社會的不幸的人們中,意思是在揭出病苦,引起療救的注意。」〔註84〕因此,魯迅作品顯示出不同於古典和諧美的審醜傾向,魯迅一如執手術刀正在進行解剖的醫生,通過文學創作,沉著冷靜地解剖現實,冷酷無情地揭露黑暗,這正符合左拉等自然主義文學家們的一貫風格。

魯迅的作品著力揭露黑暗的現實、批判人性的醜惡。

在魯迅看來,「審醜」是「啟蒙」的必然選擇,是「揭出病苦」必不可少的步驟。魯迅在刻畫人物時,常常有意放棄傳統文學的審美準則,而是像自然主義作家那樣,重點描述人物肉體與精神雙重的「病苦」,著意挖掘人物內心深處的醜與惡,以揭露黑暗的現實、批判人性的醜惡,昭示封建思想對民眾的精神奴役和毒害,解剖民族病態的心靈。綜觀《吶喊》《彷徨》等小說集中的人物形象,絕大多數是「醜」的面目,「其中的權勢者、衛道士固然面目可憎,即使是頗值得同情或禮讚的被損害者形象、覺醒者形象,魯迅也是極力凸現其『醜陋』之處,如祥林嫂的愚昧麻木,呂緯甫的彷徨妥協,均是作者刻意為之。總之,『醜』成了魯迅筆下人物形象一個極為醒目的標識。」〔註85〕即使是描寫革命、宣揚進步的作品,在魯迅筆下也不乏醜惡的描寫,因為他堅信「革命是痛苦,其中也必然混有污穢和血。」〔註86〕因此,茅盾才會感慨:中國歷史上的一件大事——辛亥革命,反映在《阿Q正傳》中,卻是非常地讓人氣短。

魯迅對於自然主義審醜溢惡傾向有著清楚認知並持肯定態度的,他曾說:「左拉遭了強烈的文字和圖畫的嘲罵,終於不成為醜角」,中創作中他也不懼嘲罵,酣暢淋漓地揭示現實的醜與惡。魯迅面對的歷史情境是自己所屬的文化傳統中優良的東西已經淪喪殆盡,剩下的只是一些消極的成分阻礙著民族和國家發展的情況。所以他的作品中充滿著對腐朽反動的黑暗社會、封建禮教的強

〔註83〕魯迅:《摩羅詩力說》,《魯迅全集:1》,人民文學出版社,2005年,第84頁。
〔註84〕朱德發等:《魯迅文集:雜文卷》,山東文藝出版社,1990年,第312頁。
〔註85〕朱慶華:《論〈吶喊〉、〈彷徨〉的「審醜」話語》,《河南師範大學學報》,2003年第3期。
〔註86〕魯迅:《魯迅選集:3》,人民文學出版社,1983年,第43頁。

烈的恨；但同時也不乏對親人同類、國家民族的熱情的愛——愛憎並舉是魯迅的一大實踐原則，正所謂「能殺才能生，能憎才能愛」，「殺」「憎」是「生」「愛」的必要前提，是對當時「這可憐時代」的如實反映〔註87〕。魯迅作品中的主人公大都具有強烈的自棄傾向和對世界強烈的憎惡及反抗，他們中許多人一開始也懷著救世救人的美好願望，但在現實中的不斷碰壁，使他們發覺在現實世界裏，等級森嚴，嚴酷可怕，人與人之間爾虞我詐，彼此殘害。這些都讓他們憎恨、絕望，於是運用文學創作對社會的不義、黑暗與邪惡、人性深處的醜惡骯髒進行揭露與反抗。他們還發覺置身於醜惡社會中的自己也是有罪的，於是又極度自棄。比如狂人，發現自己也是有罪的，於是自責難見真的人，再加上發現勸誡他人無用，最終放棄了努力，「疾病」霍然痊癒，上某地候補去了——又一個真的人的靈魂被黑暗的社會吞沒。魏連殳、N先生、呂緯甫、涓生等均有自棄傾向。他們起先把自身存在的意義建立在對他人的啟蒙與改造上，但當發覺自身的罪孽、發現勸誡根本於事無補時，最終均放棄覺醒與反抗，或重墜昏昧，或落入憤激，或墜入頹唐，徒留徹底的絕望。〔註88〕

張天翼的小說也常常超越中國傳統文學常有的審美習慣，轉而以醜惡鄙俗的社會文化弊端與病態人格為主要審美對象，從而彰顯鮮明的審醜傾向。基於文學的真實觀，張天翼作品不迴避醜惡的人事物象，事實上，他分外關注現實生活中那些醜陋、卑下的人物，「他所描寫的全是中國人性格中劣性的人物」，他的作品正是對生活中形形色色的醜惡人物的真實展示，目的是「要剝開一些人的虛偽面孔，揭穿他們的內心實質」〔註89〕，這使他的作品具有強烈的審醜意識，與自然主義審醜溢惡傾向相吻合。

首先，為了再現生活的原生態，張天翼作品中不乏對容易引起人不快反應的一些污言穢語、污穢物象、動作、場面的精細描寫，藉此展示人性的醜惡。在張天翼的作品中，充斥著諸如你媽的、你奶奶的、媽糕操、婊子兒子、操你妹子的哥哥、爛污屎等污言穢語，鼻涕、眼屎、帶血的痰、頭上招蒼蠅的癩瘡、懶懶地冒著熱氣的大便等污穢之物，還有拈臭蟲，搓泥卷、擤鼻涕、搓完腳「把

〔註87〕魯迅：《七論「文人相輕」——兩傷》，《魯迅全集：6》，人民文學出版社，2005年，第418～419頁。
〔註88〕汪樹東：《論魯迅精神中的自然主義取向》，《齊齊哈爾大學學報》，2005年第4期。
〔註89〕顧仲彝：《張天翼的短篇小說》，《新中華》，1935年4月10日，第3期第7卷。

手拿到鼻孔邊嗅」等諸多醜陋粗俗的動作行為的逼真描摹:「拿黑色長指甲去挖眼角那些水漣漣的眼屎」(《楊洋涇浜奇俠》),「忽然她挺直了身子。手在鼻子上那麼一撮,一條黃色的鼻涕在手指上掛著——橡皮帶似的扭了幾扭,叭兒以聲就給甩到了牆上。拿罐飯在冒著熱氣」(《我的太太》)。難能可貴的,張天翼完全是以審美的態度和立場來觀照、描摹這些醜惡的,他常常會用美麗典雅的東西作比喻,從而使得作品具有強烈的審醜意識。比如:用掛了幾百年的舊字畫來比喻牆角上十幾家男人撒尿的痕跡;用美麗可愛的豔裝女人來比喻頭紅得彷彿塗過胭脂、身子綠得發光的大頭蒼蠅,等等。〔註90〕

其次,張天翼常常不露聲色、冷酷無情地描摹所謂的上流社會階層人性深處醜陋的一面。他用冷酷、嘲諷的筆調,「在小說裏漫不經心地剝開上流社會那些美麗的外殼,叫你去領略其醜惡的內部。那些虛偽、醜惡甚至已經腐爛發黴的東西,那些令人作嘔的逢迎拍馬、無是非觀的市儈習氣」〔註91〕。他將統治階級的腐敗反動、上層社會的荒淫墮落、上層人物的道貌岸然、醜惡病態等,不加修飾、不作增刪地直接描摹進作品,真實再現當時社會的黑暗罪惡、人生世相的醜陋骯髒,給讀者帶來強烈震撼。

在《砥柱》中,張天翼通過對一次旅途的簡單描寫,將所謂的「道德君子」黃宣庵的醜惡嘴臉暴露得淋漓盡致:一方面,他滿口仁義道德,非禮勿聽,非禮勿視,不停地教訓天真無邪的女兒,再三告誡她不准與敞開衣襟哺乳的少婦交談,不讓女兒聽從隔壁船艙傳來的淫詞穢語,恨恨地要把隔壁船艙裏傷風敗俗的傢伙鎖到牢裏;另一方面,他卻又以「此中老手」的形象加入隔壁無聊下流的笑鬧中並成為話題的中心,發出「膩膩的發抖的笑聲」。張天翼通過簡簡單單的自然主義式白描,生動形象地再現了「道德君子」假面具下的醜陋粗鄙、無恥淫邪的真面目。

張天翼作品凸顯的審醜溢惡傾向,招致了「故意的以醜惡的東西來做駭人聽聞的刺激的工具」〔註92〕之類的批評。其代表作《華威先生》一經發表,就因為「抉摘醜惡」而被指責「太諧畫化」,對於讀者「只有消極作用的東西」,「害多而益少」,「不寫為妥」〔註93〕。事實上,早在 1930 年代,即有人指出:

〔註90〕張冠華:《西方自然主義與二十世紀中國文學》,中央編譯出版社,2007 年,第 146～147 頁。
〔註91〕黃侯興:《張天翼的文學道路》,上海文藝出版社,1993 年,第 188 頁。
〔註92〕沈承寬等:《張天翼研究資料》,中國社會科學出版社,1982 年,第 243 頁。
〔註93〕沈承寬等:《張天翼研究資料》,中國社會科學出版社,1982 年,第 299 頁。

「在張天翼的小說裏有一點我們應該注意的：他所描寫的全是中國人性格中劣性的人物。我沒有找到一個具有偉大性格的描寫」〔註 94〕，批評其小說執著於暴露人性醜惡的一面，不如「創造偉大可敬的性格來感化一班劣性的國人。」茅盾對張天翼的審醜傾向倒是持贊成態度，認為他「是在找那些社會意義極濃厚的題材，而且他是在找尋要點來加以刺攻。」〔註 95〕

1980 年代，新寫實小說在「感性上已超越了審美文學的美學理念，不但在手法方式上，而且在哲學觀念、創作理念上都表現出審醜文學的特點，掀起了中國當代先鋒審醜文學的第一次高潮。」〔註 96〕在池莉、方方、劉慶邦等人的作品中，人性的醜陋、邪惡一面得到了深刻的表現。先看池莉的作品。《你是一條河》中辣辣，在冬兒《紅樓夢》書頁中留下一口綠痰，這是小「惡」；《預謀殺人》中王臘狗，為了達到自己報私仇的目的，慘害共產黨通訊員。為了博取將軍信任，殘忍活埋了一名與自己無冤無仇的參謀，並且因為活埋人有功得了將軍賞賜的日本甜食，感覺「甜得不得了」。《凝眸》中嘯秋，命令手下用蘸黃酒的草紙悶死了令人尊敬的師長嚴壯父。這些都是大「惡」。所有這些都是人物心理受到環境壓迫而出現的病態惡行為，顯示了特定情境下，自然、社會對人的異化。池莉正是在這個意義上借鑒了自然主義，但與左拉的自然主義小說相比，池莉的作品具有更多的社會因素，這使其作品更具可信的真實感，透露出現實的、歷史的或者說文化積澱的深沉和凝重。

方方作品被稱為「新寫實主義小說中最富批判意識和震撼力」〔註 97〕的。原因就在於這些作品直面人生的態度、嚴峻寫實的手法，以及由此而顯露的審醜溢惡傾向。方方通過小說，無情地撕下了人物形形色色的外包裝，深刻昭示人性的醜陋，並探究人類與生存境況之間的關係，讓讀者看清人性的負面，並感知到人類生存環境的險惡，及人類與環境之間相互副作用導致的進一步惡化。她的中篇小說《風景》，從一個死者的視角出發，不露聲色地描述了一個異常冷漠和殘酷的家庭的生存狀況，為讀者還原出了赤裸裸的生存本相：全家 11 口人全都擠在一間總面積只有 13 平米、簡陋骯髒的板壁房子裏，

〔註 94〕顧仲彝：《張天翼的短篇小說》，《新中華》第 3 卷第 7 期，1935 年 4 月 10 日。
〔註 95〕茅盾：《〈文學季刊〉第二期內的創作》，《文學》，1934 年 7 月 1 日，第 3 卷第 1 期。
〔註 96〕王洪岳：《審醜與否定：中國當代現代派文學的感性學探微》，《內蒙古社會科學》，2001 年第 3 期。
〔註 97〕王明良：《審醜——新寫實主義的批判方式》，《青年思想家》，2003 年第 5 期。

七哥從小到大只能睡在陰暗潮濕的床底，飢餓和貧窮始終困擾著他們，為了生存，他們苦苦掙扎，苦難和困厄讓他們喪失了親人之間本該擁有的關愛和溫情，彼此間毆鬥爭搶，呈現出卑瑣冷酷的人性之醜，就連早夭的「老八」的魂靈都恐懼地說：「我對他們那個世界由衷感到不寒而慄。」

劉慶邦的文學基本觀念同自然主義真實觀一致：強調文學創作要嚴格按照現實生活的本來模樣，正所謂見什麼寫什麼，不虛飾、不潤色，他說：「我們的創作只能從現實中獲取材料」，而「我們在現實中很少看到美好的東西，理想的東西。所見所聞，往往是一些欲望化了的糟糕的東西，甚至是污濁和醜惡的東西。」〔註98〕所以，他忠實於現實，將體驗到的生活中醜惡的東西真實再現到文學作品中，大力暴露人性的醜惡。《神木》描寫了兩個民工出身的人，原本老實淳樸，在金錢的驅使下，變成了誘騙、謀害老實善良的同類並拿同類生命訛詐錢財的騙子，極其震撼地表現了物慾的極度膨脹及人性深處的殘忍。《雷莊戶》則通過手足殘殺揭示人性的醜惡：陰險殘忍的二哥用鋤頭砸死了正在睡覺的三弟，而嗜偷成性的父親和極端自私的母親非但沒有為之悲痛欲絕，反而幫著二哥把三弟的屍體扔到了井裏——人性的陰暗、自私、冷酷、殘忍與血腥實在讓人觸目驚心。

（二）對變態的性心理和性行為的赤裸裸再現

自然主義文學的審醜溢惡傾向，對郁達夫也產生了深刻影響，正如他自己所說的那樣，「自然主義派文人的醜惡暴露論，富於刺激性的社會主義兩性觀潮水般殺到東京」，將「感情脆弱」的他「淹沒」「消沉」，引導他大膽直白地把性苦悶和性變態作為一種症狀，反覆寫進了作品，以渲泄內心的不滿和壓抑。郁達夫的小說，常常取法日本自然主義文學「自我告白」「自我懺悔」的行文方式，直接書寫陰暗、扭曲、變態的性心理和性行為，大膽甚至驚世駭俗地暴露人性深處的醜惡。郭沫若甚至認為：「自我暴露，在達夫彷彿成了一種病態了。別人是『家醜不可外揚』，而他偏偏要外揚，說不定還要發揮他的文學的想像力，構造出一些莫須有的『家醜』。」〔註99〕

郁達夫小說中，幾乎沒有常態的、甜蜜的愛情，有的多是嫖妓、宿娼、性變態等種種扭曲的情愛：《沉淪》中的手淫、野合、窺視、嫖妓，《秋柳》中

〔註98〕劉慶邦：《超越現實》，《長城》，2003 年第 1 期。
〔註99〕郭沫若：《論郁達夫》，《郁達夫研究資料：上》，天津人民出版社，1982 年，第 93 頁。

的嫖娼狎妓，《迷羊》中主人公的沉迷於性愛泥淖而無法自拔，《南遷》中「伊人」墮落的性愛生活，《茫茫夜》中的畸戀，《她是一個弱女子》中的女同性戀，等等。郁達夫正是要通過這些非常態的性愛描寫，來昭示以他自己為代表的青年一代正在經歷的性苦悶、性壓抑、性變態。在社會和傳統道德習俗的高壓之下，這些青年人沒有追求愛情和婚姻的自由，追求愛情的不可能與性的壓抑導致他們將性與愛徹底剝離，刻意追求感官上的愉悅，以排解、發洩心中的壓抑與苦悶，他們企圖以情慾性愛作為擺脫生存困境和生命痛苦的工具，結果卻陷入更加深邃的虛無、痛苦之中。可以說，性苦悶和性衝動的描寫已經成為郁達夫小說創作的一種特色，而其對非常態的性心理和性行為的醜惡之處的生動細緻的摹畫、大膽赤裸的暴露，正是對虛偽、冷酷、非人道的封建禮教、專制主義、封建傳統文化，束縛、壓抑、扭曲人的正常欲望和本能等醜惡之處的無情揭露和有力控訴，從而在當時引起了青年人的強烈共鳴，同時也招致了那些腐朽的假道學們的攻擊。

　　張資平相當認可自然主義文學對醜惡的描摹和揭露，他認為：「人生（應該）只從醜惡可悲可憐的方面觀察」〔註100〕，他主張像自然主義文學那樣通過猥褻、骯髒、醜惡的生活現象和畫面來凸現現實人生的真實面目。在評論日本自然主義文學時，張資平曾說：「道德絕不是固定不變的。過去有過去的道德，現在有現在的道德。未來也當然會生出一種未來的道德來。自然主義文學的確描寫了很多和過去的道德及現在的道德不能並立的人生，但對未來將成立的道德卻給了不少的助力。把人生的暗面赤裸裸的寫出來，縱令和過去或現今的道德相反，但是讀者加以考究，由考究的結果可以產生出新道德來」〔註101〕。因此，出現在張資平性愛小說中的主人公，大多既不完美也不正面。張資平通過對他們醜陋的生活，特別是混亂污濁的性生活的描寫來展現現實生活的醜惡不堪。他筆下的人物，無論男女，性關係都特別紊亂，都是三角甚至多角的性關係，絕少一夫一妻這樣的正常性愛關係。比如《最後的幸福》中的美瑛，除了丈夫之外，尚有多段婚外情，主動勾引自己的妹夫，和繼子亂倫，丈夫病死又和婚前的戀人同居，最後染上性病，在痛苦中死去。《青年的愛》中，林海泉不僅與父輩曾教授的日本夫人勾搭傳情，還向友人

〔註100〕葉渭渠：《日本自然主義文學思潮述評》，柳鳴九《自然主義》，中國社會科學出版社，1988年，第53頁。
〔註101〕張資平：《文藝史概要》，時中書社，1925年，第48頁。

的妻子求歡作愛。

　　張資平還常常選取教會作為小說人物的活動背景。常態思維中本該虔誠純潔的教會，在他的筆下藏污納垢，污濁不堪，凸顯人性中最為醜惡卑污的一面。《沖積期的化石》《約伯之淚》《公債委員》《約檀河之水》等皆如是，最具代表性的是《上帝的兒女們》。深受宗教感化多年的「上帝的兒女們」，本該純淨美好，相親相愛，實際上卻醜陋淫亂：傳經誦道的牧師與K夫人私通，牧師的子女則兄妹通姦，牧師的妻子和親生母親愛同一個男人，此外還有美籍主教與中國女子私通墮胎，等等，真是醜態百出，令人作嘔，人性中獸性般醜惡的一面被張資平暴露無遺。無怪乎有人會批評張資平的作品比左拉作品更應該被稱為「野獸的喜劇」〔註102〕了。陳子善曾經敏銳地指出張資平小說的審醜溢惡的傾向，認為張資平：「是現代作家中能夠廣泛地多側面地描寫教會生活，揭露教會黑暗醜惡的一面的一個代表。」〔註103〕

　　通過齷齪淫亂的性行為和性變態的描寫來揭示人性的醜惡也是莫言小說的一個共性。莫言筆下的人物，有的偏愛與動物交配，比如《紅蝗》中的人驢交配、《馬駒橫穿沼澤》中的人狗交媾；有的熱衷與親人亂倫，比如《模式與原型》《馬駒橫穿沼澤》中的兄妹亂倫、《酩酊國》中的女婿與丈母娘亂倫、《豐乳肥臀》中的妹夫大姨子偷情、侄女和姑父通姦。還有的擁有特別的性偏好：《酩酊國》裏丈夫以酒為妻，妻子飲「西門慶」酒以解性慾。最典型的是《豐乳肥臀》中的上官金童，他一生對乳房情有獨鍾，不僅只以奶水為主食，吃母親的奶直到十大好幾歲，而且覷覦並摸吮姐姐的乳房，特別鍾愛獨乳的女人，姦淫女屍等。此外還有親人殘殺的情形：兒子燒死母親（《模式與原型》）、女兒打死父親（《屠戶的女兒》）、媳婦打死婆婆（《豐乳肥臀》）、軍人扼死嬰兒（《金髮嬰兒》）。這些人的行為不但違反正常人性，醜惡無比，而且帶有濃鬱的非理性色彩。

　　在《紅蝗》中，莫言通過以性慾互誘的「狗男人」「狗女人」「狗男女」的放談縱論中，形象地刻畫了「人獸」的形象，並對人類做出如下判斷：「人，不要妄自尊大，以萬物的靈長自居，人跟狗跟貓跟糞缸裏的蛆蟲跟牆縫裏的

〔註102〕蘇雪林：〈多家戀愛小說家張資平〉，《蘇雪林文論集》，http://www.xiaoshuo.com/readbook/0018419_6384.html。

〔註103〕張資平：《上帝的兒女們：重印前言》，華東師範大學出版社，1994年，第4頁。

臭蟲沒有本質的區別，人類區別於動物界的最根本的標誌是：人類虛偽！」
「人類是醜惡無比的東西」。這，應該正是自然主義文學家們極力描摹人類性
的醜惡的原因所在。

（三）對「髒」「醜」現象的細節描摹

賈平凹和莫言的作品是這一方面當仁不讓的代表。

賈平凹作品中對屎尿屁等髒、醜現象逼真的細節描寫，常常讓評論者將
其與自然主義文學聯繫起來。有人這樣評價《秦腔》：「作品中的屎尿彌漫和
黃段子泛濫等粗俗細節，比比皆是。而賈平凹卻每每對之進行自然主義式的
敘述」，「他把農民兄弟寫成了禽獸，把農村姊妹寫成了動物。他以前還寫過
一些內心比較美好的農村女性形象，不知道這些年來為什麼越來越下作了，
熱衷於寫人的動物性，關鍵還在於筆墨骯髒，作者從中流露的態度令人作
嘔。」〔註104〕李建軍曾專門對賈平凹《懷念狼》中的醜惡描寫進行過統計，
指出在這部不足二十萬字的小說中，「寫及屎及屙屎、尿及溺尿的事象多達
13 次，寫及屁股、屁眼（肛門）、□□、洗屁股、痔瘡的事象多達 14 次，寫
及人及動物生殖器及生殖器隱匿與生殖器展露的事象多達 20 次，寫及精液
及排精的事象有 5 次，寫及性交（包括烏龜性交一次，人雞性交一次、人
「狼」性交一次）、手淫、強姦 10 次，寫及屍體 4 次，寫及月經帶（經血帶、
月經棉花套子）、髒褲頭 4 次，總共 70 餘次，平均不到 4 頁，就寫及一次性
歧變事象」〔註105〕李建軍還批評賈平凹《病相報告》是一種「消極寫作」
「偽寫作」「一種思想蒼白、趣味低下的欲望化寫作」〔註106〕。洪治綱則如
是評價賈平凹作品中的自然主義式的審醜溢惡傾向：「賈平凹的後期小說不
僅充滿了絕望的意緒，而且遍布了類似於『垢甲』的粗俗細節，包括一些類
似於手機短信的黃色笑料、乖張反胃的大小便描寫、原欲化的性暗示以及各
種畸形的情戀敘述（如《獵人》中的熊奸人）。這些細節有很多是沒有必要
的，也看不出有多少是真正產生於人物身上的『垢甲』，是真正源於人物精
神本原上的『垢甲』，而賈平凹卻每每對之進行自然主義式的敘述，以至於

〔註104〕于仲達：《賈平凹病象觀察：絕望背後的絕望》：http://www.zgyspp.com/Article/
　　　　ShowArticle.asp?ArticleID=14149&Page=2。
〔註105〕李建軍：《消極寫作的典型文本——再評〈懷念狼〉兼論一種寫作模式》，《南
　　　　方文壇》，2002 年第 4 期。
〔註106〕李建軍：《〈病相報告〉之「病相」種種》，《文匯報》，2002 年第 12 月 24 日
　　　　第 4 版。

讓人覺得『髒』……」〔註107〕。

　　事實上，賈平凹之所以以原始、粗糙甚至粗俗的語言，冷靜乃至冷酷地暴露生活中種種醜陋、污垢的人與事，並不是因為他「下作」「嗜醜」，而是源自他對文學真實性原則的忠實，體現了他對現實的冷靜審視與反思、深層關懷與擔憂。自然主義作家曾對自己作品中的審醜溢惡傾向進行正當辯護，賈平凹同樣對此作出過合理解釋：「因為愛得太深，我神經似的敏感，容不得眼裏有一粒沙子，見不得生活裏有一點污穢，而變態成熾熱的冷靜，驚喜的恐慌，迫切的嫉恨，眼睛裏充滿了淚水和憂鬱。」〔註108〕

　　除了通過齷齪淫亂的性行為和性變態的描寫來暴露醜惡之外，莫言作品中還充滿了大量對醜惡的人與事的自然主義式描寫。有研究者聲稱：「莫言採用左拉創立的以生理學、解剖學和病理學為主要特徵的自然主義方法，對現實生活中的醜進行詳摹，令人恐怖、噁心」。雖然迄今沒有論者專門闡釋莫言小說與自然主義的關係，但是，無須諱避，莫言確實受到了左拉深刻的影響，「有他文本中蘊含的出類拔萃的自然主義醜的經典場面為證。」〔註109〕

　　莫言在許多作品中大量涉及到醜，毫無顧忌地描寫和刻畫屎尿屁等污穢之物。必須特別指出的是，他是以審「美」的態度觀照、描摹「醜」的。他寫尿：女人「翹著屁股在兩個蝦醬桶中各撒了半泡尿」之後，眾買家竟然齊聲稱讚「好鮮」（《草鞋窨子》）；爺爺「清亮的尿液滋到滿盈的酒篓裏，濺出一朵朵酒花」，日後居然就成了芳香馥郁聞名遐邇的「十八里紅」（《紅高粱》）；他寫屎和肛門：四老媽的大便「味道高雅」「像薄荷油一樣清涼的味道」，「五十年前，高密東北鄉人的食物比較現在更加粗糙，大便成形，網絡豐富，恰如成熟絲瓜的內瓤。……麥壟間隨時可見的大便如同一串串貼著商標的香蕉」，「四老爺蹲在春天的麥田裏拉屎僅僅好像是拉屎，其實並不是拉屎了，他拉出的是一些高尚的思想。」（《紅蝗》）；他寫屁：六十多歲的岳母放屁有「糖炒栗子的味道」（《酩酊國》）；「九香婦」每天扭著屁股能放「九陣香氣」，皇帝被薰得「暈呼呼」，而其姐「十香婦」，則能放「十陣香氣」（《復仇記》），「高等人放的是香屁，低等人放的是臭屁。……香屁臭屁，混合成一股五彩繽紛的

〔註107〕洪治綱：《賈平凹，困頓中的掙扎》，《檔案春秋》，2007年第12期。

〔註108〕賈平凹：《賈平凹文論集》，青海人民出版社，1986年，第73頁。

〔註109〕王金城：《從審美到審醜：莫言小說的美學走向》，《北方論叢》，2000年第1期。

氣流。」(《歡樂》)他寫女性月經:「味道不壞,有點腥,有點甜,處女的乾淨,純正;蕩婦的骯髒、邪穢、摻雜著男人們的豬狗般的臭氣。」(《歡樂》)……此外,莫言還常常用肛門、大便等穢物來描述原本美好的事物。比如,他將女人的嘴唇描述為「像一個即將排泄稀薄糞便的肛門」(《紅蝗》)。他用「大便」「肛門」來表達對故鄉的思念:「我像思念板石道上的馬蹄聲一樣思念粗大滑暢的肛門,像思念無臭的大便一樣思念我可愛的故鄉。」(《紅蝗》)還用它們來形容愛情:「愛情的過程是把鮮血變成柏油大便的過程」,他還仔細分析到:「構成狂熱愛情的第一要素是錐心的痛苦,被刺穿的心臟淅淅瀝瀝地滴嗒著松膠般的液體,因愛情痛苦而付出的鮮血從胃裏流出來,流經小腸、大腸,變成柏油般的大便排出體外」(《高粱殯》),儼然醫生解剖腸道病體一樣無情地剖析本該以美好形象示人的愛情。

莫言作品體現的審醜意識,曾招致不少負面評價:有研究者質疑其「拉屎拉出一些高尚的思想」的描寫,認為「這種理性認識,怕是累死天下所有天才的哲學家、思想家,也無法從大便昇華出文化、哲學、宗教和思想。」〔註110〕有研究者指責其對「屎」「尿」「屁」等醜惡污穢之物的過分渲染,很難讓讀者得到「情緒上、感覺上的快適和精神上的滿足」,很難「提高思想境界,淨化靈魂,增強生活的信心和力量」。〔註111〕

(四)對暴力、血腥、死亡場景的冷酷描摹

論及對人性假醜惡一面的深刻揭示,「先鋒文學」中最執著的表現者應推余華。因為對暴力、血腥場面的冷靜描述,左拉曾一度被稱為「吸血鬼」「專寫殺人流血的小說家」〔註112〕,余華也曾因為對暴力和血腥的冷酷描摹而被批評為冷血動物,有人指責他血管裏流的不是血,而是「冰碴子」〔註113〕。

余華專注於暴力題材,總是以冷酷的筆調,極力挖掘人性深處潛在的假醜惡,赤裸裸地表現人暴力、殘忍、邪惡的一面,揭示了現代「文明」掩蓋下的醜陋和罪惡。傳統文學中一直以溫情脈脈的面目示人的人類家庭生活,在余華作品中完全被解構,溫情不復存在,只餘冷漠與暴力。家人之間不再團

〔註110〕　王金誠:《從審美到審醜:莫言小說的走向》,《北方論叢》,2000年第1期。
〔註111〕　童慶炳:《文學概論(修訂本)》,武漢大學出版社,1995年,第109頁。
〔註112〕　柳鳴九:《左拉小說精選集》,山東文藝出版社,1997年,第358頁。
〔註113〕　朱瑋:《余華、史鐵生、格非、林斤瀾幾篇新作印象》,《中外文學》,1988年第3期。

結、友愛、親密、和諧、溫馨，而是互相隔膜、彼此提防、充滿惡意、鬥爭和殘殺，家庭生活被肢解得支離破碎，醜陋不堪，具有濃厚的審醜意識。

余華的作品，尤其以早期的為代表，常常以冷靜甚至冷酷的態度，對人與人之間的關係及人自身行為與心理進行審醜，讓讀者痛徹地感受到現實的沉重、人性的醜惡。《一九八六年》的歷史教員，在文革中被迫害致瘋，他運用熟悉的古代刑法對自己的身體施行諸如「墨」「鼻組」「宮」「凌遲」等各種酷刑，展開一場自己對自己的血腥屠殺。余華冷靜地對歷史教員的各種自我戕害進行「淋漓盡致」「精雕細琢」的描述，體現出了鮮明的自然主義色彩〔註114〕。

《現實一種》更為典型。小說描寫了一個本該親密無間的家庭內親人之間的相互殘殺，充滿血腥味道，暴露了現實世界殘酷醜惡的本真面目。親情蕩然無存，家人間彼此相互仇恨，呈現出人人相殘的可怕場景，製造了一系列毫無理性控制的家庭殘殺慘案。人們面對親人死亡時所流露出的冷漠無情，讓讀者不寒而慄，然而，正如作者對小說的命名——這是「現實一種」，因此，作品的悲劇意味更加濃重。其中對孩子皮皮的描述，更加讓讀者深深感受到人性深處隱藏著的濃重的「惡」。年僅四歲的他酷愛暴力和血腥，以毒打自己的堂弟——一個在搖籃裏的孩子來獲取快感和滿足。他不停地變換打耳光、卡脖子等各種試驗方式，以獲取堂弟各種不同的哭的效果，從中感受到無窮的樂趣，最後竟因為掐堂弟的咽喉卻感覺不到快樂，就把他的堂弟抱起來摔死。在大人們因為他摔死堂弟而相互廝打搏鬥時，他興致勃勃地在旁邊欣賞，父親和叔叔的血腥肉搏讓他興高采烈、哈哈大笑，而母親的好意規勸，卻使他憤然大哭。可見其幼小的心靈中有著多少暴力留下的痕跡，其天性的殘忍實在令人不寒而慄。《呼喊與細雨》中也有通過對孩子身上的「惡」來揭示人性本惡的描述：「我」的哥哥為了逃避父親的懲罰，用鐮刀殘忍地劃傷「我」的臉以加害於「我」，在「我」因此遭到父親毒打的時候，哥哥非但不感到內疚，反而無動於衷地在旁邊「維持秩序」。余華正是以一種冷靜乃至殘酷的筆觸活生生地再現了「人」的野蠻、兇殘本性，向讀者展示了一個被揭掉溫情面紗、退卻虛偽道德光環遮掩而顯得十足自私、冷漠、殘酷的生活環境。《現實一種》最後，醫生解剖山崗屍體的場面中，「醫生」已經不再是道德高尚的

〔註114〕沈夢贏：《余華的「冷酷」：抉發人類本性——論余華小說的自然主義傾向》，《武漢交通大學學報》，1999 年第 2 期。

救世主，沒有救死扶傷的「仁心」，而是殘忍的侵略者、暴虐的劊子手，他們爭先恐後地瓜分「領土」，殘忍無情地「屠宰」屍體，心情輕鬆愉悅甚至興奮地進行「切斷血管和神經」「掏空胸腔和腹腔」等一系列屠宰動作。他們的行徑，讓讀者更清晰地看到了人類的醜惡、暴虐。

余華作品幾乎每篇都涉及到死亡。有時候，人甚至因為一丁點兒小事，就頓生殺機，毫不手軟。比如《難逃劫數》中，醜陋的露珠因擔心東山會變心拋棄自己而毀了他的容貌，東山則因此殺死了露珠。一對臨時野合的男女，居然因為一位少年無意中妨礙了他們的野合，而殘忍地殺死了無辜的少年，人性的殘忍暴虐令人不寒而慄。《活著》中，福貴一家八口人死了七個，更加讓人不勝唏噓的是，死去的基本上都是年輕力壯、善良美好的，而只留下了「最不該活的」福貴。余華正是通過對死亡，尤其是非常態死亡的一遍遍重複描摹，來揭示生存的艱難、悲愴和無奈，體現出了作者對人類終極命運的擔憂。

余華對暴力、血腥、死亡場景的大量描摹，源自他對文學真實觀的忠誠，是他對世界的真實感受的忠實反映。余華曾說過：「作家要表達與之朝夕相處的現實，他常常會感到難以承受，蜂擁而來的真實幾乎都在訴說著醜惡與陰險」〔註115〕，面臨艱難的抉擇，余華向自然主義審美態度傾斜，選擇正視人生的痛苦和現實的醜惡，將自己的真實感受客觀如實地呈現出來，冷靜客觀地再現現實中的「醜惡」「陰險」、血腥、暴力、死亡。余華對人性之惡的反覆強調，彰顯的是其面對現實社會中善良人性、美好事物的失落而感受到的深深絕望與反抗、對人性的深刻焦慮和懷疑，這是對一味向善、粉飾太平的唯美主義的反撥，是對客觀寫實的自然主義審醜溢惡傾向的傳承。

余華作品中的審醜溢惡傾向雖然招致了不少批判，但同時也獲得了讚揚，有研究者稱讚其「將我們生存於其中的現實生活撕開一條血淋淋的破口，讓我們看到平時所無法看到的冷峻、嚴酷、黑暗、醜陋的生命真相」，「以其豐富的精神信息，構成強大的精神衝擊力，無情地擊碎人們的日常經驗和日常思維，將人們逼到不得不正視這種既陌生又真實的藝術圖像的生存極境，所以有可能促使人們喚發出最深刻的生命激情，最熱切的創造欲，將開闢新生活和新人生的可能性膨脹到極限」。〔註116〕莫言則稱讚：「一個古怪而殘酷的

〔註115〕余華：《活著‧前言》，長江文藝出版社，1993 年，第 2 頁。
〔註116〕摩羅：《破碎的自我：從暴力體驗到體驗暴力》，《小說評論》，1998 年第 3 期。

青年小說家以他的幾部血腥的作品，震動了文壇。」〔註 117〕

莫言作品中，暴力、酷刑同樣俯拾皆是：《二姑隨後就到》中，莫言冷靜而細緻地羅列了二姑的兒子針對表姐、表妹們所用的四十八種刑罰，所謂「彩雲遮月」，是「用利刃把受刑者額頭上的皮膚割下來，遮住雙眼」；所謂「去髮修行」，則是「用一壺沸水，澆在受刑者的頭上，把頭髮一根也不剩地屠戮下來」。此子的心狠手辣昭然若揭；還是在這篇小說中，殘忍慘烈的殺人場景多次出現。麻奶奶被割手、挖眼、剁腳的場面令人不忍卒讀：麻奶奶先被割去雙手，「在地上抽搐」，然後，啞巴「一刀便剁斷了麻奶奶的腳脖子，那只穿著緞子鞋的小腳單獨立在地上，樣子十分可怕」，最終麻奶奶還被割去眼皮。天、地兄弟倆不但殘忍地挖去大奶奶的兩個眼球，還逼使路人凌遲大奶奶。《靈藥》中，對死人開膛取膽的場景也相當恐怖：開膛之後，「黑血綿綿地滲出來」「白脂油翻出來」「白裏透著鴨蛋青的腸子滋溜地躥出來。像一群蛇」，而取出的人膽則「宛如一塊紫色的美玉。」莫言還在《紅高粱》中不露聲色地記錄了羅漢大爺被日本兵活剝的全過程：先割下耳朵，再割下生殖器，然後從頭到腳剝下完整無損的整張人皮，最後羅漢大爺成為「肉核」；《檀香刑》乾脆就直接把酷刑作為標題，作者十分冷靜地描摹了「刀剮美女」的場景，細緻周到而不厭其煩地展示了錢雄飛被五百刀凌遲的詳細步驟。

一些評論家對莫言作品中的血腥、暴力場面的自然主義式詳盡描摹持評判態度。《紅高粱》一經問世，即被評價為具有「自然主義的傾向」，蔡毅明確指出：在《紅高粱》中，「自然主義傾向不能諱言。突出表現在羅漢大叔慘遭剝皮，零刀子剮的細緻描寫上」，並認為這些描寫「不僅不能給人以美感，反而讓人感到頭髮根發麻，喉嚨裏穢物翻騰，皮膚上起雞皮疙瘩，好不舒服。」〔註 118〕李清泉在談及「羅漢大叔」被剝皮時也說：「當然不是不能接受羅漢大叔的死，而是不能接受凌遲的具體細緻的過程描寫。」〔註 119〕劉廣遠則聲稱：不能接受《植香刑》等作品中「創作主體毫不遲疑地撕裂美麗，裸露暴力，展示酷刑和對其欣賞、把玩的態度。」〔註 120〕胡秀麗認為

〔註 117〕莫言：《會唱歌的牆》，人民日報出版社，1998 年，第 212 頁。
〔註 118〕蔡毅：《讀〈紅高粱〉致立三同志》，《作品與爭鳴》，1986 年第 10 期。
〔註 119〕李清泉：《讚賞與不讚賞都說──關於〈紅高粱〉的話》，《文藝報》，1986 年 8 月 30 日。
〔註 120〕劉廣遠：《顛覆和消解：莫言小說中人的「異化」與審醜》，《渤海大學學報》，2004 年第 1 期。

在莫言作品中,「審美變成賞醜,文藝所負載的形而上的超越性喪失,主體的存在意義被淹沒,文本的詩意也大受損傷。」〔註 121〕何天杰認為《植香刑》「對幾次慘酷得匪夷所思的死刑的描寫達到了繪聲繪色的程度」,「割耳、刻眼、旋鼻、刺心,作品沒有半點省略和疏忽」,「鉅細無遺地刻畫劊子手趙甲殺人的每一個令人作嘔的細節」,並質疑其這樣寫的目的:「是要令讀者恐懼,還是企圖引導讀者學會欣賞血腥?」〔註 122〕

事實上,莫言對血腥場面、恐怖場景的渲染,並不是因為作家熱衷於此,而是出於忠實於文學真實觀的需要——暴力傾向正是人的本能之一。正如《檀香刑》裏的劊子手——自稱「砍下的人頭比高密縣一年出度的西瓜還要多」的趙甲所說:「所有的人都是兩面獸,一面是仁義道德,三綱五常;一面是男盜女娼,嗜血縱慾。」〔註 123〕可見,作家之所以不惜筆力渲染血腥、暴力,正是為了逼真自然地刻畫人物,揭示出人性深處的醜惡殘忍。

(五)語言之醜

自然主義者為了達到描寫的絕對真實性,在語言上也非常注重真實自然,拒絕人工修飾,追求「更為靈活,更為自然的語言。這種語言既可說是寫得巧妙,也能說是寫得粗率。……倘使說你是無法把日常會話連同它的囉嗦、冗長及廢話統統搬上舞臺的話,那麼你至少能把它的生動及聲調保留下來,讓每個談話者帶有特別個性的句型,簡言之,把現實性保留下來,放在恰到好處的地方」〔註 124〕。因此,自然主義作品中的語言,遠沒有浪漫主義、唯美主義文學中的語言高雅優美,也不及現實主義文學中的語言簡潔精練,相反,它盡可能地保留了語言的日常性、口語化,又因為自然主義文學所描寫的對象多是文化程度偏低、質樸率性的下層人民,所以自然地呈現出平實、粗糙,甚至粗俗、污穢、醜惡的特色。

自然主義文學語言上的這一特色對中國現當代文學影響頗為深遠。

作品中流露出自然主義色彩的張天翼,就有意識地通過對日常生活語言

〔註 121〕胡秀麗:《莫言近年中短篇小賞與不讚賞都說——關於〈紅高粱〉的話》,《文藝報》,1986 年 8 月 30 日。

〔註 122〕何天杰:《審醜,還是嗜醜?——評莫言的長篇小說〈檀香刑〉》,《語文月刊》,2002 年第 5 期。

〔註 123〕莫言:《植香刑》,作家出版社,2001 年,第 240 頁。

〔註 124〕左拉:《戲劇中的自然主義》,朱雯等《文學中的自然主義》,上海文藝出版社,1992 年,第 202 頁。

的客觀照錄來暴露人性的醜惡。大多數作家盡力迴避的污言穢語，在張天翼筆下並不忌諱，為了真實刻畫人物的性格，他的小說像許多自然主義作品那樣，捨棄傳統文學作品慣常使用的文雅的書面語言，選用平民大眾豐富多彩的日常口語，顯得清新自然、不加修飾。張天翼作品中存在著大量的粗言穢語，「你媽的」「他媽的」「你奶奶的」「操」「婊子」「爛污」「屄」等髒話、粗話在其作品中俯拾皆是。《團圓》中，一句「操你妹子的哥哥」，竟然出現了十六、七次之多。即便是《路》中的抗日隊伍，也是「媽糕操」「他媽的」之類的髒話、粗話不離口。

張天翼作品中體現的語言上的審醜傾向，歷來為研究者所垢病。其實，張天翼作品中的粗話，是作家完全忠實於文學真實觀的體現，是為了滿足性格刻畫與主題表現的客觀需要。這些粗話俗語，是符合所描寫的人物的身份與生活氛圍的——他所描寫的大多是沒有受過多少教育的社會底層小人物，這些粗俗的口語可以真實再現生活的原態，逼真揭示人物的性格心理。《善女人》裏的長生奶奶，一提起兒媳來，就稱為「爛污屄」，這一稱謂在全篇中竟用了二十幾次之多，因為討厭兒媳，就連親身兒子也連帶被她罵作「婊子兒子」。正是這些穢語，以及她通過尼姑庵老師太向兒子放高利貸，最終逼死兒子的行為，深刻地揭示出這個母親的變態心理，暴露了物慾極度膨脹下的人性醜惡卑鄙的一面，更具諷刺意味的是，就這樣一個粗俗、自私、貪婪的女性，居然被公認為「善女人」。《團圓》中，大根滿口污言穢語，動輒就罵「操你妹子的哥哥」，充分顯示了幼時經歷的母親賣身維持生計的境遇，給初識世事的大根所帶來的恥辱和痛苦，污言穢語是他發洩屈辱與憤懣的唯一方式。

莫言小說在語言上也充分體現了自然主義式審醜傾向。莫言小說中的語言極有特點，即通篇使用通俗平實的口語方言，村言俚語隨處可見，粗話、髒話、葷話、咒罵語、調情話俯拾皆是：男人和女人關於「窟窿」「金槍魚」的性對話（《魚市》）；女司機與了鉤陌路相逢便相互言語挑逗，各自自稱「鹽鹼地」「肥田粉」，極具性暗示和性挑逗意味；侏儒的終極人生理想便是「操遍酒國美女」（《酩酊國》）；司馬庫行刑前對女公安進行的言語上的性挑逗，司馬糧和情婦到消協投訴「避孕套」事件的眾人對白，盼弟被批判時的淫蕩言語（《豐乳肥臀》）等。「操」「幹」「髒豬」「騷狗」「公牛」「野驢」「雜種」「狗日的」「驢日的」「爛貨」「蕩婦」「破鞋」等罵人言語在莫言作

品中更是不勝枚舉。⋯⋯凡此種種，確乎違背了傳統文學追求高雅的審美原則，彰顯惡俗的傾向。但是，我們必須意識到：這是作者對文學真實性嚴格追求的結果：書中人物所持語言雖然不美，但卻是真實的，是和他們各自的身份相符的，因而可以增加作品的真實性和可信度，也增添了人物的鮮活、自然。

此外，還有不少受到自然主義影響的作家在作品中毫不掩飾地呈現出審醜溢惡的創作傾向。

路翎曾經說過：「對於一個作家來說，描寫幸福，當然要比描寫不幸愉快得多。」但是，作為將真實視為文學最首要的創作原則的作家，則必須依照生活的真實面目進行如實描寫，不能遮醜蔽惡，「不能簡化人們的內心生活」。他所寫的都是「攀住歷史車輪的葛藤」，是「黑暗的窒息」，「我們土地上陰暗的血跡」〔註125〕，那是因為他所處的時代就是如此：黑暗、混亂，流氓地痞橫行，官兵土匪勾結，到處是弱肉強食、爾虞我詐的醜惡情景，基於文學的真實觀，路翎將這些黑暗和醜惡人事物象真實地寫進作品，以客觀揭示現實社會的黑暗混濁，人性的齷齪污穢：王炳全在迫害自己的副鎮長面前討好諂媚（《王炳全的道路》），張少清因為主子郭子龍的懺悔和小恩小惠就完全忘記了他霸佔自己妻子的罪行並對之感恩戴德（《燃燒的荒地》），都充分暴露了人類心靈深處面對強權時的奴性和怯懦；羅大斗在遭到光棍謾罵與毒打後，非但沒有感到羞恥或怨恨，反而在幾個鐘頭後就在茶館裏向欺凌他的人賠禮，並且還渴望著「直截了當的刀刺、火燒、鞭撻、謀殺」（《羅大斗的一生》），則在面對強權的奴性與怯懦之外，又增添了人類內心深處的殘忍與卑污；五里場的男女老少津津樂道郭素娥身受凌辱，慘遭酷刑，含恨而死的悲慘遭遇（《飢餓的郭素娥》），則充分揭示了人的殘忍、麻木、冷漠、自私，正義感和起碼的同情心的缺失；《棺材》裏兄弟間的反目和仇恨，《新的娛樂》裏人們對弱者的玩弄，則反映了人際關係的日趨惡化。路翎通過對一系列小人物的醜陋、瘋狂的病態心理和行為的自然主義式的描述，冷酷地將人性惡的一面揭示出來，反映了作家對現實的悲觀與失望。

還有劉恒。劉恒在小說不厭其煩地展示人性醜惡的一面，正如孫郁所評價的那樣，「不近情理地去寫人的陰暗的東西，那些超常規的性困擾、齷齪的心理交流、非道德的衝動，竟被他詳盡、認真、有韻律地表現出來。」劉

〔註125〕路翎：《路翎小說選》，作家出版社，1992年，第35頁。

恒在作品中對人生的無情殘酷的解剖,「像魯迅的反省一樣森冷到讓人戰慄的地步」。在《蒼河白日夢》中,對老爺喝童子尿、吃胎盤等情景的描述,讓人不忍卒讀;而《伏羲伏羲》中的性描寫,則比「郁達夫和張賢亮要粗鄙得多」。〔註126〕

　　1986年,莫言在《紅高粱》中寫道:「高密東北鄉無疑是地球上最美麗最醜陋、最超脫最世俗、最聖潔最醒凝、最英雄好漢最王八蛋、最能喝酒最能愛的地方。」這句話體現了作者對高密東北鄉這塊土地複雜的感情,也體現了作者的審美準則:沒有絕對單一的審美對象,任何人與事都是矛盾統一體,可以集美麗與醜陋、善良與邪惡、粗俗與高雅、愚昧與文明、聖潔與齷齪等對立面於一身,文學作品就應該如實地體現審美對象的多面性、複雜性、矛盾性。生活本身就是美醜混雜,善惡相伴的多面體,醜和惡原本就是生活的有機組成部分,人性本來就是善良與邪惡,美好與醜陋共存的複雜體。既然文學以真實地反映生活為基本準則,則醜和惡完全應該同善和美一樣,進入神聖的文學殿堂,成為文學著力觀照和書寫的主要審美對象,這話或許也可以為受到自然主義文學影響的中國現當代文學作品中所流露出來的審醜溢惡傾向作一個注解吧。

第三節　感傷情緒,悲劇意識

一、自然主義文學的感傷與悲觀

　　表面看來,感傷與悲觀情緒與向來強調最大限度地客觀寫實、零度情感的自然主義完全沒有關聯。左拉就曾明確反對浪漫主義的多愁善感:「浪漫主義不曾適應永恆的事物,只是患思鄉病,懷念著一箇舊秩序和一聲戰鬥的號角,於是在自然主義面前就崩潰了。」〔註127〕的確,自然主義對文學寫實性的高度強調、對科學精神和實證方法的高度倚重,都使其似乎偏離「情感」,但是,任何文學作品都不可避免地摻雜了作家的主觀情感在內,體現出作家的道德情感傾向,自然主義也不例外。基於文學真實觀,自然主義將現實生活中的社會黑暗與人性醜惡如實搬入文學作品,面對黑暗與醜惡,而又找尋

〔註126〕孫郁:《劉恒和他的文化隱喻》,《當代作家評論》,1994年第3期。
〔註127〕左拉:《戲劇中的自然主義》,朱雯等《文學中的自然主義》,上海文藝出版社,1992年,第175頁。

不出解決的辦法，看不到出路，作家必然地產生感傷與悲觀情感。具體地說：自然主義文學的感傷情感、悲劇意識體現在以下兩點：（一）通過對小人物的悲慘命運的真實再現，流露出作家的感傷情緒和悲憫情懷。巴赫金早在 1960 年代就在《感傷主義問題》一文中指出了自然主義和感傷主義的親緣關係，他認為自然主義是感傷主義的一種變體，兩者由於對小人物、對同情和憐憫等內容的共同觀照而交匯在一起。〔註128〕（二）通過對現實社會中醜惡現象的無情暴露、對人性深處隱藏著的醜陋一面的冷靜挖掘，流露出作家對現世的悲觀失望和對未來的焦慮擔憂。

以莫泊桑為例，簡單解讀自然主義作家的悲劇意識。

莫泊桑的悲劇意識首先體現在他對愛情、婚姻所持有的態度上。在現實生活中，由於父親是個浪蕩子，父母感情長期不和，導致莫泊桑對愛情和婚姻極度不信任，自己也採取消極、玩世不恭的態度對待情感，他曾自詡「一生中有三百多個情人」，用肉體的放縱與狂歡來排解內心的苦悶和孤獨。但事實上，狂歡之後，他又會冷靜反省自己的荒唐行為，並因此感受到更深一層的痛苦和悲觀。體現到作品中，就是作家以冷漠的語言客觀地描述主人公愛情、婚姻的美好幻想和憧憬在冷酷無情的現實面前碰壁、破碎、幻滅的情形，以冷靜的態度逼真地描摹那些在欲望和本能的驅使下「人獸」們所呈現出的骯髒、醜惡、罪惡的行徑。而在冷漠的描述、冷靜的描摹背後所流露的正是作家內心深處無法排解的感傷與頹廢、悲哀與痛苦。

莫泊桑的悲劇意識其次體現在他對現實的黑暗狀況、對資產階級和貴族階層的醜惡言行所進行的無情揭露和鞭撻上。當時第三共和國統治下的法國，正處於殘酷的、赤裸裸的金融資本主義積累時期，統治階級腐朽殘暴的統治、貴族階層荒淫無度的糜爛生活、底層人民的悲慘境遇，激起了作者的滿腔憤怒與強烈不滿，並通過文學創作表達對黑暗現實的不滿與怨恨，他把腐敗黑暗看成是永恆的現象，在作品中一味審醜溢惡。因為看不到未來人類社會發展的光輝前景，他的作品顯示的是面對人類黯淡無望的前途而產生的感傷、頹廢、失望、悲觀的情緒。

再次，莫泊桑的悲劇意識體現在他對待死亡的態度上。生活中弟弟等親人的病逝、自己無止無休的身體與精神上的病痛折磨、家庭生活的不幸與解

〔註128〕錢中文主編：《巴赫金全集：4》，河北教育出版社，2009 年，第 292 頁。

體、在壓抑人性的教會學校的學習經歷、社會現實的黑暗醜惡，使他成為一個對生活完全絕望的人。他曾三次試圖自殺，更經常談及死亡：「只有死亡是一定的！我相信是必然的、萬能的死亡！」「呼吸、睡眠、飲食、走路、辦事，我們所做的一切，或者說生活，都是死亡！」〔註129〕對死亡的切身感受造就了他獨特的死亡觀，加劇了他的悲觀意識。莫泊桑在《瞎子》《墳墓》等小說中多次惟妙惟肖、細緻入微地瞄寫死亡，以及與死亡相關的屍體、墳墓等，場景相當可怕、怪異，有時甚至會讓讀者感到毛骨悚然。

　　日本自然主義文學在傳承法國自然主義文學感傷情緒的基礎之上，更沿襲大和民族的傳統審美情趣「物之哀」的深厚影響，凸顯綿綿不絕的感傷情緒。憂鬱悲哀的情緒構成了日本自然主義文學的總體氛圍，日本自然主義作家本著一味求「真」的原則，單純而消極地暴露醜惡，並因為自己微弱渺小的力量無法與現實的醜惡進行對抗而愈發感到悲哀感傷，頹廢墮落，最終導致自我分裂和虛無主義。正如片上天弦所說：「謀求解決人生而不能達到，就勢必產生悲哀。這種悲哀精神，不久就成為愛憐精神。」在這種悲哀、愛憐精神的指引下，日本自然主義作家們大膽地暴露現實的黑暗，揭示人性的醜陋，其暴露的背後，掩藏的是「深刻的悲哀的苦海」。日本自然主義作家普遍被認為充滿了自憐自艾的哀怨感傷與「暴露現實的悲哀」，這種哀怨、感傷、悲哀、自我暴露的美學感受並沒有隨著自然主義流派的衰落而退出日本文壇，而是始終顯現在日本現當代文學作品中，並影響了以魯迅、郁達夫等為代表的曾留學日本的中國作家。

二、自然主義悲劇意識對中國文學的影響

　　自然主義文學流露出的淡淡的感傷與悲哀的情調，與「五四」時期的社會環境是吻合的，因此為新文學先驅者們所接受。「『五四』時期，那是一個向人們預約了很多，而所能當場兌現的又很少；鼓勵了理想主義，又處處揭破著現實的醜惡；使人們感到『新時期』的光明，又迫使他們面對普遍存在於生活的封建性黑暗的時代。」〔註130〕這樣的時代背景，使得新文學先驅者們時刻感受到理想與現實的衝突所帶來的痛苦與悲哀，當他們希望借助文學擔負起時代重任時，便自然地使作品蒙上了一層感傷情調和悲劇色彩。當時

〔註129〕張英倫：《永恆的流星——莫泊桑傳》，湖南文藝出版社，1995 年，第 102 頁。
〔註130〕趙園：《艱難的選擇》，上海文藝出版社，1986 年，第 67 頁。

著名作家如魯迅、茅盾、郁達夫、冰心、丁玲、廬隱、瞿秋白等的創作都一度
表現出了相當程度的感傷傾向和悲劇意識。

（一）頹廢、感傷的「零餘者」──郁達夫

郁達夫小說無疑是中國式感傷文學中的一個典型。

郁達夫將文學上的感傷主義稱為「殉情主義」（Sentimentalism），認為這
是一種具有「主情的傾向」的文學：「文學上的，這一種殉情主義所有的傾向，
大抵是缺少猛進的豪氣與實行的毅力，只是陶醉於過去的回憶之中。而這一
種感情上的沉溺，又並非是情深一往，如萬馬的奔馳，狂飆的突起，只是靜
止的、悠揚的、舒徐的。所以殉情主義的作品，總帶有沉鬱的悲哀，詠歎的聲
調，舊事的留戀，與宿命的磋怨。尤其是國破家亡，陷於絕境的時候，這一種
傾向的作品，產生得最多。」〔註131〕他強調感傷主義一直存在於文藝之中：
「把古今的藝術總體積加起來，從中間刪去了感傷主義，那麼所餘的還有一
點什麼？……我想感傷主義是並無妨害於文學的。」他甚至認為，「這感傷主
義，就是文學的酵素了。」〔註132〕很顯然，郁達夫所言的「感傷主義」「殉情
主義」並不完全等同於19世紀末期盛行於英國的感傷主義文學思潮，而是一
個泛概念，泛指各種文學作品中流露出來的感傷、憂鬱甚至頹廢的情感傾向。
如前所述，郁達夫的創作受到了自然主義文學的深刻影響，所以，與其說郁
達夫深受英國感傷主義文學的影響，倒不如說其受到自然主義文學，特別是
日本自然主義文學流露出的感傷傾向的影響更合適。

郁達夫的朋友曾多次回憶其多愁善感的憂鬱氣質。陳翔鶴回憶到：「從善
於流淚一點上看來，我們也不能不說達夫兄是個多情善感的人物。我所看見
他的流淚已不能用次數來計算。」「實在地，達夫兄那時的熱情和傷感，似乎
難免不有一些過分之處的。」〔註133〕王任叔也回憶到：「達夫是一個容易披
肝瀝膽的真性男子。但當我們初見面的時候，我竟驚奇於他背誦自己心中的
創傷與恩怨，到了那樣坦白的程度。」〔註134〕可見，郁達夫多愁善感的情緒

〔註131〕郁達夫：《文學概說》，《郁達夫文論集》，浙文藝版社，1985年，第28頁。
〔註132〕郁達夫：《序孫譯〈出家及其弟子〉》，《郁達夫文論集》，浙江文藝出版社，
　　　　1985年，第316頁。
〔註133〕陳翔鶴：《郁達夫回憶瑣記》，陳子善、王自立《郁達夫研究資料：上》，天
　　　　津人民出版社，1982年，第110頁。
〔註134〕王任叔：《憶郁達夫》，陳子善、王自立《郁達夫研究資料：上》，天津人民
　　　　出版社，1982年，第117頁。

化氣質是異常強烈的,這不僅注定了他日後創作的主情傾向,同時也奠定了他親近並學習日本自然主義文學的情感基礎,因為日本自然主義文學所特具的憂鬱與感傷的情調,大膽地暴露自我的風格,正好可以滿足郁達夫宣洩自身愁苦孤寂的內心情感的需要。

孤僻內向的性格、多愁善感的氣質、窮困艱辛的生活和崎嶇坎坷的感情遭遇,使郁達夫對日本「私小說」中的憂鬱和感傷產生強烈共鳴。受日本自然主義文學綿綿不絕的感傷情緒的特徵影響,憂鬱、感傷情調一直貫穿於郁達夫作品之中,他的所有作品幾乎都籠罩著某種憂鬱、感傷,甚至頹廢的氣息。郁達夫善於選擇那些能夠體現感傷情調的題材進行創作,《銀灰色的死》中,隻身國外的主人公,既已飽受思鄉之痛苦及飄零異國之孤獨與艱辛,又先後遭遇國內妻子去世、第二次情戀的幻滅的雙重打擊,被徹底擊垮,以徹底的消極、頹廢應對不幸的生活,並最終釀造了自我毀滅的生命悲劇。這是郁達夫利用小說的形式第一次展示自己悲涼苦寂的心境,通篇充斥著「無窮傷感」。此後,他的一幅幅作品一直在向讀者渲染這種憂鬱感傷的情調,營造苦悶、悲痛的氛圍,刻畫「零餘者」孤苦、沉淪、消極、頹廢的病態形象及複雜、矛盾、壓抑、憂鬱、孤冷的精神世界,以對舊人舊事的留戀來彰顯現實的殘酷、對宿命的磋怨來抗議命運的不公,對青年人美好追求的渲染來對比理想幻滅後的「頹廢」,處處彰顯濃鬱的感傷情緒。

讓作品充滿憂鬱感傷的情調,一方面是郁達夫個性和遭遇使然,另一方面,中國當時特定的時代與社會環境也是郁達夫接受自然主義文學感傷情調的主要原因:郁達夫所處的時代,中國正處於帝國主義與封建勢力的雙重重壓下,整個社會黑暗沉重,統治階級腐朽無能,人民大眾飢寒交迫、流離失所。而「五四」運動的潮起潮落,又使剛剛覺醒過來的青年一代深刻感受到由充滿希望的巔峰跌入悲觀失望的深谷所帶來的強烈反差,於是迷惘、感傷、頹廢、悲觀的情緒就成為籠罩在他們頭頂的主要基調。正如郁達夫自己所回憶的那樣,「到了國家衰敗,生活不定的時候,原容易產生出殉情主義的文學來。」(《文學概說》)而日本自然主義文學的感傷和頹廢情調剛好契合郁達夫內心的需要,所以,郁達夫親近並沿襲了日本自然主義的做法,採取「感傷」「頹廢」這一藝術的抵抗方式,來表達對黑暗社會的不滿和抗議,因為在西方文化圈裏,「感傷」「頹廢」原本就是指在藝術或美學的層面上對資本主義社會和既成道德的控訴和反抗。從社會根源上看,郁達夫作品中的「感傷」

「頹廢」傾向，正是當時青年人在時代桎梏下的無奈呻吟，彰顯了對所謂「國民性」的失望、對黑暗社會的不滿和抗議。1920 年代的中國，冷靜思考歷史的方向以及社會前途的風氣還沒有普遍形成，在這種情況下，頹廢足以成為一種有效的衝擊波，成為反抗黑暗社會的一股力量。郁達夫在回憶《沉淪》創作時曾說：「眼看到的故國的陸沉，身受到的異鄉的屈辱，與夫所感所思，所經所歷的一切，剔括起來沒有一點不是失望，沒有一處不是憂傷。同初喪了夫主的少婦一般，毫無氣力，毫無勇毅。哀哀切切，悲鳴出來的，就是那一卷當時很惹起了許多非難的《沉淪》。」（《懺餘獨白》）。可以說，郁達夫小說正是通過個人感傷的渲染，喊出了時代呼聲，彰顯了沉重的社會責任感。這也正是他的作品能夠深深地打動讀者、引起讀者強烈共鳴，並擁有長久藝術生命力的原因所在。正如黎錦明所說：「《沉淪》是一件藝術品，周作人先生這麼說過，誠然，它的藝術的優美，完全在那淒婉動人的文字上，當時文壇，無有出其右者。」〔註135〕

　　郁達夫小說的感傷、悲劇意識還體現在作品中眾多小人物淒死的結局上。《沉淪》中「他」承受不住精神與肉體的雙重壓抑，含著悲憤投海自殺，《蔦蘿行》中「我」的妻子因不堪承受悲劇婚姻帶來的折磨、痛苦，無奈投水自殺，《南遷》中伊人因純潔的感情被人玩弄，悲憤莫名，最終淒涼離世，《薄奠》中卑微的人力車夫，死了也不知道是淹死的，還是投河自盡的？《她是一個弱女子》中弱女子鄭秀岳被輪姦至死，等等，無不讓讀者同情唏噓，倍感淒涼。這些受壓迫、受凌辱的小人物，生活在社會最底層，為了生計艱難掙扎、痛苦煎熬，但最終還是無法生存下去，在各種因素的重壓之下走向毀滅。這些孤獨、怯懦、傷感、消極、頹廢的悲劇形象，壓抑苦悶、悲慘淒涼的小說氛圍，與日本自然主義文學有共通之處，但其超越日本自然主義文學之處，就在於郁達夫走出了日本自然主義文學一味宣洩自我感傷的侷限，而將個人的感傷與時代的悲哀、個人的欲望與愛國的情懷、個體的遭遇與國家的命運緊緊聯繫起來，通過個人的悲慘命運映像時代沉淪的悲劇，自然而然地彰顯對現實的反抗，誠如郁達夫自己所言：各國頹廢派作品，都是對現實社會的厭棄和反抗〔註136〕。作為個體，這些悲劇形象渺小卑微，他們的存在、

〔註135〕黎錦明：《達夫的三個時期》，陳子善、王自立《郁達夫研究資料：上》，天津人民出版社，1982 年，第 332 頁。
〔註136〕見宋鳳英：《現當代文學名作十二講》，雲南大學出版社，2013 年，第 48 頁。

痛苦和死亡對整個社會來說微不足道，但是把他們的痛苦凝聚起來，把他們的淒慘遭遇累加起來，卻足以產生震撼人心的悲劇力量，他們的悲劇是「自我」的悲劇，卻更是時代的悲劇、人類的悲劇。另外，郁達夫小說不是一味地渲染感傷頹廢基調，而是於壓抑中滋生反抗，於頹廢中彰顯憤激，於沉淪中孕育希望，於死亡中體味生命的火熱。所以，《沉淪》中的「他」臨死之前的悲呼：「祖國呀祖國！我的死是你害我的！你快富起來，強起來吧！你還有許多兒女在那裡受苦呢！」〔註 137〕才不會讓讀者感覺與整篇文章愁苦壓抑的氛圍不協調，才能引起同時代青年人的強烈共鳴。

（二）感傷於「幻滅」的悲哀——茅盾

即便是「為人生」派的領軍人物、中國共產黨早期成員茅盾，積極致力於發揮文學社會職能、啟蒙功效的同時，也在作品中不經意地流露出明顯的感傷情緒和悲觀傾向，他雖然賦予小說積極的社會、政治目的，但是他的「小說的觀點從本質上講卻是悲劇性的」，「因為他的觀點主要關係到在一個注定要衰亡的階級社會裡人生的無所成就」〔註 138〕。比如《蝕》三部曲以茅盾的個人經歷為素材，描述了一系列悲劇，譜寫了一曲理想面對現實的哀歌。《幻滅》寫的是一個抱著美好幻想參加革命的小資產階級女性「革命幻想破滅」的悲劇，彰顯鮮明的悲觀幻滅心態；《追求》則描寫在大革命失敗後，一群小資產階級知識分子在各自的追求中所遭受的不同悲劇命運：張曼青教育救國夢在黑暗現實的打擊之下無奈破滅；章秋柳的命運體現了病態反抗者的悲哀；王仲昭的愛情至上美夢在欲望至上的社會中唯有灰飛煙滅的結局；史循的遭遇則是「失敗主義者」的又一次失敗。這些主人公原本也有理想和追求，他們也曾試圖作一次次新的掙扎和追求，但在現實的打擊之下，一律都以失敗告終，他們不甘沉淪，但卻無力改變命運，無法擺脫精神枷鎖，只能以病態的反抗、徹底的墮落宣告對現實生活的不滿、對黑暗社會的詛咒。在《虹》裏，茅盾通過對女主人公生活經歷自然主義式詳盡細膩的描寫，真實地記錄了「五四」文化革命最初階段的本真狀態，反映了「二十年代早期個人主義的破產及其墮入放浪形骸和不負責任」。在《子夜》中，茅盾則細緻真切地再現了上海城市資產階級社會沒落、衰敗、崩潰的命運，真實地反映了那些處

〔註 137〕郁達夫：《沉淪》，《郁達夫小說集：上》，浙江人民出版社，1982 年，第 50 頁。

〔註 138〕夏志清：《劍橋中華民國史》，中國社會科學出版社，1994 年，第 478 頁。

於「黎明前的長夜」中的中國人的惆悵、幻滅與悲觀。茅盾在回憶自己的創作時曾說：「我是真實地去生活，經驗了動亂中國的最複雜的人生的一幕，終於感得了幻滅的悲哀，人生的矛盾，在消沉的心情下，孤寂的生活中，而尚受生活執著的支配，想要以我的生命力的餘燼從別方面在這迷亂灰色的人生內發一星微光，於是我就開始創作了」〔註 139〕。他將自己「有點幻滅、悲觀、消沉」的情緒，全都「老老實實地寫進了」《蝕》三部曲中。但是，因為一切都源於真實，所以茅盾的作品雖然蘊含著作家主觀的情緒色彩，但並不失客觀與真實。錢杏邨曾這樣評價《幻滅》：靜女士「是這樣的游移與幻滅，這實在是近年來青年男女的一般現象」〔註 140〕。

　　茅盾作品中流露出來的自然主義式悲觀意識已為學界所認識。如前所言，路翎曾對此進行過詳細的分析：在將自然主義文學的特色歸納為「頹廢和悲觀主義」「冷情文學」，「旁觀的創作方法」之後，路翎寫道：「在茅盾先生的《子夜》《三部曲》等等裏面出現的城市男女和革命男女，一律地都帶著苦悶的頹廢及色情的性質，即那時候人們稱做『世紀末』的。《腐蝕》裏面的男女，就仍然是那些人物底類型底再版。」「茅盾先生，通過他底落後底創作方法，是站在對歷史事變的旁觀的被動的地位，描寫這些男女的。」〔註 141〕

（三）書寫小人物「幾乎無事的悲劇」——魯迅

　　魯迅說過：「苦痛總是與人生聯帶的」〔註 142〕，所以他的作品大多從寫實的社會批評的意義出發，營造陰鬱頹敗的悲劇氛圍，選用荒涼冷暗的黯淡色調，書寫人生的苦難與悲劇。

　　魯迅小說中人物多是社會底層的勞動人民和小知識分子，小說的主題就是對這些平凡普通的小人物瑣碎、平淡的日常生活的如實描寫和敘述，書寫他們「幾乎無事的悲劇」：「這些極平常的，或者簡直近於沒有事情的悲劇，近如無聲的言語一樣，非由詩人畫出它的形象來，是很不容易察覺的。然而人們滅亡於英雄的特別的悲劇者少，消磨於極平常的，或者簡直近於沒有事情的悲劇者

〔註 139〕茅盾：《從牯嶺到東京》，《茅盾全集：19》，人民文學出版社，1991 年，第176 頁。

〔註 140〕錢杏邨《茅盾與現實》，《中國當代文學研究資料·茅盾專集》（二·上），福建人民出版社，1985 年，第 61 頁。

〔註 141〕路翎：《讀茅盾底〈腐蝕〉兼論其創作道路》，張業松《路翎批評文集》，珠海出版社，1998 年，第 63 頁。

〔註 142〕魯迅：《魯迅選集：第 4 卷》，人民文學出版社，1983 年，第 360 頁。

卻多。」〔註143〕魯迅小說呈現給讀者的正是這些小人物平靜無波地降世，軟弱無力地為生存掙扎，再無聲無息地消逝、毀滅的悲劇命運：在生活重壓之下由活潑、機靈變得麻木、瑟縮的閏土（《故鄉》）；不甘命運的擺佈，奮起抗爭之後卻還是屈服於封建宗法制度與禮教思想的愛姑（《離婚》）；一心想躋身上層社會求得一官半職，卻屢被排擠、屢遭失敗，最終窮困潦倒而死的孔乙己（《孔乙己》）；用蘸著革命者鮮血的饅頭給兒子治病，最終仍未能挽救兒子性命的愚昧的華老栓（《藥》）；被逼改嫁，連喪兩夫，唯一的兒子也命喪狼腹，最終在物質與精神的雙重折磨下走向死亡的祥林嫂（《祝福》）；痛失獨子，孤立無助而又愚昧的單四嫂子（《明天》）；驚亂絕望的九斤老太一家（《風波》）；原本胸懷大志，但在無情的現實生活中屢屢碰壁，最後拋棄了理想，背負著內心創傷寂寞死去的魏連殳（《孤獨者》）……甚至《狂人日記》中於無月的夜晚陷入無邊恐懼的「狂人」，《傷逝》中的涓生、子君，《阿Q正傳》中的阿Q，《藥》中在眾人冷淡漠然的圍觀中孤獨就義的夏瑜等，他們的苦難、不幸、失敗乃至死亡，大多是「幾乎無事的悲劇」，但卻都是由社會的黑暗、統治階級的腐朽所造成的，魯迅正是以自然主義式冷峻深刻的寫實筆調，客觀敘述這些小人物的尋常悲劇，揭示導致其悲劇命運的社會根源，暴露封建社會的冷酷黑暗、封建制度和傳統禮教對人性的摧殘，賦予作品冷暗、陰鬱的悲劇特徵。

（四）賦予情愛故事悲劇結局的張資平和賈平凹

張資平的小說，除了著力描寫性愛的情戀性愛小說外，尚有非情戀小說，這類小說，多寫作者熟識的市民知識分子們艱難的生存境遇，描摹他們苦惱淒傷的人生，揭示他們經濟拮据、精神萎靡、心理壓抑、艱難掙扎的生存窘境，表達當時遭受多重打擊的知識分子對社會現實的不滿和抗議，透露出濃濃的悲苦意味。他的情戀性愛小說，雖然寫的是性慾、愛情這些原本應該使人高興、快樂的事，但一樣顯示出一定的苦難性質和悲劇意味，這正是張資平性愛小說與一般庸俗情愛小說的一個不同之處。張資平作品中的戀愛故事，大多涉及非常態的情愛關係，不符合當時封建倫理道德的規範，因此為社會所不容，注定是充滿苦難的悲劇故事，而不可能是快樂的戀愛人生。張資平正是通過對這些苦難情愛、性愛故事的細緻書寫，揭示愛欲與禮教、個人與

〔註143〕魯迅：《幾乎無事的悲劇》，《魯迅全集：6》，中國人民解放軍出版社，1973年，第371頁。

社會之間的衝突，使作品籠罩上一層悲劇氛圍，即便是雙雙沉溺於愛欲中的男女，也難以獲得徹底的快樂——有一個必然的悲劇性結局在等待著他們，他們的情愛故事大多以失敗告終，他們的「情戀過程最終變成了苦難的歷程」，他們「對於理想愛情的追求，卻給他們帶來了苦難，他們不是死於與性愛相關的疾病，就是自殺身亡」，「但他們的可貴之處，卻在於在這種經歷苦難而追求愛情的過程中去發現生命價值。」〔註144〕

賈平凹作品也體現了鮮明的悲劇意識，具體體現在人物在情愛生活中的悲劇命運上。《五魁》中，成親之日新娘被土匪搶走，新郎柳家少爺被炸飛雙腿。忠實的僕人五魁將少奶奶救回，無法正常享受性生活的柳家少爺，對少奶奶百般羞辱、折磨，不堪虐待的少奶奶逃走不成被打成癱瘓。這本身就是個充滿悲劇意味的故事，作者偏偏還要賦予它更大的悲哀：五魁深愛著少奶奶，伺機帶少奶奶逃離了柳家。面對著美貌善良的少奶奶，五魁內心也曾萌生過強烈的本能衝動，「幾乎數次要幹出越軌的事體」，然而地位的懸殊導致五魁強烈的自卑與退縮，他視少奶奶為不食人間煙火的菩薩，不敢「唐突佳人」，也不敢正視她對他的情愛渴求，最終導致少奶奶在本能欲望的驅使下與狗交合，並在五魁因此殺死狗的時候，跳崖自殺。這個悲劇故事深刻地揭示了根深蒂固的封建倫理道德對人的精神與靈魂的束縛、對人的本能的壓抑、對人性的扭曲。《黑氏》中的醜婦黑氏，善良、勤勞、忍辱負重、逆來順受，屢遭不幸：第一段婚姻中，成為「小男人」的泄欲工具，一方面默默忍受其性虐待與其他折磨，另一方面，為了維持這段毫無感情與尊嚴的婚姻，默默忍耐和寬容對待丈夫的長期出軌，但最終依然被無情拋棄。第二段婚姻中，又因為丈夫是一個處於性蒙昧狀態、不懂情愛的「木頭」而無法獲得真正的靈與肉的愉悅。後來她與情投意合的來順私通，卻在八月十五夜通往深山五十里外的一個草庵裏野合時被人「捉姦」，頭上被無情地潑了一桶冷水，這桶冷水，徹底澆滅了黑氏追求合理正常的本能欲望和獨立人格的熱情、反抗封建倫理道德壓制合理人慾及壓迫女性的決心。

（五）冷酷的暴力與死亡書寫下的悲哀——莫言、余華

莫言作品始終籠罩著淡淡的悲劇氛圍。少時經歷的農村生活的艱苦、貧

〔註144〕徐肖楠：《張資平：20世紀中國市民小說的最早嘗試——略論張資平及其情感幻想小說的歷史意蘊》，《華東師範大學學報》，2000年第1期。

困、愚昧與落後對莫言影響深刻,「在貧困與沈寂的壓抑下,作者早熟的洞察力極容易敏感於人性的富美和醜陋,良善與邪惡。這樣沉重的記憶,去影響他的終身,造成莫言對人生悲劇底蘊的審美感受」〔註145〕,而少年輟學,打工、參軍、留在城市的生活經歷,不僅豐富了他的人生經歷,也對他的心境產生深刻影響,「從農村到城市的轉機,使莫言的心靈在這種時空差距中產生了孤獨憂鬱的人生感覺」〔註146〕。這樣的生活經歷和體驗,使得莫言比較偏愛具有感傷、悲劇意味的文學作品,並在自己的創作實踐中側重於對生活中醜惡一面的挖掘,從而使作品呈現出憂鬱、壓抑、感傷、悲哀的悲劇意識。莫言作品中的人物,雖然大多是原始生命力的典型代表,自然、熱情、奔放,但是,「悲劇是整部作品的社會背景傾向」,作者書寫的就是這些鮮活生命的悲劇人生,這是人物「命運的悲劇」,「也是社會的悲劇」,同時也賦予「讀者某種痛苦的體感」。〔註147〕

余華對暴力與死亡主題冷酷、不動聲色的書寫,清楚昭示著作家對現實、人生的失望與悲哀。《死亡敘述》中,作者以第一人稱的自白方式,通過一個冷漠的死人之口,冷冰冰地敘述了一個司機親歷的兩段無意識製造他人死亡以及自己死亡的過程:「我」許多年以前開車撞死了一個少年,「我」將少年葬身水底,然後駕車逃逸,成功地逃脫了法律的懲治,卻時刻感受到良心的折磨。也許是心理負擔太過沉重,「我」居然「重複了一次無意識殺人的過程」,又一次撞死了一個女孩。這一次,「我」沒有逃走,在本能的趨使下,在被「我」撞死的男孩幽靈的指引下,「我」英雄般地抱著女孩走向人群。結果,「我」沒有得到心靈的慰藉,也沒有獲取人們的寬恕──「我」被憤怒的人群擊打而死。作者雖然在敘事方式上採用了鬼魂靈異的角度,但內容卻是完全的寫實,他之所以借用鬼魂,應該是因為這種第一人稱的敘事口吻最具現場感和真實感吧。在敘事過程中,作者只是「零度情感」、客觀冷靜地描寫過程和細節,一點沒有渲染死亡、鬼魂帶來的靈異、陰森、恐懼,也不呈現圍繞著死亡本該出現的是非與正邪的判斷。但透過冷漠的死亡敘述,卻反映出作者對人性的失望與悲觀,「我」是個殺人者,理所當然地應該承受懲罰,死亡的結局是

〔註145〕 季紅真:《憂鬱的土地,不屈的靈魂》,《文學評論》,1987 年第 6 期。

〔註146〕 王金城:《理性處方:莫言小說的文化心理診脈》,《北方論叢》,2002 年第 1 期。

〔註147〕 胡圓:《從悲劇與崇高的美學角度看〈豐乳肥臀〉》,《戲劇之家》,2020 年第 6 期。

「我」罪有應得，但那將「我」「宰殺」的一群人呢？難道就是正義的化身嗎？實質上，他們與「我」一樣，是冷冰冰的殺手，他們的行為是「正義籠罩下的罪惡」。這樣的死亡敘述，充滿了濃鬱的悲劇意識和宿命般的憂鬱和失望，提醒讀者對人性進行深層次反思。《在細雨中呼喊》中，作者通過一個少年之眼，審視一個家庭的悲劇，其中涉及太多的死亡：弟弟孫光明的死，祖父孫有光的死，父親孫廣才的死，母親的死，繼父王立強的死，此外，還有同學蘇宇的死，劉子青哥哥的死，孤獨老太太的死，余華以眾多關於死亡的言說，形成「生命與歷史社會對峙後的一種悲劇性的表達」〔註148〕，發起對人類苦難生存困境的控訴，揭示人面對殘酷現實的無能為力、無可奈何，凸顯出濃烈的悲觀色彩。

〔註148〕顏素芳：《論余華小說的悲劇意識》，《湖南廣播電視大學學報》，2008 年第 3 期。

結　語

縱觀自然主義文學的發展歷程，我們可以得出以下幾個結論：

其一，作為一種獨立的文學思潮，自然主義存在時間並不持久：從 1860 年代末正式興起於法國並很快達到高潮，隨後迅即發展成為一場世界性的文學運動，到了 20 世紀中期，自然主義已日漸式微。有學者認為：「基本上可以說自然主義文學始於 1867 年左拉的《黛萊絲‧拉甘》，止於 1939 年斯坦貝克的《憤怒的葡萄》。」〔註1〕因為對科學的過分倚重，對醜惡的無情揭露，對人類本能欲望的深刻挖掘，對作家主體情感的刻意迴避等因素，自然主義文學自產生之時即飽受非議。人們在驚歎其鮮明的科學性和強烈的批判性的同時，又難以從倫理道德上接受它大膽直率、無所顧忌的描寫，從而造成了它的曇花一現。

其二，相較於浪漫主義、現實主義等比較強勢的文學思潮，自然主義缺乏穩定的社團組織和創作群體，導致評論界無法對其進行明確、統一的整體性界定。參與自然主義文學運動的成員中，自始至終完全堅持自然主義原則和方法的並不在多數，對於大部分成員來說，自然主義遠非他們創作生涯的全部，而只是其中的一個階段而已。有一些歷來被認為是自然主義代表的作家，比如莫泊桑，並不承認自己屬於這一陣營。

其三，自然主義文學在世界各國發生發展的步伐並不一致。它興起於 1860 年代末的法國，幾十年後才在德國和意大利出現。在英國，它從 1890 年代延

〔註1〕利里安‧R‧弗斯特，彼特‧N‧斯克愛英著，任慶平譯：《自然主義》，崑崙出版社，1989 年，第 29 頁。

續到 20 世紀，但始終沒有成為主流。在美國，如今它依然盛行不衰。而且世
界各地的自然主義文學作品也各具本土特色，呈現出不盡相同的風格和技巧。
可以歸納的一個共同點是：自然主義不侷限於任何穩定的時期，它總是在新
舊交替的斷層時段適時地出現，充當承前啟後的角色。正如奧地利學者赫爾
曼·巴爾所說：「自然主義要麼是舊的藝術復原的一個間歇期，或是新的藝術
醞釀的一個間歇期……」〔註2〕。巴爾的話充分說明了自然主義作為文藝流派
的短暫性和邊緣化：當舊有的文藝形式日薄西山、新的形式尚未成型之際，
自然主義擔負起過渡使命，加快除舊促新的速度，引發文藝、美學的革新；
而這個過渡使命一旦完成，自然主義就只能讓位於新的流派，退守一隅，等
待下一次的文藝斷層期。這是自然主義作為文學流派雖命運短暫卻始終未亡
的原因之一，也是在諸多文學流派的作品中都可以發現或多或少自然主義因
素的一個主要原因。正是這個因素的影響，自然主義不僅上承現實主義，與
之淵源深厚，常被混為一談，而且下啟現代主義等現代文學流派：「自然主義
從某種程度上破壞了保守的經典文學，開創了一個文學自由主義的時代。科
學的真實與文學的真實性遲早會發生衝突，這種衝突又解構了自然主義文學
本身。這就為一種新型文學騰挪出了空間，並發揮著啟示和引導功能。這種
文學就是現代主義文學。」〔註3〕

　　自「五四」以來，中國現代文壇一直以開放的姿態積極接受異域文化，
一時間，各種西方文藝思潮紛至沓來，而其中的自然主義思潮，因其自身歷
史相對短暫、規模相對薄弱、作品比較分散，與其他文學流派（比如現實主
義）之間界限模糊等侷限，自進入中國伊始，就呈現出比較混亂、分散、複雜
的狀態，又由於「五四」時期文學大多有著明確的社會功利目的，導致了中
國現代文學從一開始就帶著主觀因素進行對自然主義的紹介與宣揚、接收與
傳播、學習與借鑒，從而形成了對自然主義的一定誤讀、誤用。

　　具體而言，自然主義文學在中國大致經歷了以下幾個階段：

第一，「五四」時期對自然主義的積極引進、大力倡導和創作倣仿

　　「五四」時期是中國文學史上一個空前的改革創新和對外開放的時期。

〔註2〕赫爾曼·巴爾：《克服自然主義》，見伍蠡甫、胡經之：《西方文藝理論名著選
　　　編》，北京大學出版社，1987 年，第 330 頁。
〔註3〕于啟宏：《實證與詩性——二十世紀中國文學中的自然主義》，社會科學文獻
　　　出版社，2005 年，第 58 頁。

中國有關自然主義的譯介、宣揚、接受、借鑒多集中於 1920 年代，一方面，「五四」時期是高度崇尚推崇「科學」的時代，當時的知識分子，無論政治傾向多麼不同，但對「五四」運動極力鼓吹的科學與民主的支持態度卻高度一致，凡與科學相關的事物都能夠被廣泛認可和接受。而對科學的高度倚重與充分借鑒正是自然主義文學的一個鮮明特徵；另一方面，「五四」運動肩負著反對封建主義、促進人的解放的歷史使命，而自然主義文學因為對黑暗現實的無情暴露、對個性自由的肆意宣揚而彰顯頑強的戰鬥力，恰好可以滿足「五四」運動賦予文學的啟蒙任務；同時，中國舊文學太過主觀、虛造，嚴重缺乏客觀寫實的精神和方法，而自然主義文學嚴格的科學態度和實證方法，對真實、客觀的高度要求，正是醫治舊文學弊病的良藥。因此，以陳獨秀、茅盾等為代表的文學革命家積極地掀起譯介、宣揚、學習自然主義的熱潮。

同其他傳入中國的文藝思潮一樣，自然主義主要通過兩個渠道傳入中國：一是通過直接介紹、翻譯歐洲（主要是世界自然主義的誕生地──法國）文學史、理論、作品與作家，一是通過介紹、翻譯日本有關西方自然主義文藝的論著和日本本土自然主義文學作品及論著。從某種意義上說，後者對中國的作用更大。

陳獨秀於 1915 年在《青年雜誌》第 1 卷 3 號上發表了《現代歐洲文藝史潭》一文，率先在中國宣揚自然主義文學，而最早專門、系統地介紹自然主義文學的當推胡愈之，他於 1920 年 1 月發表的《近代文學上的寫實主義》一文，系統地分析了寫實主義（自然主義）文學的特點和缺陷，並強調了在中國推行寫實主義的必要。隨後還有謝六逸等人專文介紹自然主義文學，曉風等譯介日本自然主義作家的文章。茅盾作為「人生派」代表，對自然主義在中國的介紹和提倡起到了重要作用。他以《小說月報》為平臺，組織發起了對歐、日自然主義文學理論及其代表作家的正面介紹和倡導，並且引發了 1922～1923 年間關於「自然主義」的論戰，大大推動了自然主義文學在中國的傳播。這場論戰，使當時的新文學家們瞭解了自然主義文學的優勢和缺陷，認識到了在中國宣揚自然主義的必要，並且在自身的文學創作中自覺或不自覺地接受了自然主義創作方法的一些影響。自然主義對茅盾早期文藝思想的形成及創作有很大的影響，郁達夫、張資平、李劼人等人也在自己的創作中對自然主義進行了一定程度的嘗試與實踐，魯迅、沈從文、張天翼、路翎、盧隱、巴金等人的作品中也存在著一定的自然主義因素。

第二，1930 至 1960 年代對自然主義全面否定和批判

1924 年以後，隨著文學革命的深入發展和革命文學的逐漸興起，對於自然主義理論和作品的介紹和宣揚慢慢冷卻下來。1930 年代左聯開始否定、批判自然主義。

首先對自然主義發起全面否定和批判的是瞿秋白。他在《關於左拉》《世界的社會改造與共產國際》《拉法格和他的文藝批評》等論文中，對左拉及其自然主義進行了全面否定和批評。

隨著現實主義文學一統天下局面的逐漸形成，自然主義文學在中國學界的地位跌至谷底，至五、六十年代情形愈惡。導致自然主義被長期打壓的重要原因來源於政治因素。這一時期，政治意識形態一統天下，一切文藝活動都必須服從於政治意識形態的統治，與當時中國政治上對蘇聯的跟從一致，文藝活動也自然地以蘇聯文藝思想為指導。為了系統介紹以蘇聯為主的重要文藝論文，1952 年上海新文藝出版社出版「文藝理論學習小譯叢」第一輯，作為文藝整風後的理論學習資料。譯叢的第六部正是布洛夫所著《馬克思列寧主義的美學反對藝術中的自然主義》，此書傳達了聯共（布）中央的決議，將自然主義視為社會主義現實主義「不可調和的敵人」。1949 年建國後我國的文藝政策在相當長一段時期延續的是蘇聯式的批判模式，「自然主義」的銷聲匿跡也就是必然的結果了。

1958 年 6 月 1 日，《紅旗》創刊號上，又發表了周揚《新民歌開拓了詩歌的新道路》一文，文中寫到：「毛澤東同志提倡我們的文學應是革命的現實主義和革命的浪漫主義的結合……沒有浪漫主義，現實主義就容易流於鼠目寸光的自然主義」。在這些譯著及批評文章的影響下，五、六十年代的中國學界已然將對自然主義批判升級成為「上綱上線的批判，並且將其泛化。凡是不為當時文壇所接納的東西都冠之為自然主義」〔註4〕，人們或者認為自然主義是現實主義的退化，或者將之看成是與現實主義相對立的流派，在「現實主義至上論」或「現實主義中心論」者眼中，自然主義更是一個充滿貶義的用語，他們批判自然主義具有反動性，因為它的哲學基礎是資產階級的反動理論——實證主義；他們認為自然主義是非科學的，因為它不是從社會觀點去理解人，而是從生理學、遺傳學的角度去剖析人；他們反對自然主義的創作

〔註4〕張冠華等：《西方自然主義與 20 世紀中國文學》，中央編譯出版社，2007 年，第 12 頁。

方式，認為那是照相式的機械搬套，只能反映表面、膚淺的現實，而不能反映事物的本質；他們更強烈抗議自然主義熱衷於不健康的淫穢描寫。所以他們認為自然主義是對現實主義的一種倒退，是「現實主義的墮落」〔註5〕，甚至是反現實主義的。

在長達幾十年的時間裏，談及某個寫實的作家，文藝研究者往往把這個作家作品中值得肯定的成就與長處歸功於現實主義，而對作品裏的毛病和缺點，則以諸如「歪曲現實」「忽視人的社會性與階級性」「以表面的貌似真實的描寫掩蓋了社會現實的本質」等名目歸罪於自然主義。更有不少人將問題簡單化，僅僅以「根據生活『寫實』有煩瑣敘述與情慾描寫」，就輕率判斷作品是否為自然主義〔註6〕，王任叔就曾以此為標準批評老舍用「現象學方法」處理人物，《駱駝祥子》是「自然主義」的作品〔註7〕。還有更多的研究者套用「典型環境裏的典型人物」的模式來簡單地評價作品，將不符合這一模式的作品都歸入自然主義陣營。許杰就以此模式批判《駱駝祥子》中的「自然主義」傾向：「在這部作品中，非但看不見個人主義者祥子的出路，也看不見中國社會的一線光明和出路。」〔註8〕周揚《新民歌開拓了詩歌的新道路》一文，明確確立了「革命的現實主義」在中國文壇的獨尊地位，也給出了對自然主義的官方定位，從此，中國學界如避蛇蠍地免談自然主義，偶有提及也是將之作為反面教材、批判對象，這一時期關於對自然主義的論著及創作基本缺失。

對自然主義的全面否定，是因為它與中國含蓄、隱忍的民族傳統相背離，中國傳統推崇中庸之道、中和之美，因此不喜左拉式的冷靜、淡漠、直白。中國文學缺少悲劇傳統，因此很難接受自然主義令人沮喪、悲觀的創作態度。自然主義對醜惡無所顧忌的暴露，也與中國文學傳統的審美態度背道而馳，它對人的生理層面大膽率直的敘述和赤裸裸的揭示，更違背了中國傳統的道德觀和性愛觀。正是這些原因，「中國的左拉」李劼人在現代文學史上地位便很長一段時間無法得到肯定，而「戀愛專家」張資平更是遭到幾代人的唾棄。

第三，新時期以來對自然主義的重新關注與結緣

〔註5〕柳鳴九：《自然主義》，中國社會科學出版社，1988年，第1頁。
〔註6〕艾蘆：《「中國左拉」別解》，http://swpiqin.ycool.com/post.1614292.html。
〔註7〕王任叔：《文學讀本》，珠林書店，1940年，第192頁。
〔註8〕許杰：《論〈駱駝祥子〉》，《文藝新輯》，1948年第1期。

　　1980 年代以來，在「百花齊放，百家爭鳴」文藝方針的指引下，中國文學迎來了新時期，隨著思想和創作的全面開禁，學術研究氛圍日趨活躍，人們又開始重新認識、評價自然主義文學。1987 年，中國社會科學院外國文學研究所召開法國文學研討會，對左拉及自然主義文學進行了公正評價，關於此次會議的記錄及柳鳴九撰寫的會議論文《關於左拉的評價問題》刊登在《外國文學評論》1989 年第 1、2 期上，可視為中國學界重新審視、研究自然主義的開端。此後，對自然主義的研究逐漸增多，研究者多能以公正客觀的態度重新審視自然主義，對之作出公允評判。

　　評論界對自然主義的關注，很自然地引發、促進了它對創作實踐的影響。新時期的文學創作中又湧現了對自然主義的學習與借鑒。在新寫實小說、新體驗小說、報告文學、「私人化」寫作等潮流中，我們都可非常清晰地看到自然主義文學留下的痕跡，中國新時期的作家們，如池莉、方方、劉震雲、劉恒、王安憶、賈平凹、莫言、余華等人，在創作的真實觀、「零度介入」的情感觀、高度寫實的創作手法等方面多方位地借鑒自然主義，側重於描寫凡人瑣事，使用散文化的敘述方式，選擇非個人敘事話語進行小說創作，原生態的描寫、大膽的性場面隨處可見……凡此種種，無不顯露出藉重自然主義的地方。可以說，自然主義文學思潮至今仍以顯性或隱性的形態，影響著 21 世紀的中國文學。

主要參考書目

一、外文著作

1. Auguste Dezalay, *Lecture de Zola*, Armand Colin, 1952.

2. Roland Barthes, *Writing Degree Zero*, Hill and Wang, 1968.

3. David Baguley, *Naturalist Fiction: The Entropic Vision*, Harvard University Press, 1964.

4. A. E. Carter, *The Idea of Decadence in French Literature: 1830-1900*, University of Toronto Press, 1958.

5. Bwenice Chitnis, *Reflecting on Nana*, Routledge, 1991.

6. F. W. J. Hemmings, *The life and Times of Emile Zola*, Elek Books Ltd., 1977.

7. Lilian R. Furst, *Naturalism*, Methuen, 1971.

8. Robert Lethbridge, *Zola and the Craft of Fiction*, Leicester University Press, 1990.

9. George Levine, *Darwin and the Novelists*, Harvard University Press, 1988.

10. R. C. Binkley, *Realism and Nationalism 1852-1871*, Harper Brothers, 1935.

11. C. P. Snow, *The Realists: Portraits of eight novelists*, Macmilian, 1978.

12. Leo.A.Orleans, *Science in Comtemporary China*, Standford University, 1980.

13. Hermes Michel Serres, *Herms: Literatrue, Science, Philosophy*, Johns Hopkins University Press, 1982.

14. Emile Zola, *The Experimental Novel*, in George J. Becker (ed.), *Documents*

of Modern Literary Realism, Princeton University Press, 1963.

15. Brian Nelson, *Naturalism in the European Novels*, Berg Publishers, 1992.

16. Tullio Pagnano, *Experimental Fictions: From Emile Zola's Naturalism to Giovanni Verga's Verism*,Fairleigh Dickinson University Press,1999.

17. 伊狩章,《硯友社と自然主義研究》,桜楓社,1975。

18. 長谷川天溪,《自然主義》,日本図書センター,1992。

19. 正宗白鳥,《自然主義盛衰史》,六興出版部,1948。

20. 河內清,《自然主義文學:各国における展開》,勁草書房,1962。

21. 張競,《近代中國と「恋愛」の発見:西洋の衝撃と日中文学交流》,岩波書店,1995。

22. 小田岳夫,《郁達夫伝:その詩と愛と日本》,中央公論社,1975。

23. 伊藤虎丸,《創造社資料》,アジア出版,1979。

24. 竹內好,《現代中國の文学／中國文学と日本》,筑摩書房,1981。

25. 吉田精一,《自然主義の研究》,上東京堂,1958。

26. 中村光夫、吉田精一,《自然主義と反自然主義》,河出書房,1953。

27. 相馬庸郎,《日本自然主義論》,八木書店,1970。

二、中文著作

1. 張冠華等:《西方自然主義與中國 20 世紀文學》,中央編譯出版社,2007年。

2. 于啟宏:《實證與詩性──二十世紀中國文學中的自然主義》,社會科學文獻出版社,2005年。

3. 曾繁亭:《文學自然主義研究》,中國社會科學出版社,2008年。

4. 高建為:《自然主義詩學及其在世界各國的影響》,江西教育出版社,2004年。

5. 蔣承勇:《歐美自然主義文學的現代闡釋》,復旦大學出版社,2002年。

6. 柳鳴九:《自然主義》,中國社會科學出版社,1988年。

7. 柳鳴九:《法國自然主義作品選》,天津人民出版社,1987年。

8. 柳鳴九:《自然主義經典小說選》,北嶽文藝出版社,1995年。

9. 柳鳴九:《自然主義大師左拉》,上海文藝出版社,1989年。

10. 朱雯等：《文學中的自然主義》，上海文藝出版社，1992 年。

11. 賈植芳、陳思和：《中外文學關係史資料彙編（1897～1937）》，廣西師範大學出版社，2004 年。

12. 江鈺生，肖厚德：《法國小說論》，武漢大學出版社，1994 年。

13. 阿爾芒·拉努著，馬中林譯：《左拉》，黃河出版社，1985 年。

14. 左拉著，畢修勺譯：《黛蕾絲·拉甘》，黃河文藝出版社，1988 年。

15. 德尼絲·勒布隆－左拉著，李焰明譯：《我的父親左拉》，廣西師範大學出版社，2002 年。

16. 讓－弗萊維勒著，王道乾譯：《左拉》，新文藝出版社，1957 年。

17. 譚立德編選：《法國作家、批評家論左拉》，安徽文藝出版社，1994 年。

18. 李健吾：《福樓拜評傳》，湖南人民出版社，1980 年。

19. 達米安·格蘭特著，周發祥譯：《現實主義》，崑崙出版社，1989 年。

20. 葉渭渠、唐月梅：《日本文學史：近代卷》，經濟日報出版社， 2000 年。

21. 葉渭渠、唐月梅：《20 世紀日本文學史》，青島出版社，1999 年。

22. 魯迅：《魯迅全集》，人民文學出版社，1981 年。

23. 茅盾：《茅盾全集》，人民文學出版社，1989 年。

24. 郁達夫：《郁達夫文集》，花城出版社，1982 年。

25. 沈從文：《沈從文文集》，花城出版社，1984 年。

26. 張資平：《資平自選集》，樂華圖書公司，1933 年。

27. 李劼人：《李劼人精選集》，北京燕山出版社，2006 年。

28. 沈承寬等：《張天翼研究資料》，中國社會科學出版社，1982 年。

29. 黃侯興：《張天翼的文學道路》，上海文藝出版社，1993 年。

30. 周作人：《周作人集》，廣州：花城出版社，2003 年。

31. 張業松編：《路翎批評文集》，珠海出版社，1998 年。

32. 胡風：《胡風評論集》，北京：人民文學出版社，1985 年。

33. 瞿秋白：《瞿秋白文集》，北京：人民文學出版社，1996 年。

34. 成仿吾：《成仿吾文集》，山東大學出版社，1985 年。

35. 《茅盾研究資料》，中國社會科學出版社，1983 年。

36. 中國茅盾研究會編：《茅盾研究》，文化藝術出版社，2006 年。

37. 陳子善、王自立編：《郁達夫研究資料》，天津人民出版社，1982 年。

38. 《魯迅研究學術論著資料彙編》，中國文聯出版公司，1985 年。

39. 鄭伯奇：《中國新文學大系：小說集導言》，上海文藝出版，1981 年。

40. 王安憶：《王安憶說》，湖南文藝出版社，2003 年。

41. 鄭克魯：法國文學史教程》，北京大學出版社，2008 年。

42. 黎舟、闕國虯：《茅盾與外國文學》，廈門大學出版社，1991 年。

43. 史秉慧：《張資平評傳》，上海開明書店，1936 年。

44. 俞兆平：《中國現代三大文學思潮新論》，人民文學出版社，2006 年。

45. 俞兆平：《現代性與五四文學思潮》，廈門大學出版社，2002 年。

46. 俞兆平：《寫實與浪漫》，上海三聯書店，2002 年。

47. 俞兆平：《現代性與五四文學思潮》，廈門大學出版社，2002 年。

48. 楊春時：《現代性與中國文學思潮》，生活·讀書·新知三聯書店，2009 年。

49. 楊春時：《百年文心——20 世紀中國文學思想史》，黑龍江教育出版社，2000 年。

50. 楊春時、俞兆平：《現代性與 20 世紀中國文學思潮》，廣西師大出版社，2005 年。

51. 王曉明：《二十世紀中國文學史論》，東方出版中心，1997 年。

52. 陳思和：《中國當代文學史教程》，復旦大學出版社，1999 年。

53. 朱立元主編：《現代西方美學史》，上海文藝出版社，1996 年。

54. 許志英、丁帆：《中國新時期小說主潮》，人民文學出版社，2002 年。

55. 楊義：《中國現代小說史》，人民文學出版社，1998 年。

56. 「新時期小說流派研究」課題組：《新時期小說流派新論》，上海社會科學出版社，1999 年。

57. 王達敏：《新時期小說論》，安徽大學出版社，1999 年。

58. 丁柏銓，周曉揚：《新時期小說思潮和小說流變》，南京大學出版社，1991 年。

59. 張富貴、靳叢林：《中日近現代文學關係比較研究》，吉林大學出版社，1999 年。

60. 馬立安·高利克：《中西文學關係的里程碑（1898～1979）》，北京大學出版社，2008 年。

61. 李岫：《20 世紀文學的東西方之旅》，人民文學出版社，2004 年。

62. 李長之：《張資平的戀愛小說》，《清華週刊》，1934 年。

63. 余昌谷：《當代小說群體描述》，安徽大學出版社，2006 年。

64. 劉小楓：《詩話哲學》，山東文藝出版社，1986 年。

65. 張燕瑾、呂薇芬：《20 世紀中國文學研究·現代文學研究》，北京：北京出版社，2001 年。

66. 賀興安：《楚天鳳凰不死鳥》，成都出版社，1991 年。

67. 孔範今、施戰軍主編：《莫言研究資料》，山東文藝出版社，2006 年。

68. 張清華：《莫言研究年編 2014》，三聯書店，2016 年。

三、論文

1. 高建為：《左拉的自然主義詩學研究》，北京師範大學博士論文，2001 年。

2. 王立華：《左拉自然主義小說中人的形象》，山東師範大學碩士學位論文，2009 年。

3. 吳亞娟：《日本自然主義文學與中國「五四」新文學》，吉林大學博士論文，2008 年。

4. 張冠華：《論新時期紀實文學的自然主義真實觀》，《鄭州大學學報》，2000 年第 3 期。

5. 柳鳴九：《關於左拉的評價問題（一）》，《外國文學評論》，1989 年第 1 期。

6. 柳鳴九：《關於左拉的評價問題（二）》，《外國文學評論》，1989 年第 2 期。

7. 曾繁亭，蔣承勇：《自然主義的文學史譜系考辨》，《文藝研究》，2018 年第 3 期。

8. 蔣承勇，曾繁亭：《含混與區隔：自然主義中國百年傳播回眸》，《學術研究》，2019 年第 7 期。

9. 孟新東：《20 世紀 80 年代文論研究中的自然科學方法論熱再反思》，《中國語言文學研究》，2018 年第 2 期。

10. 沈夢贏：《余華的「冷酷」：抉發人類本性——論余華小說的自然主義傾向》，《武漢交通大學學報》，1999 年第 2 期。

11. 王金城：《從審美到審醜：莫言小說的美學走向》，《北方論叢》，2000 年第 1 期。

12. 彭彤：《論自然主義中的「醜」》，《社會科學研究》，1999 年第 2 期。

13. 李紅真：《憂鬱的土地，不屈的靈魂》，《文學評論》，1987 年第 6 期。

14. 張合珍：《對自然主義需要再認識》，《文藝理論研究》，1998 年第 6 期。

15. 丁國強：《新寫實作家、評論家談新寫實》，《小說評論》，1991 年第 3 期。

16. 張明亮：《〈子夜〉與〈金錢〉的比較論》，《中國現代文學研究叢刊》，1983 年第 3 期。

17. 方長安：《前期創造社與日本自然主義文學》，《武漢大學學報》，2001 年第 4 期。

18. 李建軍：《是高峰，還是低谷——評長篇小說〈秦腔〉》，《文藝爭鳴》，2005 年第 4 期。

19. 潘世聖：《魯迅與日本近代自然主義文學——兼及成仿吾的〈《呐喊》的評論〉》，《中國現代文學研究叢刊》，2006 年第 1 期。

20. 劉洪濤：《沈從文與現代小說的問題變革》，《文學評論》，1995 年第 2 期。

21. 曾華鵬、范伯群：《論張資平的小說》，《文學評論》，1996 年第 5 期。

22. 何文林：《變異與滲透——自然主義在日本與中國》，《河北大學學報》，1996 年第 2 期。

23. 胡曉虹：《談〈半生緣〉的自然主義色彩》，《福建商業高等專科學校學報》，2006 年第 8 期。

24. 劉納：《無奈的現實與無奈的小說——也談新寫實》，《文學評論》，1993 年第 3 期。

25. 張德祥：《「走向寫實」：世紀末的文學主流》，《社會科學戰線》，1994 年第 6 期。

26. 王洪岳：《審醜與否定：中國當代現代派文學的感性學探微》，《內蒙古社會科學》，2001 年第 3 期。

27. 林虹：《沈從文小說的自然主義傾向》，《語文知識》，2007 年第 4 期。

28. 沙家強：《試論沈從文小說的自然主義特徵》，《石河子大學學報》，2009 年第 1 期。

29. 孫靖：《自然主義文學的現代性闡釋》，《台州學院學報》，2004 年第 5 期。

30. 陳卓松：《自我人生的自然表現——郁達夫小說受自然主義影響的探討》，《湛江師範學院學報》，2000 年第 1 期。

31. 楊慧：《瞿秋白對現實主義的正名和對自然主義的批評——從〈「現實」〉的中俄文文本對勘說起》，《中國現代文學研究叢刊》，2009 年第 2 期。

32. 劉翌：《20 世紀 20 年代〈小說月報〉與日本自然主義》，《唐都學刊》，2006 年第 2 期。

33. 牛水蓮：《自然主義在中國的早期傳播》，《中州學刊》，2000 年第 4 期。

34. 湯學智：《新寫實、現實主義的新天地》，《文藝理論研究》，1994 年第 5 期。

35. 樊星：《人性惡的證明——余華小說論（1984～1988）》，《當代作家評論》，1989 年第 2 期。

36. 宋聚軒：《論中國現代文學中的自然主義思潮》，《清華大學學報》，1999 年第 2 期。

後　記

　　本書是在我博士學位論文的基礎上略加補充、修改而成的。

　　2005年，我有幸考入廈門大學中文系，師從楊春時教授攻讀文藝學碩士學位，2007年，又考入俞兆平教授門下，攻讀文藝學博士學位。兩位先生都是睿智、儒雅的學者，他們淵博的專業知識、嚴謹的治學態度、精益求精的工作作風，使我受益良多，他們的關心和幫助，我將永誌不忘。

　　因為自己起步偏晚，錯過了最好的讀書年華，且基礎薄弱，賦性平常，所以時時謹記「勤能補拙」之良訓，惜時如金，孜孜矻矻，追隨良師，取法益友，努力汲取知識，不斷充實自己，以虔誠、神聖的學習、研究態度，努力把自己培養成為一名合格的專業研究者。本書的選題與寫作，得到俞兆平先生的悉心指導，論文選題、設計、寫作、修改過程中的每一環節，都蘊涵著先生的心血。「自然主義文學」相關研究，成果頗豐，儘管我努力想有所創新，奈何才疏學淺，力所不逮，最後呈現出來的東西依然不能盡如人意。

　　攻讀博士學位期間，在廈門大學日本研究所所長王虹教授的薦引下，我得以赴日本築波大學進行為期一年的學術交流。築波大學的平石典子教授是我的聯繫導師，她在學習上、生活上給予我諸多幫助。在日本的學習，不僅拓展了我的思路和視野，更讓我搜集到許多材料，充實了論文，修正了失誤。在此向二位先生表示由衷感謝。

　　2010年5月底，我的博士論文答辯如期舉行，南帆先生、李俊國先生、楊春時先生、謝泳先生、林丹婭先生蒞臨指導，對論文給予了非常中肯的評價和指正，其中大多為本書吸收。這裡一併謝過諸位先生。

　　2020年初，天道不常，新冠疫情爆發，舉世為之不寧。居家困守的日子

裏，我把棄置篋中已近十年的博士論文翻檢出來，認真修改。一字一句，歷歷如見故人。重溫那些純真的時光，恬淡的情懷，不禁有悲欣交集之感。

　　感謝花木蘭文化事業有限公司接受拙著，他們對文化、學術事業的擔當與貢獻，令人發自內心地敬佩！

智曉靜

二零二一年二月